모더니티에 대항하는 역린

—시인들이 남긴 영혼의 궤적들

이 성 혁

새미

부모님께

머리말

　이 책 『모더니티에 대항하는 역린』은 문예지에 발표한 시인론을 묶은 것으로, 나의 다섯 번째 평론집이다. 주로 중견 시인의 시인론만을 엮으려고 했으나, 평론을 쓸 당시 두 권의 시집을 펴낸 젊은 시인인 손택수와 서효인에 대한 시인론도 넣었다. 영원한 젊은 시인인 기형도는 한 권의 시집만을 우리에게 남겼지만, 앞으로 더 시를 발표할 수 없기에 그에 대한 평론 역시 이 책에 넣었다.(이 글은 청탁받아 쓴 글로, 나의 신춘문예 데뷔작인 「경악의 얼굴—기형도론」과는 다른 글이다.) 이 책에 실린 열네 편의 시인론은 각종 문예지에서 청탁받아 쓴 글들이고, 수록 순서는 시인 이름의 가나다순으로 정했다. 나는 이 글들을 주로 시인이 펴낸 시집들을 발간 순으로 통독하면서 그 시 세계를 재구성하는 방식으로 작성했다.

　나는 우연적인 만남을 소중하게 여겨야 한다고 생각한다. 그러한 만남을 회피하지 않고 열성을 가지고 응할 때, 삶은 또 다른 영역으로 열릴 수 있다고 보기 때문이다. 이 시인들과의 만남 역시 나로서는 우연한 만남이었다. 그 만남은 문예지 편집자의 중매로 이루어진 것이지만, 편집자가 나에게 시인론을 부탁한 것도 우연의 소산일 테다. 시인과의 만남이란, 물론 시인이 남긴 시편들과의 만남을 의미한다. 그 시편들 중 일부는 청탁이 들어오기 이전에도 읽었던 바 있지만, 평론을 쓰고자 마음먹고 시편들을 읽는 것은 그러한 의식 없이 읽는 것과는 또 다른 행위다. 평론 쓰기는 텍스트와 적극적인 대화를 시도하는 일이다. 텍스트를 수동적으로 수용만 한다면 평론을 쓰다는 것은 불가능하다. 읽기를 통해 텍스트에 감응되면서도, 나의 글을 구성하고자 하는 욕망이 텍스트와 결속되면서 평론은 써지기 시작한다.

시인이 남긴 텍스트들을 읽으면서 글을 구성한다고 할 때, 그 구성된 글은 시인이 남긴 시의 궤적을 그림 그려보는 것이라고 말할 수 있으리라. 이 책의 마지막에 실린 장석주론의 제목을 '한 시적 영혼의 궤적'이라고 붙였는데, 장석주 시인뿐만 아니라 모든 시인들이 자신의 영혼의 궤적을 시에다 남길 테다. 나의 구성 작업은 텍스트를 통해 그 궤적을 역추적하는 작업에 다름 아니다.(그래서 이 책의 부제를 '시인들이 남긴 영혼의 궤적들'이라고 붙였다.) '궤적'이란 자동차 바퀴가 지나간 자국이라는 뜻이다. 궤적을 통해 그 자동차의 행로를 역추적 할 수 있다. 그 자동차가 시인의 영혼이라고 한다면 시편들은 그 영혼의 궤적이다. 그래서 시편들을 통해 시인의 영혼이 어떻게 삶의 시간을 지나갔는지 찾아볼 수 있다. 이 궤적을 찾아내고 재구성하는 작업의 결과가 이 책에 수록된 글들이다.

이 책의 제목인 '모더니티에 대항하는 역린'은 손택수 시인론의 제목이기도 하다. 이 평론 제목을 책의 제목으로 삼은 것은, 무릇 시인이란 바로 그러한 역린과 같은 존재라는 생각이 들어서였다. '역린'이란 손택수의 어떤 시에서 언급되어 있듯이 "거꾸로 박힌 비늘"이라는 뜻이다. 중국 고사에서는 역린이란 '용의 거꾸로 박힌 비늘'이라고 해서, 왕의 약점이나 노여움을 불러일으키는 지점이라는 의미도 있다. 그러나 손택수의 시에서 그 비늘은 현대의 흐름에 거슬러서 우리 몸에 박혀 있는 시적인 몸을 의미한다. 아마도 우리 모두는 이러한 역린을 가지고 있을 텐데, 시인은 이러한 역린을 감추거나 하지 않고 도리어 키워나가는 사람일 것이다. 시인은, 발터 벤야민의 생각을 빌려 말하자면, 텅 비어 있으며 앞으로만 나아가는 모더니티의 시간성에 대항하면서 충만한 현재시간을 구성하고자하기 때문이다.

그러나 모더니티에 대한 대항이란 모던 세계에 등을 돌린다는 것을 의미—이는 현실 도피가 될 것이다—하는 것이 아니다. 그것은 모더니티에 대한 적극적인 응전 속에서 이루어지는 것이며, 그 응전 과정은 모던 세계의 물결을 거슬러서 헤쳐 나가는 영혼의 궤적을 남겨놓는다. 또한 시인마다 달리 이루어지는 응전의 방식이 그 시인의 독특한 스타일을 만들어나가게 될 것이다. 이 책 속의 시인들 역시, 그들이 쓴 시편들을 통해 그러한 궤적들과 스타일들을 보여주고 있는 이들이다. 이 책의 원고를 정리하면서, 나의 글들이 의식적이든 무의식적이든 모더니티에 응전하는 시적 영혼의 독특한 궤적을 추적하고 그 시적 양태들을 재구성하는 작업의 결과임을 새삼스럽게 깨달았다. 그리고 바로 모더니티에 응전하는 영혼의 궤적을 읽어내는 것에 험난해져만 가는 세상에서 시인론을 쓰는 의의가 있는 것이 아닐까 생각했다.

2015년 현재, 한국은 모더니티의 어떤 극점—파국—까지 다다르고 있는 것만 같다. 모더니티에는 다양한 면이 있지만, 삶의 상품화—쓰다 버리는 삶, 즉 쓰레기가 되는 삶-라는 모더니티의 한 측면이 현재 한국에서는 극에 달하고 있는 것이다. 이와 함께 사람들의 삶의 시간은 공허와 죽음으로 이끌리고 있다. 삶의 파국에 이르러 영혼이 파괴된 사람들, 그리하여 자신의 생명을 버리기까지 하는 사람들이 속출하고 있는 것이 바로 그 징후다. 이런 세상에서 시는 무력할 뿐이라고 말할 수도 있겠지만, 나로서는 이럴 때일수록 시가 필요하다고 생각된다. 삶을 파국에로 이끄는 모더니티의 폭풍에 맞서서, 시는 삶을 재구성할 수 있는 잠재적인 힘을 가동시키는 어떤 촉매가 될 수 있기 때문이다. 시인뿐만 아니라 독자인 우리들에게도 역시 시적 영혼이 잠재해 있다. 모더니티에 응전하는 시인의 시적 영혼의 궤적을 좇는 이 책의 글들이, 독자의 잠재된 시적 영혼이 잠에서 깨어나 활동하는 데에 조금이라도 도움이 될 수 있다면 더 바랄 것이 없다.

'국학자료원/새미'의 정구형 대표와 우연히 맺게 된 인연으로, 이 책을 '새미비평선' 리스트에 올리게 되었다. 이 책을 다듬어 펴내준 '국학자료원/새미' 식구들에게 감사의 인사를 드리고 싶다.

이 책에는 나의 은사이신, 지금은 이 세상에 계시지 않는 이탄 시인에 대한 시인론도 실려 있다. 이 책을 보신다면 기뻐하실 텐데…, 마음이 아쉽고 아프다. 그런 만큼 이 책은 내게 특별한 의미를 가진 책이다.

2015년 9월 1일
이성혁

차례

주어 없는 자의 여정

−기형도 시에서의 '상실'과 '유랑'

1

　필자는 기형도 시인과 개인적인 인연이 전혀 없다. 하지만 그의 시를 읽으면, 마치 그를 예전부터 알고 있었던 듯한, 그것도 그의 내면 깊은 곳까지 들여다본 적이 있었던 듯한 느낌을 가지게 된다. 물론 이 느낌은 환각일 뿐인데, 하지만 이 환각이 아마도 기형도의 유고시집 『입 속의 검은 잎』을 그토록 많은 사람이 찾게 한 원인일 것이다. 그의 시집을 읽은 많은 사람들이 필자와 유사한 경험을 했을 것 같다. 그의 시집을 통독하고는 그의 비극적인 죽음을 생각해보면, 우리는 어떤 상실감에 사로잡힌다. 한동안 보지 못한 옛 친구의 죽음 소식을 들었을 때 가지게 되는 상실감. 하지만 그 '옛 친구'는 바로 독자 자신이다.

　기형도 시에서는 대명사 '나'가 자주 등장한다. 가령, "내가 아직 한 번도 가본 적 없다는 이유 하나로/나는 그의 세계에 침을 뱉고/그가 이미 추방되어버린 곳이라는 이유 하나로/나는 나의 세계를 보호하며/단 한 걸음도/그의 틈입을 용서할 수 없다"라고 진술하는 시 「늙은 사람」 속에 무수히 등장하는 '나'를 보자. 보통 서정시는 '나'의 잦은 등장을 기피한다.

보편적인 감동에 필요한 객관적 거리가 사라질 수도 있고, 게다가 서정시는 원래 자아를 표출하는 장르라 '나'를 굳이 내세우지 않아야 자연스럽다는 믿음 때문이다. 이러한 믿음과는 달리 대명사 '나'를 남발하는 기형도 시는 하나의 파격을 보여준다. 그러나 그 파격이 보편적인 감동을 이상하게 가로막지 않는다. 즉 '나'의 수많은 등장에도 불구하고 그의 시가 하나의 개인적인 넋두리라고 생각되지는 않게 되는 것이다. 시적 화자인 저 '나'의 진술은 '나'만의 경험을 이야기하고 있지만 독자는 이에 감응하게 된다. 어떻게 이런 일이 벌어질 수 있을까.

> 내 얼굴이 한 폭 낯선 풍경화로 보이기
> 시작한 이후, 나는 主語를 잃고 헤매이는
> 가지 잘린 늙은 나무가 되었다.
>
> ―「病」부분

　기형도 시에 등장하는 대명사 '나'는 주어가 아닐지도, 즉 기형도 자신이 아닐지도 모른다. 위 시의 시적 화자인 '나'는 이미 주어를 잃고 헤매는 자, 자기 자신이 낯설게 된 자이기 때문이다. 위의 시가 암시해주는 바에 따르면 기형도 시의 모든 '나'는 주어를 잃어버려서 '내'가 '내'가 아닌 '나'다. 그렇기에 '나'에게 낯선 자인 시 속의 '나'의 진술은 "낯선 풍경화"에 대한 묘사라고도 할 수 있다. 또한 그렇기에 역설적으로 그 '나'는 모든 사람들의 '나'일 수 있다. 그 '나'라는 주어는 자아가 자기 자신 쪽으로 끌어당겨 자신과 합치시킬 수 없는, 주어 없는 주어이기에 그렇다. 그리하여 자아가 들어 있지 않은 저 텅 빈 '나' 속으로, 역시 주어를 잃어버린 수많은 '나'들―독자들―이 걸어 들어갈 수 있게 된다. 저 '나'는 당신에게 질문한다. 당신은 주어를 갖고 있는가? 잃어버리지 않았는가? 당신 얼굴이 갑자기 낯설게 보이지 않는가? 그래서 갑자기 울부짖고 싶지 않은가? "낡고 흰 담벼락 근처에 모여 사람들이 눈을 턴다/진눈깨비 쏟아진다, 갑자기 눈물이 흐른다, 나는 불행하다/이런 것은 아니었다"(「진눈깨비」)라고 읊조리게 되는 사람들은 바로 기형도 시 안의 '나'가 될 수 있다.

　바로 그래서 우리는 기형도의 시를 그렇게 탐독하는지 모르겠다. 기형도 시의 마력은, 삶에서 가장 핵심적인 무엇인가를 잃어버려 헤매고 있는 사람들에게 자리를 제공하는 이 '나'의 이중적 성격에서 오는 것 아닐까. '나'는 기형도 자신이면서도 기형도의 자아가 아니라는, 혹은 저 '나'는 주어를 잃어버린 작가의 거처이면서 동시에 독자의 자리기도 하다는 이중적 성격. 기형도 시인의 유고시집 『입 속의 검은 잎』은 주어를 잃어버린 '나'의 어떤 여정을 보여주고 있다. 하지만 '나'의 이중적인 성격으로 말미암아, 그 '나의 여정이 기형도 시인의 개인적인 경험만이 아니라 바로 우리들의 여정이기도 하게 된다.

　그런데 비록 기형도가 짧은 삶을 살았고 그래서 많지 않은 작품을 남겼음에도 불구하고, 결코 그의 시 세계는 간단하지 않다. 그는 저 두껍지 않은 시집 안에 여러 테마를 시화하고 있으며 여러 형식과 문체를 선보이고 있다. 하지만 지면상 이 글에서는, 그의 다채로운 시 세계를 전반적으로 모두 살펴볼 수는 없을 것 같다. 기형도 시에서 독자들에게 가장 주목받고 있는 테마들은 '상실'의 테마와 '유랑'의 테마라고 할 수 있다. 바로 이 테마들을 담은 시편들이 "주어를 잃고 헤매는" '나'의 삶의 궤적을 보여주고 있다. 이 글은 그 테마들을 중심으로 기형도 시를 읽어나갈 것이다. 또한 그 테마들과 얽혀 있는 기형도 시에서의 '희망'과 '죽음'에 대해서도 논해보려고 한다.

시집 『입 속의 검은 잎』을 받쳐주고 있는 **뼈대** 중 하나는 '기억'이다. 그러나 시인의 기억은 풍성하지 않다. 반대로 그의 기억은 상실로 채워져 있다. 유년 시절의 기억마저도 그렇다. 아래의 시는 기형도 시편들 중에서 가장 잘 알려져 있는 것 중의 하나다.

> 열무 삼십 단을 이고
> 시장에 간 우리 엄마
> 안 오시네, 해는 시든 지 오래
> 나는 찬밥처럼 방에 담겨
> 아무리 천천히 숙제를 해도
> 엄마 안 오시네, 배추잎 같은 발소리 타박타박
> 안 들리네, 어둡고 무서워
> 금간 창 틈으로 고요히 빗소리
> 빈방에 혼자 엎드려 훌쩍거리던
>
> 아주 먼 옛날
> 지금도 눈시울을 뜨겁게 하는
> 그 시절, 내 유년의 윗목
>
> －「엄마 걱정」 전문

기형도에게는 유년 시절의 기억마저도 따스하지 않고 춥다. 유년의 기억은 윗목에 앉아 있는 것이다. 원초적 상실감이라고 할 수 있는 이 체험은 기형도 시편들의 깊은 곳에 자리 잡는다. '엄마'의 부재와 가난, 그리고 외로움과 두려움. 유년 시절, "찬밥처럼 방에 담겨" 살아갈 수밖에 없었던 것은 병든 아버지의 존재 때문이었다. 기실 기형도는 어머니보다는 아버지에 대한 시를 더 많이 남겨 놓고 있다. 「겨울판화」 연작시라든지 「위험한 가계」와 같은 시들은 병든 아버지와 어려서 죽은 누이에 대한 기억을 시화한 것들이라고 할 수 있겠는데, 『기형도 전집』의 연보를 보면 그 시작詩作 작업은 기형도의 실제 체험을 바탕으로 이루어진 것임을 알 수 있다. 연보에 따르면, 시인이 열 살 때(1969년) 부친이 중풍으로 쓰러지시면서 비교적 유복한 편에 속했던 집안은 급격히 가세가 기울어진다. 그리고 시인이 열여섯 살 때에는 바로 위의 누이가 불의의 사고로 죽게 된다. 기형도 시인의 원체험은 이러한 상실의 아픔으로 이루어져 있는 것이다.

「위험한 가계 · 1969」는, 짧은 소품인 감이 있는 「엄마 걱정」과는 달리 6개의 산문시로 이루어진 큰 규모의 시다. 이 시에는 아버지가 중풍에 걸려 쓰러진 이후, 집안에 닥친 가난과 이와 관련된 시인의 경험이 매우 구체적으로 나타나 있다. "어머니, 잠바 하나 사주세요. 스펀지마다 숭숭 구멍이 났어요. 그래도 올 겨울은 넘길 수 있을 게다. 봄이 오면 아버지도 나으실 거구. 風病에 좋다는 약은 다 써보았잖아요"와 같은, 아마도 당시 기형도 시인과 어머니의 실제 대화를 기억하여 시에 삽입한 것일 그 구절은 기형도의 궁핍한 집안 사정을 선명하게 드러낸다. 당시의 누이들에 대한 기억 역시 이 시에서 구체적으로 볼 수 있는데, 특히 세 번째 산문시가 눈부시다.

> 방죽에서 나는 한참을 기다렸다. 가을밤의 어둠 속에서 큰 누이는 냉이꽃처럼 가늘게 휘청거리며 걸어왔다. 이번 달은 공장 속에서 야근 수당까지 받았어. 초록색 추리닝 윗도리를 사고 싶은데. 요새 친구들이 많이 입고 출근해. 나는 오징어가 먹고 싶어. 그건 오래 씹을 수 있고 맛도 좋으니까. 집으로 가는 길은 너무 멀었다. 누이의 도시락 가방 속에서 스푼이 자꾸만 음악 소리를 냈다. 추리닝이 문제겠니. 내년 봄엔 너도 야간 고등학교라도 가야 한다. …… 작은 누이가 중얼거렸다. 아버지 좀 보세요. 어떤 약도 듣지 않았잖아요. 아프시기 전에도 아무것도 해논 일이 없구. 어머니가 누이의 뺨을 쳤다. 약값을 줄일 수는 없다. 누이가 깎던 감자가 툭 떨어졌다. …… 그래도 아버지는 너희들을 건졌어. 이웃 농장에 가서 닭도 키우셨어. 땅도 한 뙈기 장만하셨댔었다.

작은 누이가 마침내 울음을 터뜨렸다. 죽은 맨드라미처럼 빨간 내복이 스웨터 밖으로 나와 있었다. 그러나 그때 아버지는 채소 씨앗 대신 알약을 뿌리고 계셨던 거예요.

『난장이가 쏘아올린 작은 공』의 한 장면을 연상시키는 시다. 역시 여기에서도 큰 누이와 '나', 작은 누이와 '엄마'와의 대화가 직접 삽입되면서 아버지의 병환과 그로 인한 가난에 의해 빚어지는 깊고 절절한 슬픔을 날 것으로 드러내고 있다. 어머니와 함께 집안의 가계를 책임져야 하기에, 약한 몸으로 공장에서 야근을 해야 하는 큰 누이의 모습은 "휘청거리며 걸어"오는, 가는 "냉이꽃"으로 이미지화 된다. 작은 누이는 "스웨터 밖으로 나"온 "빨간 내복"을 입고 있는, 마치 "죽은 맨드라미"와 같은 모습으로 이미지화 된다. 작은 누이에 대한 이미지는 얼마 후 불의의 사고로 이 세상을 뜰 그녀의 운명을 암시하고 있다. 이러한 희망이 보이지 않는 갑갑한 환경 속에서, 반장인 '나'는 선생님의 가정 방문을 제지하고 "상장을 접어 개천에 종이배로 띄"운다. 아버지의 병환과 누이들의 불행 속에서 '나'에게 상장은 아무런 내일의 희망이 되지 못했던 것이다. 그렇다면 아버지는 어떤 이미지로 시인에 의해 표현되고 있는가?

너무 큰 등받이의자 깊숙이 오후, 가늘은 고드름 한 개 앉혀놓고 조그만 모빌처럼 흔들거리며, 아버지 또 어디로 도망치셨는지. 책상 위에 조용히 누워 눈뜨고 있는 커다란 물그림 가득 찬란한 햇빛의 손. 그 속의 나는 모든 것이 커 보이던 나이였다. 수수밭같이 침침한 마루 얇게 접히며, 학자풍 오후 나란히 짧은 세모잠. 가난한 아버지, 왜 항상 물그림만 그리셨을까? 낡은 커튼을 열면 양철 추녀 밑 저벅저벅 걸어오다 불현 듯 멎는 눈의 발, 수염투성이 투명한 사십. 가난한 아버지, 왜 항상 물그림만 그리셨을까? 그림 밖으로 나올 때마다 나는 물 묻은 손을 들어 눈부신 겨울 햇살을 차마 만지지 못하였다. 창문 밑에는 발자국 하나 없고 나뭇가지는 손이 베일 듯 사나운 은빛이었다.

아버지, 불쌍한 내 장난감
내가 그린, 물그림 아버지
　　　　　－「너무 큰 등받이의자－겨울 版畵 7」 전문

　방금 의자에서 아버지가 일어나셨는지, 등받이의자가 조그만 모빌처럼 흔들거리고 있다. 책상 위의 고드름은 햇빛에 의해 녹아 물그림으로 변한다. 기형도 시인의 머리에 새겨진 아버지의 이미지는 이 물그림이다. 그 이미지는 이중적이다. 그 이미지는 아버지가 그린 것이지만, 한편으로 시인의 머리에 그려진(사실은 "내가 그린") 아버지의 이미지이기도 한 것이다. 이 이중성은 물그림의 투명함이 "수염투성이 투명한 사십"의 아버지로 전환되면서 형성된다. 있는 듯 없는 듯한, 투명 인간처럼 살아온 아버지의 이미지. 「물 속의 사막」에서도, "장마비, 아버지 얼굴 떠내려오신다/유리창에 잠시 붙어 입을 벌린다/나는 헛것을 살았다, 살아서 헛것이었다/우수수 아버지 지워진다, 빗줄기와 몸을 바꾼다"와 같은 구절에서 볼 수 있듯이 아버지가 물의 이미지로 나타난 바 있다. 그렇다면, 「엄마 걱정」에서 읽었던, '빈방' 속에 홀로 있는 시적 화자에게 어두운 정적의 시간을 적시며 들려오는 '빗소리'는, 바로 존재하면서도 부재하는, 유령 같은 아버지를 지칭하고 있다고 말할 수 있겠다.

　다시 「너무 큰 등받이의자」로 되돌아오자. 그 투명한 물그림, 투명해서 유령 같은 아버지("창문 밑에는 발자국 하나 없고")의 이미지 속에서 시인은 유년을 보냈을 터("그 속의 나는 모든 것이 커보이던 나이였다.")이다. 그런데 시인은 그 "그림 밖으로 나올 때마다 나는 물 묻은 손을 들어 눈부신 겨울 햇살을 차마 만지지 못하였다"고 말하고 있다. 왜일까? "커다란 물그림 가득 찬란한 햇빛의 손"을 맞잡을 수 없었기 때문일까? 그 찬란함과 암울한 자신의 삶이 너무 극적으로 대비되기 때문일까? 여하튼 기형도 시인은 밝은 햇빛보다는 아버지의 부재를 자신의 삶의 운명적 상황으로 받아들이는 것 같다.

　그렇다고 시인이 침울하게만 삶을 살았다고는 볼 수 없다. 「위험한 가계」의 말미에서 시인은 "보세요 어머니. 제일 긴 밤 뒤에 비로소 찾아오는 우리들의 환한 家系를. 봐요 용수철처럼 튀어오르는 저 冬至의 불빛 불빛 불빛."이라고 쓰고 있는 것을 보면 그렇다. 하지만 이 구절에서 시인은 희망을 '간신히' 가지게 된 것 같은 느낌을 받게 된다. 즉, 그것은 시인이 그 암울한 상황에서 벗어날 수 있는 어떠한 전망도 가지지 못한 채, 억지로라도 가져야 한다는 생각에서 나온 희망처럼 느껴지는 것이다. 그래서 그 진술은 더욱 눈물겹게 느껴지긴 하지만, 어쩐지 위태로운 느낌 역시 주고 있다. 그렇기에, 저 희망어린 진술에도 불구하고, 성인이 된 시적 화자를 감싸는 주된 정서 역시 불안이며 그의 어조 역시 탄식임은 놀라운 일이 아니다. 아버지 없이 빈 의자만 흔들리던 그 기억이, 그리고 일 나간 엄마를 기다리며 "훌쩍거리던" '빈방'에서의 그 기억이, 성인이 된 시인의 내면에 뿌리내리고 있었기에 그러한 정서와 어조가 나오는 것이리라. 그래서 유년의 상실 체험은 성인의 삶에서도 반복된다. 이는 뿌리내린 기억의 힘이 어떤 운명을 형성하면서, 유년의 체험이 미래의 삶에서도 반복되기 때문에 일어난다. 아래의 시는, 그 빈방의 체험이 성인이 되었을 때 어떻게 반복되고 있는지 보여주고 있다.

> 사랑을 잃고 나는 쓰네
>
> 잘 있거라, 짧았던 밤들아
> 창밖을 떠돌던 겨울안개들아
> 아무것도 모르던 촛불들아, 잘 있거라
> 공포를 기다리던 흰 종이들아
> 망설임을 대신하던 눈물들아
> 잘 있거라, 더 이상 내 것이 아닌 열망들아
>
> 장님처럼 나 이제 더듬거리며 문을 잠그네
> 가엾은 내 사랑 빈집에 갇혔네
>
> ─「빈 집」 전문

이 시는 기형도의 시 중에서 독자들로부터 가장 많은 사랑을 받은 시 중 하나이다. 많은 사람들이 "더 이상 내 것이 아닌 열망들"인 '사랑'을 빈 집에 가두어놓고는, 쓸쓸하고 답답한 가슴을 안고 거리로 나간 체험을 가져본 적이 있기 때문일 것이다. 그래서 이 시의 '나'는, 이 글 서두에서 언급했던 우리들의 '나'로 쉽사리 전화될 수 있다. 그런데 시인은 어떻게 사랑을 잃게 되었는가? 그 경험은 어떤 것이었는가? 「그집 앞」이란 시가 그것에 대한 단서를 보여주고 있다. 시인은 그 시에서, "그때 우리는 섞여 있었"고 "모든 것이 나의 잘못이지만/너무도 가까운 곳에서 나를 안심시켰"으며 "그토록 좁은 곳에서 나 내 사랑 잃었"다고 말하고 있다. 더 나아가 그는 "사내들은 있는 힘 다해 취했"던 "나 그 술집에서 흐느꼈"으며, "나 그 술집 잊으려네"라고 읊고 있다. 「그집 앞」역시 많은 독자들에게 사랑받은 시다. 이 시를 읽으면 사람들은 절절한 감정을 갖게 될 터인데, 사랑받고 싶은 열망을 주체하지 못하는 사람들은 누구나 술집에서의 시인처럼 상실을 겪기 마련이기 때문이다. 그러한 사람들은 "기억이 오면 도망치"기 위해 「빈 집」에서처럼 사랑을 빈 집에 놔두고 거리를 쓸쓸히 돌아다녔을 것이다. 여하튼, 사랑하는 어머니와 아버지의 부재 속에서 울먹이던 아이는, 성인이 되어서도 사랑하는 이를 잃게 되는 상황을 반복해서 맞게 된다. 빈방에 홀로 남아있던 그 아이는, 성인이 된 후 희망과 꿈과 기억과 사랑을 그 빈방에 유폐시키고는 길을 떠난다.

3

사랑을 잃고 무작정 떠난 시인에게 목적지는 없으리라. 하여, 사랑을 잃고 여기저기 떠돌아다니는 시인의 눈에는 상실의 기억에서 벗어나고자 미래(목적지) 역시 지워버린 사람들, 그래서 무시간 상태에서 땅에 안착하지 못하는 사람들이 포착되기 시작한다.

하룻밤새 없어져버린 풀꽃들
다시 흘러들어온 것들의 人事
흐린 알전구 아래 엉망으로 취한 군인은
몇 해 전 누이 얼굴을 알아보지 못하고, 여자는
자신의 생을 계산하지 못한다
몇 번인가 아이를 지울 때 그랬듯이
습관적으로 주르르 눈물을 흘릴 뿐
끌어안은 무릎 사이에서
추억은 내용물 없이 떠오르고
小邑은 무서울이만치 고요하다, 누구일까
세숫대야 속에 삶은 달걀처럼 잠긴 얼굴은
봄날이 가면 그뿐
宿醉는 몇 장 紙錢 속에서 구겨지는데
몇 개의 언덕을 넘어야 저 흙먼지들은
군은 땅 속으로 하나둘 섞여들는지

─「봄날은 간다」 부분

　시인은 어떤 소읍에서 풀어헤쳐진 표정("세숫대야 속에 삶은 달걀처럼
잠긴")을 가진 사람들─'땅 속에 섞여들지 못하는 저 흙먼지들'─의 행보
를 보고 있다. 고통의 연속이었을 그들의 고단한 삶들, 지워버리고 싶은
기억들을 안고 있는 삶들로서는, 이젠 그들에게 떠오르는 것은 "내용물
없는 추억"일 뿐이며 그들은 "습관적으로 눈물을 흘릴 뿐"이다. 그들은 "생
을 계산하지 못"하면서 '봄날'을 그냥 흘려보낸다. 속절없이 가는 봄날 속
에서 그 사람들은 이리저리 어딘가로, 취한 채, 힘없이 흐물흐물하게, 하지
만 자꾸 떠오르는 추억만 파리 쫓듯 손으로 쫓아내며, 흘러 다니고 있다.
　사랑을 잃고 기억을 버리려고 하는, 그리하여 주어를 잃어버린 사람들
은 죽음을 각오해야 한다. "희망을 포기하려면 죽음을 각오해야 하리, 흘
러간다 어느 곳이든 기척 없이"(「植木祭」)라고 시인이 말하듯이. 이 희

망을 포기하고 죽음을 각오한 사람들을 쓸쓸하게 드러내는 매재는, 「엄마 걱정」에서 하나의 모티프였던, 그리고 아버지의 이미지이기도 했던 '가는 비'다. "누구도 죽음에게 쉽사리 자수하지 않"지만, "그러나 어쩌랴, 하나뿐인 입들을 막아버리는/가는 비…… 오는 날, 사람들은 모두 젖은 길을 걸어야 한다"(「가는 비 온다」)는 구절에서 볼 수 있듯이. 가는 비를 맞으며 죽음의 삶을 살아가며 걷고 있는 사람들의 모습은 네거티브 필름처럼 음산하다. 가령 "검은 외투를 입은 중년 사내 혼자/가랑비와 인파 속을 걷고 있네/너무 먼 거리여서 표정은 알 수 없으나/강조된 것은 사내도 가랑비도 아니었네"(「가수는 입을 다무네」)와 같은 풍경을 보면서 이제 시인은 입을 다물 수밖에 없다. 시는 이 도저한 생기 없는 풍경에 견디지 못하여 입을 다물어버리기 직전에 뿜어져 나오는 탄식일 뿐이다. 그것은 "모든 것이 엉망이다, 예정된 무너짐은 얼마나 질서 정연한가"(「오후 4시의 희망」)라는 탄식이다.

하지만 이런 질문이 떠오른다. 희망을 품었을 때 탄식은 터져 나올 수 있는 것 아니겠는가? 희망이 전혀 없다면, 어떤 풍경을 보고 충격을 받거나 탄식하거나 하지 않는다. 빈방에 사랑을 유폐시키고 거리로 뛰쳐나왔을 때, 시인은 어떤 희망을 은밀하게 품고 무엇인가 발견하려고 하지 않았겠는가? 잃어버린 사랑을 다시 얻으려고 하지 않았겠는가? 그런데 시인은 "나는 곧 무너질 것들만 그리워했다"(「길 위에서 중얼거리다」)고 말해버린다. 시인에게 상실이란 원초적인 것이어서, 시인으로서는 어떤 정착, 채워짐, 사랑의 회복 같은 것은 희망할 수조차 없게 된 것일지 모른다. 그래서 '나'와 같은 상태에 빠진 쓸쓸한 사람들, 사랑을 잃고 주어를 잃어버린 사람들, 그렇게 무너지고 있는 사람들에게 동병상련의 심정으로, 그리고 그리움의 심정으로 시인은 시선을 그들에게 투사했을지 모른다.

더 나아가 시인은 "휴일의 대부분은 죽은 자들에 대한 추억에 바쳐진다."(「흔해빠진 독서」)라고 말하고 있다. 기형도는 거리에서 시름시름 '죽어가는 사람들'의 모습을 다시 재생시키고는 생각에 빠진다. 이 죽은 자들을 왜 추억하려는 것일까? 이들에 대해 누군가에게 말하기 위해서일 테다. 하지만 이들에 대해 말하기는 쉬운 일이 아니다. 그건 공포를 수반하기 때문이다. 그가 증언하려는 죽음들, 그것은 입 속에 매달린 검은 잎으로 표현된다. "가까운 지방으로 나는 가야 하는 것이다/이곳은 처음 지나는 벌판과 황혼,/내 입 속에 악착같이 매달린 검은 잎이 두렵다"(「입 속의 검은 잎」)는 시인의 진술을 풀어 보면, 불안하고 떨리지만 죽은 자들에 대해 말하기 위해 "처음 지나는 벌판과 황혼"이라도 "가야 한다"는 것이다. "가야 한다"…, 시인은 어떤 의무감을 가지고 있음이 틀림없다. 누구에 대한 의무일까? 그의 '형제'일, 죽은 자들에 대한 의무일 것이다. 이미 시적 화자 '나'는 저 상처받은 사람들과 동류였다. 더 나아가서 죽은 자들, 그들도 '나'와 동류라는 인식의 확장이 이루어지면, 이젠 말할 수 없는 죽은 자들을 대신하여 말해야 된다는 의무를 느끼게 될 것이다.

그 의무는, 어쩌면 영웅적으로라고까지 말할 수 있을 정도로, 불안과 공포에 등을 돌리지 않고 그것들을 받아들일 수 있는 힘을 시인에게 주었던 것일지 모른다. "내 희망을 감시해온 불안의 짐짝들에게 나는 쓴다/이 누추한 육체 속에 얼마든지 머물러 가시라고"(「정거장에서의 충고」)라는 진술은 시인이 어떤 불안으로부터 해방될 수 있으리라는 기대를 독자에게 던져준다. 불안을 의식화하고 그것에 대해 여유 있게 받아들일 수 있게 되면, 그 불안은 더 이상 시인을 괴롭히는 무엇이 되기를 멈출 것이기 때문이다. 도리어 시인이 거짓 희망에 사로잡히지 않도록 불안에게 계속 감시해달라고 부탁하기까지 한다. 그렇다면 기형도 시인에게 그 의무의 실행이란, 희망으로 죽음과 공포를 손쉽게 해소하지 않고 불안을 그대로 받아들임과 동시에 죽은 자들에 대해 증언하면서 이루어지는 것이라고 유추해볼 수 있다.

그렇다고 하더라도, 불안으로 희망을 감시하며 길을 걷기 위해서는, 그래도 하나의 희망이 마음의 바탕에 깔려 있지 않으면 불가능하다. 물론 시인은 우러나오지 않는 희망을 경계하기에, 관찰대상 속으로 어떤 희망을 불어넣거나 하지는 않는다. 하지만 죽음 자체를 드러내고 증언한다는 것은 삶에 죽음을 불어넣고 있는 이 세계에 대한 고발이자 부정이다. 고발과 부정은 더 나은 세계가 가능할 것이라는 희망에서 나올 수 있다. 그러니까 기형도는 어떤 희망을 품고 거리로 나섰을 것이라고 여전히 생각할 수 있는 것이다. 그러면 그는 무엇을 희망하였는가? 하지만 그의 특이성은, '희망'이라고 하면 연상되는 어떤 말로 희망을 포장하지 않는다는 점이다. 섣부른 희망을 불안으로 감시하게 하는 기형도로서는 당연한 태도다. 거짓 희망이 아닌, 하지만 분명히 그가 품고 있을 그 희망이란 무엇일까. 시인은 뜻밖에도 그 희망이 질투라고 말한다.

> 그 누구도 나를 두려워하지 않았으니
> 내 희망의 내용은 질투뿐이었구나
> 그리하여 나는 우선 여기에 짧은 글을 남겨둔다
> 나의 생은 미친 듯이 사랑을 찾아 헤매었으나
> 단 한번도 스스로를 사랑하지 않았노라
>
> ―「질투는 나의 힘」부분

사랑 받지 못하는 이에게는, 그가 삶을 살아갈 수 있는 힘은 질투다. 아마 매섭게 타오르는 질투의 불길을 느껴본 실연자는 이해할 것이다. 질투라도 하지 않으면 사랑의 상실 때문에 죽을지도 모를 정도로 마음의 고통을 느껴본 사람은 말이다. 그들은 무엇인가 희망해야 한다. 그렇지 않으면 죽음을 견뎌야 한다. 그런데 죽음을 견딘다는 말은 죽음의 지경까지 다가간다는 말이다. 죽음의 경계선까지 갔을 때, 한 발만 내디디면 실연자는 죽을 것이고 그리하여 입을 다물 것이다. 그렇기에 그는 나의 분신들인 '무너질 것들'이라도 그리워해야 하고 희망해야 한다. 결국 그는 "미친 듯이 사랑을 찾아 헤"맬 수밖에 없다. 그 희망이 모래 같은 사랑이라 할지라도, 질투의 대체물에 불과할지라도, 거리에 나가 무엇인가를 찾아 헤매야 한다. 그러나 그 헤맴의 끝은 있을 수 없으며, '내' 손에 잡히는 것 역시 아무 것도 있을 수 없다. 무너지는 시간의 모래만이 존재한다. 결국 질투에 의해 추동된 끝없이 헛된 유랑은 '나' 자신을 파괴시켜 버릴 것이다. 그리하여 질투는 "스스로를 사랑"할 수 없게 만들 것이다.

4

롤랑 바르트는 질투에 대해 이렇게 말하고 있다. "질투하는 사람으로서의 나는 네 번 괴로워하는 셈이다. 질투하기 때문에 괴로워하며, 질투한다는 사실에 대해 자신을 비난하기 때문에 괴로워하며, 내 질투가 그 사람을 아프게 할까봐 괴로워하며, 통속적인 것에 노예가 된 자신에 대해 괴로워한다. 나는 자신이 배타적인, 공격적인, 미치광이 같은, 상투적인 사람이라는 데 대해 괴로워하는 것이다."(『사랑의 단상』) 그 '황폐한' 희망인 질투를 안고 자기 자신을 비난하면서 거리를 걷는 시인은 극심한 피로 속에서 이렇게 중얼거리게 될 것이다. "나를 찾지 말라…… 무책임한 탄식들이여/길 위에서 일생을 그르치고 있는 희망이여"(「질투는 나의 힘」)라고. 여기까지 이르면, 독자들 역시 탄식하며 입을 다물게 될지 모른다. 그리하여 기형도의 시집은, 자기 자신도 말하듯이 '검은 책'이라고까지 말할 수 있게 된다.

> 나를
> 한번이라도 본 사람은 모두
> 나를 떠나갔다. 나의 영혼은
> 검은 페이지가 대부분이다, 그러니 누가 나를

펼쳐볼 것인가, 하지만 그 경우
그들은 거짓을 논할 자격이 없다
거짓과 참됨은 모두 하나의 목적을
꿈꾸어야 한다, 단
한 줄일 수도 있다

나는 기적을 믿지 않는다

－「오래된 書籍」 부분

결국 희망마저도 삶을 그르친다는 기형도의 인식은 '나'에 대해 "검은 페이지가 대부분"인 '영혼'이라고 지칭하기에 이른다. 여기에서 독자들은 도저한 비관주의를 보게 된다. 그리고 기형도의 실제 죽음을 상기하게 된다. 기형도의 죽음이 마치 자살처럼 느껴지는 것은 이 때문이다. 그래서 기형도가 삶의 밝은 면을 보여주지 않고 우리를 절망에 빠지게 한다고 그를 힐책하는 사람도 생기게 된다. 물론 기형도의 비극적 죽음을 안타까워하며 그의 시를 더욱 사랑하는 이들도 많아진다. 그런데 그 "검은 페이지"는 기형도 뿐만 아니라 바로 우리 내면 깊숙한 곳에도 있다는 것이 이 시가 전해주는 의미의 핵심 아닐까. '나'에 대해 진술하다가 갑자기 '그들'에 대해 단호하게 말하고 있는 것을 보면, 저 시가 '나'에 대한 단순한 넋두리가 아님은 분명하다. 시인이 말하고 싶은 것은, 검은 진실이 있다는 것이고 그 진실을 끄집어내기 위해선 문학이란 '거짓'이 필요할 수도 있다는 것 아닐까. "거짓과 참됨은 모두 하나의 목적을/꿈꾸어야 한다"는 단호한 진술이 이를 뒷받침한다고 생각된다. 그 "하나의 목적"이란 어떤 진실, 즉 우리의 내면이 검다면, 우리는 검다는 진실을 시인은 말해야 한다는 것.

그렇다면, 기형도는 비관주의를 설파하기 위해서 시를 썼다고 볼 수는 없다. 그에게서 비관적인 무엇을 진술하는 것은 진실을 드러내기 위한 한 방편이다. 그래서 여전히 그는 다른 세상에 대한 희망을 포기하고 있지 않았다고 생각할 수 있다. 진실을 드러낸다는 것은 허위의 세상에 대한 항의일 수 있기에 그렇다. 그래서 그의 시가 보여주는 도저한 비관은 희망을 저버린 무엇을 뜻하지는 않는 것이다. 그 희망이 절망스러운 희망이라고 할지라도 말이다. 그의 시집이 다채로운 테마의 시들을 보여줄 수 있었던 것은 그 때문이라고 생각된다. 앞에서도 말했지만, 저 '검은 페이지'의 시편만이 그의 유고 시집을 착색한 것은 아닌 것이다. 한 권의 시집에서 다양한 테마, 어쩌면 상반된 테마를 담고 있다는 것은 기형도의 미숙성이라고도 말할 수 있겠지만, 그보다는 그것은 절망과 희망이라는 상반된 테마가 기형도 시에서 뫼비우스의 띠처럼 연결되어 있기 때문일지도 모른다.

기형도에게 유년 시절의 상실 체험은 성년 시절에도 운명적으로 되풀이되었다. 그래서 시인은 빈 집을 나와 거리를 떠돌아다녔지만, 그의 희망은 일생을 그르치는 질투였다. 그래서 그의 시집엔 검은 페이지가 많은 것이리라. 하지만 그 검은 페이지는 한편으로 사랑을 잃은 독자들의 어떤 내면적 진실을 들추어내는 것이어서 여전히 어떤 희망을 비춘다. 진실이라는 희망. 그래서 기형도 시에 대하여 기형도 시구를 빌려 이렇게 말하는 것이 허용되리라고 믿는다.

오오, 그리운 생각들이란 얼마나 죽음의 편에 서 있는가
그러나 내 사랑하는 시월의 숲은
아무런 잘못도 없다
                                                                    ─「10월」 부분

                                                                    (2009)

도시의 내장을 유영(遊泳)하는
미친 사랑기계

－김혜순 론

1

김혜순 시인이 등단한 년도가 1979년이니까 올해는 그녀가 시를 발표한지 꼭 30주년 되는 해다. "시나라 안의 시민詩民"(『여성이 글을 쓴다는 것은』, 257면)인 그녀는 30년 동안 왕성한 생산력으로 시집을 아홉 권이나 냈다. 아홉 권의 시집1)은 제각각 특이한 색채의 세계를 보여주고 있어서 그녀가 언제나 새로 시작하는 시인임을 말해준다. 그리고 한국어로 된 '시나라'에 새로운 영역을 만든 그 독특한 시세계는, 그녀의 시편들이 '시나라' 안의 독특한 '시나라'를 건설했다고도 말할 수 있게 한다. 특히 강력한 여성주의 시론집인 『여성이 글을 쓴다는 것은』에서 잘 설파되고 있듯이, 그녀는 종래의 서정시 개념을 파괴하면서 새로운 형태의 시를 지속적으로 실험했다. 서정적 주체가 세계와 동일화된다는 종래의 서정시는 풍경을 소유하고자 하는 남성의 권력 의지에 의한 것으로 비판된다. 반면

---

1) 이 아홉 권의 시집은 다음과 같다. 1. 『또 다른 별에서』(1981), 2. 『아버지가 세운 허수아비』(1985), 3. 『어느 별의 지옥』(1988, 개정판 1997), 4. 『우리들의 음화』(1990), 5. 『나의 우피니샤드, 서울』(1994), 6. 『불쌍한 사랑기계』(1997), 7. 『달력공장 공장장님 보세요』(2000), 8. 『한 잔의 붉은 거울』(2004), 9. 『당신의 첫』(2008).

'나'를 해체시키고 세계 속으로 용해되어 들어가 세계의 움직임과 함께 움직이는 '행동'의 시야말로 여성적인 글쓰기, 여성적인 서정시로서 긍정된다. 왜 그러한 시 쓰기가 여성적인가? '나의 해체', '나의 죽음'을 통해 새로운 생명을 낳을 수 있는 능력은 남성이 아니라 여성이 가질 수 있기 때문이다. 즉 여성만이 대상을 몸속 깊이 받아들이고 자신을 해체하면서 새 생명을 탄생시키는 어머니가 될 수 있기 때문이다.

김혜순은 '나'의 해체, '나'의 죽음을 통과하면서 세계를 몸으로 받아들이고 몸으로 다른 세계를 낳는 과정을 시로 쓰고자 했다. 그런데 그 과정은 순탄하지 않다. 지독한 사랑과 고통이 뒤따른다. 그 사랑과 고통은 육체적인 것이다. 행위 자체이고자 하는 그녀의 시는 사랑과 고통의 육체적 과정을 재현하지 않는다. 아파하는 육체의 떨림 과정 자체가 육체적인 이미지의 움직임으로 나타난다. 사랑하고 파괴되고 죽고 낳는 육체의 이미지들. 그녀의 시에서 왜 그렇게 그로테스크한 이미지들이 나타나는가를 여기서 우리는 이해할 수 있다. 그 이미지들과 함께 피와 절단된 몸, 구멍으로 가득 찬 '시나라'가 구축되기 시작된다. 그리하여 그녀는 여성의 입장을 주장하거나 여성을 신비화하는 것이 아니라 여성의 욕망과 몸 자체에서 발성되는 '시나라'의 한 영역을 마련한다.

그 시나라는 상당히 광대해서, 이 글과 같은 한 편의 작은 글로는 다 조명하기가 불가능하다. 김혜순 시에 대해서는 많은 글이 나와 있다. 특히 비교적 최근인 2008년 봄에 『작가세계』에서 김혜순 특집을 마련하고 있어서 일독을 권한다. 심진경, 신형철, 권혁웅의 좋은 글들이 김혜순 시의 특성을 공시적으로 조망하여 재구성하고 있다. 이 글은 김혜순 시에 대한 공시적 조망은 다른 평론가들의 글을 참조하시라고 미루고, 발간된 시집 순서대로 김혜순의 시를 전체적으로 살펴보고자 한다. 특히 몸에 대한 그녀의 사유와 이미지화가 어떻게 행해졌으며, 또 어떻게 변화되었는가를 중심으로 논하여 김혜순이라는 '시나라'에서의 어떤 특정한 부분을 조명해보려고 한다.

2

그로테스크한 몸을 시화하는 경향은 그녀의 등단작에서부터 나타나고 있는데, 「담배를 피우는 시인」(첫시집인 『또 다른 별에서』에 실린 이 시의 제목은 「담배를 피우는 屍體」다)이 특히 초현실주의적인 기괴함을 보여준다.

> 어디서 접시 깨어지는 소리를 들었다.
> 언제나 그 소리가 들렸다.
> 옆에서 죽은 여자의 전신이 망가진 기계처럼 흩어졌다.
> 꺼어먼 뼈 사이로 검은 독충들이 기어 나왔다.
>
> 내가 한 마리 독충을 들고 웃는다.
> 혹은 말을 걸어 보고 싶다.
> <내 진술은 여기서부터 더듬기 시작>
> 바, 방에는 검은 독충들이 더, 듬, 으, 며 흩어지고
>
> 어리고 섬찟한 금을 긋는다.
> 내가 죽은 여자의 입술을 주워서 담배를 물려 준다.
> 그러다가 이내 뺏아가고 다시 물려 준다.
> 불이 우는 것 같다. 어디서 복숭아 냄새가 난다.
>
> 시(詩)속에 사닥다리라는 말을 넣고 싶다.
> 사닥다리를 든 내가 계단에서 서성거린다.
> 창문이 열리고 흰 스카프를 쓴 죽은 여자의 얼굴이 걸려 있다.
> 아, 아직도 접시 깨어지는 소리가 들린다.

어떤 여자의 몸이 깨진 접시처럼 산산이 부서져 "전신이 망가진 기계처럼 흩어"져 있다. 저 죽은 여자는 누구일까? 시인일까? 등단시의 제목을 보면 아마 시인 자신을 말하는 것이라고 짐작할 수 있다. 여하튼 여기서 이 시에 대한 무리한 해석을 시도하는 것은 그다지 의미 있는 일은 아닐 것이다. 김혜순 시인이 등단 때부터 여자의 몸을 어떠한 이미지로 표현하고자 하는지 확인만 해두고자 한다. 이 시에서 여자의 몸은 유기적 통일체가 아니라 여러 부품으로 이루어진 기계로 나타난다. 몸은 입술과 같은 부품과 다른 부품이 연결되어 이루어진 것이다. 입술은 말하는 기계이면서도 빠는 기계다. 저 입술은 시를 읊기도 하고 담배를 빨기도 할 것이다. 시적 화자가 아마도 시인 자신일 저 시체의 입술에 담배를 물려주었다가 다시 빼앗기를 반복하는 일은, "불이 우는 것 같"은 시, "복숭아 냄새가" 나는 시를 쓰는 과정을 이미지화 한 것일지도 모르겠다. "꺼어먼 뼈 사이로" 기어 나오는 독충에게 말을 걸면서 "바, 방에는 검은 독충들이 더, 듬, 으, 며 흩어"진다는 더듬는 진술이 시작되고, 이후 시적 화자가 입술에 담배를 물려주는 장면을 보면 그러하다. 그런데 더듬는 진술과 더듬으며 흩어지는 독충이 같은 모습인 것을 보면, 시적 진술이란 바로 몸속에 있던 독충이 절단된 시체에서 빠져나와 흩어지는 것을 가리키는 것일 게다.

그렇다면 김혜순 시인에게 시적 진술이란 자신의 기계적인 몸이 파괴되었다는 것을 확인하면서, 이 파괴를 통해 자신의 몸속에 돌아다니던 독충을 더듬거리며 외화하는 일이다. 시적 주체가 하는 일이란 사체의 일부인 입술 기계에 담배를 주어 "불이 우는 것" 같은 목소리를 내게 하는 일이다. 시 쓰기는 자신의 몸이 파괴되었음을, 즉 자신의 죽음을 확인하면서, 그리고 그 죽음에 목소리를 줌으로써 내 몸속 깊이 돌아다니던 독충을 드러내는 과정이다.

몸속에 있는 것을 밖으로 드러내는 일은 사랑에서도 일어난다. 사랑은 "번갈아/서로의 내장을 드러"(「사랑에 관하여」)내는 행위다. 그런데 사랑하는 이들은 서로의 내장을 보면서 "키득키득/키득/당,시,늬,내,장,은,파, 라,쿤,너,무,굴,떴,어/당,시,늬,내,장,은,노,라,쿤,황,다,리,야."(같은 시)라고 키득거리며 말한다. 그런데 이 더듬거리는 말은 바로 독충의 움직임과 같은 진술 아니었던가? 서로의 내장을 드러내면서 더듬거리며 웃는 사랑의 진술은 몸속을 흐르는 독충을 외화시키려는 시적 전략과 통한다. 한편 이러한 시적 진술과 전략은 "보이지 않는 말들이/입술 밖으로 녹아"(「無言劇」) 흐르는 무언극의 행위와 통하기도 한다. 보이지 않는 말들을 밖으로 보여주는 무언극은 우는 것처럼 보이는 담뱃불의 모습과 유사하지 않겠는가. 이렇게 보면 김혜순에게서 시 쓰기는 사랑하기이며 극화하기다. 그런데 그 사랑은 감미롭지 않다. 키득거리는 웃음을 잃지 않으면서도, 서로의 내장을 들춰내는 극한적인 것이다. 그리고 그 극 역시 말 없는 행위로 보이지 않는 말을 보여준다는, 언어의 한계 지점에서 진행되는 것이다. 두 번째 시집 『아버지가 세운 허수아비』에서는 이 사랑의 극한성이 파괴적으로 극화되어 나타나고 있다.

> 너는 나를 짓밟는다
> 때묻은 뒤꿈치로
> 나를 짓뭉개고 뒤흔든다
> 네 발가락 사이에서
> 내 피가 튀고, 억울한 피톨이 튄다
> 부끄러운 사랑이 찢어지고
> 연약한 살점이 짓뭉개져 드러난다
> 그 다음 너는 나를 쥐어짠다
> 입술이 비틀리고
> 숨겨둔 봄의 씨앗들이 터져나온다
> 피눈물이 주르르 쏟아진다
> 너는 그것을 단숨에 들이켠다

나는 네 몸통 속에서
불씨처럼 익어간다
네 목젖을 타고 오르는
빨간 플러스, 빨간 플러스
이번엔 네 체온이 급상승중
나는 너의 피 속에 불을 지른다
너의 전신이 모닥불처럼 타오른다
그 다음 나는 너의 뇌 속으로 들어간다
들어가서 나는 지랄 발광한다
덩달아 너도 고래고래 소리치고
시궁창에 처박힌다
나는 너의 눈 속으로 들어가 너의
동공을 꽉 틀어막는다
나는 너를 뒤흔들고 들쑤신다
나는 너를 패대기친다
나는 너의 골통을 쳐부순다
나는 너를 피 흘리게 한다
그리고 너의 깊디깊은 잠과 함께
나도 이제 죽어간다

– 「복수」 부분

내장을 들춰보면서 키득거리던 사랑은 이젠 일종의 피 튀는 복수의 살육과 같은 것이 되었다. 이 살육이 진짜 사랑일지도 모르겠다. 비록 "지랄 발광"하기 위한 것일지라도, 적어도 "나는 너의 뇌 속으로 들어"가기 때문이다. 그리고 너 속에서 "골통을 처부"셔 너를 죽이면서, 너의 잠과 함께 나도 역시 죽어가기 때문이다. 시를 쓰기 위해 산산이 부서진 자신의 시체가 필요했던 것처럼 시적 화자는 '너'의 몸을 박살내고 있다. 이를 보면 여기서의 '너' 역시 담배피우는 시체처럼 또 다른 나이지 않을까? 그럴 수도 있고 아닐 수도 있겠다. 여하튼 너는 어떤 타인일 수 있지만, 나는 너의 뇌 속에 있으므로 너의 삶과 나는 분리되기 힘들게 되었다. 서로의 적의가 서로의 삶의 전제조건이 되는 이 상호 파괴적 관계는 이 두 번째 시집에서 심심치 않게 보인다. 「敵 2」에서는 "우리는 서로/없애주기로 언약"하고 서로를 너덜거리도록 찢어놓는다. 더 나아가 상대방의 뇌를 먹기도 한다. 「프레베르의 아침식사에 대한 나의 저녁식사」에서는 나의 "끓어오르는 뇌수에서/실핏줄과 튀는 힘줄을./그는 맛있게 먹고 있었다/입맛마저 다시며,"라고 시인은 진술한다. 그런데 '나의 저녁식사'라는 제목을 보면 나의 뇌수를 먹고 있는 '그'는 '나'일 수도 있겠다.

「담배 피우는 시체」에서 독충에게 말을 걸면서 더듬거리던 진술은 이제 증오어린 거친 언어로 속사포처럼 빨리 진행된다. 「담배 피우는 시체」에서 진술의 더듬거림은 그 진술이 몸속에서 나온 독충의 더듬거리는 움직임 자체였기 때문이다. 거꾸로 말하면, 진술은 독충의 재현이 아니라 독충 자체이기에, 더듬거리는 진술 때문에 독충이 더듬거렸다고도 말할 수 있다. 독충은 시인의 몸속을 돌아다니던, 몸이 조각나지 않으면 세상에 나올 수 없는 말이다. 의식 너머에 있는 몸속의 말이었기 때문에, 그것은 세상에 나오면 더듬거리면서 발설된다. 그런데 여기 들쑤시고 패대기치고 쳐부수고 피 흘리게 한다는 살육의 묘사에서는 과잉된 말이 터져 나오고 있는 것이다. 이러한 차이는 어떻게 생길 수 있었을까? 「담배 피우는 시체」에서는 시체의 입에 담배를 물려주면서 시가 씌어졌지만, 여기서는 어떤 공격성을 가지고 '너'를 시체로 만드는 과정의 묘사가 시화 되고 있다. 전자는 의식과의 갈등 속에서 독충과 같은 말이 더듬더듬 진술된다면, 여기서의 말은 의식의 필터를 거치지 않고 자동적으로 터져 나온다. 이 변화의 사이에 「전염병자들아—숨차게」라는 시가 놓여 있다.

뛰어라. 앓는, 몸아, 너를, 부르거든, 큰, 소리로, 살아있다살아있다, 외쳐, 대라. 도착하진, 말고, 떠,나,기만, 하,거,라. 주사, 바늘들이, 빠

져, 달아나고, 희디흰, 침대, 가, 다, 부서지도록, 피똥이, 튀고, 토, 사
물과, 악취가, 하늘, 높이, 날리도록, 달리기만, 하거라. 생명이, 나갔다
가들어오고, 출발했다가도착하며, 생, 명, 을, 부렸다가다시, 지고, 또,
다, 시, 달려, 나가는, 앓는, 몸아! 저기, 저기, 쳐다봐라. 유화, 물감으
로, 그려진, 행복이, 액자, 속에, 담겨, 있고, 이제, 막, 기쁨의, 사. 카.
린. 이. 강. 물. 처. 럼. 네. 피. 속으로, 들어가고, 있구나. 누군가, 살아
있냐. 묻거든, 머리를, 깨부수고, 촉, 수, 를, 보여, 줘, 라.
　　　　　　　　　　　　　　　─「전염병자들아─숨차게」 부분

　　이 언술은 더듬거림과 거침없음 사이에서 진동한다. 저 수많은 쉼표들
이 앞으로 나아가려는 진술을 막 끊어놓는다. 무의식을 개방시켜 나아가
는 폭력적 진술은 점차 동력을 얻어 시니피앙의 과잉을 가져온다. 하지만
위의 시에서는 과잉의 시니피앙과 그 시니피앙의 질주를 막는 무의식적
억압과의 갈등이 저 무수한 쉼표를 낳고 있다. 저 쉼표를 제거하는 일이
바로 머리를 깨부수는 일일 것이다. 그것은 「복수」에서 보았던 살육 행위
이다. 그러니까 「복수」의 파괴적 살육은 짓이겨지는 사랑을 통해 '살아
있'음을 보여주는 행위다. 진술을 헐떡거리게 만드는 저 쉼표는 몸의 말
의 질주를 가로막으며 몸에 새겨지는 부호다. 그 몸에 새겨진 쉼표가 그─
그녀를 앓게 만드는 것이리라. 몸의 질주를 쉼표 없는 언어로 표현하면서
살아 있음을 증명하기 위해서는 너의 머리를 깨부수는 살육이, 짓이겨지
는 사랑이 이루어져야 한다.
　　그런데 저러한 쉼표를 만드는 것은 무엇일까? 그것은 아버지로 상징되
는 질서 아닐까? "낡아빠진 군모에 구멍 뚫린 워카를/꿰어서 녹슨 메달을
매"(「아버지가 세운 허수아비」)달은, 아버지가 세운 허수아비의 질서 아닐
까? 그렇다면 너의 머리를 깨부수고 뇌수를 먹는 행위는 뇌로 대표되는 상
징질서를 부수고 그것을 씹어 먹는 몸의 귀환을 이끄는 일일 수 있다. 그렇
다면, 너를 파괴하려는 적대성은 양가감정을 가지고 대해왔던 아버지에 대

한 적대성이고, 그 애증으로 추동되는 적대성은 「복수」에서 보듯이 쉼표를 제거하고 다변적인 시니피앙의 과잉과 속사포 같은 진술의 속도를 낳는다고 하겠다.

'너'는 사랑하는 타인일 수 있지만, 시인 자신의 또 다른 자아일 수도 있다. 후자라고 한다면, '너'의 머리를 깨부순다는 것은 '나'에 각인된 아버지의 세계, 메달의 세계, 허수아비의 세계를 파괴하는 작업을 의미한다. 그것이 '나'를 규정해왔던 삶에 대한 진정한 사랑의 행위라고 시인은 생각했을지도 모른다. 그렇다면 머리를 깨부순 이후에는 무엇이 올 수 있을까? 아버지의 상징 질서를 파괴한 이후에 남는 몸은 어떠한 몸이 될 것인가? 남성의 상징 질서에 의해 규격지어지고 봉해진 몸을 다시 다른 몸으로, 여성의 몸으로, 세계를 품는 몸으로 만드는 일이 필요하다. 그것은 몸의 몸다운 성질, 동물의 육질을 다시 회복하면서 시작되는 일이다. 시인이 "나는 내 몸 속에/새를 넣고 뱀을 넣고/날으는 것들과 기는 것들을 넣고/온 몸의 창을 닫고/가만히 수면 위로 떠올라" "터지다 만 말을 품은 채, 뜨다 만/무지개를 틀어쥔 채/입을 틀어막"(「나의 방주」)는 과정을 거치려는 것은 이 때문일 것 같다. 그 잉태의 시간이 지나면 "희디흰 알을 낳으리라"(같은 시)고, 새로운 세계를 낳는 여성의 몸이 될 것이라고 시인은 희망한다. 아버지의 세계가 강요하는 여자의 몸에서 벗어나 새나 뱀과 같은 짐승을 품으면서 알을 낳는 짐승의 몸이 되는 것, 그것은 세계의 멸망 이후 올 새로운 세계의 기반이 될 것이다.

그러나 김혜순 시인은 쉽게 희망의 무지개로 초월해 나아가지는 않는다. "희디흰 알을 낳으리라"는 기대에 시를 맡기지 않고 도리어 죽은 육체에 대해, 그 몸에 달라붙는 동물과 벌레에 대해 사유한다. 세 번째 시집인 『어느 별의 지옥』은 죽음에 처한 육체에 대한 시를 집중적으로 보여주고 있다. 「담배를 피우는 시체」의 그 시체로 되돌아간 걸까. 한편으로는 그렇고 다른 한편으로는 그렇지 않다. 그 시에서 시인은 자신의 시체와 독충들과의 대화를 통해 시를 쓰고자 했다. 하지만 이 시집에서 시인은 죽음 이후에 찾아올 수 있는 몸의 변화에 대해 사유한다. 이 시집 첫머리에 실린 시의, 죽으면 "일생 동안 먹었던 밥들이", 말들이, 똥들이, 물들이 "모두 처들어"오기에 "전 세계를 내 몸 속에/담아들고/저 세상으로 **빠져** 들어간다"(「전 세계보다 무거운 시체」)는 진술은 이를 보여준다. 죽으면 자신이 자신의 몸속으로 집어넣었거나 몸 밖으로 배출한 모든 것들이 몸 속으로 다시 들어온다고 시인은 전복적으로 인식한다. 내가 죽음으로써 나의 몸은 전 세계가 들어올 수 있는 용기가 되고 또한 나의 몸 역시 그 세계로 "빠져 들어"갈 수 있다는 것이다. 앞에서 한 논의와 연결시켜 생각한다면 이 진술이 이해가 된다. 나의 죽음이란 앞에서 보았듯이 '너―나'의 머리를 깨부수는 것, 상징 질서에 사로잡혀 왔던 나를 죽이는 것을 가리킨다면, 그 죽음 이후에는 뇌의 명령에 따라왔던 봉쇄된 몸이 열릴 것이고 그리하여 세계의 몸을 몸속에 담고 세계의 몸속에 몸을 담글 수 있을 것이다. 그 세계를 담은 죽은 몸에는 「나의 방주」에서 보았던 나는 것들과 기는 것들, 즉 짐승들도 포함되어 있을 것이지만, 짐승뿐만이 아니라 먹고 쌌던 모든 것을 포함할 정도로 많은 것이 담겨 있게 되리라. 하여, 그 죽은 몸에는 무덤까지도 담겨있는 것이다.

> 무덤은 여기
> 가슴에 매달린 두 개의 봉분
> 이 아래 몇 세기 전의 사람들이 아직 묻혀
> 숨 들이키고 있는 곳 무덤은 여기
> 바다에 달 뜨고 달 지듯
> 두 개의 무덤 아래
> 죽은 자들이 모여 살면서
> 망망대해를 펼치고 오므리는
> 달을 건져 올리고 끌어당기는

여자의 깊은 몸 구중궁궐
또 한 세상, 무덤은 여기
몇 세기 전의 어둠이 아직도
피 흘리며 갇혀 있다가
초승달 떠오를 때
기지개 켜는 곳
여우와 뱀이 입 맞추고
초록 풀 나무 덩굴이 수천 번
되살아나고 되지던 곳
무덤은 여기
어느 별의 지옥은 여기

–「어느 별의 지옥」 전문

　상징적 질서의 파괴 뒤에, 그 죽음 뒤에 남은 몸은 이제 봉긋한 가슴을 가진 여성의 몸이다. 그 몸엔 밥과 똥들, 온갖 미생물들, 동물들, 죽은 이들도 들어설 것이다. 그래서 그녀의 가슴은 "몇 세기 전의 사람들이" 묻힌 봉분이다. 그 귀신들이 사는 한 세상이 "여자의 깊은 몸 구중궁궐"에 펼쳐져 있다. 그 세상은 귀신뿐만 아니라 "여우와 뱀이 입 맞추"는 곳이다. 근대 세계의 상징적 질서가 배척한 온갖 죽음들이, 이야기들이 "몇 세기 전의 어둠이 아직도/피 흘리며 갇혀 있다가" "기지개 켜는 곳"이다. 여자의 몸은 그래서 배제된 타자들이 귀환하는 장소가 된다. 여자의 몸은 그래서 "저 어두운 밤을 향해/시신들의 기다림을 향해" "닫혔다 열"리는 "보드라운 속살로 만들어진 입술의 문"(「문」)을 가지게 된다. '나'는 이 세계를 받아들이고 배출하는 입술과 항문 사이에 있다. 세계를 먹으면서 '나'는 채워지고 또 그 세계를 배출하면서(시인은 시로써 그 세계를 배출할 것이다) 또한 '나'는 변이할 것이기 때문이다. '나'는 예전의 '나'를 계속 죽이면서 새로 살게 될 것이다. 그러므로 지금의 '나'는 하나의 나만이 있는 것이 아니라 온갖 나의 시체들과 같이 공존한다. 그래서 "수천 수만 개의 내가,

내가내가내가내가내가" "수만 개의 입술을 벌"(「잠시 후의 나를 위하여」)
린다는 진술이 가능하게 된다.

그리하여 짐승들이, 귀신들이, 온갖 것들이 들어오고 나가는 죽은 나의
몸이 김혜순 시의 '창작 장소'가 된다. 「그곳」 연작은 바로 그 몸에 잠재되
어 있는 창작 장소에 대한 시들이다. "끝없이 에피소드들이 한 두름 썩은
조기처럼/엮어져 대못에 걸"(「그곳」 1)려 있는 그곳은 "깜깜한 비지덩어
리"로서 그 "비지 덩어리를 칼로 내리치면/동생을 낳고 있는 아버지./나무
에 열린 아이들./용이 승천한 태고./표범 한 마리 치마폭을 파고드는,/별이
비물질적으로 쏟아지는 곳", "이야기의 산부인과"(「그곳 4」)다. 이야기가
나오는 장소, 그 공간이 바로 분만하는 여자의 몸이다. 하지만 그 분만은
평화로이 진행되지 않는다. 「그곳 2」에 따르면 마녀로 취급되어 "발가벗
기고 매맞고" 급기야 화형당하면서 "무거운 이야기를 옷인 양 입고/몸 위
로 가득 글씨를 토하"는 방식으로 분만해야 한다. 그녀는 고문의 고통 속
에서 몸에 저장되어 있는 저 귀기에 가득 찬 세계를 몸의 구멍을 통해 몸
위로 배출한다. 토한다.

3

토하는 구멍에 대해, 시인은 네 번째 시집 『우리들의 陰畵』의 「구멍 散
調」에서 좀 더 자세한 사유를 보여주고 있다. 시인은 이 시에서 "내 온몸
엔 마구 흘러다녀도 될/구멍 참 많"은데 "동해바다가 내 구멍을 채우러"
"들어와 샌다"고 말하고는, 더 나아가 '나'의 몸을 넘어서 사회적 몸으로
까지 확장시켜 구멍을 의미화하고 있다.

　　수도꼭지를 틀었을 때처럼
　　아니아니 위장 속으로 기름진 식사가

마구 쏟아져 들어올 때처럼
사람들이 에스컬레이터로부터
쏟아져 들어온다
난 지하도에 들어서면
전화 걸고 싶다
나 여기 있어요 이제 쏟아질 차례예요!
내장 속을 여행하는 사람들
내장 속에 있는 주제에
난 거기서 토했다
음식이 음식을 토한다?
여기 잠시 소화가 덜 된 음식물처럼 머물다
항문 괄약근 밖으로 실려가
역사 밖 더 어둔 곳으로
저절로 밀려나갈 사람들
그 안에서 내가 토한다

　지하도는 도시의 위장이다. '나'는 그 도시의 "소화가 덜 된 음식물"이
다. 다른 사람들 역시 마찬가지로 도시의 음식물, 더 정확히 말하면 똥이
다. 도시의 항문을 통해 "역사 밖 더 어둔 곳으로" 배출되는 이 '음식들' 속
에서, 역시 밖으로 쏟아져야 할 시인은 입으로 음식을 배출한다. 도시의
몸 역시 우리의 몸처럼 구멍이 뚫려 있으며 도시인은 도시의 구멍에서 구
멍으로 도시의 배출과 흡입 사이에서 순환하면서 살아나간다. 시인 역시
끔찍하다면 끔찍할 도시의 그 내장 속에서 시를 쓴다-토한다. 이제 시는
나의 내장을 드러낼 뿐만 아니라 도시의 내장을 드러내고, 그 내장 속에
서의 삶을 드러낸다.『우리들의 음화』가 예전 시집과 뚜렷이 다른 면모가
있다면 바로 '우리'의 삶으로 시인의 시선이 확장되었다는 것이다. 반면
예전 시집에서는 나, 너, 가족이 주요 등장인물이었다. 물론 이 시집과 예전
시집은 '몸'과 '죽음'에 대한 사유가 공통적으로 전개된다. 하지만 이 시집

은 이 몸과 죽음이 도시의 시공간으로 확장되면서 도시 문명 비판으로까지 나아간다. 도시의 내장, 그 보이지 않는 곳으로 쓸려가는 사람들은 기실 "날마다 어둠 속으로/영겁의 블랙 홀 속으로/보이는 세상을 꽝꽝 밀어넣고 있"(「큰 손」)는 중이다. 그런데 그 "안보이는 세상에선/총 맞은 사람 매일 총 맞고/칼 맞은 사람 매일 칼 맞고/매일매일 전기의자에 앉는 사람 있고/나의 흰 보트는 날마다 가라앉"(「남은 자들을 위하여 ─위독」)는다.

다시 말해 그 도시의 안 보이는 내장에서는 학살과 처형이 매일 매일 일어나고 있는 것이다. 세계를 몸으로 받아들이고 있는 시인은 이 학살과 처형을 예민하게 의식하고 고문당하는 마녀처럼 고통스러워한다. 그래서 그녀는 글자를 토하는 마녀처럼 도시의 내장 속에서 물속으로 가라앉으며 구토하고 시를 쓴다. 그녀는 "솟아오르며 솟아오르며 익사하는/세기말적 遊泳"(「세기말적 遊泳」)을 하면서 시를 토한다. 그녀가 가는 길은 "수십수만 길 먼지의 바다/장엄한 황색 분진의 소용돌이"를 거치는 곳이며, "말할 때마다 먼지를 내뿜으면서" "그 바닷속 휘번득거리는 수백만 개의 안경"(같은 시)이 걷고 있는 도시 지하다. 그 길은 「밤이 낮을 끌고 간다」에서 진술되듯이 "밤이 나를 끌고" 가는 길로서, 나뿐만 아니라 "매일매일의 밥이", 키스가, 노동이, 시신이 끌려가는 길이다. 이 사랑과 노동과 소비를 먹는 도시는 "둥그레 검은 배가 불러"온다. 도시는 사람들의 삶을 먹어치우고 사람들은 점차 강시와 같은 삶을 살게 된다. "온 나라에 귀신들만 들끓"(「귀신으로 꽉 찬 조국」)게 된다. 한편 시인은 그러한 '우리들'의 삶에 대해 '피난민'이라고도 명명한다. 저 "오늘 아침 청계천을 꽉 메운 차들/내려다보"면서 시인은 "길고 긴 피난민 행렬, 우리들의 무의식/울지도 못하고 떠밀려가는 보따리 행렬"(「우리들의 陰畵」)의 풍경으로서 그 풍경을 의미화한다.

그도 그럴 것이 이 세기말 사람들은 어디론가 떠밀려가는 피난민처럼 우왕자왕 밤에 끌려가고 있는 것이다. 그런데 시인이 이 피난민의 행렬에 대해 "우리들의 무의식"이라고 명명하는 것에 유의해야 한다. 왜 그것이 무의식일까? 피난의 역사는 상처이기 때문일까? 세기말을 살아가는 도시인에게도 피난의 기억은 무의식적으로라도 새겨져 있기 때문일까? 여하튼 이 피난이라는 무의식은 지하도라는 도시의 안 보이는 내장과 연결된다. 내장 속에서 강시처럼 유영하면서 곧 배출될 예정인 도시인들은 안보이는 세상에서의 학살과 처형을 피해 피난민처럼 "우왕자왕 쫓기"고 있기 때문이다. 이 내장 속에서의 삶이야말로 도시인의 보이지 않는 무의식을 구성한다. 한편 그 안 보이는 도시의 내장은 도시의 무의식 자체다. 김혜순 시인의 다섯 번째 시집인 『나의 우파니샤드, 서울』은 서울이라는 구체적인 대도시의 무의식을 드러내고 있다. 이 시집에서도 도시의 내장이라는 이미지가 등장한다. 그런데 이제 그 내장 이미지는 지하도가 아니라 지상의 길에 부착된다. 무의식이 지상으로 드러난다. 시인이 「이제 막 잠이 깬 서울의 공주」에서 "몇 개의 내장을 건너가야 너를 만나게 될까/방통대 앞 까만 쓰레기 봉지 속을/수천 마리 똥파리들이 넘나들고 있다"라고 말하는 것을 보면 그렇다. 방통대 앞의 거리도 내장이다. 거리에 있는 까만 쓰레기 봉지 속의 쓰레기들이 내장 속에 있는 똥이다. 그리고 봉지 속을 넘나드는 똥파리들이 서울의 무의식을 표현한다. 찬란한 물질문명을 상징하는 고층 빌딩 뒤에 저런 무의식적 현실이 놓여 있다.

서울의 몸은 내장이 밖으로도 나온, 안과 밖이 서로 연결되어 뫼비우스 띠처럼 구별되지 않는 도시다. 내장이 밖에 있으니까 밖은 안에 있다. "유리문을 밀고 들어가면 또 유리문이 나온다. 유리문 안쪽엔 출구라고 씌어 있고, 바깥쪽엔 입구라고 씌어 있지만 그러나 나가든 들어가든 언제나 너는 어떤 몸의 내부에 속해 있다"(「서울」)는 이미지가 바로 내장이 밖으로 나온 서울의 이미지인 것이다. 안과 밖이 뒤틀려 연결되어 있는 구조는, 서울에 사는 사람들 개개인의 삶에도 각인되어 "내 가슴속에 호텔이 있고, 또 호텔 속에 내가 있다."(「참 오래된 호텔」)라는 위상을 낳는다. 나는 호텔 속에 있지만 호텔은 내 안에 있듯이, 마찬가지로 나는 서울에 있지만 서울이 내 속에 있다고 말할 수 있을 것이다. 그래서 호텔은 나에게 살아 있는 무엇으로 다가온다. 내 속에 있는 호텔은 나의 삶과 함께 살아 숨 쉰 다. "호텔이 숨을 쉬고, 맥박이 뛰"는 것이다. 하지만 "내 가슴속 호텔 방 문들을 열어제치고 싶"지만 "아무리 잡아당겨도 방문이 열리지 않을" 때 가 있는 것이다. 마찬가지로 내 안에서 살아 숨 쉬는 서울 역시, 다가갈 수 없을 때가 있을 것이다.

그래서 시인은 「이제 마악 잠이 깬 서울의 공주」에서 "몇 개의 내장을 건너가야 너를 만나게 될까"라고 말하는 것일 게다. '너'는 서울 그 자체를 가리킬 것이다. "몇십 개의 계단을 올라야/잠든 너를 깨울 수 있니/저 혼 자 엘리베이터를 타고/온몸으로 두근거리는 내가/잠든 너의 몸속을/한밤 중 소리도 없이 오르고 있다"(「서울의 밤」)는 부분을 보면 그렇다. 이를 보면 시인이 서울을 문명 비판의 대상으로만 보고 있지 않다는 것을 알 수 있다. 서울은 안과 밖이 연결된 역설적 공간이기도 하지만 나의 삶과 연관된, 그래서 나의 삶의 일부분인 존재이기도 한 것이다. 서울 속에서 살기는 피난민과 같은 삶을 사는 것이라고 하더라도, 그 삶엔 무언가 어 떤 진실이 담겨 있다. 그 삶의 진실이 서울의 또 다른 모습이다. 「황학동 벼룩 시장」이 보여주고 있듯이 헌 구두를 고쳐 새구두로 만드는 신기료 할아버지나 십 년이 지난 모터로 새 무쇠 모터를 만드는 "작업복 입은 청 년", 육담을 나누며 웃고 있는 아줌마들이 바로 또 다른 서울의 진실일지 도 모른다.(한편으로 고치고 변형하면서 솔직한 육담을 나누는 작업은 바 로 김혜순 시인의 작업과 통한다고 볼 수 있는 일이다) 어떤 삶의 진실을 만날 수 있는 공간이 서울이라고 시인이 생각한다는 점은 「나의 우파니 샤드, 서울」에서 서울을 경전 우파니샤드로 명명하는 것에서도 볼 수 있 다. 2장을 인용해본다.

하늘이 빛의 발을 서울의 동서남북
환하게 내다 걸면 태양이 일천이백만 쌍
우리들 눈 속으로 떠오른다 그러면

서울 사람들, 두 귀를
가죽배의 방향타처럼 쫑긋거리며
이불을 털고 일어난다

바람이 내 안으로 들어왔다 그대 안으로
들어가고, 다시 그대 숨이 내 숨으로
들어오면 머리 위에서 신나는 풀들이
파랗게 또는 새카맣게 일어선다 오오

그러다 밤이 오면 죽음이 오백 년 육백 년 전 할아버지의
배꼽을 지나 내 배꼽으로
들어오고 일천이백만 개의 달이
우리의 가슴속을 넘나들며 마음 갈피갈피
두루두루 적셔준다

한밤중 서울의 일천이백만 개의 무덤은 인중 아래
모두 봉긋하고 오오오
또 한강은 일천이백만의 썩은 무덤 속을 헤엄쳐나온
일천이백만 드럼의 정액을 싣고 조용히 내일로 떠난다

다시 하늘이 빛의 발을 서울의 동서남북 내다 걸면
일천이백만 쌍의 태양이 눈을 번쩍 뜨고
저 내장들의 땅속 지하 삼천 미터 속까지
빛살 무늬 거룩하게 새겨진다

보이지 않은 서울의 내장 속에서 밖으로 밀려가는 삶을 살아야 하는 서울 사람들이지만, 아침에 떠오르는 태양은 일천 이백만의 서울 사람들의 눈 속에 빛을 수여할 것이고 그리하여 그들이 일상을 살아나가게 만들 것이 다. 이제 이들의 삶은 수동적으로만 그려지지 않는다. 바람이 그대와 나 의 숨을 순환하며 돌고, "신나는 풀들이/파랗게 또는 새카맣게 일어"서는 모습을 보면 그렇다. 그대와 나는 하나의 숨으로 연결되고, 함께 '풀들'이 된다. 사람과 사람 사이에 이러한 수평적인 공간적 연결만 있는 것은 아 니다. 서울 사람들에게는, 배꼽을 통해 밤에 이루어진, 오백년 육백년에 걸친 세대와 세대 사이의 수직적인 연결 또한 존재한다. 후자의 연결이 가능할 수 있는 것은 일천 이백만 명의 사람들이 「어느 별의 지옥」에서의 시적 화자처럼 제 각각의 무덤을 가지고 있기 때문이다. 각자의 생이 거 듭된 죽음을 통해 가능해진 것이라면, 그 생에는 무덤의 중첩이 새겨져 있다. 그리하여 숨결과 배꼽으로 연결된 일천 이백만 사람들이 서울이라 는 '거룩'한 경전을 새긴다. 그런데 그 거룩함이 신성하고 순결한 무엇은 아니다. 그 거룩함은 한강으로 "헤엄쳐나온/일천이백만 드럼의 정액"을 통해 이루어지는 것이기도 하기 때문이다. 그 거듭된 죽음 속에서 "헤엄 쳐나온" 정액이 한강과 성적으로 만나 새로운 삶이 만들어질 것이고, 또 다시 "일천이백만 쌍의 태양이 눈을 번쩍" 뜨면서 새로운 삶은 시작될 것 이다.

하지만 이러한 감동적이고 긍정적인 서울의 의미화가 계속되지는 않 는다. 『나의 우파니샤드, 서울』에서 도시 문명을 종말론적인 분위기에서 비판적으로 그리고 있는 시들이 적지 않다. 가령 「사색과 슬픔의 빛, 울트 라마린 블루」에서는 물속으로 사라진 아틀란티스가 원자 폭탄 투하 실험 을 하는 현대 문명에 비유되고 있다. 『불쌍한 사랑기계』에서도 서울에 관 한 시가 실려 있는데, 대부분 비관적인 색조를 띠고 있다. 「서울 2000년」 에서는 삼국사기에 나오는 백제가 멸망하기 전의 여러 징조와 시적 화자가 앉아 있는 지하철의 운행이 교차된다. 「서울의 저녁식사」에서는 내장으로서의 서울 모티프가 다시 등장한다. 시인의 인식은 「구멍 산조」보다 더 나아가서 "서울은 같은 문으로 싸고 먹는다"는 것이다. 입과 항문이 하나인 몸이 서울이라는 것, 그 항문인 서울의 입술을 돼지들이 꿀꿀 빨고 있다. 여기서도 나는 "문을 나서자마자 토"한다. 그런데 이 시집에서 시인이 더욱 진전시킨 사유는 안과 밖의 문제, 밖을 자신의 몸 안으로 받아들이는 일의 문제인 것 같다. 「서울의 저녁식사」도 서울이 입과 항문이 같다고 함으로써 서울이 안과 밖의 경계가 모호한 몸이라는 것을 보여주고 있어서, 이 문제군에 속한 시라 하겠다. 하지만 이 시집에서는, 바로 이전 시집에서처럼 도시 공간을 하나의 몸으로 보고 사유를 진행시키기보다는, 안과 밖의 문제를 '나'와 연관시켜 보여주는 시가 많은 편이다.

> 안간힘 다해 일어나 스위치를 올린다
> 입 안부터 불이 켜지자
> 빛은 어둡고 어둠은 밝은
> 연옥이 몸 속으로 오그라붙는다
> 모든 외부를 몸 속에 품은 내가
> 거울 밖 세상을 두리번거린다
> 다시, 여기는 어디인가
>
> —「연옥」 마지막 연

"모든 외부를 몸 속에 품"지만, 그 외부 자체가 지옥으로 떨어지기 직전의 연옥과 같은 상황이기 때문인지 몸 속으로 연옥이 "오그라붙는" 일이 벌어진다. 앞의 시집에서는 나의 몸과 세계의 몸의 유비관계를 설정하여 서울이라는 몸체를 살폈다면, 이제는 연옥과 같은 외부의 몸이 나의 몸과 어떠한 관계를 가지고 나의 몸을 변화시키는가가 문제가 된다. 가령 「너희들은 나의 블루스를 훔쳐 달아났지」에서는 "내 몸에 누군가, 아니 그들이

빨대를 꽂고" "나를 빨아마"시자 "내 몸의 지도가 우그러"진다. 그리하여 시인의 몸은 텅 빈 사막이 되어 "전대륙에 걸쳐 죽음을 공급하는""죽음의 모래들이 부서져 날리는 곳"으로 된다. 내장의 저 세계는 나의 삶을 갈취하여 시인의 삶에 모래만이 부서져 날리는 사막으로 변모시킨 것이다. 시인의 시는 그러므로 이 죽음의 모래로 씌어질 수밖에 없으며 그래서 시인은 죽음을 공급하는 자가 된다. 하지만 이 모래 속에서 일어나는 무엇인가를 시인은 계속 감지한다. "부드럽게 끓는 모래를 흔들며 고백하는 듯한 목소리"인, 저 멀리서의 "받아들여달라고,/너무 가늘어서 불쌍한/바늘 같은 손길을 내미는 소리"(「일사병」)를 그녀는 듣는다. 그것은 "바다 전체가 일렁이며 몸부림치듯" "모래 언덕을 까맣게"(「타락천사」) 올라 얻는 눈물 한 방울과 같은 소리일 것이다. 모래와 같은 나에게 다가오는 저 세계의 어떤 목소리, 생명의 가능성에 대해 시인은 탐지하면서 이 불모의 시대에 사랑의 가능성에 다시 삶을 걸어보려고 했던 것 같다. 하지만 역시 시인은 쉽게 낙관으로 넘어가지 않는 리얼리스트의 태도를 지녔다. 그녀가 진단한 현대의 사랑은 이러하다.

> 화가가 세필을 흔들어
> 자꾸만 가는 선을 내리긋듯이
> 그어서 뭉그러지려는 몸을
> 자꾸만 일으켜세우듯이
> 뭉개진 몸은 지워졌다가
> 또다시 뭉개지네
>
> 카페 펄프의 의자는 욕조처럼 좁고
> 저 사람은 마치 물고기 흉내를 내는 것 같아
> 입술 밖으로 퐁퐁 담배 연기를 내뿜고 있네
> 저 사람은 마치
> 비 맞은 개처럼 욕조마다 붙은

전화기를 붙잡고 혼자 짖고 있네
전화기는 붉은 낙태아처럼 말이 없고
나 전화기를 치마 속에 감추고 싶네

나는 내 앞에 있으면 좋을
사람에게 말을 거네
—한번만 다시 생각해봐요
더러운 걸레 같은 내 혀로
있으면 좋을 그 사람의
젖은 머리를 닦네

탐조등은 한번씩 우리 머리를 쓰다듬고
나는 이제 몽유병자처럼
두 손을 쳐들고
물로 만든 철조망을 향해
걸어나가네
쇠줄에 묶인 개처럼
저 불쌍한 사랑 기계들
아직도 짖고 있네
　　　　　　　　—「비에 갇힌 불쌍한 사랑기계들」 전문

　　뭉개진 몸을 일으켜 세우려다가 그 몸은 다시 뭉개진다. 통렬한 이미지
다. 사랑하는 사람들은 "비맞은 개처럼" 혼자 짖어대고 있거나 "걸레 같
은" 혀로 "있으면 좋을" 상대방의 머리를 닦으려고 할 뿐이다. 하지만 모
두 사랑에 실패한 사람들, 그들은 "붉은 낙태아처럼 말이 없"는 전화기를
붙잡고 있다가는 결국 비의 철조망 속으로 몽유병자처럼 돌아다닐 뿐이
다. 「핏덩어리 시계」에서 시인이 말하는 바에 따르면, 서로가 서로의 시
계를 "한번도 울려보지 못했"기에, "우리는 우리의 시계까지 들어가본 적
이 없"다. "네 시계까지 들리라고, 네 시계를 울리라고" "사랑한다고 너의
귀에 대고""큰 소리로 말해"보지만, "네 가슴속에 귀를 대보면/핏덩어리

시계 저 혼자 쿵쿵 뛰어가는 소리/시간 맞춰 잘도 울"릴 뿐인 것이 우리 사랑의 현주소인 것이다. 그런데 위에 인용한 시나 「핏덩어리 시계」의 매력은 사랑에 빠진 이의 영혼을 시계와 같은 기계로 보았다는 점이다. 사랑에 실패한 자들의 흐느적거리는 물 같은 이미지에 기계라는 딱딱한 이미지를 결합시킴으로써 사랑에 대한 새로운 의미를 만들고 있다. 하지만 '기계'는 사랑에 빠져 있는 상태에 대한 은유로 씌어진 것은 아니다. 사실 사랑에 빠진 마음의 움직임과 몸의 반응이라는 것이 기계처럼 부품과 부품의 연접과 이접, 통접 속에서 이루어진다고 볼 수 있기에 그렇다. 등단작에서 이미 시인은 인간의 몸을 기계로 생각하고 있었다. 그런데 시인이 산문집에서 말한 것처럼 "내 몸은 영혼을 담는 그릇이 아니라 이전에 영혼이었던 것들로 이루어진 살덩어리"이며 "내 영혼은 이전에 몸이었던 것들로 이루어진, 보이지 않으나 몸으로 만질 수 있는 살덩어리"(『여성이 글을 쓴다는 것은』, 143)라면, 기계인 몸은 기계적인 영혼들로 이루어진 살덩어리이며 기계로서의 영혼(사랑) 역시 기계인 몸이었던 것들로 이루어진, 만질 수 있는 살덩어리라고 말할 수 있을 것이다.

4

사랑의 정념 속에서 고통스러워하는 불쌍한 영혼이 기계라는 것을 알게 되면서, 사랑의 양태도 새롭게 조명되고 그 가능성도 새롭게 찾을 수 있게 된다. 김혜순 시인의 일곱 번째 시집 『달력 공장 공장장님 보세요』에 실린 「다시, 불쌍한 사랑 기계」에서 시인은 사랑 기계의 속성을 다시 사유한다.

> 너는 밤마다 이 기계를 하러 온다
> 문이 하나도 없는 기계
> 너는 어느 순간 공처럼

이 기계 속으로 뛰어들 수는 있다
그러나 들어오는 순간 너는 죽음을 먹게 된다
이 기계는 너를 먹고, 먹을 뿐
아는가, 너는 없다
오아시스에서 잠들었지만
자고 나면 늘 사막이라고나 할까

너의 손이 닿자 기계 전체가 살아난다
엠파이어 스테이츠 빌딩에서 내려다본 밤의 뉴욕처럼
기계 전체에 하나 둘 불이 켜지기 시작한다
너는 마치 경광등을 켠 앰뷸런스처럼
별들 사이를 헤엄쳐가는 헬리 혜성처럼
내 몸 안을 휘젓고 다닌다
고동치는 도시, 부르르 떠는 별의 골짜기
내 몸 속이 번쩍번쩍한다

그러나, 너, 착각하지 마라
차디찬 맥주라도 한 잔 마셔두어라
너는 이 기계의 서랍을 열어본 적이 있는가
서랍 속에는 너와 같은 모양의 쇠공들이
백 개 천 개 들어 있다
모두 불쌍한 사랑 기계 자체의 물건들이다

밤하늘에서 가늘게 떨고 있던 행성들을
통제하는 기분인가
인생 전체를 배팅하는 기분인가
그러나 속지 마라 떠들지도 마라
기계는 혼자서 자기 보존 프로그램대로
움직여가는 것일 뿐
너만을 모셔둘 곳은 이 기계 내부 어디에도 없다
네가 할 일이라곤 늘 처음으로 다시 돌아가는 것일 뿐
이 문 없는 기계가 만든 가없이 텅 빈 몸 속을 헤엄치는 것일 뿐 사랑 기계들이 하는 일, 그것은 처음과 끝이 없이, 외부와 내부 없이, 그래서 문이 하나도 없이 기계의 부품들이 맞물리며 돌아가는 과정 속에 "어느 순간 공처럼" 뛰어드는 일이다. 이 사랑 기계에서 사랑의 주체란 없다. 이 사랑기계에 뛰어들었을 때 너라는 주체는 "죽음을 먹게" 되기 때문이다. 사랑의 기계적 과정은 너를 삼킨다. 너는 주체가 아니라 기계의 한 부품으로서 기능하면서, 즉 사랑 기계 그 자체가 되면서 사랑의 광기어린 과정에 휩쓸려 들어가야 한다. 그 기계는 "혼자서 자기 보존 프로그램대로/움직여"간다. 하지만 '너'라는 부품은 이 기계가 작동하는데 필수적일 수 있다. 너가 있어야 사랑기계 전체가 살아나기 시작한다. 그렇지만, 너가 사랑기계의 작동에 필수적인 부품이라고 하더라도, 너는 언제나 다른 부품으로 대체될 수 있다. "서랍 속에는 너와 같은 모양의 쇠공들이/백 개 천 개 들어 있"어서 "너만을 모셔둘 곳은 이 기계 내부 어디에도 없"는 것이다. 다만 너는 "기계가 만든 가없이 텅 빈 몸 속을", 즉 그 '기관없는 신체' 속을 기계의 부품으로서 끼어 들어와 "헤엄치는" 일밖에 없다.

　　아마도 한국시에서 사랑의 속성을 이렇게 탈주체적으로 드러내는 경우는 거의 없었다고 생각된다. 하지만 사랑의 광기에 사로잡혀본 사람이라면 사랑이 사랑하는 주체를 벗어나는 과정이라는 것을 잘 알고 있을 것이다. 그 과정은 주체에 의해 제어되지 않는다. 사랑에 뛰어들겠다고 하는 결정만이 주체의 할 일이고, 그 이후에는 사랑이라는 기계가 '너'를 어떤 부품으로 삼아 스스로 움직일 뿐이라는 것을 사랑의 열병을 앓아본 사람은 경험했을 것이다. '사랑 기계'라는 단어가 어색하게 들리지 않고 사랑에 대한 절묘한 표현이라고 독자가 느끼게 되는 것은 사랑 과정의 그 탈주체적인 과정 때문이다. '너'이기 때문에 사랑기계가 작동하는 것이 아니라 '너'가 어떤 기능적 작동인자가 되기 때문에 사랑기계는 작동한다. 시는 이러한 위험한 사랑기계에 뛰어들어야 생산될 수 있다. 시는 에로스의 욕망으로부터 에너지를 공급받는 것이기 때문이다. 사랑기계에 뛰어든 시인에 의해 쓰어진 시는 어떠한 것일까? 「시인」은 그 시가 무엇인지 암시해준다. 시는 사랑 기계에 의해 으깨어진 시인 주체의 밖으로 삐져나온 내장이다. 시인이 "사랑을 받아주는구나 감격해서 끌어안으면" 사랑 기계는 "손가락까지 삼켜버"리고 몸통을 먹어버리기도 한다. 그리하여 사랑 기계 속에서 시인은 죽고 또 죽는다. 먹히면서, 그래서 죽으면서 몸의 내부에 있던 것들이 "대책 없이 몸 밖으로 쏟아"질 때, 그래서 "내장이 주렁주렁 몸 밖에 달"릴 때, 시는 '생산'된다.

'자기 보존 프로그램'으로 혼자 작동하는 기계는 사랑만이 아니다. 저 풍경과 그것을 보고 있는 자와의 관계에서도 기계가 작동한다. 사랑이 기계임을 아는 사람은 저 풍경이 나의 시선으로 포획될 수 없는 것임을 잘 알고 있다. 그래서 시인은 「풍경 중독자」에서 "풍경이 나를 거닌다"고 쓴다. 풍경은 나와 접속하여 나의 몸에 길을 내고 스스로 거닐기 시작한다. 물론 나도 "풍경을 쓰다듬는" 행위를 하지만 풍경은 바라보는 자의 의지나 논리를 벗어나 타자로서, 하지만 "몸 속으로 들어와 고통이 되고 싶"어 하는 욕망을 가지고 나의 몸속으로 들어온다. 그리하여 나의 고통 기계를 작동시킨다. "안에서 밖으로 내뿜어지는" 풍경은 나날이 깊어지고 "명치 끝을 파고"든다. 그래서 "풍경의 문을 닫아걸"려고 하지만 시적 화자는 풍경의 출구를 찾지 못한다. 왜냐하면 이 풍경과의 대면에서 이미 작동하고 있는 문 없는 기계 속에 시적 화자가 들어와 있기 때문이다.

이 기계의 세계관은 「나의 오아시스, 서울」에서 서울을 새로운 관점으로 시화하는 데로 시인을 이끈다. 서울은 "오이시스로 쏟아져 들어오는 사하라의 모래처럼 집들이 밀려들어오"는 곳이고, 밀려들어온 '모래-집들'은 "내 콧구멍 속에, 내 머리카락 속에, 내 귓바퀴 속에다 집을 짓는"다. 서울은 내장과 같은 공간만이 아니라 집들을 모래처럼 밀어 넣는 거대한 기계다. 거기에는 모래언덕처럼 쌓이는 집만 있고 집에서 사는 주체는 없다. 시인은 이곳을 '나의 오아시스'라고 역설적으로 명명한다. 그곳이 오아시스라면 이미 사막화된 오아시스다.

기계가 먼저 있고 주체는 나중에 있다. 주체가 사랑을 시작하는 것이 아니라 작동하기를 미리 기다리고 있던 사랑 기계에 주체가 빠져들면서 미친 사랑은 작동하기 시작한다. 주체가 풍경을 보는 것이 아니라 풍경이 주체에게 닥쳐온다. 풍경이 주체를 관통하면서 고통 기계는 작동하기 시작하고 주체는 고통에서 벗어나지 못하게 되는 것이다. 이 사랑과 고통의 기계 속에서 주체는 기계의 한 부품이 되는 몸이 될 뿐이지 상황을 장악하여 조정하지 못한다. 그런데 죽임을 당하는 사랑 기계 속에서 시인은 고통만을 느낄까? 그렇다면 미친 사랑의 한 면밖에 보지 못하는 것 아닐까? 사랑은 주체의 해체를 가져오지만, 한편으로는 그 해체에서 어떤 기쁨을 주는 관능이 샘솟지 않겠는가? 그래서 사람들은 사랑기계에 기꺼이 투신하지 않겠는가? 시인의 여덟 번째 시집인 『한 잔의 붉은 거울』의 일부 시들은 사랑이 가져오는 관능과 기쁨을, 그래서 사랑하고자 하는 이의 욕망을 펼쳐 보이고 있다. 하지만 사랑의 기계적 속성은 여전히 남아 있다. "고래 뱃속에서 아기를 낳고야 말았어요/나는 아직 태어나지도 못했는데/사랑을 하고야 말았어요"(「그녀, 요나」)라고 시인이 말할 때, 주체에 앞선 사랑 기계의 존재를 확인할 수 있다. 하지만 이 진술에서 사랑 기계의 또 다른 속성이 새롭게 드러난다. 사랑기계는 여성적이라는 속성이다. 사랑 기계가 잠재되어 존재하는 몸은 요나, 즉 여성의 자궁인 것이다. 엄마라는 '기관 없는 신체'에서 사랑기계는 작동 하고자 너를 기다린다.

사랑 기계를 품고 있는 여성은, 사랑에 빠지면 사랑에 들리는 상태가 된다. 「다시, 불쌍한 사랑기계」에서 사랑 기계는 '너'에게 착각하지 말라고 고개를 뻣뻣이 들고 말했지만, 『한 잔의 붉은 거울』에 등장하는 사랑기계가 작동되고 있는 여성, 즉 사랑에 들린 여성은 사랑 기계의 부품으로 끼어져 기계를 작동시키고 있는 '너'에게 지독한 연가를 보낸다. 이 시집의 아름답고 서정적인 연애시들은 그렇게 태어난다. "당신이 멀리 떠나 있어도 당신 속의 당신은 여기에 또 있습니다 나는 당신 속의 당신을 돌려보내지도, 피하지도 못합니다//아마 나는 부재자의 인질인가 봅니다"(「얼굴」)와 같은 김혜순답지 않은(?), 얼핏보면 만해적인 시구는 작동하는 사랑 기계가 주체를 어떠한 상태에로 몰아넣는가를 보여준다. 만해가 님은 갔지만 님을 보내지 아니했다는 주체의 정신적 의지를 보여주고 있다면 여기서의 '나'는 부재하는 당신이 속수무책으로 현전하고 있다는 것을 고백한다. 그래서 그 고백은 육체적인 것이다. 그 현전은 정신으로는 어쩌지 못하는 것이기 때문이다. 물론 그 현전은 당신이 여기 있었으면 좋겠다는 '나'의 욕망이 만들어내는 것이다. 그 욕망은 "나는 매일 아침 내 속의 나로 만든 치즈를 당신의 식탁 위에 봉헌하고 싶어집니다"(같은 시)와 같은 김혜순적인 욕망이다. 그것은 내가 당신에게 먹히고 싶다는, 당신의 식도를 타고 내려가 위장 속에서 당신과 섞이고 싶다는, 카니발적이면서도 에로틱한 욕망이다. 이렇게 에로틱한 사랑기계의 욕망은 다음과 같은 아름다우면서도 은근히 관능적인 상상을 만든다.

> 네 꿈의 한복판
> 네 온몸의 피가 밀려왔다가 밀려가는 그곳
> 그곳에서 나는 눈을 뜰래
>
> 네 살갗 및 장미꽃다발
> 그 속에서 바짝 마른 눈알을 치켜 뜰래
> 네 안의 그 여자가 너를 생각하면서
> 아픈 아코디언을 주름지게 할래
>
> 아코디언 주름 속마다 빨간 물고기들이 딸국질하게 할래
>
> 너무 위태로워 오히려 찬란한
> 빨간 피톨의 시간이 터지게 할래

네 꿈의 한복판
네 온몸의 숨이 밀려왔다가 밀려가는 그곳
그곳의 붉은 파도 자락을 놓지 않을래

내 밖의 네 안, 그곳에서 영원히
돌아오지 못할래

―「붉은 장미꽃다발」 전문

"네 꿈의 한복판"에 존재하고자 하는, 그리하여 너의 "온몸의 피가 밀려왔다가 밀려가는 그곳"에 존재하고자 하는 욕망만큼 사랑기계에 들린 사람의 마음의 지극함을 보여줄 수 있는 것은 없다. 네 꿈, 너의 욕망 속에 존재하고 싶은, 너의 몸속, 가장 아름다운 부분―"살갗 및 장미꽃다발"―에 존재하고 싶은 욕망은 소유욕과는 다르다. 나는 너를 생각하고 아코디언을 틀고 싶을 뿐이다. 너의 숨결이 만드는 "붉은 파도 자락"을 붙잡고 있고 싶을 뿐이다. 이 고요하면서도 격렬한 사랑에 대한 욕망은 시 전체를 채색하고 있는 붉은 색에 의해 관능성을 띠게 된다. 네 안에서 벌이고 싶은 모든 일들은 순진히 육체적인 것이다. 피―장미꽃―빨간 물고기―빨간 피톨―붉은 파도로 이어지는 붉은 색의 이미지는 몸과 몸의 접촉으로 붉어지는 몸들을 연상케 한다. 빨간 물고기들의 딸국질 속에서 빨간 피톨이 터지는 흥분의 시간을, 그 붉은 파도 자락의 시간을 놓지 않고 싶다는 욕망은 성적 욕망과 관련된다. 이렇게 몸은 성적 욕망이 가로지르며 관능성을 내뿜는 공간이 된다. 하지만 이러한 도저한 욕망은 현재 이루어질 수 없다는 것이 사랑 기계를 비극적으로, 그래서 광기 속에서 작동케 한다.

시인이 「한 잔의 붉은 거울」에서 "너라는 이름의 거울"을 보며 "고독이란 것이 알고 보니 거울이구나"라고 탄식하는 것은 너의 몸속에서 존재할 수 없다는 것을, 욕망은 달성될 수 없다는 것을 알고 있기 때문이다. 결국 부재하는 너는 나의 고독을 비추는 거울일 뿐이다. "나는 네 속에서만 나를", "온몸을 떠는 나를", 부재하는 너 때문에 고통스러워하는 나를 볼 수 있고, 그렇다고 나는 이 미쳐가는 사랑기계 속에서 "너로부터 도망갈 곳"이 있는 것도 아니다. 내가 할 수 있는 일이란, 너의 "살갗 밑 장미꽃다발"같이 붉은 잔을, 그래서 너라는 거울인 그 붉은 잔을 마시는 일일 뿐이다. 나의 고통을 비추는 너라는 거울을 몸속으로 아프게 흡수하는 일 뿐이다. 그런데 고독을 비추는 거울들이 "몸속에서 붉게 흐르"며 더욱 소리치면서, 관능적인 분위기를 제공하던 술잔의 붉은 색은 몸속의 고통과 상처를 상기시키고는 비극적인 느낌을 가져오게 된다. 사랑기계 속에서 작동되어 산다는 것은 이렇듯 몸을 고통스럽게 만드는 일이어서, "희디흰 내 뼈들에 매달려 사느라/손톱이 다 빠져버린/내 평생의 살들이 진저리치"게 만드는 "참 위태"(「살아있다는 것」)로운 삶이다. 나는 바깥의 너 속으로 들어가려 하나 부재한 너는 나의 고독만 비추어줄 뿐인 삶. 이 삶에서는 바깥으로 나가려는 내 몸과 안으로 주저앉아야만 하는 안의 몸이 날카롭게 분리되어 버린다. 최근에 상재된 시집 『당신의 첫』의 첫머리에 실린 시 「지평선」은 그 날카로운 분리를 비극적인 톤으로 그려내고 있다.

> 누가 쪼개 놓았나
> 저 지평선
> 하늘과 땅이 갈라진 흔적
> 그 사이로 핏물이 번져나오는 저녁
>
> 누가 쪼개 놓았나
> 윗눈꺼풀과 아랫눈꺼풀 사이
> 바깥의 광활과 안의 광활로 내 몸이 갈라진 흔적
> 그 사이에서 눈물이 솟구치는 저녁
> 상처만이 상처와 서로 스밀 수 있는가
> 내가 두 눈을 뜨자 닫쳐오는 저 노을
> 상처와 상처가 맞닿아

하염없이 붉은 물이 흐르고
당신이란 이름의 비상구도 깜깜하게 닫히네

누가 쪼개 놓았나
흰 낮과 검은 밤
낮이면 그녀는 매가 되고
밤이 오면 그가 늑대가 되는
그 사이로 칼날처럼 스쳐지나는
우리 만남의 저녁

　이제 붉은 색은 사랑의 관능을 보여주는 장미꽃이 아니라 비극을 보여
주는, 상처에서 흐르는 핏물로서만 나타난다. 너와 나의, 바깥과 안의 몸
은 낮과 밤처럼, 하늘과 땅처럼, "윗눈꺼풀과 아랫눈꺼풀"처럼 갈라진 채
로 있고 봉합될 수도 없다. 하지만 너와 나는 "칼날처럼 스쳐지"날 수는
있다. 그 만남의 순간은 너무나 예리하기 때문에 서로에게 상처만을 줄
것이고 핏물만을 흘리게 할 것이다. 하지만 칼날의 사랑 역시 사랑이기
에, 칼날로 베인 상처는 상대방의 상처와 스민다. 밤과 낮이 스쳐 지날 때
의 노을처럼 상처는 서로에게 붉게 스며들어가는 것이다. 이제 미친 사랑
기계는, 이렇게 너와 나의 날카로운 분리와 결합의 순간에 상처를 입더라
도, 그 상처를 통해 붉은 핏물을 서로의 몸에 스며들고자 하는 칼과 칼의 사
랑으로 작동해간다. 칼과 칼의 사랑은 "서로 몸을 내리치며 은밀하게 숨긴
곳을 겨냥하는 순간, 그 눈빛 속에서 4월마다 벚꽃 모가지 다 떨어지기를
그 몇 번!"하는, "시퍼런 몸 힘껏 껴안고 버틸 수는 있어도 끝내 헤어져 돌
아갈 수는 없는"(「칼과 칼」) 사랑이다. 그 사랑은 바깥과 안이 날카롭게
분리되어 있어서 껴안으면 서로를 상처주리라는 것을 알면서도 '자석'처
럼 껴안을 수밖에 없는 고통스런 사랑이다. 사랑기계는 이제 자신이 바깥
과 안을 연결시켜주지 못하고 삐꺽거리고 있는데도, 무리하게 이렇게 바

깥과 안을 결합시키려는 광기를 부린다. 그래서 사랑은 과열된 채 공회전할 수밖에 없게 된다. 하지만 사랑 기계 자신을 파괴하는 미친 사랑은 계속될 것이다. 왜냐하면 그것이 바로 사랑기계의 예정된 작동 방식이기 때문이다. 그런데 왜 너와 나의 분리가, 안과 밖의 날카로운 분리가 운명적인 것으로 되었을까? 김혜순 시인은 "항상 잘라버"리고 "항상 죽는" '첫' 때문이라고 답해주는 것 같다.

> 내가 세상에서 가장 질투하는 것, 당신의 첫.
> 당신이 세상에서 가장 질투하는 것, 그건 내가 모르지.
> 당신의 잠든 얼굴 속에서 슬며시 스며 나오는 당신의 첫.
> 당신이 여기 올 때 거기에서 가져온 것.
> 나는 당신의 첫을 끊어버리고 싶어.
> 나는 당신의 얼굴, 그 속의 무엇을 질투하지?
> 무엇이 무엇인데? 그건 나도 모르지.
> 아마도 당신을 만든 당신 어머니의 첫 젖 같은 것.
> 그런 성분으로 만들어진 당신의 첫.

당신은 사진첩을 열고 당신의 첫을 본다. 아마도 사진 속 첫이 당신을 생각한다. 생각한다고 생각한다. 당신의 사랑하는 첫은 사진 속에 숨어 있는데, 당신의 손목은 이제 컴퓨터 자판의 벌판 위로 기차를 띄우고 첫, 첫, 첫, 첫, 기차의 칸칸을 더듬는다. 당신의 첫. 어디에 숨어 있을까? 그 옛날 당신 몸속으로 뿜어지던 엄마 젖으로 만든 수증기처럼 수줍고 더운 첫. 뭉클뭉클 전율하며 당신 몸이 되던 첫. 첫을 만난 당신에겐 노을 속으로 기러기 떼 지나갈 때 같은 간지러움. 지금 당신이 나에게 작별의 편지를 쓰고 있으므로, 당신의 첫은 살며시 웃고 있을까? 사진 속에서 더 열심히 당신을 생각하고 있을까? 엄마 뱃속에 몸을 웅크리고 매달려 가던 당신의 무서운 첫 고독이여. 그 고독을 나누어 먹던 첫사랑이여. 세상의 모든 첫 가슴엔 칼이 들어 있다. 첫처럼 매정한 것이 또 있을까. 첫은 항상 잘라버린다. 첫은 항상 죽는다. 첫이라고 부르는 순간 죽는다. 첫이 끊고 달아난 당신의 입술 한 점. 첫. 첫. 첫. 첫. 자판의 레일 위를 몸도 없이 혼자 달려가는 당신의 손목 두 개. 당신의 첫과 당신. 뿌연 달밤에 모가지가 두 개인 개 한 마리가 울부짖으며, 달려가며 찾고 있는 것. 잊어버린 줄도 모르면서 잊어버린 것. 죽었다. 당신의 첫은 죽었다. 당신의 관자놀이에 아직도 파닥이는 것.

당신의 첫, 나의 첫, 영원히 만날 수 없는 첫.
오늘 밤 처음 만난 것처럼 당신에게 다가가서
나는 첫을 잃었어요 당신도 그런가요 그럼 손 잡고 뽀뽀라도?
그렇게 말할까요?

그리고 그때 당신의 첫은 끝, 꽃, 꺼억.
죽었다. 주 긋 다. 주긋다.
그렇게 말해줄까요?

— 「당신의 첫」 전문

김혜순 시인 특유의 분열적인 시쓰기, 언어유희를 활용한 시쓰기가 유감없이 발휘된 시다. '첫'은 매정하다. 무엇인가 절단될 때, 그리하여 이전의 삶이 잘라내져 죽을 때 '첫'은 탄생한다. 아기가 엄마의 몸에서 나와 세상에서의 삶을 '첫' 시작할 때 "여자가 두 다리 사이에서/붉은 몸뚱이 하나씩/ 잘라내게 되"(「붉은 가위 여자」)는 것처럼. '첫'은 인간과 세계의 기존 관계를 잘라내고 다른 관계로 밀어 넣는다. '첫'을 통해 바깥과 안이 날카롭게 분리되고 바깥과 안은 새롭게 연결을 모색해야만 하게 된다. 안과 밖이 갈라진 상처에서 피가 흘러나오고, 너와 내가 서로에게 상처 주는 사랑을 해야 하는 것은 바로 이 어머니와 분리되는 첫 경험 때문일지 모른다. 그런데 이 '첫'들은 또 다른 '첫'들의 연쇄 속에서("첫. 첫. 첫. 첫.") 잘라내어지고 폐기되고 그리하여 죽어갈 것이다. 하지만 죽어간 '첫'의 흔적은 "당신의 잠든 얼굴 속에서 슬며시 스며 나"온다. 그 '첫'들은 "당신을 만든 당신 어머니의 첫 젖 같은" "성분으로" 당신을 만든 것들이다. 즉 어머니의 몸에서 단절된 당신의 '첫'은, '젖'을 통해 '첫' 수유를 받으며 어머니의 신체와 다시 연결된다. 당신을 만들어놓은 어머니의 첫 젖이 당신의 잠든 얼굴의 "관자놀이에 아직도 파닥"일 때, 연인은 "가장 질투"할 수밖에 없다. 그 '첫'은 당신 존재 자체와 불가분하게 연결되어 있는 것이기 때문이다. 당신의 존재에로 들어가고자 하는 연인은 여기서 어떤 불가능을 느끼게 될 것이다.

'첫'의 기억들은 사라지지만, '첫'이 관자놀이에서 파닥이듯이 몸에 새겨진다. 그래서 당신은 "모가지가 두 개인 개 한 마리가 울부짖으며, 달려가며" 무엇을 찾는 것과 같이 그 '첫'을 몸으로 찾을 것이다. 물론 앞의 '첫'을 죽이는 새로운 '첫'들에 의해 그 '첫'은 흔적만 남기고 사라졌으므로 당신과 그 '첫'은 "영원히 만날 수 없"다. 그리하여 '첫'은 '끝'이고 만질 수 없는 '꽃'이며 밥을 다 먹은 후에 내는 트림이다. 하지만 '첫'을 잃어버린 사람들끼리 '첫 만남'을 만나 서로 '첫' 뽀뽀를 할 수 있지 않겠는가? 새로운 사랑? 하지만 그 '첫'이 가능하기 위해서는 예전의 삶을 오려내야 할 것이다. "세상의 모든 첫 가슴엔 칼이 들어 있"기 때문이다. 시인은 여전히 "첫이 끊고 달아난 당신의 입술 한 점"에 눈이 간다. 어떤 '첫'이 버리고 간 입술, 그것은 김혜순 시인의 등단 시에서 보았던 시체의 분리된 입술의 귀환 아닐까. 그의 '첫' 시 역시 무수한 다른 '첫' 시에 의해 시인의 세계에서 잘라내졌을 것이다. 이미 떠나온 그 세계로 다시 돌아간다는 것은 불가능할 것이다. 하지만 잘라내진 것들은 다시 '첫'의 형식을 빌어 다시 말하고자 하는 것은 아닐까. 저 잘려나간 입술처럼 말이다. 특히 김혜순은 그 잘라내져 버려진 몸의 부분들에 대해, 버림받은 타자들에 대해, 슬픔과 애정을 가지고 목소리를 부여하려는 시인이지 않는가. 그렇기에 당신의 잠든 얼굴에 떠오르는 '첫'을 찾아보는 것 아니겠는가.

하지만 그녀는 끊임없는 '첫' 실험을 통해 현대의 삶에 접근하고자 하는 시인이다. '첫'의 모더니티와 절단된 몸들의 관계를 시인은 어떻게 설

정할까? 이는 김혜순 시를 살펴보는데 도입할 수 있는 또 하나의 문제틀
이 될 수 있다. 여기서 자세히 말할 수는 없지만, '첫'에 의해 도려내져 버
려진 입술이 '첫' 말을 하게 하는 방식으로, 즉 모더니티와 모더니티로부
터 배제된 것을 결합시키면서 모더니티를 비판하는 방식으로 그 난제를
시인은 해결하고 있는 것 같다. 김혜순 시인은 『당신의 첫』의 세계를 도
려내고 외부와 새롭게 관계를 맺기 위해 또 다른 '첫' 시를 쓸 것이다. 하
지만 이 '첫' 시에는 도려내진 세계가 다시 돌아와서 '첫' 발언을 하기 시
작할 것이다. 김혜순 시의 몸은 언제나 새로 처음 생성되지만, 무엇인가
가 달처럼 항상 다시 돌아온다. 그것이 어머니의 몸일 것이다. 이에 대해
서는 또 다른 주의 깊은 논의가 필요하겠지만, 하나의 과제로 남기고 여
기에서 글을 자른다.

(2009)

시라는 불화살을 쏘는 독수리

—문정희의 시

1

　문정희는 지금까지 펴낸 시집이 열권이 넘는 중견시인이지만, 그의 시 세계는 여전히 젊고 강렬하다. 시에 대한 정열이 세월이 갈수록 식기는커녕 더욱 달아올랐던 모양이다. 그래서 문정희 시인의 시는 매력적이다. 강렬함과 젊음이라는 요소가 없는 시는 팔팔한 매력을 발산하기 어렵다. 시인은 더욱 강렬한 시를 씀으로써 나이를 들게 하는 시간에 반항하고자 하는 것인지 모르겠다. 1990년대 중반 이후에 출판된 그의 시집들, 『남자를 위하여』(세계사, 1996), 『오라, 거짓 사랑아』(민음사, 2001), 『양귀비 꽃 머리에 꽂고』(민음사, 2004), 『나는 문이다』(뿔, 2007) 등을 읽어보면, 중견 시인이 빠져들 수 있는 달관이나 질척이는 우울의 포즈는 거의 찾아보기 힘들다. 반대로 그 시집들에서 대담한 정열, 발랄한 유머, 솔직함에서 나오는 온기, 날카로운 비판 정신과 현 세태에 대한 은근하면서도 강렬한 분노를 만나게 된다. 이는 시인이 시적 긴장을 놓지 않고 세계와 마주치며 살고 있다는 것을, 그리고 문학청년의 열정을 가지고 여전히 시작에 임한다는 것을 말해준다.

그 열정은 어떠한 에너지를 공급받으며 지속되는 것일까? 초기 시에서 부터 최근 발표한 시에서까지 시인이 계속 사랑을 노래해온 것을 보면, 그 에너지는 아마도 사랑의 열망에서 얻어지는 것 같다. 사실 사랑이야말로 삶의 에너지를 증폭시킬 수 있는 정념 아니겠는가. 문정희 시인에게서 사랑은 정신적이거나 관념적인 무엇이 아니다. 삶을 강렬함으로 이끄는 현실이자 힘이다. 비교적 초기시인 「새떼」(시집 『새떼』는 1975년에 출간되었다)에서, 시인은 "끝까지 잠 안든 시간을/조금씩 얼굴에 묻혀가지고/빛으로 咆哮하며/오르는 사랑아./그걸 따라 우리도 모두 흘러서/울 이유도 없이/하늘로 하늘로 가고 있나니."라고 노래한 바 있다. 비상하는 사랑에 이끌려 '우리도' 비상한다. 사랑의 궤적을 따라가면서 시인 역시 저 새떼처럼 하늘을 날게 된다. "끝가지 잠 안든 시간"이 묻어 있는 이 사랑은 우리를 상승시키는 힘을 가지고 있다. 이 사랑에 탑승하면서 시인은 시 쓰기의 힘을 얻으려 했을 것이다. 그런데 최근에 발표된 시를 읽어보면 사랑이 가진 그 힘이 더욱 강렬하게 이미지화되어 사랑은 불로 변모하기까지 한다. 시집 『양귀비꽃 머리에 꽂고』에 실린 「불의 사랑」을 읽어보자.

어디에서 이토록 뜨거운 생명을 만나랴
참혹한 추락이 예비되었지만
불이 있어
지상은 늘 아름다웠다
감히 수천의 날개를 파닥이며
별을 떨어뜨리며
저 무상을 향해 무릎을 펴는
불이여, 네 이름이 아니라면
어찌 영원과 초월을 꿈꾸랴
네 심장으로 타오르는 것이 아니라면
어찌 파멸과 맞서는 사랑을
우리가 감히 떠올릴 수 있으랴

"영원과 초월을 꿈꾸"게 하는 것, 그것은 불이며 사랑이다. 불, 그 "심장으로 타오르는" 사랑은 "감히 수천의 날개를 파닥이며" "저 무상을 향해 무릎을 펴" 비상을 꿈꾼다. 하지만 「새떼」에서와는 달리, 시인은 그 사랑이 "참혹한 추락이 예비되었"다고 부언한다. 「새떼」에서 시인은 비상하는 사랑과 같이 날아가고자 하늘을 바라보았다. 하지만 여기서는 추락을 이미 경험해본 듯이 시인은 말하고 있다. 아마 시인이 겪었던 많은 세월들이 낭만주의적인 믿음을 허용하지 못하게 한 것일 게다. 그렇지만 사랑에 대한 시인의 태도가 어떤 원숙함으로 나아가는 것은 아니다. 도리어 시인은 삶에 대한 젊은이다운 투지를 더욱 다지는 것이다. 예비된 추락에도 불구하고 불타오르는 사랑이야말로 삶을 뜨겁고 아름답게 만들기에, 시인은 "파멸과 맞서는 사랑"에 몸을 던질 태세인 것이다. 「새떼」가 비상하는 사랑에 탑승한 기록이 시가 된 것이라면, 이제 시는 사랑으로 삶을 불태우는 데에서 얻어질 것이다.

　그런데 사랑은 어떻게 불이 될 수 있을까? 시인에 따르면, 사랑엔 짐승과 같은 무엇이 있기 때문이다. 시인이 시 「통행세」(『오라, 거짓 사랑아』)에서, "사랑도 깊이 들어가보면/짐승이 날뛰고 있었다"라고 말하고 있는 것을 보면 그렇다. 사랑의 깊은 곳에서 날뛰는 짐승이란 불과 같은 격정을 가리키는 것일 터, 이 시인에게 삶이란 이 격정 속에서 "가시에 찔리며/낚싯바늘 입에 물고 파득거리"는 "내가 가는 길"이다. 시인은 이 길을 지나가면서 "시 몇 편을 통행세로 바치고 싶다"고 말한다. 가시에 찔려 물고기처럼 파득거리는 삶이란, 「불의 사랑」에서 보았듯이 추락할 줄 알면서도 "감히 수천의 날개를 파닥이"는 삶과 같다고 할 것이다. 그렇다면 이 과정에서 떨어지는 별들이 바로 사랑의 삶이 내는 통행세, 즉 시가 될 수 있을 것이다.

2

그런데 비상과 초월을 향해 파닥이며 불타고 사랑과 자유를 위해 파득거린다고 하더라도, 삶은 여전히 추락하고 낚시 바늘에 찔려 있지 않겠는가? 시에는 뜨거우나 고통스러운 삶이 표현된 것이라는 수동적인 의미보다, 더 적극적인 의미가 있지 않겠는가? 시는 좀 더 적극적인 의미를 부여받길 기대할 만한 존재인 것이다. 문정희 시인은 이러한 기대에 부응한다는 듯이, 시에 대한 또 다른 의미화를 행하고 있다. 시는 화살이라는 것이 그것이다. 시는 말로 이루어져 있다. 말이 가진 독특한 속성 때문에라도, 시는 짐승처럼 날뛰고 불타는 사랑의 '표현'에 그치지만은 않게 된다. 시인에 따르면, "말은 칼에 비유하지 않고/화살에 비유한단다/한번 쓰고 나면 어딘가에 박혀/다시는 돌아오지 않기 때문"(「화살노래」, 『나는 문이다』)이다. 말을 구성하여 시를 쓰는 시인은 이 말을 "많이 모아" "잘 쏘고 가"는 사람이다. 잘 쏜다는 것은 '화살―말'을 잘 쏜다는 뜻이기도 하다. 즉 사람들의 마음을 잘 조준하여 잘 박히는 말이 시다. 아니 더 나아가 시인은, 시는 독화살, 불화살이라고 말한다. 그에게 시의 말은 "살아 있는 생명, 심장 한가운데 박혀/오소소 퍼져가는 독 혹은 불꽃"이어야 한다. 불꽃이 사랑의 현현임을 우리는 「불의 사랑」을 통해 이미 짐작하고 있다. 시의 말은 시인 혹은 독자의 심장에 박혀 사랑의 불꽃을 퍼뜨려야 한다. 그런데 시가 왜 독이기도 해야 할까? 사랑 자체가 독이기도 하기 때문이다.

> 유쾌한 사랑도 의외로 많다
> 시는 언제나 천 도의 불에 연도된 칼이어야 할까?
> 사랑도 그렇게 깊은 것일까?
> 손톱이 빠지도록 파보았지만
> 나는 한번도 그 수심을 보지 못했다

시 속에는 꽝꽝한 상처뿐이었고
사랑에도 독이 있어
한철 후면 어김없이
까맣게 시든 꽃만 거기 있었다
나도 이제 농담처럼
가볍게 사랑을 보내고 싶다
대장간에서 만드는 것은
칼이 아니라 불꽃이다
　　　－「유쾌한 사랑을 위하여」 부분, 『오라, 거짓 사랑아』

　시인이 말하듯이 "사랑에도 독이 있어"서, 시는 그 독성을 퍼뜨리기도 하는 것이다. 그 사랑은 삶을 까맣게 시들게 할 터이지만, 「불의 사랑」에서 보았듯이, 추락할 줄 알면서도 하는 것이 사랑이고, 그래서 사랑은 아름다움인 것이다. 하지만 한편으로 시인은 "시는 언제나 천 도의 불에 연도된 칼이어야 할까?/사랑도 그렇게 깊은 것일까?"라고 의문을 갖는다. 삶을 사랑으로 불태워서 시가 단단하게 연마될 때, 시는 칼이 될 것이다. 이때, 이 칼을 만들기 위해 삶은 삶을 불태우는 사랑의 독성으로 까맣게 시들어버리고 말 것이고, 시는 삶의 그 "꽝꽝한 상처"로 채워지게 될 것이다. 이와는 다른 사랑이 없는 것일까? 사랑은 그렇게 고통스러운 것이기만 할 것인가? 시인은 "대장간에서 만드는 것은/칼이 아니라 불꽃"이라고 말함으로써 다른 사랑이 존재할 수 있음을 암시한다. 그 사랑은 시인이 이제는 자신도 지내보고 싶다는 "농담처럼" "유쾌한" 사랑이다. 삶이 담금질되면서 일어나는 가벼운 불꽃들, 불이면서도 날아가는 꽃과 같은 경쾌한 사랑이 있을 수 있다. 그렇다면 불꽃과 독은 비슷한 의미를 갖고 있지 않다. 적어도 위의 시에서는, 불꽃과 독은 사랑의 상반되는 두 양상이다.
　다시 「화살노래」로 돌아가 말하자면, 시는 화살처럼 날아가 사랑의 불꽃을 퍼뜨림으로써 삶을 경쾌하게 만들 수도 있어야 하는 것이다. 이때의 시의 말은 삶을 담금질하는 대장간에서 튀어 오른 불꽃을 모아 만든 화살촉이라고 말할 수 있다. 시의 말은 화살촉이기에 예리한 아픔을 주기도 하겠지만, 한편으로 그때의 시의 말은 시의 무게를 줄이고 가볍게 날아갈 수 있게도 할 것이다. 이러한 사랑의 이중성, 독이면서도 불꽃인 사랑의 이중성이 문정희 시의 독특한 매력이기도 하다. 비극적이면서도 유머러스하고, 무거우면서도 가벼우며, 뜨거우면서도 시원하고, 정열적이면서도 단아한, 가늠하기 힘든 매력 말이다. 독이자 불꽃인 사랑의 두 가지 상반되는 모습은 『나는 문이다』에서 「응」과 「두 조각 입술」에 나란히 표현되면서 좀 더 육감적이면서 에로틱하게 구체화된다. 하나는 평온함을 가져오는 사랑의 형상을 보여주고, 다른 하나는 격렬한 사랑의 행위를 보여준다.

> 햇살 가득한 대낮/지금 나하고 하고 싶어?
> 네가 물었을 때
> 꽃처럼 피어난
> 나의 문자
> "응"
>
> 동그란 해로 너 내 위에 떠 있고
> 동그란 달로 나 네 아래 떠 있는
> 이 눈부신 언어의 체위
>
> 오직 심장으로
> 나란히 당도한
> 신의 방
>
> 너와 내가 만든
> 아름다운 완성
>
> 해와 달

지평선에 함께 떠 있는

땅 위에
제일 평화롭고
뜨거운 대답
"응"

—「응」 전문

닫힌 문을 사납게 열어젖히고
서로가 서로를 흡입하는 두 조각 입술
생명이 생명을 탐하는
저 밀착의 힘

투구를 벗고
휘두르던 목검을 내려놓고
어긋난 척추들을 밀치어놓고
절뚝이는 일상의 결박을 풀고

마른 대지가 소나기를 빨아들이듯
들끓는 언어 속에서
해와 달이
드디어 눈을 감고 격돌하는 순간

별들이 우르르 쏟아지고
빙벽이 무너지고
단숨에 위반과 금기를 넘어서서
마치 독약을 마시듯이 휘청거리며

탱고처럼 짧고 격렬한 집중으로
두 조각 입술이 만나는
숨가쁜 사랑의 순간

—「두 조각 입술」 전문

상반된 정서를 가져오는 두 시의 동시적인 제시는 문정희 시인의 사랑에 대한 사유에 일관성이 부족함을 보여준다기보다는, 그 반대로 그의 일관적인 사유에서 나온 것이라고 할 것이다. 앞에서 보았듯이 시인에게 사랑이란 독이면서 또한 불꽃이었기 때문이다. 불'꽃'과 같은 사랑은 「옹」에서와 같은 모습으로 형상화된다. 시인은 "꽃처럼 피어난" "옹"이란 문자에서 해와 달이 위아래로 누워 있는 "눈부신 언어의 체위"를 상상해낸다. '옹'이란 대답의 음성 속에서 사랑은 이미 부드럽고 따스하게 완성된다. '옹'을 반복해서 속으로 소리내보면, 이 '옹'이 평온하고 에로틱하게 마음을 감싸는 것을 느낄 수 있을 것이다. '옹'이란 대답을 서로 주고받으며 해와 달은 나란히, 살며시 포옹하며 공존한다. 반면 「두 조각 입술」에서의 해와 달은 "들끓는 언어 속에서" "눈을 감고 격돌"한다. 「옹」에서는 '옹'이란 말 한 마디가 사랑을 고요하게 완성시켰다면, 여기서의 사랑은 뜨겁게 뱉어내는 말 속에서 싸움 하듯이, 상대방의 생명을 탐하듯이 "밀착의 힘"으로 맹목적으로 "서로를 흡입"하고 있는 것이다. 「옹」에서와 같이 평온하게 사랑의 체위가 지속되지 않고 "탱고처럼 짧고 격렬한 집중" 속에서 폭탄 터지듯 사랑이 순간적으로 이루어진다. 서로의 삶을 흡입하는 이 격렬한 사랑에서 모든 경계선들은 파괴된다. 즉 "빙벽이 무너지고/단숨에 위반과 금기를 넘어서"는 것이다. 이 사랑은 "마치 독약을 마시듯이 휘청거리"게 하는 독성을 품고 있다.

3

위에서 살펴 본 두 시에 등장하는 '달'은 시인 자신이자 여성을 가리킨다. 시인 스스로 "당신이 나를 문(Moon)이라 불러주므로/달은 나의 문패,/나는 문(文)이요, 문(moon)이 되어/그리움으로 둥실 떠오른다"(「문」, 『양귀비꽃 머리에 꽂고』)고 말하고 있고, 알다시피 신화에서 달은 여성을 상징해왔기 때문이다. 여하튼 「문」에서의 '문'은 "사랑찾아 거리를 서성이는 /외롭고 가난한 그대들이/무상으로 그 문(門)을 열어도 좋"은, 사랑에 속수무책인 자다. 사랑은 꽃이 될 수도 있고 독이 될 수도 있지만, 달은 문을 열고 전 존재를 걸어 사랑을 받아들일 준비가 되어 있다. 달이 여성성의 본질을 상징한다면, 그것은 이 시에서 보듯이 사랑이다. 문정희 시인에게는 달이란 존재 자체가 바로 사랑에 의해 생겨난 것이다. 흙을 "사랑한 도공이 밤낮으로/그를 주물러서 달덩이를 낳는 것을 본 일은 있다"(「흙」, 『양귀비꽃 머리에 꽂고』)는 것이다. 그래서 여성은 남성들에게 수수께끼일 터이다. 남성성은 사랑을 그 본질로 할만한 문이 없다. 남자는 여자만큼 사랑을 잘 받아들이지 못하고 그러니 잘 알지 못한다.

그래서 시인이 「치마」에서 말하듯이 "남자들은 평생 신전 주위를 맴도는 관광객"처럼 치마 속 "그 은밀한 곳" 주위를 어슬렁거리는 것일 게다. 반면 "치마 속에 확실히 무언가 있다/여자들이 감춘 바다가 있을지도 모른다"고 시인은 말한다. 그 감춘 바다는 모성과 같은 것과는 상관이 없다. 여성성이란 관능적인 사랑에 존재하지 모성에 있는 것이 아니라고 시인은 생각한다. 모성의 강조는 여성의 욕망을 억압하고 희생을 강요하는 또 하나의 이데올로기일 수 있다. 모성과는 달리 여성의 치마 속에는 "벗었을 때 더욱 눈부"신, 관능적인 사랑의 힘이 있다. 그곳엔 "참혹하게 아름다운 갯벌이 있고/꿈꾸는 조개들이 살고 있는 바다"가 있다. 불꽃이자 독인 사랑을 전염시키는 힘을 가진, 그리하여 삶을 익사시킬 수 있는 치명적인 사랑의 바다. 치마 속의 그 바다는 여성을 사랑으로 출렁이게 한다. 그래서 '여성-달'은 사랑에 천성적으로 용해되는 것이다. 「오늘밤 나는 쓸 수 있다-네루다 풍으로」(『오라, 거짓 사랑아』)의 표현대로 말하자면, 달은 "사랑의 눈과 코를 더듬"고 "사랑을 갈비처럼 뜯어먹는"다. 더듬고 뜯어먹는 데에서 오는 감각적 쾌락을, 그 욕망을 달은 어찌하지 못한다. 그녀는 과감하게 사랑을 사랑한다. 그런데 더듬고 뜯어먹는 사랑은 순수하게 '지금'의 감각을 통해서만 드러날 수 있는 것일 게다. 그래서인지 시인은 위에서 언급한 「오늘밤 나는 쓸 수 있다」에서 다음과 같이 말한다.

> 모든 사랑에는 미래가 없다
> 그래서 숨막히고
> 그래서 아름답고 슬픈
> 사랑, 오늘밤 나는 쓸 수 있다
> 이 세상 모든 사랑은 무죄!

아름다운 불꽃이자 '숨막히'게 하는 독이기도 한 사랑은 순수한 현재에 존재할 뿐이다. 과거의 사랑을 기억한다거나 미래의 사랑을 상상한다고 해서, 그 기억과 상상이 현재를 숨막히게 만드는 사랑을 대체할 수는 없다. 그래서 사랑은 슬픈 것이다. 시간이 흐르면서 지나간 사랑은 다시 돌아올 수 없기 때문이다. 또한 그래서 모든 사랑은 무죄다. 현재에만 존재할 수 있는 사랑은, 어떤 계산과도 무관한 생명의 절정만을 분출하는 것이기 때문이다. 그래서 사랑은 순수하다. 그렇기에 문Moon이 문門을 열고 외롭고 가난한 이들을 받아들여 사랑하는 행위는, 비록 곧 스러지겠지만 생명의 절정인 사랑을 어떤 이라도 경험하게 해주는, 죄는커녕 슬프고 아름다운 일이다. 이때 달은 쓸쓸한 사랑을 보시해주는 여신이 된다. 그 사랑의 보시 역시 찰나적인 것이기에, 즉 미래가 없는 것이기에 쓸쓸한 것이다. 그러나 사랑의 순간을 보존할 수 있는 길이 전혀 없는 것은 아니다. 시가 있기 때문이다. 시는 환원될 수 없는 그 사랑의 순간에 놓여 있는 존재자들을 불새처럼 되살릴 수 있다.

> 주인인 나조차도
> 다시 들어가서
> 솜털 하나
> 바꿔 꽂지 못하는 봉인된 제국

어제
사랑에 쓰러진
별 하나를 일으켜 세우기 위해
거기 남아 서성이는

나보다 젊은
불새 한 마리

－「어제」,『나는 문이다』

한 사람이 떠났는데
서울이 텅 비었다
일시에 세상이 느린 화면으로 바뀌었다
네가 남긴 것은
어떤 시간에도 녹지 않는
마법의 기억
오늘 그 불꽃으로
내 몸을 태운다

－「기억」,『나는 문이다』

　사랑으로 불살라진 삶이 떨어뜨린 별 하나. 그 별은 "한 사람이 떠"났기에 추락했을 것이다. 그가 떠나자 삶은 사랑과 이별의 고통으로 불타고 별이 떨어진다. 이 별이 바로 시가 될 터이다. 하지만 어떠한 시인의 노력도 없이 그 별이 그대로 시가 되는 것은 아니다. 어제 떨어진 그 별을 되살리는 시작詩作이 필요한 것이다. 그러나 그 별을 다시 하늘에 띄우고 싶어도, 봉인된 어제에 놓여 있는 그 별에 일단 접근조차 할 수 없다. "솜털 하나 바꿔 꽂지 못하는" 것이다. 하지만 시인는 시라는 불새를 불러와, 쓰러진 별을 다시 "일으켜 세"우는 능력을 가지고 있는 이다. 불새는 현재 어제를 되살려 살고 있기에 시인보다 하루 더 젊다. 사랑의 불로 부활하는 그 새는 "어떤 시간에도 녹지 않는/마법의 기억"을 구축하여 시로 존재함으로써, 어제 잃어버린 사랑으로 현재를 불태울 수 있게 된다. 또한 그리하여 시인은 시의 불꽃으로 오늘, 자신의 몸을 태울 수 있게 된다.

최근에 발표된 「이름」(『딩아 돌하』 2008년 가을호)에서의, "언어의 지팡이를 짚고/시인 흉내를 내면서도/손으로 쥐면 거짓말처럼 꺼져버리는/불같은 이름 하나를 끝끝내 움켜쥐려 했다"는 시인의 진술은 이와 관련될 것이다. 시인이 어제의 문을 열고 쓰러진 별을 다시 되살리기 위해서는 불과 같은 생명을 가진 불새의 말을 움켜쥐어야 할 것이다. 시인은 "꽃이 될 만한 말은 모두 털어"가는 "씨앗 도둑"(「도둑 시인」, 『나는 문이다』)인 것이다. 불새의 화인이 찍힌 말, 하지만 곧 꺼져버릴 수 있는 말을 갖기 위해 시인은 시를 쓴다. 불같은 이름을 손에 넣음으로써 불같은 삶을 살기 위해 시인은 시를 쓴다. 그 작업은, 「사람의 가을」(『양귀비꽃 머리에 꽂고』)에서 시인이 말한 바와 같이, "저 잎과 저 새를", "저 하나로 완성"인 "새 별 꽃 잎 산 옷 밥 집 땅 피 몸 물 불 꿈 섬/그리고 너 나"를 "언어로 옮기는 일"이기도 하다. 언어로 옮겨진 저 시 자체와 같은 사물들, 저 사물들이 구성되었을 때 한 편의 시가 탄생할 것이다. 이에 따르면 시에서만이 존재가 존재 그대로 드러날 수 있다. 「꽃의 선언」(『나는 문이다』)에서 시인이 말하듯이, "시의 나라"에서만이 꽃이 자신을 "돈으로 환산하지 못하게 할"수 있으며, "정년 아름답거나 착한 척도 하지 않을 것이며/도통하지 않을 것이며/그냥 내 육체를 내가 소유할" 수 있게 되는 것이다.

4

하지만 사물의 존재 그 자체를 언어로 옮기는 시작詩作은 "산을 옮기는 일만큼 힘이"(「사람의 가을」) 드는 작업이다. 그 존재의 언어화는 불의 이름을 붙잡는 것이기에 그렇다. 그 이름은 만지면 꺼져버리는 것이다. 그래서 시인은 항상 새롭게 시작할 수밖에 없다. 「사랑 비슷한 사랑」(『문학수첩』, 2008년 가을호)에서 시인이 "나 처음 시인이다/오늘 밤 비로소 시를 쓴다/그동안 많은 시를 써서 몇 권의 시집도 냈지만/처음 시를 쓰는 시인이려고 한다"라고 말하는 것도 이 때문일 것이다. 그래서 시인은 "덧없는 예감의 비단을" 짜며, "무위와 모래의 역사를" 쓰고 "끝없는 돌풍과 불운을 시로 쓰는", "단봉낙타처럼 고독한 뿔 하나를 등에 지고 걷는""사막의 시인으로" 존재할 수밖에 없다. 사막의 모래바람은 무엇이든 덮어버린다. 누군가 불의 이름을 붙잡고 시의 왕국을 세우면, 사막의 모래는, 그 거대한 시간의 힘은, 그 불의 이름을 덮어버린다. 하지만 시인은 허망하게 시를 파묻는 모래 무덤을 바라보면서도, 그가 시 쓰기를 그치지 않는다면 다시 모래를 밑천으로 시를 세워나가야 한다. 그러한 작업을 하는 시인의 삶은 "패잔국 병사처럼 거기 쓰러져 있"는, "진종일 검은 모래를 파먹"으며 "길을 몰라 제자리에서 버둥거리는" "사막에 사는 전갈"(「사하라에서의 하루」, 『나는 문이다』)의 그것과 같다. 시인은 길 없는 사막에서 버둥거리며 모래를 먹고 시를 조금씩 자아낸다.

왜 시인은 이러한 고행을 사서 하는 것일까? 아마 이유는 없으리라. 이유가 있다면 그가 덧없지만 불같은 언어를 붙잡으려는 시인이라는 점이 그 이유의 전부일 것이다. 하지만 이 고행의 영원회귀를, 그 시인으로서의 운명을 시인이 능동적으로 받아들일 때, "진종일 모래를 파먹"는 전갈은 "내가 나를 키우는" '천 년 독수리'(「독수리의 시」(『문학수첩』 2008년 가을호))라는 눈부신 이미지로 변신한다. 이집트 신화에서 독수리는 모두 암컷이다. 수컷이 없기에 독수리는 스스로 바람의 정기에 힘입어 수태하고 자식을 낳는다. 문moon인 여성 시인 역시 스스로 자신을 수태하여 자궁의 시간 속에 자신을 놓고 키운다. 양분은 자신의 피, 즉 시다. 이는 모래를 파먹으며 시를 매번 새로 시작해야 하고 그 과정에서 무위의 삶을 갱신해야 하는 '전갈—시인'의 삶과 통한다. 그 과정은, 비록 허망할지라도 자신이 자신을 다시 낳은 일과 같다. 또한 "눈알 속에 불이 담긴 맹금"

인 독수리 역시 진종일 검은 모래를 파먹는 전갈처럼 "부리로 허공을" 허망하게 쪼고 있지 아니한가. 그렇기에 전갈은 독수리의 이미지로 비상할 수 있게 되는 것이다. 그리하여 빛으로 포효하며 비상하는 사랑을 따라 시를 쓰고자 했던 「새떼」의 시인은, 이제 스스로 새로, 그것도 맹금인 독수리로 변신한다. 이 독수리는 자신의 피 자체로만 시를 쓸 줄 아는 시인이다. 그는 적과 동지의 기교적인 구별에 따라 시를 쓰지 않는다. 그래서 독수리—시인은 이렇듯 당당하다.

> 나는 알고 있지
> 적과 동지를 구별하는 기교가 아니라
> 내가 나를 키우는 자궁의 시간을
> 그 무엇도 아닌 자신의 피로 쓰는
> 천 년 독수리의 시 쓰는 법을

(2008)

허무의 극복을 위한 역사의 시화(詩化)

─ 문효치 시에서의 여행과 역사

1

여행자는 관광객이 아니다. 여행자는 자유를 살고자 하는 사람이기 때문이다. 관광객은 자유를 원하지 않는다. 관광객은 알고 있는 정보를 실제로 확인하기 위해, 또는 좀 더 풍부하게 알기 위해 여행한다. 반면 여행자는 기지의 정보를 확인하기 위해 여행하지 않는다. 그는 미지의 세계로 들어가기 위해 여행한다. 그렇다고 여행자가 박물관이나 유명 관광지에 가지 않는다는 말은 아니다. 그도 역시 그러한 장소에 갈 것이다. 하지만 그는 미지의 무엇과 만나기 위해서 그곳에 간다. 여행자는 그곳이 유명한 곳일지라도, 그곳에서 무엇을 만나게 될지 모른다. 모르기 때문에 그는 자유로울 수 있다. 그는 모든 만남에 대해 열려 있을 수 있기 때문이다. 자유로운 그는 어린아이처럼 호기심을 갖고 미지의 세계가 발산하는 경이로움을 맞이할 준비가 되어 있다. 이 경이로운 만남을 시적인 것이라고 하자. 이 시적인 것을 그냥 보내지 못하고 시로 표현하고자 할 때 여행자는 시인이 된다. '여행자—시인'에 의해 그 경이로운 만남은 시로 변용되어 나타나기 시작한다. 문효치는 '여행자—시인'이다. 『기행시첩』이라는 그의 에세이집 제목은 문효치 시인의 정체성을 보여준다. 그에게는 여행(기행)이 시이자 시가 여행이다. 삶을 자유로 이행케 하는 여행처럼, 시도 자유의 공간으로 삶이 건너갈 수 있기 위해 씌어진다.

> 노루목으로 가려다가
> 길을 잘못 들어 토끼봉에 올랐다.
>
> 지도 펴고 다시 보니
> 구름 한 조각
> 지도를 덮었다.
>
> 그렇다.
> 노루목이든 토끼봉이든
> 구름되어 자유로이
> 흘러가면 그만인 것을.
> ─「지리산 시 · 토끼봉」, 『선유도를 바라보며』(1999)

여행은 자유의 순간을 가져다준다. 지리산을 오르면서 어찌 시인이 길을 잘못들 것을 예상했겠으며 구름 한 조각이 지도를 덮을 줄을 예상했겠는가? 여행자는 이 우연한 마주침을 위해 여행한다. 이 마주침 자체가 시인에게 자유의 현현이다. 문효치는 이 우연히 맞닥뜨린 자유의 순간을 위에서와 같이 시로 표현한다. 왜 그는 시로 표현하는 것일까? 그 순간을 좀 더 영속화시키기 위해서일 것이다. 자유로 이행하는 순간을 시화할 때, 기화하기 쉬운 그 마주침의 순간을 일상적인 삶에 부착시킬 수 있다. 자유의 공간으로의 이행체인 시를 일상적인 삶에 부착함으로써, 여행에 들어서지 않은 사람들이 자유의 순간을 추체험할 수 있게 된다. 그러나 일상적인 삶은 자유롭지 않다. 여행자 역시 언제나 여행만 할 수는 없다. 그도 집이 있을 것이다. 그는 여행을 마치고 집에 돌아온다. 집에 돌아오는 순간, 여행자는 다시 사회가 요구하는 삶을 살아가야 한다. 여전히 자유에 도달하지 못한 사회는 그에게 부자유를 강요한다.

그런데 자유를 간직한 시가 이러한 부자유의 삶에 부착되면서 시와 삶 사이에는 어떤 갈등이 일어나게 된다. 부자유한 삶이 시에 대해 질투하거나, 시는 자신의 비상을 붙잡는 삶에 대해 싫증을 내게 될 테니까. 삶은 전쟁 같은 생활을 시가 외면하고 있다고 시를 비난하고, 시는 자신을 구속하려는 생활과 결별하고만 싶어 한다. 하지만, 그래서 시는 부자유한 생활을, 일상적인 삶을, 더 나아가 그 삶에서 겪어야 하는 고통을 무시할 수 없다. 시는 다름 아닌 그러한 삶에 부착됨으로써 생존하는 것이기 때문이다. 삶과 분리된 시는 아무 것도 아니며, 또한 그것은 삶과 분리될 수도 없다. 시는 박물관에 모셔놓는 것이 아니다. 시는 언제나 가지고 다니며 읽을 수 있는 시집 안에 있다. 시는 실제 삶에서 자신의 양식을 얻는다. 자유를 지향하는 시가 부자유한 삶에 섞이면서, 시는 비로소 자신의 육체를 구성한다.

여행을 시로 옮기고 있는 '여행자—시인'에게서는 이러한 얽힘이 어떻게 드러나게 될까? 시가 삶과 운명적으로 얽히게 되어 있다면, '여행자—시인'의 자유로 이행하기 위한 여행 자체도 부자유와 얽혀야 하지 않겠는가? 그러한 여행은 어떻게 가능할까? '여행자—시인'인 문효치 시인도 이 시의 운명을 알고 있을 터, 그가 여행에서 역사와의 만남을 시도하고 있는 것은 이 때문일 게다. 문효치 시인은 여행을 통해 자유로 이행하고자 하는 것만이 아니라 역사와 만나면서 자유를 잃어버려야 했던 삶을 시화하려고 한다. 특히 그는 비통하게 멸망한 백제의 역사와 만나려고 한다. 그는 자유를 요구하는 시에 가장 비극적인 삶에 대한 기억을 밀어 넣는 것이다. 그리하여 하늘로 오르려는 시를 삶의 실재에 밀착시키려고 한다. 그러나 이는 역설적으로 더 깊고 실체가 있는 자유를 발견할 수 있게 할 수 있다.

삶의 축적이라 할 역사는 자유의 좌절로 얼룩져 있다. 역사 속에 자유의 순간이 없지는 않았으나, 그 자유는 다시 부자유로 전환되었다. 자유가 실현된 역사는 아직 없었다. 자유로 이행하기 위해 떠나는 여행은 이 부자유의 역사와 얽히면서 자신의 육체를 얻게 된다. 하지만 이 역시, '여행자─시인'의 여행은 자유를 찾아 미지의 공간으로 들어가는 것이라는 앞에서의 규정에 어긋나지는 않는다. 그는 역사의 유물을 보고 정보를 더 얻기 위해 여행하지 않을 것이다. 문효치 시인 역시 어느 여행자처럼, 역사의 흔적과 만나면서 어떤 미지의 무엇을 만나기 위해 여행하는 것이다. 그에게서 여행과 시는 여전히 자유를 지향한다. 하지만 그가 비극의 역사에 발을 들여놓으면서 '여행─시'는 유한한 삶을 끌어안게 되고, 그리하여 여행과 시가 부자유의 기록인 역사로 내려와 섞임과 동시에, 그 역사는 또한 시의 자유 쪽으로 상승할 수 있게 된다. '여행자─시인'에게서 역사는 역사 그대로 존재하지 않고, 시적으로 고양되는 것이다.

시는 자유에로의 지향과 비극적 삶과의 긴장을 통해 그 육체를 얻는다. 이 긴장 속에서 어떤 시인의 경우엔 삶의 비극성 쪽으로 몸이 기울어져 비탄에 빠지기도 할 것이다. 문효치 시인의 경우는 그렇지 않다. 즉 그의 시는 자유로 이행하고자 열망하는 시의 힘으로 자유 쪽으로 비극적 삶을 해방시키고자 하는 방향으로 나아간다. 그 방향은 쉽게 획득되는 건 아닐 게다. 시인은 삶에 내장된 긴장을 관념적으로 혹은 개념으로 후딱 해결하는 이가 아니기 때문이다. 시인은 시를 살고 있는 사람이다. 삶은 관념과 개념으로 이루어져 있지 않다. 만약 관념과 개념으로 모든 문제를 해결할 수 있다면, 생각만 잘 한다면 삶에서 실패는 없을 것 아니겠는가. 하지만 삶은 주어진 현실과 욕망의 좀처럼 해결할 수 없는 모순에 의해 작동된다. 그래서 삶은 실패와 좌절을 겪으며 자신의 길을 겨우 만들어내기 시작할 수 있다. 문효치 시의 방향 역시 삶의 여러 곡절을 통해 얻을 수 있는 것이었다. '여행자─시인'이 품은 자유로의 열망과 삶의 비극적 유한성이 엮어내는 갈등에 줄곧 아파하면서, 시인은 힘겹게 그 길을 낼 수 있었다.

2

『문학과 창작』 2000년 3월호에 실린 박기수의 「시인탐방」이란 글을 보면, 문효치 시인의 집안 내력을 간략하나마 알 수 있다. 그의 삶도 역사에 의해 상처나 있었다. 그 글에는 한국 전쟁 시 만석꾼 지주 집안이었기에 인민군에 입대해야 했던 아버지, 그 후 돌아오지 못한 아버지 문제로 ROTC를 거친 시인이 임관도 못하고 하사관으로 입대해야 했던 사정, 게다가 군 생활 뿐 아니라 제대 이후에도 보안사에 의해 감시당하고 연행되기까지 한 시인의 고통이 간략히 기술되어 있다. 그리고 1966년, 장교 임관이 취소되던 대학 졸업반 시기에 신춘문예에 투고한 시 「산색」과 「바람 앞에서」가 『한국일보』와 『서울신문』에 동시에 당선되면서, 시인은 등단한다. 그 중 「산색」이 당시 시인의 번민을 잘 드러내고 있어서 여기서 살펴볼 만하다. 물론 이 시가 임관 취소라는 경험을 직접적으로 반영하고 있는 것은 아니고, 또 그 사건 이전에 씌어졌을 지도 모르지만, 겉으로 드러내지 못할 불행한 가족사를 몰래 품고 살아야 했던 청춘 시절 시인의 마음이 잘 표현되어 있다.(이하 인용은 문효치 시인의 초기 시를 모은 첫 시집 『연기 속에 서서』와 백제에 관련된 시들을 모은 『백제시집』(2004)에서 했음을 밝힌다.)

> 당신의 입김이
> 이렇게 흐르는 산허리는
> 山빛이 있어서 좋다.
>
> 당신의 유방 언저리로는
> 간밤 꿈을 解夢하는
> 조용한 아우성의 마을과

솔이랑 鶴이랑 무늬 그려
陶瓷器 구워내다
새벽 이슬 내리는 소리.

五月을 보듬은 당신의 살결은
노을, 안개,
지금 당신은 山빛 마음이다.

언제 내가 엄마를 잃고
破婚당한 마음을
山빛에 묻으면

靑瓷 밑에 고여 있는
가야금 소리.

山빛은 하늘에 떠
돌고 돌다가
산꽃에 스며 잠을 이룬다

　스물네 살 젊은이의 낭만 지향이 절제되어 표현된 아름다운 작품이다.
새벽노을 속에 안개가 퍼지는 오월 산의 고적하고 청아한 풍경을 청자로
비유하면서 그 모습을 우아하고 단정하게 표현했다. 그런데 여기서 보고
자 하는 바는 이 시에 스며들어 있는 시인의 의식이다. 이 시가 돋보이는
것은 우아미 때문만은 아니다. 새벽 산의 풍경을 부드럽게 묘사하는 시의
흐름 속에서, 이에 대조되며 돌연히 등장하는 인간의 삶이 이 시에 독특
성과 의미심장함을 부여한다. 2연의 "간밤 꿈을 해몽하는/조용한 아우성
의 마을"이라는 표현에서 인간의 삶이 등장하고, 5연에서는 "언제 내가
엄마를 잃고/파혼당한 마음"으로 힘들어하는 시적 화자가 등장한다. 이들
삶은 고요히 풍경을 굽고 있는 자연과는 대조적으로, 꿈을 해몽하느라 아
우성이거나 소중한 사람을 상실하여 괴로워한다.

하지만 산빛은 이 아우성의 마을을 품어 하나의 그림으로 전환시켜준다. 그래서 각박한 삶에서 어떻게 벗어날 수 있을까 기대하며 꿈을 해몽하고 있는 민초들의 아우성은 '조용한 아우성'이라는 역설적 표현을 얻을 수 있게 되는 것이다. 또한 산빛이 이 아우성을 품는 모습을 보고서야 시적 화자는 상실의 마음을 저 산빛 속에 묻을 수 있게 되었을 것이다. 이는 문효치 시인이 등단작에서부터 자연의 기품을 표현하면서도 고통스러운 인간의 삶을 놓치지 않으려 했다는 것을 보여준다. 하지만 그는 그 삶을 리얼리스틱하게 드러낸다기보다는, 자연이 뿜어내는 빛 속에 낭만적으로 녹여내려고 했다. 그리고 이 용해된 삶과 자연의 품속에서 "하늘에 떠/돌고" 도는 산빛처럼, "산꽃에 스며""잠을 이"루고 싶어 한다. 시인은 상실의 고통을 앓아야 하는 현실로부터 벗어나 잠의 세계, 즉 꿈의 세계로 사라지고 싶어 한다. 고통을 외면할 수는 없을지라도, 그 고통에서 벗어나고자 하는 열망이 그의 시를 이끌고 있었던 것이다. 이러한 열망은 곧 꿈과 현실 사이에 괴리를 생기게 한다.

오랜 잠에서 깰 때
즐거운 피로와 함께
몸에 환히 서려 있는 그리움

바다가 사장에 뛰어들어 자지러질 때
젖은 옷 속에서 벙그러지는 살빛과
문풍지에 비치는 우거진 雜草.

고개를 들면
산과 하늘을 가로막는 가시 울타리
어느새 찔려 피나는 얼굴로
달이 야윈다.
황금이 醉하면

그런 달빛이 될까,
잠에서 깨어보면
쏟아지는 落花.

아직도 全身을 압도하여 물드는
女子 앞가슴 인내.

잠은 머리에서 옷자락으로
후드기며 춤추어 타내리다가
먼산으로 달아나
나를 웃는다

—「잠에서」,『연기 속에 서서』

　시인은 어떤 꿈을 오래 꾸다가 잠에서 깬다. 그가 꾼 꿈은 바다가 모래
사장에 뛰어들어 자지러진다는, 에로티시즘을 품고 있는 아름답고 황홀
한 것이었다. 잠에서 깼지만 시인은 "아직도 전신을 압도하여 물드는/여
자 앞가슴 인내"의 취기에 깨지 못한다. 하지만 곧 꿈속의 에로틱한 꽃은
현실에서 자리를 잡지 못하고 '쏟아지'며 낙화한다. 그래서 시인은 "잠에
서 깨어" "고개를 들면" "피나는 얼굴로/달이 야윈다"고 표현했던 것이리
라. 달은 사람 냄새 풍성한 여인을 에로틱하게 상징하는 것일 텐데, 현실
에서 이 여인은 야위고 피를 흘릴 뿐인 것이다. 아름다운 꿈을 가져다 준
잠은 어느새 찾을 수 없어서, "잠은 머리에서 옷자락으로/후드기며 춤추
어 타내리다가/먼산으로 달아나/나를 웃는다"고 시인은 쓸쓸하게 아쉬워
한다. 그래서 꿈속에서 볼 수 있었던 아름다움의 현현, 그 꽃과의 만남은
현실을 살아내야 하는 시인에게는 "아무리 찾아 헤매어도/언제나, 迷宮의
오솔길"(「꽃술」)과 같은 것이 아닐 수 없다. 아름다움의 실체를 잡으려고
하지만, 그럴수록 그것은 먼 산으로 달아나버리기 때문이다. 그를 여행으
로 이끈 것은 먼 산으로 달아나버린 이 아름다움을 다시 찾기 위한 욕망

일 것이다. 하지만 이 여행이 어떠한 소득도 없을 것이라는 점을 시인은
잘 알고 있었다.

은행나무 가지 끝에 찾아와
춤추고 있는 가을.

작은 주먹에 빈 바람의 한 자락을 잡고
나는 한없는 여행길에 오른다.

아무도 불러주지 않는
내 이름.

반도의 발치에 버려져 있는
무인도의 뿔난 바위에 상륙하여
허허, 한 바탕 웃기나 하다가
다시 돌아와야 하는 여행

短軀의 體積속에 갇히어
혼자서 출렁거리는 生命은
저 따로 돌아앉아
울분을 씹고 있는데

그거야 상관없이
빈 바람의 한 자락 끝을 잡고
내 여행은 길기만 하다.
　　　　　　　　　　　　－「가을 여행」,『연기 속에서 서서』

"춤추고 있는 가을"에 홀려 시인은 여행을 떠난다. 꿈은 사라지고 그의
가슴엔 가을의 빈 바람만 불고 있다. 그는 그 바람을 붙잡고 홀로 여행길

에 오른다. 하지만 그가 상륙할 곳은 무인도임을, 그래서 "한 바탕 웃기나 하다가/다시 돌아와야" 함을 알고 있다. 하지만 빈손으로 돌아올지라도 "그거야 상관없이" 이 여행을 계속해야 한다는 것도 그는 알고 있다. "울분을 씹고 있는" "따로 돌아앉"은 현실의 삶으로부터 벗어나야 하기 때문이다. 그래서 '내 여행'은 '한없'다. 시인은 아름다움을 찾아내기 위해 빈 바람을 붙잡고 떠나는 여행 자체가, 그것이 시지푸스의 노동과 같은 것일지라도 삶의 생명력을 되찾게 하는 일이라고 생각했을 것이다. 「바람(III)」에서 "뭉게뭉게 구름 밖으로 내몰아/연을 올리듯""혼신의 체온"으로 부는 "텡텡한 나팔 소리"로부터 "生命의 비린내"를 맡듯이, 여행에서도 나팔 소리와 같은 생명 자체, 자유 자체를 느낄 수 있을 것이라고 믿었을 것이다. 하지만, 이 빈손의 바람을 맞잡고 한 여행은 그에게 허무 의식을 남겨놓고 만다. 결국 빈손으로 돌아와야 한다는 것을 시인이 알고 있었을지라도, 그는 무엇인가 붙잡기 위해 여행을 떠난 것이었다. 「바람(I)」에서 "나는 豊漁를 기다리"듯이 말이다. 하지만 결국 "아, 그물에 와 걸리는 건/나풀거리는 바람의 창백한 屍體뿐"임을 다시 깨닫고 "甲板 위에/깔깔한 不眠症을 가득 싣고" 돌아와야 하는 과정이 계속된다면, 피로가 쌓일 것임이 분명하다. 그리고 이 피로가 허무의식을 부추길 테다. 역시 『연기 속에 서서』에 실린 「바람(II)」를 읽어 보자.

바람의 껍데기를
한 꺼풀 벗겨보면
보리 누른 밭
노고지리 날개 쭉지의 싱그러운 풀 냄새.

여름 가시내의
살찐 가슴.
무르익은 노을 밑의

출렁이는 강물도 흐르고

또는
허물리는 달빛의
무너지는 城郭의
짓밟히는 사랑의 신음 소리 들리고

끝내는 아무것도 남지 않는
빈 하늘밖엔 없다.

바람의 껍데기를
또 한 꺼풀 벗겨 보면.

   가을바람이 불어오고, "싱그러운 풀냄새"가 나고, 시인은 "앞가슴 인
내" 나는 꿈의 여인, "여름 가시내의 살진 가슴"을 찾기 위해 여행을 떠난
다. 이에 대해서는 앞에서 논의한 바 있다. 이 시에서 새롭게 눈에 띄는 것
은 바람 속에서 "무너지는 성곽의/짓밟히는 사랑"을 듣게 된다는 점이다.
아름다움을 찾아 나선 시인에게, 사랑이 짓밟힌 어떤 역사가 다가와 자신
의 '신음소리'를 들려준다. 이에 대해서는 잠시 이야기를 멈추고, 여하튼
이 시에서 시인이 말하고자 하는 바는, 바람의 껍데기를 계속 벗겨나가자
"끝내는 아무것도 남지 않는/빈 하늘"만 발견하게 된다는 것이다. 모든 아
름다움, 모든 슬픔 뒤에 결국 남는 것은 무이다. 바람은 자신을 유혹하여
밖으로 나가게 했지만, 결국 무에 빠뜨린다. 그래서 「바람(V)」에서 시인
은 바람에 대해 "창문으로 빠져 달아나는" "나를 凌辱하던 육중한 體重"
또는 "창자며 뼛속으로/잦아들어오는 幽靈"이라고까지 표현한 것일 게다.
바람에 대한 적의는 더욱 발전하여 「바람(VI)−病床에서」에서는 "바람이
여, 내 可憐한 어머니와 愛人과 겨레를 잡아먹고 아직 비린내 나는 이빨을
드러내고 달려온다"고 까지 표현된다. 바람에 대한 적의가 앞에서의 바람

이 가진 의미를 전환시켜버린 것이다. 여기서의 바람은 삶을 파괴하는 어떤 역사적인 힘을 의미하게 된다.

시인은 빈손으로 돌아와야 하는 것을 알면서도 여행을 떠나지 않으면 안되었다. 하지만 그 여행은 허무의식을 더욱 깊게 만들었다. 아름다움을 찾기 위해 바람과 같은 자유를 감당하기에는, 그 바람에 내재되어 있는 허무의 독성이 너무 강했다. 하여, 시인은 어떤 딜레마에 빠지게 된다. 여행으로 이끈 바람은 그를 '능욕하지만, 현실의 삶이 주는 고통으로부터 벗어나기 위해서는 여행을 계속해야 한다는 딜레마. 이 딜레마는 해결될 수 없는 것일까? 여행을 계속하면서도 유령과 같은 허무로부터 벗어나는 시의 길은 없을까? 시인이 시 쓰기를 계속하기 위해서는 이 딜레마를 해결해야 했을 터인데, 1971년에 발굴된 무령왕릉이 그의 시세계에 어떤 돌파구를 열어준다. 1973년 무령왕에 대한 시를 발표하기 시작하면서, 그의 시 쓰기는 역사, 특히 백제와 같은 망국의 역사에 눈을 돌리기 시작한다. 그리고 그의 여행 역시 역사적 흔적을 찾기 위해 떠나는 것이 된다.

3

처음으로 발표된 백제 관련 시편은 「武寧王의 金製冠飾」과 「武寧王의 靑銅飾履」이다. 그런데 이 시와 위에서 인용한 「바람(II)」가 동시에 발표(1973년)되고 있다. 이를 보면 당시 시인이 바람의 허무함을 깨우침과 동시에 어떤 다른 시적 돌파구를 찾고 있었다는 것을 추측할 수 있다. 하지만 한편으로는, 「바람(II)」에서 이미 시인이 역사에 귀를 기울이고 있음을 볼 수 있었다. 바람을 통해 "무너지는 성곽의/짓밟히는 사랑의 신음소리"를 시인은 듣고 있었던 것이다. 그는 이 시에서 바람에는 결국 빈 하늘 뿐 아무 것도 없다고 말하고 있지만, 곧 이 신음소리에 붙잡히기 시작했음에 틀림없다. 무령왕릉 시편을 발표한 이후, 시인이 백제에 관련된 연작 기행

시를 최근까지 발표하는 것을 보면 그렇다. 왜 시인은 이 '무너지는 성곽'의 세계에 빠져들기 시작한 것일까? 무너진 성곽이 드러내는 역사가 위에서 말한 딜레마를 해결해주는 길을 보여주었기 때문 아닐까? 특히 발굴된 무령왕릉을 유심히 살펴보면서 시인은 깊은 감동을 받았던 것 같다. 이는 이 영화로운 삶을 살았던 왕의 수천 년 전 무덤이 현재에 갑자기 드러나면서 삶과 죽음, 존재와 무 사이의 경계를 허물어뜨리는 어떤 풍경과 만날 수 있게 되었기 때문일 터인데, 이 풍경에 천착한다면 무로 함몰되어가면서 동시에 딜레마에 빠지고 있던 시의 방향을 일신할 수 있는 돌파구를 마련할 수 있을 터였다.

　　하늘이 주신 목숨을 다 살으시고, 하나도 빼지 않고 구석구석 다 살으시고, 곱슬거리는 白髮을 날리며, 달이라도 누렇게 솟고 퍼런 바람도 불고 하는 참 재미도 많은 날, 이윽고 옷 갈아입으시고 王后며 臣下를 다 놓아두고, 혼자 길을 떨치고 나서서, 꾸불꾸불한 막대기 하나 골라 짚고, 아, 참말, 미끄러운 저승길로 가실 때 이 신을 신으시다.
　　돌밭, 가시밭, 진흙 뻘길을 허리춤 부여잡고 달음질도 하고 수염 쓰다듬으며 점잖게 걷기도 하여 임금님을 저승까지 곱게 모신 후, 이제 또 다시 여기에 돌아와 쇠못이 박힌 불꽃 무늬의 신이여, 누구를 다시 모셔가려 함이냐. 하늘이 정한 목숨을 구석구석 다 살으시고, 그리고 웃으며 떠날 그 누구를 모셔가려 함이냐.
　　　　　　　　　　　　　　　　　　　－「武寧王의 靑銅飾履」,『연기 속에 서서』

　　운명한 무령왕이 저승으로 넘어갈 때 신고 가시라고 신하들이 무덤에 넣어두었을, 무령왕릉의 유물인 청동 장식 신발을 보면서 시인은 천수를 다 살고 저승으로 가는 왕의 모습을 상상한다. 무령왕은 이미 이 세상에서 사라진지 천 오백년 가까이 된다. 하지만 신발을 매개로, 시인의 상상력을 빌려 저승으로 가는 무령왕이 지금 이 세상에 나타나게 된다. 다시 말하면, 시인은 저 신발에서 허무의 극치인 죽음을 보면서도, 그 죽음이

다시 살아나 이 세상에 존재하게 되는 경이로운 풍경과 만나고 있는 것이다. 그리하여 허무는 무에만 그치는 것이 아니라 존재와 연결되어 있다는 것이 드러난다. 무는 무로 그치지 않는 것이다. 시인은 더 나아가 2연에서, 저 신발을 행동 주체로 설정하고 있다. 저 신발은 "임금님을 저승까지 곱게 모신 후"에도 여전히 실물로서 지금도 남아서 그 누구를 저승으로 다시 모시려고 한다. 무령왕을 모시고 저승으로 넘어 갔던 신발은 다시 이승에로 돌아와 지금 현 시각에 저기에 존재하고 있다. 시인은 저승과 이승을 넘나드는 저 존재가 누군가를 저승으로 또 데려가려고 하고 있는 것은 아닐까 상상한다. 저 신발은 이승과 저승의 경계를 허물고, 무령왕이 저승으로 건너갔을 때와 지금 사이의 천오백여 년이라는 시간적 거리를 없앤다. 그리하여 저 신발, 저 사물이 존재와 무 사이의 딜레마에 빠져들어가던 시인에게 새로운 길을 비추어준다. 저 사물들은 존재와 무, 현존과 부재의 경계를 허물고 생과 사를 아우른 의미를 드러내주고 있는 것이다. 그래서 시인은 '무령왕 시편'에서, 무령왕릉에 있는 유물을 하나하나 관찰하며 상상력을 발휘하여 많은 시를 써낸 것이리라. 특히, 다음의 도자등잔 같은 유물이 시인에게 삶에 대한 새로운 긍정적 인식을 이끌어내고 있다.

> 천년의 세월 속에 오히려 꺼질까,
> 삼베 심지에 배어드는 들기름은
> 님의 머리맡에서
> 노랗게 익어가는 白骨을 비추고
> 자유로이 나래 펴는 영혼을 밝히고
> 하여, 그의 五十代쯤의
> 손주의 방싯거리는 웃음의
> 새빨간 꽃잎에서도 다사롭게 타다.
> 사방으로 둥근 陶瓷의 가장자리에

幽界의 墨香으로 번지는 그을음은
지금, 내 붓 끝에 묻어 새롭다.
　　　　　　－「武寧王의 陶瓷燈盞」,『연기 속에 서서』

　시인은 무령왕릉에 유물로 남아 있는, 도자기로 만든 등잔에서 '유계의 묵향'을 맡는다. 시인에 따르면, 무령왕의 "백골을 비추"는 도자등잔은 유계에 있는 무령왕의 옆에서 밤을 밝히고 있으면서도, 지금 그의 손줏벌되는 어린 아이의 웃음 속에서도 불을 밝히고 있다. 그리고 이와 함께 '묵향'으로 번진 그을음은 시인의 붓끝에서 새롭게 살아난다. 삶의 끈질김은 죽음을 넘어선다. 저 천 년 전의 소멸에도 불구하고, 그 삶은 이렇듯 도자등잔을 통해 시인의 붓끝에서 '그을음'으로 다시 되살아날 수 있는 것이다. 그래서 시인은 "칙칙한 대숲의 사이사이로 스며드는 바람의 陰凶한 手足처럼 넘쳐오"는 살의, 그 허무에로 빠뜨리는 바람의 살의는 "살 속에 사는 인간의 잔뿌리, 뿌리에 서려 있는 질긴 생명을 아직은 무찌르지 못하였구나"(「閃光의 쇠여」. 「무령왕의 도자등잔」과 같이 1975년에 발표된 시다)라고 말할 수 있게 된다. 죽음과 삶의 경계를 허물어 옛 죽음을 현실로 되살려오는 저 천오백 년 먹은 유물들이, 지독한 허무를 가져오는 바람으로부터 시인을 지켜준 것이다.
　이러한 유물들을 통해 시인은 삶에서 새로운 존재 의의를 발견할 수 있게 된다. 가령, 제 껍질을 이고 가는 달팽이와 같은 미물의 삶에서 "등에 힘겨운 移住짐은/죽어 저승으로 타고 갈/한 채의 喪輿/먼 祖上으로부터 보내오는/생명의 한 도막을 살아"(「달팽이」)가는 숭고한 의미를 시인은 발견한다. 유물에 대한 집요한 관찰이 이러한 미물에서도 의미를 가져올 수 있는 시력을 키워주었을 것이다. 달팽이의 삶도 저 먼 조상으로부터 내려오는 생명이라는 의미가 있다. 사람의 삶은 더욱 그러하지 아니할까. 자신의 삶이 조상이 내린 생명의 끈에 의해 가능하다는 인식은 무녕왕릉의 유물들을 본 덕분일 터인데, 그래서 시인에게는 죽음마저도 생명의 새로운 탄생을 위한 것이라고 볼 수 있게 된다. 시인이 「매미」에서 "죽음이 오는 소리는 매미 소리와도 같이 아름답다"(「매미」)고 쓰는 것은 이 맥락에서 이해된다. 시인은 이제 죽음의 소리를 일상화 된 이명耳鳴처럼 즐겁게 받아들일 수 있다. 그것은 저 죽음의 세계와 현실을 연결해주는 흔적들－유물들－을 현재의 삶의 공간 안에 끌어들여야 가능한데, 이때 시인의 다음과 같은 발언은 헛말이 아니게 될 것이다.

> 죽은 것은 당신만이 아니다.
> 갈대숲에 바람 부는 소리를 내며
> 내 몸 속에도
> 죽음은 수시로 드나든다.
>
> 그럴 때마다
> 내 누운 방은
> 한 채의 상여가 되기도 하고
> 어두운 무덤 속이 되기도 한다.
>
> 죽은 자의 혼령들이여
> 죽은 것은 당신만이 아니다.
> ──「무령왕의 陵」, 『백제시집』

　　무령왕의 능을 일상적 삶의 공간－내 누운 방－과 동일화할 때, 내 방은 상여가 되고 무덤 속이 될 수 있으며, 그리하여 "내 몸 속에도／죽음은 수시로 드나"들 수 있게 된다. 또한 이를 통해, 죽음을 관통하는 생명의 끈을 대치시킴으로써 시인은 삶의 허무를 극복할 수 있게 된다. 좀 더 자세하게 말해보자. 죽음이 품고 있는 지독한 허무는 허무를 능가할 터인데, 무령왕릉은 죽음이 천년을 넘어 지속되는 삶을 구성하는 하나의 매듭에 불과하다는 것을 드러낸다. 이를 보여주는 무령왕릉의 유물들에 자신의 삶의 공간을 동일화시키면서, 시인은 역사를 시화하여 현재화하는 방식으로 죽음을 거듭 살 수 있게 되고, 그리하여 그는 허무로의 함몰로부터 벗어날 수 있게 된다. 죽음을 통과하여 지속되는 삶에 대한 이러한 의미화와 정당화는, 시인의 시야를 자아의 좁은 공간을 넘어 현실 세계에로 확장시키는 계기가 되었을 것이다. 죽음들의 축적인 역사가 삶이 허무에로 함몰하는 것을 막아주면서 현재의 시간을 중층적으로 의미화해주는 것이라면, 바로 역사의 현재화야말로 지금 현실에서 필요한 것이라고 할수 있다. 현대가 삶을 무의미하게 부유하고 만들고 있다면, 이 상황에서 벗어나 삶에 의미를 부여하여 그 뿌리를 디딜 수 있는 토양을 만들기 위해서는 역사의 현재화가 필요한 것이다. 하지만 현대성의 상징인 도시의 건설로 말미암아 이러한 역사의 현재화를 실현시킬 역사의 흔적들이 모두 파괴되고 있다고 시인은 생각하고 있다.

> 도시는 산을 향해 쳐들어오고 있었다. 인구 폭발에 허덕이는 도시는 황산벌을 물밀어든 유신의 인해전술로 산을 향해 쳐들어오고 있었다.

> 내 발 끝에 파헤쳐진 무덤 속의 혼령들은 어디로 피어올랐을까. 여기저기 피어올라 떠도는 혼령들로 하늘은 가득했다. 무덤들은 밤마다 울었다. 달빛이 푸르른 밤이면 어흐흥어흐흥 소리내며 빈 무덤들을 끌어 안고 울었다.

> -「빈 무덤-백제 시편 1」 부분, 『백제시집』

도시화로 인해 산을 밀어내고 들어서는 건물들을 시인은 백제를 멸망시킨 김유신의 신라군으로 비유한다. 저 도시는 한 나라-백제-를 멸망시키고 있는 중이다. 그런데 파헤쳐진 무덤들은 누구의 무덤일까? 부제를 보면 백제인의 무덤 아닐까? 점점 확장되어가는 도시화로 인해 산 밑의 많은 유물들이 발굴되지 못하고 사장된다고 한다. 현재에 헌헌할 수 있는 역사의 혼적들이 그만 빛을 보지 못하고 사라져버리고 있는 것이다. 하지만 여기서 꼭 사장되는 유물들 때문에 시인이 슬퍼하는 것은 아니다. 죽음과 삶의 경계를 무화하는 데까지 나아간 시인으로서는, 저 무덤 속에 있던 사람들이 그냥 주검으로만 보이지 않기 때문이다. 죽은 그들 역시 무령왕처럼 현재에 되살아날 수 있는 이들이다. 그들은 엄연히 '죽음-삶'을 누릴 권리가 있는 이들인 것이다. 그런데 그들의 집이라 할 무덤들이 파헤쳐지고 폐기되고 있다. 그래서 망국의 혼령들은 지하에서도 편히 쉬지 못하고 집을 잃은 채 다시 떠돌아다녀야 한다. 이에 시인은 분노하고 슬퍼하는 것이다.

묻혀있던 주검들이 혼령이 되어버리는 턱에 역사는 무령왕릉의 사물처럼 현재에 실체화되지 못하고 기화되어 버린다. 역사가 현재의 삶을 의미화 해준다고 생각하는 문효치 시인의 입장에서는 역사의 이러한 기화는 결국 지금의 삶이 파괴되어버림을 뜻한다. 그래서 이 시인은 사회적 윤리적 책무를 스스로에게 부여하게 되는 것이다. 저 사라지는 역사들을 시를 통해 부활시키도록 하는 것이 시인의 책무다. 그 부활은 부유하는 현대인의 삶에 의미를 부여하게 될 것이다. 자유를 위해 떠났던 시인의 여행은, 이제 역사의 흔적을 찾기 위해 행해지기 시작한다. 다시 말하면, 문효치 시인은 역사가 다시 현재화되어 생명을 가질 수 있도록, 찾아낸 역사의 흔적에 시적 상상력을 불어넣기 위해 여행을 떠나기 시작한다. 시인은 의미를 잃어버린 현 세상에서 백제의 흔적을 찾아내, 그것에 숨겨져 있는 백제인의 삶을 견자의 눈으로 보고 복원하고자 한다. 가령 시인은 「솟아오르는 새-백제 시편 12」에서 저 대책 없이 역사를 파괴하는 "얼음짱으로 굳어진" 세상의 "곰보딱지같이 돋아 있는 무수한 무덤들 위에서도" "백제의 새들은 솟아오르고 있"는 것을 본다. 그 백제의 새들은 "이승이고 저승이고 구별없이 날아서 넘나들"고 있다.

시인은 「백제의 새-백제 시편 15」에서, 이 "이승과 저승의 벽을 허는"

백제의 새에 대하여 "자유의 새"라고 명명한다. 그리하여 역사의 흔적을 찾아 나간 시인은 좀 더 폭 넓은 자유의 개념에 도달하게 된다. 진정한 자유는 허무를 가져오는 바람과 같은 것이 아니라, 바로 천 년 전의 역사를 넘나들면서 "저승의 수많은 영혼의 갖가지 목소리"를 전달하고 있는 저 새와 같은 것이다. 삶의 유한성을 가리키고 있는 역사를 볼 수 있게 된 시인은, 역설적으로 수천 년에 걸친 무한한 자유의 영역을 발견하게 된 것이다. 새와 같은 존재가 되고 싶을 시인은 저승과 이승을 넘나들면서 망국의 역사를 부활시키고 백제의 혼령을 현재에 불러오고 싶을 터, 이를 위한 작업이 '백제 시편' 연작시의 시작詩作이다. 그런데 이 작업은 자유를 획득하고자 하는 시인 개인 문제에 국한되지 않는다. 그것은 작금의 현실에 역사를 수혈시켜 생명력을 불어넣기 위해 행해지는 것이기도 하다. 시인은 저승에 있는 백제의 혼령들을 지금 여기의 현실로 소환하여, 얼어붙어가는 현실을 다음과 같이 다시 활성화시키고자 한다.

> 날아오르는 것은 새만이 아니었다.
> 공산성公山城에서는
> 한 덩이의 기와쪽에서도
> 한 조각의 사금파리에서도
> 반짝이는 혼령들이 태어나
> 날개짓을 하며 날아오르고 있었다.
>
> 산성의 하늘은
> 이들의 날갯짓과 지저귐과 광채로 메워지고
> 무시로 불어오는 바람은
> 내 속으로 속으로
> 이것들을 실어서 들여 놓고 있었다.
>
> 뼈의 문을 삐걱히 열고

백마강도 일어서서 엉금엉금 들어오고
계룡산도 옷을 털며 어정어정 들어오고 있었다.

지저귀는 것이 어찌 새뿐이랴.
산성에서는
입이 없는 돌멩이 하나, 풀잎 하나까지도
모두모두 큰 소리로 지저귀고 있었다.
　　－「날아오르는 것이 어찌 새뿐이랴－백제 시편 23」, 『백제시집』

　공산성에는 한 덩이의 기와, 한 조각의 사금파리, 더 나아가 백마강, 계
룡산, 입이 없는 돌멩이 하나, 풀잎 하나까지 모두 이승과 저승을 자유롭
게 넘나드는 새처럼 자유롭게 날아올라 지저귄다. 그리하여 이것들은 백
제의 전 역사를 "뼈의 문을 삐걱히 열고" 다시 현실로 불러들인다. 묻힌
역사가 현재의 시간에 현현하면서, 이 역사는 공산성의 지금 풍경과 겹쳐
진다. 이때 바람이 그 사물들을 "내 속으로" "실어서 들여 놓"는다. 이제
바람은 허무를 각인시키는 예전의 그것이 아니다. 또는 삶을 파괴하는 역
사의 힘이 아니다. 이제 바람은 혼령들을 실어 나르는 역사의 생명력이
다. 「백마강」에서 시인은 이 "묻혀버린 왕국"이 바람과 함께 소생하게 될
때를, 그 왕국이 "이 강에 그대로 녹아/무성한 도회의 거름이 되어/새로
피는 꽃대궁에/솟아나고 있었다"라고 표현한다. 백제 역사의 소생은 단순
히 천 년 전의 삶이 현재에 재생된다는 의미가 아니라, 그것이 현재의 삶
에 거름이 되어 새로운 삶을 창출하기 위한 저력이 될 수 있다는 의미를
갖고 있다고 시인은 생각하고 있었던 것이다.

　그렇다면 문효치 시인에게서 시인이란, 미래를 위한 밑거름이 되는 역
사의 소생을 위해 여행하는 존재이며, 저승과 이승을 자유롭게 넘나드는
역사의 흔적을 발견하고 그 흔적의 시화를 통하여 역사를 현세에 소생시키
는 존재다. 그리하여 문효치 시인의 시야는 더욱 넓어지게 된다. 시인은

꼭 백제의 흔적만을 발견하기 위해서만이 아니라, 현재의 삶에 의미를 부여할 수 있는 모든 역사적 흔적들을 발견하기 위해 여행하게 된다.『선유도를 바라보며』에 실린 '지리산 시편' 연작과 '소록도 시편' 연작 등이 그 예가 될 것이다. '지리산 시편'에서는 문효치 시인 자신의 상흔이기도 한 한국 전쟁의 비극을 드러내며, '소록도 시편'은 공식적 역사에서는 언급되지 아니한 나병환자들의 삶(그 삶의 내력 또한 역사라고 할 수 있다)에 대해 시화詩化한다. 땅 속에 묻혀 사라진 자들의 목숨을 흡수하여 핀 꽃이 역사의 흔적이라고 한다면, 역사의 흔적을 시화하는 일은 이러한 꽃들과 사랑을 나누는 일이다. 그래서 시인은 아래 시의 나비와 같은 존재라고 말할 수 있다.

> 나비가 된다
> 미세한 바람을 모아
> 하늘에 뜨고
> 하늘에 흩어져 섞여 있는
> 빛깔을 발라 치장한다.
> 이제 꽃에 앉는다
> 저 땅속 깊은 곳에서 솟아올라오는 목숨
> 몸 속에 받아들인다
>
> —「백제시—미소」,『남대리 엽서』(2001)

나비가 된 시인은 이제 역사의 바람을 제 것으로 만들 수 있게 된다. 그 바람의 힘을 시작의 힘으로 전환시킬 수 있게 된 것이다. 위 시의 표현에 따르면, "미세한 바람을 모아/하늘에" 뜰 수 있게 된다.「風神의 집」이란 시에서 시인은 "거센 바람은/내 옷을 벗겼지만//이제 바람은 내 뼈로부터 나온다."라고 말하고 있는데, 지금까지 보았듯이 이는 시인의 이력을 잘 보여주는 표현이다. 문효치 시인은 바람이 불러일으키는 허무에 발가벗겨졌지만, 바람이 실어오는 역사를 발견하고 그 바람을 시작의 힘으로 전환시킬 수 있었다. 이 시작의 힘—역사의 바람—은 시적 비상의 힘이다. 바람을 받아들여 자신의 뼈 속에 쟁여놓고 그 힘을 흡수해 놓지 않는다면, 삶으로부터 떠오를 수 있는 동력은 얻을 수 없게 될 것이다. 비상은 자기 자신의 내부에서 바람을 낼 수 있을 때 가능할 것이기 때문이다. 역사의 힘을 저장한 시인만이 나비처럼 하늘에 뜰 수 있고 자유롭게 날아다닐 수 있다. 그 자유로운 비행은 꽃과 만나는 기회를 만들 터, 시인은 이 꽃에 앉아 사랑하면서 또한 "저 땅속 깊은 곳에서 솟아올라오는 목숨", 즉 역사를 "몸 속에 받아들"일 수 있게 된다. 그런데, 이렇게 흡수된 역사의 목숨이 또한 시인이 자유롭게 비행할 수 있는 동력이 될 것이기에, 역으로 시인의 비행은 그 목숨의 표현이라고도 말할 수 있다. 즉, 나비의 비행이 시인의 시작을 비유하는 것이라면, 그 비행의 궤적인 시는 바로 역사의 저력을 표현하는 무엇인 것이다. 그리하여, 시를 통해 역사와 자유는 통일된다. 문효치 시인이 행한 역사의 시화는 이 통일을 위한 나비의 비상이다.

(2008)

괴물로 진화하는 소년 파르티잔

—서효인 론

1

근래 시단에서는 '시와 정치'라는 주제로 많은 논의가 있었다. 논의라는 것이 어떤 결론을 내리기 위해서 이루어지는 것은 아닐 테다. '시와 정치'에 대한 논의도 시단 전체가 동의할 수 있는 결론이 내려지지도 않았고 또 내려질 수도 없었다. 지금 생각하면, 논자 각자의 입장에서 시와 정치에 대한 논의를 전개하는 정도의 담론이 이루어진 것 같다. 그렇다고 그 논의들이 별 의미 없었다고 말할 수는 없다. 자본주의 위기를 맞이하여 신자유주의에 저항하는 운동이 벌어지고 있는 현 정세에서 시와 정치의 관계를 다시 생각할 수 있는 기회를 가졌다는 것은 의미 있는 일이었다. 또한 그 논의들은 적어도 시에서의 '정치성'이 갖는 중요성을 인정하고 있다는 점에서는 공통성을 가지고 있었다. 이제 시단에서는, 정치성을 탈각하고는 시를 제대로 사유할 수 없다는 생각을 대체로 공유하게 되었던 것이다. '시와 정치'에 대한 논란이 갖는 의의는 여기에 있지 않은가 생각한다.

그러나 한편, 현재로서는 그 논의가 더 나아가고 있지는 않는 것 같다. 아직 '시와 정치'에 대한 논의가 끝났다고 할 수는 없지만, 다소 소강상태에 들어간 것이 사실이다. 소진된 논의를 억지로 끌고 갈 필요는 없겠지만, 열기가 식어가는 방식으로 논의가 스러지는 식은 좋아 보이진 않는다. 그래서 현재로서는, '시와 정치'라는 추상적이고 원론적인 주제를 좀 더 구체화하면서 진화시키는 논의가 필요해 보인다. 허나 이러한 발언 자체도 추상적인 것이라고 할 수 있겠다. 이런 필요성을 제기하는 필자로서도, 사실 현재의 소강상태를 타기할 만한 구체적이고 대안적인 논의 주제를 가지고 있지는 않다. 즉 그 필요성 제기는 필자 자신에게 하는 말이기도 한 것이다. 그래서 일단 필자가 해보고자 하는 작업은 젊은 시인들의 시집을 읽어나가는 일이다.

'정치'란 주체성의 문제와 무관할 수가 없다. 정치적인 것을 구축하는 일은 '몫 없는 자들'(랑시에르) 혹은 '다중'이 주체로 형성될 때 이루어질 수 있기 때문이다. 여기서 주체의 형성은 루카치 식으로 계급의식을 확보할 때에만 가능한 것은 아니다. 교환 가치에 의한 삶의 포섭으로부터 탈주하여 삶을 자기가치화 해 나가는 과정, 그 육체적-감성적-의식적인 과정에서 주체성은 형성되기 시작한다. 정치적인 것은 자본주의적인 가치에서 탈주하고자 하는 주체와 그의 삶을 포섭하고 예속화 하고자 하는 자본주의 권력이 부딪치면서 구축되기 시작한다. 시 쓰기와 시 읽기는 삶의 자기가치화 과정을 촉발시키기 때문에, 시는 정치적인 것과 밀접한 관계를 가지고 있다. '시와 정치'라는 주제와 관련해서 젊은 시인들의 시집을 읽어나가야겠다는 생각을 하게 된 것은, 극심해진 한국의 신자유주의 아래에서 현재 가장 고통 받고 있는 세대인 젊은이들이 삶의 자기가치화를 어떻게 이루려고 하고 있으며 어떠한 주체성을 형성하고 있는지 그 시집을 통해 읽어볼 수 있지 않을까 하는 기대 때문이었다. 이러한 입장에서, 작년에 출간된 젊은 시인들의 시집들 중 필자가 주목하게 된 시집은 서효인의 『백 년 동안의 세계대전』과 조인호의 『방독면』이었다. 두 시집 모두 한국의 현 사회질서에 대해 거부하고 반항하는 주체의 모습을 보여주고 있다고 생각되어서였다.

흥미로운 사실은, 서효인과 조인호 모두 1981년생이며 2006년에 등단했다는 것이다. 조인호의 시집은 첫 번째 시집이지만, 서효인의 시집은 두 번째 시집이라는 점에 차이가 있지만, 조인호의 시집이 통상의 시집 두 권 분량의 두께를 가지고 있어서 발표 분량 면에서도 비슷하다고 할 수 있겠다. 또한 두 시인 모두 가장 민감한 나이일 고등학교 시절에 한국에서 신자유주의가 본격화되게 된 계기인 IMF를 맞이했다는 공통점도 있다. 필자로서는 두 시인의 개인사에 대해 알지 못하지만, 두 시인 모두 소년 시절에 기성 세계가 붕괴하는 과정을 볼 수 있었고—물론 더 철저한 신자유주의로 재건되었지만—그로 인한 사람들의 삶의 붕괴도 볼 수 있었을 것이다. 어쩌면 소년 시절에 겪은 이러한 붕괴가 시인들에게 어떤 트라우마를 남겼을지도 모를 일이다. 그래서인지 두 시인 모두 '소년'의 성장기를 주요하게 시화詩化하고 있다. 이 글의 원래 기획은, 여러 공통적인 경험을 가지고 있을 이 두 시인의 시집들을 비교해서 살펴보아 젊은 세대의 시세계에서 어떤 문학적 사회적 징후를 살펴보는 것이었다. 하지만 서효인 시인의 두 시집에 대해 논하는 데에도 상당한 분량이 필요했기에, 이 글에서는 서효인 시인의 시집들에 대해서만 논하고 조인호 시인의 시에 대한 논의는 다음 기회로 미뤄야겠다.

2

　기성세대가 만든 가치는 경제 위기에서 볼 수 있듯이 무력한 것이기도 한 것이었다. 하지만 기성세대는 이러한 무력한 가치를 소년들에게 폭력적으로 강요한다. 서효인의 첫 번째 시집 『소년 파르티잔 행동지침』(2010년 출간. 이하 『행동지침』으로 표기)에 실린 「분노의 시절—분노 조절법 중급반」의 "한국 놈들은 맞아야 정신 차린다고 이를 부드득 갈며" "이글이글한 분노의 원심력을 당구 큐대나 야구방망이나 담양대뿌리

등에 부착해 허공에 휘두"르는 '선생' 같이 말이다. 시인은 기성세대가 폭력적으로 강요하는 가치에 맞서 저항할 것을 선언하는데, 그 저항은 '파르티잔'적 방법으로 이루어져야 한다고 주장한다. 파르티잔적인 저항이란 무엇인가? 첫 시집의 표제작인 「소년 파르티잔 행동 지침」에 따르면, "만국의 소년"이 "붉은 엉덩이를 치켜들고""분열"하는 것이다. 다음은 이 시의 후반부다.

> **우리학교야자시간** : 수레바퀴의 빈틈에 덕지덕지 달려들어 주제들의 세상을 혼내 줄 시간, 휘영청 휘영청 마음껏 변신할 것, 양껏 분열할 것.

> 생뚱한 바람이 거대한 치마를 들어 올려 아이스크림 한 입 베어 먹기 전까지 우리의 항전은 끝나지 않아요. 근엄한 얼굴로 인생의 진리를 논하는 정규군의 향연에 더 이상 뒤를 대지 않을 테니 그리 알아요. 부릉부릉 분열하는 파르티잔들이 습격을 거듭하는 이상한 트랙에서, 소년들이여, 등에 누운 참고서 아래에 붉고 뜨거운 바람의 계곡을 기억해요. 그리고 궐기해요. 배운 대로, 그렇게, 뿡.

기성세대의 '꼰대' 기질에 대한 시인의 불신은 심각해서, 그는 "근엄한 얼굴로 인생의 진리를 논하는 정규군의 향연에 더 이상 뒤를 대지 않"겠다고 선언한다. 이 정규군에는 국가의 군대에서와 같이 계급 서열이 있는 것, 이곳에서 젊은 세대는 자신을 주장하지 못하고 보충병처럼 "뒤를 대" 주는 역할밖에 하지 못한다. 정규군은 저항하기 위해선 '단결'이 중요하다고 주장하며, 단결을 위해 동일성의 논리를 강요한다. 소위 정규군은 '80년대' 식 운동권 논리로 체제에 저항하고자 한다. 이 소년 시인은, 자신은 그러한 논리를 통해 저항하지 않겠다는 것이다. 인생의 진리로 단결하여, 들뢰즈/가따리의 용어를 빌리자면 '몰(mole)'이 된 정규군이 체제와 정면으로 대결하는 방식이 아니라, 분자로 분열하여 체제의 내부를 습격하고 빠지는 방식으로 저항하겠다는 것이다. '소년 파르티잔 행동 지침'의 핵심은 "휘영청 휘영청 마음껏 변신"하고, "양껏 분열"하여 '뿅' '퀄기'하고 "부릉부릉 분열하는 파르티잔들이 습격을 거듭"하는 것이다.

분자적인 분열과 변신은 몰의 단일성과 동일성을 해체할 것이요, '뿅' 과 같은 유희적 태도는 굳어 있는 근엄한 얼굴을 깨뜨릴 수 있을 것이다. 그래서인지 『행동지침』에서 시인은 시종 장난스러운 어조로 이야기한다. 하지만 이러한 어조는 '선생'의 이름으로 가해지는 기성세대의 폭력에 대한 대응 방식이지 무책임한 가벼움을 의미하지는 않는다. 사실, 세계를 대하는 이 시인의 태도는 매우 진지하다. 『행동지침』의 해설자도 지적하고 있듯이, 시인은 기성세계의 폭력뿐만 아니라 그 폭력에 의해 삶을 잃어버린 인간군상들, 즉 루저loser들의 슬픈 모습을 조명하고 있다. 그러나 루저들의 삶을 보여줄 때에도 시인은 시종 장난스러운 어조를 버리지는 않는다. 시인은 그러한 어조를 조성하기 위해서 게임이나 만화를 시에 도입한다. 그것은 "근엄한 얼굴"이 폭력이 되는 세상에서 그 폭력으로부터 도주하기 위해서 선택된 것일 터, 그 장난기의 어조에는 실패한 자들에 대한 슬픔과 세계에 대한 분노가 어려 있다. 가령 「슈퍼 마氏」에서 "천장이 높은 마트"에 의해 단골을 잃고 대출만 늘어나는 "마리 슈퍼 주인장"은 게임 슈퍼마리오의 주인공처럼 묘사된다. 그는 "오래된 슬픔으로 연금한 마법 수류탄"을 던지고 있다.

「일어서, 건담」에서 시인은, 일본 애니메이션의 주인공 로봇 '건담'을 끌어들인다. 이 시에서 마트는 안드로메다로, 마트의 점원은 우주의 평화를 지키고 질서를 회복하는 로봇 '건담'으로 비유되고 있다. 이러한 전치(displacement)를 통해 시인은, 현재 우리들 삶의 우주가 결국 자본주의 소비문화에 불과하다는 것을 꼬집음과 동시에, 이 상품 세계의 우주가 "종아리가 붓고 발바닥이 딱딱하"도록 서서 일해야 하는 점원의 저임금 장시간 노동에 의해 유지되고 있음도 풍자적으로 드러낸다. 이러한 유희적 방식으로 시인이 조명하고 있는 인간 군상들은 한국사회의 주류로부터 배제된 이들이 대부분이다. 이는 '루저들'의 삶에 시인이 공명하고 있기 때문일 것이다.[1] 시인 역시 자신을 저임금 노동자이고 이 사회의 비주류에 속한다고 생각하고 있을 터인 것이다. 이 루저들은 시인과 마찬가지로 모두 신자유주의 사회에서 매정하게 버림받은 이들이다. 시인은 이들의 슬픈 삶을 형상화할 때에도 재기 있는 말장난과 유머를 놓지 않는다. 하지만 그 유머는 "참혹하게 힘껏, 웃는"(「CITY100 다이어리」) 것과 같다. 참혹한 세계에 대해 대응하는 방법은 검은 유머라고 시인은 생각한 것일까? 그 유머에는 이 참혹한 세계가 계속 유지되고 있다는 현실에 대한 조롱과 분노가 담겨 있는 것이다. 아래의 시를 읽어보자.

> 사람들은 얼굴과 표정을 감추며 고민 없이 편안해질 수 있었다. 모두 X의 무리수 속으로 무리하게 빠져들었다. 자판기 앞에서 잠시 잠깐 고민에 빠지던 나는, 누구지? 노래방에 불이 났다. 조선족 도우미가 살고 건설 업체 중역은 죽었다. 모텔에 여중생이 감금됐다. 의사가 몸을 사고 언니가 8만 원에 팔았다. 도우미가 입술에 화상을 입고 여중생은 입천장이 헐었다. 마스크 안에서 그들은 말짱하다.

> 악몽을 확인한 자들이 거리를 활보한다. 갑작스러운 방송 사고로 인기를 끌던 최초의 마스크 X는 종적을 감췄다. 소문에는 국가에 대한 거대한 방정식의 정답으로 판명, 괄호 속으로 붙잡혀 갔다고 한

---

1) 『행동방침』의 해설자인 조강석은 이 시집에서 조명된 인간군상의목록을 잘 정리하고 있다. 이 정리를 압축해서 소개해본다. 그에 의하면 『행동방침』에서 시인이 형상화한 '루저'들은 리모델링 공사 현장에서 사고를 당한 노동자, 교통사고를 당해 거리에 널브러진 다방레지, 폐업 직전의 회사에 다니면서 불안과 피로의 일상을 사는 회사원, 모두의 무관심 속에서 죽음을 맞고 사체가 오래 방치된 노점상 할머니, 요실금을 잃으며 기우(杞憂)에 시달리는 중년 사내, 장기 매매 광고를 보고 지친 자신의 몸에 내장된 상품을 계산하는 사내, 공장의 화학물질에 코를 잃은 외국인 노동자 블랑코, 커트 코베인의 음악을 꿈꾸었지만 결국은 퇴락한 '나가요 밴드', 상대의 공격에 무방비 상태로 놓인 복서 등이다.(『행동방침』, 117~121쪽 참조.)

다. 사람들은 이제 표정을 지을 필요가 없다. 마스크 X는 불능, 그들은 마스크 안에서 부정을 배운다.

─「마스크 3」 부분(『행동방침』, 108~109쪽.)

여중생이 모텔에 감금되어야 하고 그 언니가 8만원에 몸을 팔아야 하는 이 참혹한 체제가 계속 유지될 수 있는 것은 무엇 때문인가? 시인은 '마스크' 연작에서 이에 대해 탐구한다. 마스크 X란 무엇인가? 연작의 첫 번째 시를 보면, 마스크 X는 원래 프로레슬러였다. 그는 각본에 따라 반칙을 일삼다가 결국 '헐크 호건'에 의해 패배를 당하기로 되어 있었다. 하지만 그는 갑자기 약물에 취한 듯 돌발적으로 헐크 호건의 주요한 부위를 물어뜯는다. 이 사건으로 그는 대스타가 된다. 마스크 X의 마스크는 어느새 패션 아이템이 되고 사람들은 그 마스크를 쓰고 다니기 시작한다. 마스크 X가 각본을 위반하고 억압되어 있는 동물성을 거침없이 드러냈다는 것에 사람들은 열광했을 것이다. 그 행동은 사람들에게 대리만족을 주었을 테니 말이다. 한편 마스크 X의 행위는 체제를 위협하는 야수성을 의미하는 동시에 한편으로 체제에 내재되어 있는 폭력성을 의미하기도 할 터이다. 그래서 국가 기관은 "국가에 대한 거대한 방정식의 정답으로 판명"하여 '괄호'로 묶어 그를 붙잡아갔을 것이다.

대신 체제는 마스크 X의 마스크를 상품화하여 사람들이 그 마스크를 쓰고 "표정을 감추며 고민 없이 편안해질 수 있"도록 이끈다. 마스크로 표정을 대체한 이들은 세계에서 벌어지는 참혹한 폭력과 마주하고도 "말짱하"고 "편안하게 거리를 활보"할 수 있게 된다. 마스크를 쓰고 표정을 지을 필요가 없게 된 사람들은 "나는, 누구지?"라는 고민을 잠시 해보지만 곧 이 질문을 '부정'하고 '불능'의 삶을 살아간다. 마스크 X의 야수성은 이렇게 상품화되자 불능을 전파하는 기표가 되어버린다. 이 기표는 사람들에게 평온을 주는 동시에 세상에 어떤 변화도 가져오지 못한다. 그래서 이 기표로 인해 사람들은 이 세계를 그냥 받아들이게 되고 폭력적인 세계는 말짱하게 잘 돌아가게 되는 것이다. 그래서 인용 부분의 다음 연에서 시인이 말하듯이 "세계의 공식에는" 그 기표를 쓴 "그들이 들어갈 자리가 없"게 된다. 세계는 자기의 공식대로 사람들의 삶을 파괴할 뿐이고 '그들'은 이 파괴를 수동적으로 받아들일 뿐이다.

3

서효인 시인은 『행동지침』에서 파괴당한 삶을 구체적으로 조명하고, 더 나아가 현 사회 체제에 대한 일반적인 인식에 도달하고 있었다. 그런데 작년에 출간된 『백 년 동안의 세계대전』(이하 『세계대전』으로 표기)은 그 일반적인 인식이 세계사에까지 확장되면서 구체화되고 있다. 『행동지침』이 구체에서 추상으로 나아가고 있다면, 『세계대전』은 추상에서 구체로 나아간다고나 할까. 한편 『세계대전』에서는 『행동지침』에서의 언어유희나 조롱 섞인 표현이 대폭 줄어들고, 서정적 주체의 악동적인 기질 역시 크게 드러나지는 않는다. 그렇다고 1년 간격으로 나온 『행동지침』과 『세계대전』의 성격에 어떤 단절이 있는 것은 아니다. 『세계대전』에서도 세상에 대한 조롱 섞인 풍자는 여전하고, 폭력적인 세계와 마주하고 느끼게 될 분노와 슬픔이 '서정적으로' 표현되지도 않는다. 이 시집에서 두드러지는 시학적 특성은 아이러니다. 그런데 『세계대전』에 펼쳐진 아이러니는 『행동지침』에서 두드러진 풍자와 연결되어 있으며, 세계의 폭력에 의해 파괴되고 있는 삶에 대한 관심 역시 『세계대전』에서도 여전하다. 시의 테마 역시 연속된다. 『세계대전』에 실린 아래의 시는, 「마스크 3」에 등장했던 표정을 잃어버린 사람들을 좀 더 구체화하여 풍자적으로 제시하고 있다.

옆집에서 총소리가 나는 것 같다. 옆집에서 살이 터지고 뼈가 부러지는 것 같다. 우리는 늙었으니까 잘못 들을 수 있다. 우리는 젊으므로 행복할 권리가 있다. 우리는 그의 옆집에서 그의 발소리를 숨죽여 기다린다. 급기야 시인들은 서로를 몽둥이로 때리며 점점 분명해지는 옆집의 소리를 외면한다. 우리는 계속해서 늙었다. 옆집은 그대로다. 보이지 않는 것은 보지 않을 수 있게 되었다. 남은 음식이 뒤섞인 그릇을 오늘 자 신문으로 덮는다. 악마의 행복도 이렇게 치밀하지 못했다.

　　　　　　　　　　　　　　　　　　　　　　　　　－「그의 옆집」 후반부

　표정을 잃어버린 사람들은, 이 시에서 옆집에서 살인이 벌어져도 애써 여러 이유를 들어 "옆집의 소리를 외면"하는 자들로 나타난다. 그런데 이들이 쓴 마스크는 '시인'이라는 타이틀이다. 이 시에 등장하는 시인들은 권태롭고 따분해 보인다. 늙은 시인들은 그들대로 별 의미 없는 언동을 통해 무료함을 달래고, 그들과 함께 있는 젊은 시인들은 하릴없이 담배를 피거나 화분에 침을 뱉는다. 이들에게 시 쓰기란 결국 권태로부터 벗어나기 위한 방편에 불과한 것 같다. 이들은 세계에로 의식과 몸을 열려고 하지 않는다. "잘못 들을 수 있다"거나 "행복할 권리가 있다"는 핑계로 옆집의 비명을 들으려 하지 않는다. 세계의 사건들이 기사로 실려 있을 신문지는 남은 중국 음식을 덮는 데 사용될 뿐이다. 이들은 급기야 그 비명을 듣지 않기 위해서라도, "서로를 몽둥이로 때"리기도 한다. 아마 시단의 시인들이 시에 대해 갑론을박하는 모습을 이렇게 비유한 것일 텐데, 시인들의 논쟁이라는 것이 세계에서 일어나는 비참을 외면하는 것에 불과하다는 야유일 것이다.

　그러니 시는 이 시인들에게 마스크에 불과한 것이다. "보이지 않는 것은 보지 않을 수 있게" 해주는 마스크. 이들에게 '시'는 보이지 않는 현실의 비참을 외면해도 좋은 면죄부와 같다. 시인들의 이러한 외면으로 인해 총소리가 터져 나오는 '옆집은', 그 폭력적인 현실은 '그대로' 유지된다.

이 시는 서효인 시인도 포함되어 있을 시단에 대한 자기 풍자와 야유를 보여준다. 세계의 비참을 외면하고 시단의 울타리에서 벌어지는 논의에 대한 자기반성적인 풍자인 것이다. 시의 정치성에 대한 논의는 시단의 폐쇄성을 지양하고 세계에서 벌어지는 정치적인 실천들에 시의 이름으로 참여할 수 있는 방향을 찾아보자는 데에서 시작되었다. 하지만 논의는 곧 시 자체의 정치성에 대한 문제로 다시 폐쇄되었다. 논의가 시단의 문제로서 한계 지워진 것이다. 위의 시는 시의 정치성 논의에 대한 서효인 시인 나름의 발언일 수도 있겠다. 시의 정치성은 김수영이 말한 대로 세계에로 개진해나갈 때 확보될 수 있다. 하지만 이 시의 시인들은 자기의 방에서 나가지 않고 자신의 행복만을 '치밀하게' 추구한다.

시마저 마스크 X가 되어버리는 형국은 시인들만의 잘못은 아닐 것이다. 세계 자체가 자신의 표정을 보여주지 않는 마스크의 세계가 되어버렸다. 이 세계는 「아쿠아리움」에서 시인이 말한 바에 따르면, "진짜인 동시에 가짜"인 세계다. 서울로 "먼 섬에서 견학 온" 아이들에게 보여주는 '아쿠아리움'의 바다 속 세상과 같이 말이다. 그런데 바다가 아닌 수족관에서 바다 속을 바라다보는 그 아이들은 "길을 잃을까 이름표를 손에" 쥐고 펼쳐지는 스펙터클에 입을 벌린 채 매료된다. 이들을 바라보고 있는 해양생물은 "너희는 이곳에 다시 오겠구나, 배를 타고 오염된 해산물처럼 속이 빈 채로 오겠구나" 짐작한다. 이는, 대도시의 스펙터클에 매료된 아이들은 이 도시로 다시 돌아오게 될 것이고, 결국 그들은 주체성을 잃고 수동적으로 모든 것을 수용하는 "속이 빈" 인간이 되어갈 것이라는 의미다. 하지만 한편으로 이들은 대도시인이 되기 위해 많은 시련을 겪게 될 것이다. 이 서울이라는 대도시에서 이방인은 사람이 아니기 때문이다.

「아임 스트레인지 히어」는 서울로 상경했지만 아직 훈련이 덜 된 오누이가 "사람이 되기로" 결심하고 "영어를 배우러 가"는 장면을 담고 있다. 이 서울에서 이방인이라는 위치에서 벗어나기 위해서는 많은 훈련이 필요한데 영어를 배우는 것은 필수적인 훈련 중 한 가지다. 서울로 들어가는 다리를 건너면서 자기 자신을 교정해야 했던 오누이는 "다음에는 무엇보다/지구에서 태어나지 말자"고 다짐한다. 이방인을 사람 취급하지 않고 배제하는 세상의 질서는 파시즘과 연결된다. 사실 파시즘은 정상에서 이탈한 괴상한 정치체제가 아니라 동일자의 확립을 중심으로 하는 체제에서는 언제나 현실화될 수 있는 경향이라고 할 수 있다. 아래 인용한 시는 아마도 나치정권 시절 아우슈비츠로 가는 기차에 실린 유대인들을 형상화하고 있다고 생각되는데, 한 문장으로 짧막하게 내뱉는 독일군의 '너'에 대한 단언적인 판단은 현재 한국 사회 안에서도 심심치 않게 발언되고 있는 것이다.

그는 숫자를 세었다 어디서 멈출 줄 몰랐다 우리는 급한 동작으로 앙상한 가방을 채워야 했다 치약과 팬티, 시집과 생리대, 두통약과 야구 모자

너는 아무것도 아니다

그는 밖으로 나가라 하였다 천상에서 떨어지는 얼음 알갱이가 정수리에 쌓였다 고개를 숙이고 눈앞의 복사뼈를 보고 걸었다 하염없는 철로를 향해

너는 이상하다

그가 턱으로 가리킨 기차는 온통 차가운 금속성이었고 우리는 화물처럼 반듯하게 엉켰다 철로는 갈색 눈을 누르고 육중하게 뻗어 있었다 소지품이 담긴 가방이 잦은 진동에 입을 벌린다

너는 없어져야 한다

그는 확성기에 대고 말했다 최대한 신경을 귀에 모았지만 알아들을
수는 없었다 기차가 선다 우리 중에 다른 우리가 눈밭으로 떨어져 나
간다 기차가 소지품을 하나 하나 버리면서

너는 우리가 아니므로.

−「기차여행」 후반부

이 시에서는 어떠한 언어유희도 보이지 않는다. 풍자도 없다. 이 시는
참혹한 상황을 간결하면서도 생생하게 묘사하면서 진중하게 전개된다.
이 시에서 묘사되고 있는 권력은 아이러니한 상황을 폭력적으로 창출한
다. '우리'가 폐기되는 화물 또는 기차의 소지품으로 취급받는 이유는, 그
'우리'가 또 다른 '우리'에 속하지 않기 때문이다. 유대인은 독일인이라는
'우리'에 속하지 않았기 때문에 이상한 존재이며 그래서 아무 것도 아닌 존
재이기 때문에 "없어져야" 하는 존재가 된다. 즉 당신들의 '우리'는 정상적
인 '우리'와는 다르기 때문에, 또는 '우리'의 말을 알아듣지 못하기 때문에
비정상이며 세계의 위생을 위해 제거되어야 한다. 이러한 논리는 바로 반
대로 적용할 수 있기 때문에 아이러니한 것이지만, 권력은 이러한 폭력적
인 논리를 폭력적으로 현실에 관철한다. 이러한 배제의 폭력과 논리는 세
계사를 볼 때 언제나 반복되어 왔던 것이며, 현재도 반복되어 실행되고 있
다. 몇 해 전, 용산에서의 참사에서처럼 한국에서도 이런 일이 벌어지고
있는 것이다. 용산 뿐만 아니라 많은 사람들이 신자유주의적인 배제의 구
조에서 삶을 파괴당하고 있으며, 경쟁의 논리가 이러한 유형무형의 폭력
을 정당화하고 있다. 이 사회에서 배제되지 않기 위해서는 강을 건너는 저
오누이처럼 영어를 배우고 자신을 교정하는 훈련을 해야 한다….

서효인 시인은 『세계대전』의 여러 시편에서 타자를 비정상으로 낙인
찍고는 그에 대한 비하와 폭력을 정당화하는 권력의 횡포를 조명하고 있
다. 「다마스쿠스」에서는 "배교를 거듭한 동쪽의 형제들"을 "항문에 정수

리를 박은 채 모두 처형"하는 "푸른 깃의 기사"가 "이교도의 내장을 걸치고 뜻대로 이루어지소서! 외"치는 장면을 보여준다. 그 십자군 기사는 "지상을 더"럽히는 그 이교도의 피의 색이 "우리와 비슷한 색"이라는 데 놀라워한다. 그는 이교도의 몸엔 '우리'와는 다른 피, 악마의 피가 흐르고 있다고 생각했던 것이다. 그래서 그는 이교도들을 동물 살육하듯이 죽여도 거리낌이 없었다. 나치의 유대인 학살은 십자군 전쟁에서부터 찾아볼 수 있었던 것이다. 이를 보면, 동일성에의 집착과 타자의 배제는 기독교 문명 자체에 배태되어 있는 경향이었는지 모른다. 십자군의 침략이나 나치의 학살은 그러한 경향의 폭력적인 분출이다. 최근에 그 분출은 헤르체고비나에서도 일어났다. 1995년 보스니아에 주둔하고 있던 세르비아계 군인들이 헤르체고비나에 살고 있는 이슬람교도 주민들을 무차별 집단 학살한 사건이 그것이다. 시인은 「헤르체고비나 반성문」에서 그 "군인 앞에 선 추녀 이교도"의 입으로 그 "인종청소"를 발언하게 하고 있다.

이러한 학살의 뒤에는 타자를 동물 같은 존재로 취급하여 성적 폭력을 가해도 좋다는 사디즘적인 욕망이 자리 잡고 있다. 「아프리카 논픽션」에서는 오만과 성적 폭력의 심성이 생생하게 묘사된다. 이 시는, 런던 거리에서 희귀 인종으로 전시되고 죽은 이후에는 해체당한 몸의 부분들이 각기 따로 밀랍이 되어 파리 자연사박물관에 전시되었던 '사르키 바트만'의 역사적 일화를 테마로 삼고 있다. 시의 전개는 사르키 바트만의 육체를 상품화 하려고 하는 영국인과 프랑스인의 대화를 통해 이루어진다. 이 두 '사람'은 사르키 바트만의 "엉덩이와 젖가슴을 주물러" 보면서 "암흑의 주술에 걸릴까 내심" 두려워하면서도 "까만색이 더럽다고 느"낀다. 결국 그들은 "엉덩이와 젖가슴이 표범 무늬가 된다면!" "짭짤하겠지!"라면서 사르키 바트만을 상품화할 생각을 하게 된다. 이러한 구절들에서 제국주의자들의 타자에 대한 전형적인 태도가 잘 드러난다. 이들에게 타자는 두려움을 던져주는 것이지만, 문화적으로 저열하고 생물학적으로 열등해서 더러운 존재라고 취급하며 그들에게 모욕적인 폭력을 가함으로써 그 두려움에서 벗어나려고 한다. 그리고 그 타자의 차이성을 기괴함으로 상품화하여 경제적 이득을 얻고자 한다.

타자를 인종적으로 비하하고 성적 학대의 대상으로 삼아도 좋다는 사디즘적인 심성은 19세기에만 일어난 것이 아니다. 지금 21세기의 최고 '문명국' 미국인 역시 이러한 학대를 자행하고 있다. 「관타나모 포르노」는 관타나모 수용소의 수인囚人을 고문하고 성적 학대를 자행하는 것에 대해 아무런 죄책감을 가지지 않는 미군 제임스 일병을 조명한다. 미국 월드컵 주제가였던 '글로리 랜드'를 들으면서 국기에 거수경례하고 있는 그는 "마늘이나 향신료 속에서의 고문을 상상"하며 "이 땅은 영광으로 가득하"다고 생각한다. '우리'라는 동일자−미국−의 품에 들어가 그 동일자의 권력으로 타자를 학대하고 파괴할 때의 쾌감을 얻고자 하는 사디즘적인 욕망, 이 욕망을 파시즘적인 욕망이라고 할 것이다. 기독교적 유일신 문명이 배태한 이러한 파시즘적인 욕망은 나치 시대의 독일에만 퍼져있던 것도 아니고 현재 관타나모의 미군에만 발견되는 것도 아닐 것이다. 우리 주변 곳곳에서 이러한 욕망을 발견할 수 있는 것이다.

그런데 이러한 욕망은 우스꽝스럽고 나약한 성격을 가지고 있다. 시인은 「유보트」에서 파시즘이 가지는 그 우스꽝스러움을 포착한다. 파시즘적인 담론은 엄숙한 언어로 포장된다. 침몰하는 잠수정에서 "제군들이 자랑스럽다. 너흰 지구의 가장 아래에서 장렬한 최후를 맞을 것이며 조국은 너희를 기억할 것이다"라고 말하는 지휘관의 발언이 바로 전형적인 파시즘적인 언어다. 시인은 이 담론을 비틀어 그 담론이 "너희는 오백쉰일곱 척에 달하는 상선을 까부쉈고, 살려 달라 울부짖는 사람들을 과녁 삼아 내기로 소총을 쏘며 낄낄거렸다. 조국은 너희를 기억할 것이다."라는 의미를 갖고 있음을 폭로한다. 그리고 그 살육의 기억은 "하노이의 마을 창고에서 집단으로 저질렀던 추잡한 짓"과 연결된다. 파시즘 역시 나라가

없는 것, 하노이에서 살육을 벌였던 미군이나 사람들을 과녁삼아 죽였던 독일군이나 파시즘적인 심성 속에선 하나다.

그런데 「유보트」는 또한 이 강철 같던 살육자들−병사들−이 죽음을 마주하게 되자 "연체동물처럼 당황하"며 성호를 긋고 횡설수설 고해하는 우스꽝스러운 모습을 드러내고 있다. 저 유럽인들이 사르키 바트만에게 공포를 느끼면서 그녀에게 폭력을 행사했듯이, 파시즘적인 폭력적 심성 역시 결국 낯선 것과 소외에 대한 두려움에 기초한 것이다. 그렇기에 「유보트」에서의 상황과 같이 파시즘의 병사들이 막상 두려운 상황에 마주하게 되면, 그들 심성의 기초인 나약성과 허약성이 백일하에 드러나게 되는 것이다. 그들은 그들의 주체성을 조국이나 신과 같은 동일자에 귀의시켰기 때문에 죽음에 맞닥뜨려도 막상 자신의 삶을 찾지 못한다. 파시스트적인 주체성은 겉으로는 강해보이지만 혼자서는 혼란을 헤쳐 나가지 못하는 허약한 주체일 뿐이다. 허약한 주체가 강함을 가장하니, 파시스트적인 주체는 우스꽝스럽다. 「유보트」는 이러한 파시스트적인 주체를 풍자한다.

그렇다면, 파시즘에 빠지는 허약한 주체가 되지 않기 위해서는, 주체는 자신의 존재론적 힘을 강화하고 타자와의 접속을 통해 주체성을 내재적으로 생성해 나가면서 자신을 포획하고 있는 각종 장치로부터 탈주해나가야 할 것이다. 여기서 시인의 자기 풍자 또는 자기반성이 의미를 갖게 되는데, 주체성의 자기 형성이란 언제나 자신을 넘어서는 과정이기 때문이다. 앞에서 보았듯이, 서효인 시인은 『행동지침』에서 더 이상 정규군의 뒤를 대지 않고 파르티잔이 될 것이라고 자기규정을 내린 바 있었다. 시인의 파르티잔 전술은 모든 진지한 포즈를 조롱하고 동일자에의 귀의를 거부하며 분열을 통해 '뽕'하고 여기저기 나타나 기성의 가치를 습격하는 것이었다. 이 파르티잔적인 주체는 분명 반파시즘적인 주체이긴 하다. 하지만 분열을 통한 게릴라식 습격이 과연 이 폭력적인 세계 체제에 위협적인 것일지 의문을 가질 수 있다.

『세계대전』의 시편들을 쓰면서 시인은 그러한 의문을 가지게 된 것 같다. 「오키나와 복음서」에서 시인은 파르티잔으로서의 자기규정을 상대화 하면서 자기 풍자의 대상으로 삼고 있기 때문이다. 시인은 이 시에서 파르티잔적인 삶, 즉 "화음이 없는 세계의 멋있는 스파이로, 협동하지 않는 마을의 빛나는 게릴라로."로서의 삶을 다짐하지만, 이 다짐에 "거참 말끝마다 음메, 음메, 그게 뭡니까."라는 다른 목소리를 이어붙이고 있다. 이 다른 목소리는 시인의 다짐을 조롱하면서 상대화 한다. 이 말을 들은 시적 화자는 화장실에서 "열등한 유전자가/맥주색으로 변해 졸졸 떨어진다."라고 자조적으로 읊조리고 있다. 자신을 파르티잔으로 선언하고 다짐하는 일은 그가 파르티잔으로서의 주체로서 생성되지 않는다면 공허할 수 있다. 시인은 위의 시에서 이러한 공허함을 표현한 것 아닌가 생각된다. 주체성을 생성시켜야 한다는 마음만으로 그 생성이 이루어지지는 않을 테다. 여기서 서효인 시인이 선택한 방향은 정직하다. 그는 세계의 비참을 자신의 삶과 겹쳐놓음으로 인해 정동(affect)됨으로써, 다른 주체성의 형성을 시도한다. 아래의 시를 읽어보자.

아이티에서 진흙 쿠키를 먹는 아이를 보면서 밥을 굶지 말자, 진흙 같은 마음을 구웠다. 내전이 빈번한 나라처럼 부글부글 끓는다. 라면 같은 그것을 날마다 먹어야 한다. 스스로를 아끼자, 스프 같은 마음을 삼켰다. 한 장의 휴지를 아끼기 위하여 코를 마셨다. 자위를 삼갔다. 물로 닦았다. 성병 걸린 르완다 여자애를 떠올리며 성호를 그었다. 이마에서 배로 손가락을 옮길 때 손을 잘 씻어야지, 불현듯 다짐했다. 지진을 대비한 건물처럼 잘 휘어지는 마음. 변덕을 견디며 체위는 다양해져 갔다. 깨끗한 사람이 되기 위해 거품을 일으켰다. 부글부글 빨리 익었다. 모스크바에서 황산을 뒤집어쓴 베트남 유학생 얘기를 들으며 편식하지 말아야지, 생각했다. 뭐든 차별은 나쁜 일. 풀과 나뭇잎의 색을 사랑하기로 마음먹었다. 쌀국수를 먹을 때는 꼭꼭 씹는 게 중요합니다, 의사는 말했다. 할례 의식 중인 꼬마를 보며 의사의 말을 되씹었다. 꼭

꼭 씹어 삼킨 다음엔 양치질을 오래 하리라, 삐친 사람의 입처럼 벌어지지 않던 꼬마의 그곳이 벌어지자 치약이 목구멍으로 넘어간다. 마그마처럼 헛구역질을 하며 괴상한 소리를 내 본다. 뜨거운 다짐들이 피부를 뚫고 폭발한다. 바로 이곳에 서 있다. 들끓는 마음을 가진, 괴물.

－「마그마」 전문

이 시는 『세계대전』의 첫 머리에 실려 있다. 시집 『세계대전』을 여는 이 시는, 그만큼 이 시집에 전개되는 시세계를 예시하고 있다고 할 수 있을 것이다. 이 시는 세계의 비참과 폭력들, 즉 아이티의 지진, 내전들, 성병이 만연한 르완다, 모스크바에서의 인종차별주의 폭력, 꼬마에게 폭력을 가하는 할례 의식이 나열되는 동시에, 이에 호응하는 시인의 다짐을 서술하면서 전개된다. 그런데 그 다짐이란 자기 건강과 관련된 것들이다. 서효인 시의 매력은 이렇게 비참에 대해 시화할 때에도 서정적 주체가 흔히들 빠져들게 되는 감정을 상대화하고 그 주체의 태도를 반어적으로 비틀고 있다는 점에 있다. 사실 저 고통의 현장에서 이역만리 떨어져서 상대적으로 편히 살고 있는 시인이, 정보를 통해 접한 세계의 비참에 대해 비통과 강개의 감정을 표출한다면 그것 역시 허위일 수 있다. 하지만 「그의 옆집」에 등장하는 시인들처럼 그 비참을 듣지 않으려고 하는 태도 역시 시인에겐 역겨운 대상이다.

그래서 시인은 그 비참을 외면하지 않고 자신의 생활과 접목시킨다. 하지만 시인은 그러한 자신의 마음을 "한 장의 휴지를 아끼기 위하여 코를 마셨다. 자위를 삼갔다. 물로 닦았다."와 같은 유머를 가미하여 자기 풍자한다. 시에 개입되는 자기비판적인 지성은 이 시의 어조를 복잡하게 만든다. 비참한 현실은 시인이 "스스로를 아끼자"는 식의 자기보존을 생각하게 한다. 시인은 이를 솔직하게 서술한다. 우리 역시도 사실 뉴스에 나오는 비참을 보면서 그러한 마음을 가지게 될 것이다. 하지만 그 현실의 비참은 보신적인 생각을 하고 있는 시인의 일상적인 삶을 부끄러운 무엇으로 만들고 있는 것이다. 황산을 뒤집어 쓴 극악한 현실과, 이를 보고 들은 시인의 "뭐든 차별은 나쁜 일, 풀과 나뭇잎의 색을 사랑하기로 마음먹었다"는 진술 사이의 낙차를 생각해보라. 사람들에게 극도의 고통을 주는 현실과 일상의 자기보존적인 소소한 일상이 격자처럼 겹치면서, 두 현실의 격차는 현기증 나는 아이러니를 생산하고 일상에서의 자기 보신적인 태도를 우스꽝스러운 무엇으로 만든다.

이러한 낙차의 격차가 견딜 수 없이 커질 때, 바로 시인이 마음속에 넣었던 자기보존적인 우스꽝스러운 다짐은 들끓는 무엇으로 전화하기 시작한다. 시의 마지막 부분에서, 할례의식을 받는 꼬마의 "삐친 사람의 입처럼 벌어지지 않던" "그곳이 벌어지자" 치약은 시인의 목구멍으로 넘어가고, 시인은 "마그마처럼 헛구역질을 하며 괴상한 소리를 내"게 되는 것이다. 현실의 비참과 자신의 자기 보신의 다짐을 겹쳐놓던 시인은, 그 구역질날 정도의 현기증 속에서 자신의 일상적인 다짐이 폭발해버리는 것을 경험하고는, 자신이 "들끓는 마음을 가진, 괴물"로 변모했다는 것을 깨닫는다. 보신을 꾀하면서 일상적인 삶을 살아가는 시인이 저 폭력의 세계에 접속하고 정동되면서, 일상은 들끓다가 폭파되어버리고 시인은 비인간, 괴물이라는 주체로 생성되게 된 것이다. 마그마처럼 들끓고 있는 괴물로의 변신은 시인이 폭력적인 세계에로 자신을 열고 접속함으로써 가능한 일이었다. 『세계대전』에서 서효인 시인이 세계에서 일어났던 폭력의 현장을 시화한 것은, 괴물로서의 시인이라는 자신의 존재를 수용했기 때문일 것이다. 이 괴물은 폭력적인 현실을 자신의 삶과 겹쳐 놓을 때 탄생하는 것이기에, 시인은 폭력이 벌어지고 있는 옆방의 방문을 열어 그 현장과 접속하고자 한다.

파르티잔에서 괴물로 진화한 시인이 이제 할 일은 무엇일까? 옆방의 현실을 바꾸고자 시도하는 일일까? 그러기 위해서는, 시인은 다시 괴물-파르티잔으로 진화해야 할 것이다. 들뢰즈적인 의미에서 '전쟁기계'로서의

'괴물-파르티잔' 되기. 무엇에 대한 전쟁인가? 견고하게 유지되고 있는 이 세계의 폭력과 비참에 대한 전쟁. 그 폭력과 비참을 야기하는 이 세계의 질서에 대한 전쟁. 그 질서는 계급 질서이기도 할 터, 질서에 저항하는 괴물은 이 시대의 계급투쟁에로 나아갈 테다. 그러나 계급투쟁은 예전에 시인이 내세웠던 분열의 전술로서는 지속되기 힘들다. 강고한 세계에 맞서기 위해서는 분자들의 분열 뿐 아니라 생성과 구축 역시 필요한 것이다. 즉 저항은 분열-생성, 해체-구축이 함께 이루어져야지만 기성 체제에 위협적일 수 있을 것이다.[2] 그렇다면 이제 서효인이라는 '괴물-시인'은 전쟁기계로서의 파르티잔이 되어 저항의 전선 구축에 참여할 것인가? 허나 이러한 질문 역시 '꼰대' 식의 '진지한' 질문일 수도 있겠다. 이 시인은 자신의 길을 자기 식대로 개척해 나갈 것이다. 여하튼 한 젊은 시인이 세계 질서의 폭력성을 외면하지 않고 자신의 방식으로 독특하게 시화하여 드러냈다는 '사건'은, 한국시의 미래에 또 다른 전망을 열어놓고 있다는 것은 분명하다.

(2012)

---

2) 『세계대전』의 해설에 많은 부분 동의하지만, "서효인의 파르티잔들, 무한히 분열한 만국의 개인들은 부딪침 그 자체로서" 계급투쟁의 "전선을 형성한다"라는 진술엔 동의하지 않는다. 구축과 생성이 없으면 분열만으로는 신축성이 뛰어난 기성 자본주의 질서에 위협적일 수 없으며, 그래서 전선도 만들어지기 힘들다. 또한 이 진술은 신자유주의에 반대하는 다양한 청년 운동이 현재 전개되고 있다는 사실을 도외시하고 있으며, 한편으로 첫 시집의 소년 파르티잔을 넘어서려 하고 있는 서효인 시인의 '진화'를 괄호 치고 있다고 생각한다.

모더니티에 대항하는 역린(逆鱗)

-손택수론

1

한국에서 1930년대부터 제기되어 온 '시의 모더니티'는 여전히 시효를 잃지 않은 문제다. 시의 모더니티는 모더니티에 대항하는 모더니티다. 모더니티가 자본주의의 시간성이 이끌어낸 시대성이라고 한다면, 시의 모더니티는 그와는 다른 시간성을 갖는다. 자본주의의 시간성은, 자본주의 이전의 순환적인 시간성과는 달리, 새로운 상품들의 연쇄가 닦아놓은 직선적인 진보의 시간성이다. 자신의 상품이 경쟁력을 얻어 시장에서 잘 팔릴 수 있기를 원하는 자본은 강박적으로 새로움에 매달리고 이를 위한 개발에 박차를 가한다. 이에 따라 상품 생산을 위한 노동의 강도는 여러 방식으로 강해진다. 즉, 모더니티의 원리는 이 강박적인 새로움이고, 그 원리 아래에서 사람들의 삶은 바빠지고 피로해진다. 강박적으로 추구되는 새로움은 새로움을 위한 새로움에 다름 아니기에, 새로움의 연쇄는 결국 동질적이고 공허한 시간을 낳을 뿐이다. 그래서 새로운 상품이 우박처럼 하늘에서 쏟아진다고 하더라도, 사람들의 삶은 공허하고 권태롭다.

시의 모더니티 역시 새로움의 시간성에서 벗어나지 못한다. 새로움을 포기한다면, 시의 '모더니티'는 획득될 수 없을 것이다. 하지만 그 새로움은 권태롭게 반복되는 새로움이 아니라, 모험을 통하여 획득할 수 있는 미지未知의 새로움, 어떤 질적인 '다름'이다. 시의 모더니티는 모더니티로부터 후퇴하지 않고 도리어 모더니티의 시간성을 넘어간다. 자연과의 동화를 꾀하는 '자연 서정시'가 일부 시단으로부터 의심을 받는 이유는, 그것이 모더니티로부터의 후퇴일 수 있기 때문이다. 모더니티로부터 자연으로의 후퇴는 모더니티에 의해 곧 잠식당하기 때문에 모더니티에 대항할 수 없다. 자본주의는 자연마저도 스펙터클로 만들어 소비의 대상으로 전락시키기 때문이다. 이 격렬한 갈등 속에 놓여 있는 현대에서, 갈등으로부터 벗어난 순수 자연의 세계는 결국 미적인 소비 대상이 되어 하나의 이데올로기로 기능하게 될 위험이 있다.

시가 모더니티의 시간성을 넘어서기 위해서는 자본주의 시간성의 '양'적 척도로부터 벗어나 어떤 특이한 질적 시간을 만들어낼 수 있어야 한다. 모더니티가 강요하는 새로움의 연쇄 축으로부터 탈주하여 시간을 횡단해나가며 질적으로 새로운(다른) 시간을 구축해나가야 하는 것이다. 이럴 때, 시가 삶을 이끌 수 있는 힘이 있다면, 시의 모더니티는 현대가 강요하는 삶의 양태를 현대 안에서 넘어 살 수 있는 길을 마련한다. 물론 모든 시가 이러한 길을 만들 수 있다는 말은 아니다. 시의 모더니티를 성취하기 위해선 시는 어떤 특이한 시간성을 성취해야 하는데, 그 성취는 쉬운 일이 아닌 것이다. 특이성은 시인이 미지의 무엇으로 도약하는 모험을 통해 성취된다. 그 모험은 무에 빠질 위험을 무릅쓰고 행해지는 것이다. 시는 무와 존재 사이에서 위태롭게 씌어진다.

상품 세계의 동질적인 새로움에서 벗어나 특이한 시간성을 성취하는 방식은 시인마다 특이할 터, 가령 미래를 더 앞질러 가는 방식도, 또는 모더니티에 의해 묻혀버린 시간성을 다시 발굴하여 현대에 삽입하는 방식도 있을 수 있다. 여하튼 그것은 자극적인 신기함을 꾀하는 상품의 방식과는 달리, 현대인의 삶을 뒤흔드는 방식이어야 한다. 즉 반시대적이어야 한다. 지금 우리가 살펴볼 손택수 시인이, 겉보기와는 달리, 시의 모더니티에 대하여 분명하게 의식하고 있다는 것은, 바로 그가 반시대적인 태도로 일률적인 모더니티의 시간성에 반해 자신만의 시간성을 탐색하는 모습을 보면 알 수 있다. 발터 벤야민의 '새로운 천사'처럼 물새에게서 "저물어가는 해와 함께 앞으로/앞으로 드센 바람 속을/뒷걸음치며 나아가는 힘"(I[1]), 「물새 발자국 따라가다」)을 시인이 발견할 때, 그리고 "욕심껏 들이마신 공기가 어둔 몸 속을 두루 돌아다니는 대로, 빠르지도, 느리지도 않게, 그렇게 다만 달이 뜨고 지는 리듬"(I, 「十月, 내 몸속엔 열 개의 달이 뜬다」)을 시인이 따라가려고 할 때, 우리는 그러한 모습을 확인할 수 있다.

2

각각의 시인이 어떻게 시의 모더니티를 달성하려고 하는가는, 시로 변용시킬 시인 각자의 특이한 경험에 따라 다를 것이다. 손택수 시인이 시로 변용시킬 경험들은 모더니티로부터 배제된 할아버지 할머니의 세계와 관련된다. 그 세계는 "똥장군 지고 밭일 가시던/우리 할아버지 때"의 "배추, 고추, 상추, 푸성귀밭의/식물과 곤충이란 것들이/예전엔 그렇게 다들 한통속이었"던, "그걸 먹고 사는 사람도/순하디 순한 소처럼/철퍼덕, 철퍼덕, 차진 똥을 누며/식물과 곤충과 혈연으로/두루 일가를 이"룬 세계다.(I, 「쇠똥구리는 다 어디로 갔을까」) 이 세계에 살고 있었던 할아버지와 할머니를 기억해내는 일은 '드센' 모더니티의 '바람'을 헤쳐 나아가기 위한 힘을 물새처럼 뒷걸음치며 얻어내기 위함일 것이다. 시인의 자선 대표시 중 하나인 「송장뼈 이야기」(I)도 주술적 세계에 사는 할머니를 보여주면서, 시인에게 그 세계가 어떠한 의미를 갖고 있는지 보여주고 있다.

---

1) 손택수 시인은 이 글이 쓰어진 2006년까지 두 권의 시집을 상재했다. 앞으로, 먼저 상재한 『호랑이 발자국』을 I로, 뒤에 상재한 『목련전차』를 II로 표기한다.

중의적인 의미를 갖는 '머리 속 가려움'은 부스럼과 '삿된 생각' 등에 연유한다. "머리가 썩고 있"다고 생각한 할머니는 아버지가 구해준 송장뼈를 빻고는, "머리 속에 들어가서 부스럼 악귀를 몰아내 주시구랴 멀리 멀리 몰아내 주시구랴 우리 아그 머리 속에 들어가서 한평생을 더 살다 가시구랴"라며 "무슨 주문 같은 것을 무당처럼 주워섬"기면서 그 가루를 손자 머리 위에 골고루 뿌려준다. 할머니의 이 행위는 제임스 조지 프레이저가 『황금가지』에서 말한 '감염주술'을 행한 것이다. 유사성에 기초한 동종주술과는 달리 감염주술은 접촉성에 기초해 있다. 어떤 이의 일부(그의 살과 접촉하고 있는)인 뼈가 그의 존재 자체를 대체할 때 감염주술은 이루어진다. 이 주술을 얼토당토않다고 치부할 수만은 없는 것이, 우리의 언어생활에서 자주 사용하는 환유가 바로 이 감염주술의 원리와 같다. 사실 언어의 힘, 특히 시의 힘은 주술의 힘과 같은 원리를 통해 얻는 것이다. 여하튼 할머니의 이 주술로 인해 "몇년을 끌던 고질병이 감쪽같이 낫게 되"고 시인은 이후로 "누군가 다른 이가 들어와"살게 되면서 "죽어서 명약이 된 그런" 할머니의 "거짓말 같은 이야기를 가보로 품"게 된다. "한 기의 무덤"처럼 말이다.

주술을 통해 시인의 머리에 들어온 죽은 이는 시인의 삶을 치유한다. 이 타자와의 공존을 통해 별 탈 없이 시인은 살아나갈 수 있게 되는 것이다. 이 타자는 사실 할머니의 주술, 바로 "거짓말 같은 이야기"일 터, 이 환유를 통해 성립된 주술이 바로 시인이 추구하는 시 아닐까? 타자이자 주술인 이러한 시는, 배제되어 무덤이 된 할머니의 세계를 현대에 다시 살려놓음으로써 우리의 삶을 치유한다. 그리고 그 치유력 때문에 시는 세상의 완전한 부패를 막을 수 있다. 시인이 "이 세상이 썩어서 아주 절단이 나지 않는 것은 아마도 그런 송장뼈들 때문이 아닐까, 뼛가루가 되어 진물이 줄줄 흘러내리는 세상의 썩은 머리 속으로 한 됫박의 소금처럼 뿌려지는 송장뼈들 때문이 아닐까"라고 한발 더 나아가 말하고 있듯이 말이다.

『목련전차』에서는 이 할머니의 세계가 우주적으로 제시되면서 더욱 확장된다. 이 확장된 세계 역시 할머니 세계의 주술 원리를 재확인한다. 이 세계의 사람들은 "별이 지상에 내리는 걸 저어하지 않도록/일찌감치 저녁상을 물리고/잠자리에 드는 마을"사람들이며, "근육 속의 고단함을 축복할 줄 알아서/계단식 논밭 땅을 갈며/하늘에 이르는 법을 익힌 사람들"(II,「별빛보호지구」)이다. 그리고 아래 시에서는, 이 마을에서 일하며 사는 할머니의 모습이 다음과 같이 묘사된다.

> 매달 스무여드렛날이었다
> 할머니는 밭에 씨를 뿌리러 갔다
>
> 오늘은 땅심이 제일 좋은 날
> 달과 토성이 서로 정반대의 위치에 서서
> 흙들이 마구 부풀어오르는 날
>
> 설씨 문중 대대로 내려온 농법대로
> 할머니는 별들의 신호를 알아듣고 씨를 뿌렸다
>
> 별과 별 사이의 신호를
> 씨앗들도 알아듣고
> 최대의 發芽를 이루었다
>
> 할머니의 몸속에, 씨앗 속에, 할머니 주름을 닮은 밭고랑 속에
> 별과의 교신을 하는 무슨 우주국이 들어 있었던가
>
> 매달 스무여드레 별들이 지상에 금빛 씨앗을 뿌리던 날
> 할머니는 온몸에 별빛을 받으며 돌아왔다
> ―II,「달과 토성의 파종법」 전문

할머니의 세계에서는 만물이 서로 교신하고 있다. 물론 이 교신은, 기호를 통한 정보 공유와 같은 '소통'과 다른 성격을 갖고 있다. 몸과 몸이 서로 공명하면서 이루어지는 교신인 것이다. 만물 서로가 주고받는 신호는 그야말로 육체적인 것이어서, 가령 달과 토성이 정반대의 위치에 있을 때 이에 공명하여 "흙들이 마구 부풀어 오"른다. 씨앗들도 "별과 별 사이의 신호를 알아듣고"는 "최대의 發芽를 이"룬다. 사물들 사이에서 변화하는 기운들이 사물들의 물질적 상태를 변화시킨다. 그래서 별빛은 '금빛 씨앗'이라는 메타포가 자연스레 가능해진다. 씨앗을 부풀리는 별빛은, 자신 또한 씨앗처럼 부풀어 만물의 생명력을 키워내는 것이다. 그리고 '할머니' 역시 씨앗과 마찬가지로 만물 중의 하나여서, 별들이 전파하는 기운들을 몸에 무슨 "우주국이 들어 있었던" 것처럼 쑥쑥 받아들인다. 할머니가 씨를 뿌릴 때를 "알아듣는" 것은 이 때문이다. 할머니는 '인간'이라기보다는, 우주와 교감하면서 몸을 떠는 "주름을 닮은 밭고랑"과 같은 존재인 것이다.

이와 같은 이치로, 시인은 「구름의 가계」(II)에서 상할머니가 내는 신음이 "구름 우는 소리"라고 말한다. 왜냐하면 "그런 날은 영락없이 비가 내"리기 때문이다. 그런데 몸의 통증을 통해 하늘의 신호를 전달받는 것이므로, 내통은 그냥 이루어지는 것이 아니라 "빛나는 통증으로 하늘과 이어져 있"는 것이다. 즉 할머니의 세계에서 만물의 '교신'은 몸을 통해 이루어진다. 여기에서 몸은 비인간적인 감각이 변전하는 터전이다. 그리고 이 몸에 흐르는 변전의 강도가 바로 변화하는 만물과 맞물려 교신되는 전파다. 기호의 극한 발달로 인해 몸의 교신 능력이 퇴화한 현대인에게, 이는 불가사의한 일일 것이다. 신호로 교감이 이루어지는 이 세계에서 인간인 할머니가 그 일원이 될 수 있었던 것은, 아마도 세계의 몸과 직접적으로 접촉하며 노동을 행하기 때문일 것 같다. 손으로 씨앗을 뿌리며 행하는 그 노동은, 손을 통한 몸의 느낌을 통해 할머니가 땅과 별과 하늘과 씨앗과 교신하는 과정 자체이기도 한 것이다.

육체적인 신호가 일차적인 이 세계에서의 앎을 위한 기호는, 기호학자들이 말하듯 철저히 인공적이고 자연과 동떨어진 무엇과는 그 성격이 판이하게 다르다. 그 기호는 "밭일 하시던 할아버지가/지겟작대기로"(II, 「자음」[2]) 땅에 쓴 'ㄱ'과 같이 육체적이다. 노동과 연결되어 창출된 그 기호는 "기름진 자음이 되"신 할아버지의 몸과 같은 것이다. 또는 그 세계에서의 기호는 "강이 휘어지는 아픔"과 같은, "등 굽은 아낙 하나 아기를 업고 밭을" 매는 모습과 같은, 더 나아가 "물새떼가 강을 들어올"(II, 「강이 날아오른다」)리는 모습과 같은 乙 과 같은 문자다. 또는 그것은 "손주의 고추를 잡고" "쉬ー, 쉬ー," 하며 "오줌 뉘는"(II, 「오줌 뉘는 소리」) 할머니의 언어 아닌 언어, "몸과 마음을 한데 이어주는 소리"다. 그런데 몸의 변화(방뇨)를 일으키기 위해 '사용'한 이 소리에서 시인은 "시ー, 시ー"라며 시를 부르는 소리를 듣는다. 그는 이 '쉬ー'라는 소리에서 주술에서와 같은 언어의 힘을 느끼고 어떤 시적인 것을 발견하고 있는 것일까.

시인은 이 몸과 접목되어 있는 기호들에서 시의 언어를 찾을 수 있다고 생각한 듯하다. 하지만 기호가 몸과 상응하는 이 세계는 현재 사라진 상태여서 어떤 잔재로만 남아 있다. 할아버지는 비록 기름진 자음이 되셨다 하더라도 지금 여기에 계시지 않는다. 지하에 계시는 것이다. 하지만 그 잔재가 집중적으로 남아 있는 곳이 있다. 고향이 이 시인에게 바로 그러한 곳이다. 고향으로 내려가면, 몸의 능력을 상당히 잃어버린 현대인인 시인도 몸으로 생각할 수 있게 되는 것이다. 「腸으로 생각한다」(I)가 바로 그 장면을 보여주고 있다. 고향에 가면 시인은 설사가 멎고 "귀성길 꽉 막힌 도로가 뚫리듯 속이 개운하게 뚫린다"고 말한다. 어떤 의식에 의해 속이 개운해질 리는 없을 터, 시인은 그것이 "장세포들이 고향의 기억을 갖고 있"기 때문이라고 생각한다. 고향만이 줄 수 있는 어떤 감각들에 장세포

---

2) 필자는, 『정동을 불어넣는 서정시의 힘』(『애지』 2006년 가을호)의 237~240쪽에서, 이 시가 갖고 있는 함의에 대해 좀 더 자세하게 논했다.

들이 갖고 있던 기억들이 다시 활성화된다는 것이다.

그 감각들은 "변소간에 앉아 있"을 때 듣는 "외양간의 소들이 여물 씹는 소리/송아지들이 어미의 젖을 쪽, 쪽, 달디달게 빨고 있는 소리/뒤란에서 시원하게 엉덩이를 닦아주고 가는 댓바람 소리"와 같이, 시각이 아닌 청각과 관련되어 있다. 이때 "나를 경계하던 누렁이나 때까우(거위)가 다가와선" "적이 안심하는 눈길로 바라"본다. 시인이 시선을 해체하고 소리에 몸을 맡기고 있었기에 이런 일이 가능했을 것이다. 시선은 공격적인 것이다. 시선은 어떤 대상을 포착한 후 그것을 사유의 소유물로 만들기 위해 '파악'해버리려는 눈길이기 때문이다. 시선을 거두고 감각에 몸을 맡길 때 세계는 친숙하게 우리를 대할 것이다. 누렁이나 때까우와 같은 감각에 충실한 존재들이 똥 누는데 충실한 시인에 적이 안심하듯이 말이다. 도시 생활에서는 시선을 거두기 힘들다. 왜냐하면 도시 속의 사물들은 언제 우리를 공격해올지 모르기에 경계의 눈빛으로 사물들 하나하나를 파악해나가야 하기 때문이다. 하지만 고향에서는 이 시선을 거두고 저 누렁이와 때까우와 함께 똥을 눌 수 있다.

이 고향에서는 똥이 밥이었다. 산과 들판이 별똥을 받아먹듯이 이곳 사람들은 제 똥이 거름이 되어 생산된 산물을, 즉 '제 똥'과 다름없는 음식을 먹고 살았다. 앞에서 인용했듯이 '차진 똥'을 통해 "식물과 곤충과 혈연으로/두루 일가를 이"룰 수 있었다. 하지만 시인은 "사람이 제 똥 먹지 않고 삼년을 살면 병들어 죽기 십상이"라는 할머니의 말씀처럼 지금 병들어 있다. 그는 "일년에 한두번 기를 쓰고" 가야 고향에 잠시 있을 수 있기 때문이다. 신작시 중 한편인 「무덤 광대」를 보면, 할머니의 이장 때문에 고향에 내려온 시인은 이미 고향 마을 사람들과는 다른 사람이 되어 있다. 그렇다고 고향 역시 할머니의 세계가 펄펄하게 살아 있는 곳이라고는 할 수 없다. 할머니는 이미 죽어 있어서, 그 파괴된 할머니 세계는 다만 잔재로서 고향에 남아 있다. 그래서 아버지를 비롯한 마을 사람들은 그 할머니 세계의 죽음을 기리지만, '할머니 세계'의 방식으로 기릴 줄 아는 것이다. 그 사람들이 바로 파괴된 세계의 잔재이리라. 그런데 시인은 그들의 행위를 이해하지 못하는 도시인이 되어버렸다.

이 시는 지관을 따라온 노인의 능청스런 주정과 이에 대한 시인의 반응이 교차되면서 진행된다. 초점이 되는 부분은 이장에 어울리지 않는 주정뱅이 노인의 언동이다. 노인은 "봉분이 처녀 가슴처럼 봉긋하고 탐스러워한다"는 둥 '숫총각'인 시인이 "듣기에 민망한 농지거리를 태평하게 주워섬"기고는, 더 나아가 "쩌-기 산능선들 좀 보란 말이여 나비따라 덩실덩실 어깨춤이 낫구만"하고 말하면서 수심가를 부르며 춤까지 추고 있는 것이다. 이장이라는 '엄숙한 시간'에 그러한 '술주정'하는 노인에 대해 도시인인 시인은 곱지 않은 시선을 보낸다. 그런데 눈살만 찌푸리고 있던 시인과는 달리, 아버지와 같이 마을 사람들은 "저런 망나니를 쫓아내"기는커녕, "배시시 노인의 농과 가락에 맞춰 금잔디를 밟고 있"는 것이다. 그리고 아버지는 "저 냥반이 있어야 아무 탈없이 일이 끝난다"며 시인의 시각을 교정하려 한다. 시인은 저 술주정뱅이 노인이 '무덤 광대'라는 것을 알지 못하고 있었던 것이다.

아버지를 비롯한 고향 마을 사람들이 춤추며 이장할 수 있었던 것은 그들이 죽음을 무슨 엄숙하고 장엄하게 장식할 무엇으로 생각하지 않았기 때문이리라. 그들에게 죽음은 영원한 이별을 뜻하지 않았던 것이다. 이장은 '새로운 삶-죽음'의 이사일 뿐이어서 술 마시고 춤추며 축하해야 할 집들이다. 음식을 먹는 것이 자신의 똥을 먹는 것이라는 순환적인 세계관에서 보면, 삶과 죽음 역시 순환하는 것일 게다. 하지만 한편으로, 삶과 죽음의 순환이라는 이 아날로지적인 인식은 이제는 이 이장이라는 특수한 상황에서만 반짝 나타났던 것은 아닐까라는 생각도 든다. 즉, 노동을 통해 우주의 만물과 인간의 삶이 교신하던 시대는 이제 무덤 속으로 사라져버리고, 다만 이장할 때만 세상 밖으로 나올 수 있었던 것이 아닌가, 그때에만 고향 마을 사람들도 우주와 교신하는 순환적 세계를 다시 재연할 수 있었던 것이 아닌가 하는 의념도 드는 것이다.

그렇다면, '무덤 광대'는 좀 더 복잡한 의미를 갖게 된다. 할머니처럼 우주와 교신 능력이 출중했던 주술사는 훗날 세상에서 밀려났을 때(비유적으로 말하면 무덤 속에 들어가게 되었을 때) 광대가 되어버렸다는 의미를 품게 되는 것이다. 현대로 올수록 이해되지 못한 그 주술사는 사람들의 웃음거리가 되거나 사회에서 술주정뱅이와 같이 취급될 뿐이다. 그러나 그러한 광대만이 무덤 속에 있는 할머니의 세계를 잘 이해한다. 그래서 이장할 때 그가 없으면, '아버지'의 말처럼 "아무 일도 되지 않는 것"이리라. 그러나 또한 그 광대는 무덤에서만 의미 있다. 무덤 밖의 세계에서는 그는 그만 '망나니'일 뿐인 것이다. 그래서 그의 직함은 '무덤 광대'다. 무덤에서만 광대노릇이 허락받는 옛 주술사. 할머니 세계에서 존경받았던 그 지혜로운 주술사는 이 세계에서는 광인에 불과하다. 그를 존중했던 할머니의 세계는, 지금은 파괴되어버려 우리가 살고 있는 터전 저 멀리의 무덤 속에만 존재한다. 그리고 시인은 가끔씩 고향에 내려가 그 세계의 잔재를 몸으로 느껴볼 수 있을 뿐이다.

또 한편의 신작시인 「대추나무 그늘 아래」는 파괴된 할머니의 세계를 쓸쓸하게 묘사한다. 우주와 내통하던 할머니는 이 시에서 "읍내 병원에서 받아온 약봉지를" 입에 털어 넣고 있고, 만물에 생명을 주던 젖은 축 처져 있을 뿐이다. 예전엔 할머니가 대지의 생명력을 상징한 '밭고랑'이었다면, 병들어 양분을 주지 못하는 지금의 할머니는 '마른 논'과 같다. 그리고 마른 논을 매개로 할머니는 "수척한 어미개"와 동일시되는데, 역시 젖이 잘 안 나오는 어미 개에 강아지들이 "하나같이 떨어지지 않으려고 그악스레/꼭지를 물고 있"다. 할머니의 노동을 매개로 인간과 세계의 만물이 서로 상응했던 광경이 어떻게 이렇듯 할미나 어미개나 모두 "뱃가죽과/땅거죽이 날로 가까워지고 있"는 병든 풍경으로 전화되어버렸을까? 읍이 생겼기 때문 아닐까? 병원이 병을 만든다고, 도시로 대표되는 문명화가 병을 만들었기 때문일까? 문명화가 만물과 인간의 교신 능력을 파괴하여 논은 말라버리게 되고 인간 역시 병들게 된 것 아닐까? 여하튼 몸에 변용을 일으키던 주술적인 언어는 이 불모의 세계에서 사라져버렸을 터, 광인의 주정과 같은 언어 속에만 남아 있을 뿐이다. 이러한 상황 속에서 시인은 어떻게 시 쓰기를 해나갈 것인가? 이 문제적인 상황을 회피하지 않고, 이에 맞서 자신의 길을 개척해나갈 때 손택수 시는 또 다른 시의 모더니티를 획득할 수 있을 테다. 이젠 이에 대해 살펴보려 한다.

3

앞에서 보았듯이 손택수 시인은 모더니티에 대항하는 "뒷걸음치며 나아가는 힘"을 발견하기 위해 주술적인 할머니의 세계를 다시 재구성하려고 했다. 그리고 이를 통해 몸과 연동되는 시적인 언어를 발견하기도 했다. 하지만 그 세계는 파괴되어 버린 것이 현실이다. 그렇다면, 뒷걸음쳐 도착한 세계와 폐허와 같은 지금의 세계를 어떻게 결합시켜 모더니티의 바람에 대항하며 나아갈 것인가가 이 시인에게 하나의 과제로서 제기되지 않았을까? 현재 발 딛고 있는 세계를 무시하게 된다면, 손택수의 시는 '시의 모더니티'를 획득하지 못할 위험이 있다.

이를 의식했는지 시인은 『목련전차』 2부에서 당대의 일상을 시에 끌어들이려는 시도를 보여준다. 그 시들은 폭력적인 현대 세계에서 힘겹게 살아나가고 있는 사람들의 모습을 주로 보여주고 있다. 추석에 홀로 술 취한 사내들을 다 받아내었던 안마시술소 김양 누나에 대한 이야기(「추석달」)나, 발바닥을 검은 가죽구두 삼아 돌아다니다 "부산역 광장 앞/낮술에 취해/술병처럼 쓰러져/잠이 든" 노숙자에 대한 묘사(「살가죽 구두」), 처음 집에 인사 올 때 눈부신 구두를 신고 왔으나 지금은 초라하게 낡은 구두를 신은 매제 이야기(「매제의 구두」) 등이 그러하다. 고단하게 살아가야 하는 현대 세계에서 그래도 희망을 잃지 않고 열심히 살아가는 사람들에 대한 그 따스한 그림들은, 그 자체로 우리에게 감동을 준다. 하지만 저 할머니의 시적인 세계가 부활되고 있진 않다. 그 시편들에서 부각되는 쓸쓸함의 정조를 시적이라고 말할 수 있다. 그러나 할머니의 세계가 갖고 있었던 웅장한 포에지는 더 이상 보이지 않는 것이다. 그 포에지를, 할머니 세계의 재구성에 의해서가 아니라 모더니티의 일상 속에서 발견할 수는 없는 것일까?

현대적 일상의 그림들이 종합되어 좀 더 큰 화폭에 제시되고 있는 「범일동 블루스」(I)는, 잃어버린 고향의 세계가 누추하게나마 희미하게 재생되고 있어서 주목된다. 이 시는 "방문을 담벼락으로 삼고" 사는 가구들이 "새시문과 새시문을 잇대"고 있는 범일동의 한 골목길을 그리고 있다. 거기에 사는 사람들의 삶은 "막다른 골목길"에 몰려 있을 테다. 그 골목길에서는 "애 패는 소리나 코고는 소리, 지지고 볶는 싸움질 소리가 기묘한 실내악을 이루며 새어나오기도"한다. 그런데 이 소리들이 그 동네의 삶들에 어떤 공명을 일으키고 그 삶들을 일관성 있게 엮어주고 있다. 마치 장으로 생각하게 만들어주었던, 바람이나 소가 내는 고향의 여러 소리들처럼 말이다. 이 골목길에서도 햇살과 바람이 "집집마다 소문을 퍼뜨리며 돌아다니느라 시끌벅적"한 것이다.

그래서인지 이곳에서의 삶은 모두 개방되어 있다. "들여놓지 못한 세간들이 맨살을 드러내고," "간밤의 이불들이 걸어나와" "지난밤의 한숨과 근심까지를 끄집어내 까실까실 말려주고 있"는 것이다. 그 뿐만이 아니다. 매제의 구두처럼 "닳을 대로 닳아서 돌아오는 신발들, 비좁은 집에 들지 못하고 밖에서 노독을" 풀어야 해서 누가 들어오고 나가고를 다 알 수 있을뿐더러 "낮은 처마 아래 빗발을 치고 숨소리를 낮춘 채 부스럭거"리는, "자다 깬 집들"이 내는 "은근한 소리"를 "한밤의 빗소리"만이 "눈치껏

가려"줄 정도다. 집들이 이렇게 개방되어 있는 것은 물론 가난 때문이다. 하지만 그 가난으로 인해 개방된 골목길의 모습은 절망만을 불러일으키지 않는다. 도리어 다음과 같이 모더니티 속에서 모더니티를 벗어날 수 있는 새로운 삶의 가능성을 암시해주기도 한다.

> 마당 한평 현관 하나 없이 맨몸으로 길을 만든 집들. 그 집들 부끄러울까봐 유난히 좁다란 골목길. 방문을 담벼락으로 삼았으니, 여기서 벽은 누구나 쉽게 열고 닫을 수 있다 할까, 나는 감히 말할 수가 없다. 다만 한 바탕 울고 난 뒤엔 다시 힘이 솟듯, 상다리 성치 않은 밥상 위엔 뜨건 된장국이 오를 것이고, 새새끼들처럼 종알대는 아이들의 노랫소리 또한 끊임없이 장단을 맞춰 흘러나올 것이다. 유난히 부끄럼이 많은 너의 집 젖꼭지처럼 오똑한 초인종을 누르러 가는 나의 시간도 변함없이 구불구불하게 이어질 것이다.

이 "감히 말할 수 없"는 누추한 공간에서 시인은, "한 바탕 울고 난 뒤엔 다시 힘이 솟듯, 상다리 성치 않은 밥상 위엔 뜨건 된장국이 오를 것"이라고, 이 가난하고 서러운 개방성이 "아이들의 노랫소리 또한 끊임없이 장단을 맞춰 흘러나"오게 할 것이라고 생각한다. 아마도 '너'가 살고 있는 이 개방적 공간이, 고향에 내려갈 때처럼 시인의 몸의 감각을 다시 활성화시키고 있는 듯하다. 이곳에서 시인의 소리에 대한 감각이 다시 예민해지는 것은 그 때문 아닐까. 게다가 시인은 "너의 집 젖꼭지처럼 오똑한 초인종을 누르러" 그 공간에 빨려 들어가고 있는 것이다. '젖꼭지'란 관능적인 시어는 시인이 이 공간과 몸으로 만나고 있다는 것을 암시한다. 그렇다면 사물과 교신할 수 있는 육체적 능력을 잃어버린 도시인인 시인은 고향이 아닌 이 모던 공간—범일동과 같은—에서 몸으로 생각할 수 있는 기회를 얻고 있는 것이다. 이 기회를 살리지 못한다면 시인은 모더니티에서 시를 얻을 수 없게 될 터, 시인은 고향에서 얻을 수 있었던 '생각할 수 있는 몸'을 현재의 삶에서 다시 얻기 위해 노력할 것이다.

그러한 몸은 모더니티라는 시대적 흐름에 편승하는 몸과는 다른 몸이다. 즉 그 다른 몸은 몸을 특정 습속에 따라 코드화시키는 모더니티에 대항한다. 그러한 몸의 가능성을 시인은 "가지런하게 한쪽 방향을 향해 누운 물고기 비늘 중"에 꼭 하나씩 달려 있는 "거꾸로 박힌 비늘"(II, 「거꾸로 박힌 비늘 하나」)에서 찾아보고 있다. 낚시 바늘에 걸려 있는 미끼를 향해 유영하는 물고기처럼, 한쪽 방향으로만 달려야 하는 현대인의 삶과 그에 따르는 몸에 대항하여 "제 몸을 거스르는 몸"인, "나도 어찌할 수 없는 내가 나를 펄떡이게" 하는 '역린逆鱗'을 누구나 갖고 있다고 시인은 생각한다. "십년 째 잘 다니던 회사 때려치우고 낙향 물고기 비늘을 털며 사는 친구" 역시 그 "나를 펄떡이게" 하는 역린에 의해 이끌렸을 터다. "역적의 수모를 감당하며 외롭게 반짝이기도" 할 이 역린을 키워나갈 때, 모더니티에 대항하는 하나의 시적인 길을 찾아나갈 수 있을지 모른다. 「청둥오리떼 파다닥 멀어지기 직전」(II)은 시인이 세계와 교신할 수 있는 몸의 능력을 회복하기 위해, 그 역린을 생산하는 일종의 감각 훈련을 보여주고 있다고 생각한다. 전문 인용해본다.

강둑에 올라서자 청둥오리떼가 파다닥 물 위로 떠올랐다 저 예민하고 여린 짐승들이 숨죽인 내 인기척을 대번에 알아차린 것이다

마른 풀잎을 스치는 작은 몸동작 하나도 놓치지 않고 저만치 날아가서 거리를 팽팽하게 벌려놓는 날것들, 물 위에 떠서 지직거리는 물살 너머에 주파수를 맞추고 있다

나는 안다 지금 안전거리를 확보한 채 너 따위는 관심에도 없다는 듯이 물장구를 치며 딴전을 부리고 있는 청둥오리들의 몸속 가장 깊은 곳의 세포 하나까지 환하게 눈뜨고 있음을 가느다란 바람 한 올까지 청둥오리의 신경선이 쭈뼛해져 있음을

그만 안심해라 부러 무심한 척 나도 강 건너 들판을 바라보다가 한참 뜸을 들이면서 풀숲 속 물수제비 돌을 찾아낸다 들키지 않게 요령껏 물수제비 맨들한 돌끝을 쥐기 위해 슬그머니 허리를 구부린다

돌 끝에 내 손끝이 닿기 직전 잠자코 있던 청둥오리떼는 틀림없이 날개 근육을 긴장시킬 것이다 당겨진 근육 속 천둥의 힘이 폭발하며 치솟아 오를 채비를 마친 무리들이 일제히 나의 다음 동작을 기다리고 있을 것이다

그러나 청둥오리떼 파다닥 멀어지기 직전, 오오 바로 그 직전 나는 잠시 청둥오리 몸속에 있다 청둥오리 몸속 가장 깊은 곳에 닿았다 떨어진다

섬세하고 치밀한 관찰력이 돋보이는 시다. 하지만 시는, 청둥오리떼의 생태에 대한 관찰에 머무르진 않고, 바로 지금 시인의 행동을 예민하게 느끼고 있는 청둥오리떼와 돌을 던지려고 하는 시인 사이에 일어나는 교신에 대한 탐구로 나아간다. 청둥오리떼는 지금 시인과 안전거리를 확보하고 "물장구를 치며 딴전부리고 있"다. 그런데 그들의 몸은 현대인의 몸과는 달리 물살 너머에 맞춘 주파수를 통해 어떤 신호를 감지할 능력이 뛰어나다. "몸속 가장 깊은 곳의 세포 하나까지 환하게 눈뜨고 있"으며 "바람 한 올까지 청둥오리의 신경선이 되어 쭈뼛해져 있"기에, 그들의 몸은 그렇다. 마치 범일동의 집들처럼 열려 있는 그 세포들은 물살 너머에 있는 시인의 일거수일투족이 일으키는 바람과 파장을 빠지지 않고 감지하고 있는 것이다. 그 민감한 몸들은 "들키지 않게 요령껏 물수제비 맨들한 돌끝을 쥐기 위해 슬그머니 허리를 구부"리는 움직임까지도 감지하고 있을 터, 긴장으로 팽팽한 날개근육은 "당겨진 근육 속 천둥의 힘이 폭발하며 치솟아 오를 채비를 마"칠 것이다. 그리고 시인이 물수제비를 날리는 그 순간, 지 청둥오리떼는 시인에게서 "파다닥 멀어"질 것이다.

그런데 바로 이 물수제비를 날리기 직전, 청둥오리떼가 멀어지기 직전의 팽팽한 긴장 속에서, 시인은 자신의 몸이 잠시 "청둥오리 몸속 가장 깊은 곳에 닿았다 떨어"지는 것을 느낀다. 이 긴장을 통과하면서 시인의 몸은, 주파수를 맞추며 세포 하나하나 환하게 열려 있는 청둥오리의 몸으로 변용되고 있는 것이다. 그 변용은 순간적으로 일어난다. 청둥오리 몸속 가장 깊은 곳에 있을 긴장된 근육에로 시인은 어떤 순간에 접속하지만 곧 그것과 떨어지고 말 것이다. 그러나 바로 이 순간이야말로 손택수 시인에겐 시적인 것이요 자신의 몸 속 역린―여기서는 저 청둥오리의 몸 되기를 통해 변용된 몸―이 드러나는 때다. 그 '거스르는 몸'은, 청둥오리처럼 대상에 주파수를 맞추고 환하게 열 수 있는 몸이다. 그 몸의 변용이 일어나는 순간을 붙잡을 때, 시를 파괴하는 모더니티에 맞선 시적인 것을 지금 여기에서 다시 재생시킬 수 있지 않겠는가? 시인이 아주 평범해 보이는 이 장면을 공들여 묘사하고 있는 이유는 여기에 있다. 「방심」(II)도 시인 자신의 몸이 확 열리는 순간을 그린다. 열어놓은 앞뒤 문을 통해 제비 한 마리가 "한순간에,/스쳐 지나가"며 집을 관통한다. "집이 잠시" "무방비로/앞뒤로 뻥/뚫려버린" 그 '한순간', 뒤따른 바람이 "내 몸의 숨구멍이란 숨구멍을 모두 확 열어젖"힌다.

이 몸의 변용이 일어나는 순간은 일상보다는 분명 많은 포에지를 함유하고 있을 것이다. 그 순간에 일어나는 몸의 변용을 놓치지 않고 잘 살리면 모더니티에 의해 파괴된 몸의 교신능력과 감각을 역린으로서 남겨놓을 수 있을지 모른다. 손택수 시인이 노리는 바도 여기에 있을 것이다. 하지만 이 순간적 변용을 드러낸 시들은, 위에서 잠깐 살펴본 일상을 다룬 시들과는 또 다르게, 어떤 허함을 채워주진 못한다고 생각된다. 할머니의 시적 세계는 세계의 몸과 직접 만나는 노동의 생활과 아날로지적인 시적 교신이 어우러져 있었다. 그런데 현대적 일상을 다룬 시들은 생활이 시적인 것을 그만 앞서버리고 있고 순간적 변용을 다룬 시들은 생활이 삭제되어 있는 것이다. 그래서 하층민들의 생활을 감각적으로 드러내면서, 몸의 교신 능력이 회복되는 어떤 시적 순간이 얼핏 나타나는 「범일동 블루스」가 필자에게는 더 감동적이다. 하지만 이 시에서도 시적 순간은 약화되어 있는 것이 사실이다. 현대적 일상생활이 시적 순간과 만날 때 시의 '모더니티'는 획득될 수 있을 터, 시인은 이 만남을 어떻게 만들어낼 것인가 풀어야 할 과제로서 여전히 고민하지 않을 수 없을 것 같다.

손택수의 시에서 이 만남을 구체적으로 보여주는 시는 아직 발견하지 못했다. 어쩌면 시인은 그 만남으로의 방향을 필자가 생각하는 그것과는 다르게 생각하고 있는지 모른다. 시인이 앞으로 지향할 시를 보여주고 있다고 생각되는 「장생포 우체국」(II)을 보면 그렇다. "바다와 우체국 사이는 고작 몇미터"에 불과한 장생포 우체국에 "배에서 내린 사내가" 들어온다. 시인은 "드센 파도가 아직 갑판을 때려대고 있다는 듯/봉두난발 흐트러진 저 글씨체"가 "속절없이" "바다의 필체와 문법"과 닮았음을 본다. 그렇게 닮을 수 있는 이유는, 시인에 의하면 "바다에서 쓴 편지는 반은 바다가 쓴 편지/바다의 아귀힘을 절반쯤 따라간 편지"이기 때문이다. 선원은 바다의 힘을 몸에 흡수하거나, '따라'가면서 글을 쓰는 모양으로, 농부인 할아버지가 쓰신 'ㄱ'과 같이 구체적인 기호를 만들어낸다. 그는 세계의 몸과 유리되지 않는 글, 파도와 같이 물결치는 글을 쓸 수 있는 것이다. 이러한 글을 쓰고 싶어 하는 시인 역시 바다의 힘에 몸을 맡기고 싶지 않겠는가. 그리하여 선원의 흐트러진 글씨체와 같은, 파도소리가 "두툼하게 만져"지는 시를 쓰고 싶지 않겠는가.

그러기 위해서 시인은 수장을 꿈꾸고 있는지 모르겠다. 시인은 "바다 속에 수장된 뒤 부활하는 말들을 꿈꾼 적 있는가."(II, 「오징어 먹물에 붓을 찍다」)라고 말하고 있는 것이다. 그 바다 속에서 부활하는 말은, 오징어 먹물로 글을 쓰며 유배 살던 사람 이야기로부터 상상된 것으로, 오징어 먹물로 쓴 글은 오래되면 "희미하게 지워져서 마침내는 감쪽같이 사라지고" 말지만 "바닷물에 담그면 먹빛이 그대로 되살아났다"고 한다. 시인은 곧 "먹물이 들려면 오징어 먹물쯤은 되어야 한다."고 말한다. 사라져 망각되었다가 다시 부활하는, 오징어 먹물로 쓴 글은 "잠시도 망각을 견딜 시간이 주어지지 않는 땅"에, 그 '여기' 모더니티의 시간성에 대항한다는 의미를 갖게 될지 모른다. 그런데 그 스스로 망각되는 글은 바로 바다로 쓴 글이라고도 말할 수 있을 것이다. 그것은 "막막하게 뻗어간 수평선 위로 번지는 먹물"로 쓴 글이기 때문이다. 바로 오징어 먹물이 바다의 잉크 아니겠는가.

지상에서는 스스로 망각되지만 다시 바다의 세계로 들어오면 부활하는 시, 바다의 잉크로 쓴 시를 쓰고 싶어서 시인은 선원처럼 바다를 욕망하는 것인지 모른다. 그는 생활공간인 '집'에서는 포에지를 찾지 못하고 있는 것 같다. "나는 길을 통해 늘 집으로 돌아가고자 했지만/길은 나를 통해 매번 바다에 이르고자 했다"(II, 「미조항」)고 그는 토로하고 있지 않은가. 시인은 생활 터전인 집으로 돌아가기 위해 길을 찾았지만, 오히려 길이 그를 통해 바다로 나아간다. 시인을 통해 "바다로 들어"가는 '철길'은 그의 무의식적 지향 또는 욕망이라고 말할 수 있지 않을까. 시가 모더니티의 현장일 집을 향해야 한다고 시인 역시 의식하고 있지만, 바다는 마치 "석남사 길이 백리 밖 나를 한 숨에 홉, 빨아들이"(II, 「심호흡」)듯이 시인을 유혹한다. 바다는 모더니티의 일상을 망각할 수 있는 힘을 준다. 그리고 바다엔 부활하는 시에 쓰일 잉크가 번져나가고 있다. 현대 세계에서 시달리며 살고 있는 시인은 그 바다로부터 어떤 트임을 느끼게 될 터, 바다를 향한 그의 무의식적 욕망은 철길을 달리는 기차처럼 강렬하다. "바다 한복판 수평선을 구부려 둥근 원이 되는 지점까지/배를 맞대고 출렁이는 원 속의 까만 한 점이 되기까지" 돌입하는 기차처럼 말이다.

한데, 수평선 너머 한 점으로 사라질 때까지 기차가 돌진하고 있다는 이 눈부신 이미지는 매우 아름답긴 하지만, 혹시 소멸에의 욕망을 보여주는 것은 아닌가 생각되기도 한다. 다시 말해 시인의 바다에로의 욕망은 결국 '집'으로 대표되는 모더니티의 일상생활을 회피하려는 것은 아닌가, 의념이 가는 것이다. 그러나 시인은 지금, 이런 의념을 가진 독자들에게 좀 더 기다려달라고 말하고 있는 것인지 모른다. 트이면서 소멸해볼 생각도 하지 못하는 조바심은 어쩌면 모더니티에서 한 치도 벗어나지 못한 삶의 소산이 아니겠는가? 한 점으로 소멸해가는 기차는 바로 그 망각하지 못하는 시대에 스스로 망각하는 오징어 먹물로 쓴 시와 같은 것일 터, 저 수평선 너머로의 사라짐은 "바다 속에 수장된 뒤 부활"할 말을 위한 것일 테다. 즉 종달새가 비상을 위한 힘을 위해 '아찔하게' 낙하하는 것처럼, 시인은 바다 너머로 사라지려는 것이다.

> 종달새는 가끔씩 하늘에서 몸을 통, 통, 통 튕겨올린다 그냥 밋밋하게 나는 게 아니라 몸속의 스프링을 꾸욱 눌렀다가 솟구쳐오르는 식으로 날아오르곤 날아오르곤 한다 한 점에서 한 점까지 이어진 곡선을 그리며 솟아오르다가 뚜욱 떨어져내릴 때 종달새는 그 아찔한 낙하의 힘으로 푸르른 탄력을 가진다 누가 종달새를 튕겨올리는 게 아니다 봄햇살 따라 요요처럼 팽그르르 감겨오르는 게 아니다 종달새는 끝없는 출발선의 마디를 가졌다 힘이 좀 딸린다 싶으면 보이지 않는 바닥을 치며 통, 통, 통 다시 튕겨 오른다 종달새를 보아라 나른한 봄 하루 그는 아찔한 낙하를 즐기고 있다
>
> —II, 「習作」 전문

낙하했다가 다시 튕겨 오르는 종달새처럼 시인은 "끝없는 출반선의 마디"를 가지고 싶은 것이리라. 낙하의 힘으로, 스스로 사라짐의 힘으로 언제나 다시 시작하려는 것이리라. 그래서 모든 시는 이 시의 제목처럼 '습작'일지 모른다. 습작은 언제나 다시 시작할 수 있기 때문이다. 한편, 낙하했다가 디디고 튕겨 오를 "보이지 않는 바닥"은 바로 모더니티에 대항하며 뒷걸음질 쳤을 때 도달한 그 지점—할머니의 세계—과 연결될 것이다. 그

세계를 '치며' "푸르른 탄력"을 갖고 비상하는 말들, 그 부활되는 말들이 손택수 시에서 앞으로 어떻게 전개되어 나갈까? 그 말들이 모더니티 속의 삶을 어떻게 시적인 것으로 변환시킬 수 있을까? 이 젊은 시인의 작업이 어떠한 방향으로 나아갈 것인지 궁금하고 기대되지 않을 수 없다.

(2006)

꽃을 발견하기 위한 도정

—송기원의 시

1

송기원은 소설가로 잘 알려져 있지만 시인이라고 하면 뜻밖이라고 여기는 사람들이 많을 듯하다. 지속적으로 출판된 그의 소설들은 상도 많이 받고 영화로도 제작되었지만, 그의 시는 소설만큼 반향을 불러일으키진 않았다고 생각된다. 게다가, 소설 발표도 잦다고 할 수는 없지만 시는 더욱 과작이어서, 그의 두 번째 시집 『마음 속 붉은 꽃잎』이 1990년 출간된 후 16년 만에야 세 번째 시집 『단 한번 보지 못한 내 꽃들』이 출간되었으니, 문학에 꾸준히 관심을 갖고 대하지 않았던 이들은 송기원의 시작詩作을 보기 힘들었던 것이다. 하지만 송기원의 작품을 지속적으로 읽어온 사람이라면, 송기원의 문학에서 시가 갖는 무게는 소설 못지않다는 것을 알고 있을 것이다. 아니, 그의 문학 정신의 핵은 시에 있다고 생각하기도 할 것이다.

문학을 시작했을 때의 송기원은 시에 투신했던 것으로 보인다. 송기원의 첫 번째 시집에 실린 발문에서 이진행은, 그가 고등학교 3학년 때 『전남일보』 신춘문예에 시 「不眠의 밤에」로 당선되었다고 말하고 있다. 이때가 1967년일 것이다. 이후 서라벌 예대에 진학한 송기원은 2학년 때

서라벌예대 현상 공모에 시「바람의 노래」로 당선된다. 문학적 감수성이 형성되고 창작을 시작하면서 송기원이 시라는 장르를 선택한 것은, 그의 기질이 외부 세계에 대한 관찰과 서사에 기대는 소설보다는 내면세계를 형성하고 이를 표현하는 시에 더 맞았던 것 때문일 것이라고 우리는 짐작할 수 있다. 여하튼 그가 중앙 문단에 정식 데뷔한 것은 1974년이라고 하겠는데, 그해 동아일보 신춘문예에 시「회복기의 노래」가, 중앙일보 신춘문예에 소설「經外聖書」가 동시 당선된다. 그리고 1984년까지 시와 소설을 발표해나간다.

그런데 흥미로운 일은, 연작 소설「월문리에서」를 쓰기 시작한 1979년부터 그는 주로 실제 체험에 바탕을 두고 소설을 써 왔다는 점이다. 이러한 경향은 가장 최근에 출간된 『사람의 향기』의 소설들(2003)에까지 지속된다. 사회 속의 삶을 관찰하고 이를 기초로 허구를 재료로 하여 상황을 구성하고 이를 통해 진실을 드러낸다는 자세보다는 개인적으로 체험한 사실을 그대로 재료로 삼아 소설로 구성하는 자세를 견지해 온 것이다. 이는 자신이 체험한 것을 넘어선 허구적인 상황을 구성하는 것이 체질에 안 맞았기 때문일 텐데, 아마도 자신이 직접 체험하지 않은 것을 사실인 양 꾸며대는 일이 꺼림칙했던 것은 아닌지 생각 든다. 그런데 체험을 재료로 구성하는 소설은, 체험을 재료로서 다룰 수 있을 정도로 그것과 어느 정도 거리를 두었을 때 씌어질 수 있다. 그 소설은 특정한 체험이 삶에서 어떤 의미를 갖는지 되돌아보는 작업일 것이기에 그렇다.

한편 어떤 세계가, 사건이, 사물이 시인의 온몸과 마음과 정신을 울렸을 때, 시인은 그 울림을 보존하고 표현하고자 펜을 잡게 될 것이다. 체험이 세계를 몸으로 받아들였을 때 얻을 수 있는 것이라면, 시는 그 체험의 화인火印이라 말할 만하다. 그래서 시는 삶의 체험 과정에 녹아들어가 있는, 삶 자체의 일부라고 할 수 있다. 시인마다 그 정도는 다를지라도 시는 삶과 엮이어있는 것인데, 송기원의 시는 그 엮인 정도가 매우 높은 경우다. 또한 체험을 재료로 삼는 송기원의 소설은, 온몸과 온 삶을 울리게 한 시적인 것, 그 화인을 회상하고, 이를 구체적으로 맥락화하여 서사화하는 방식으로 씌어진다. 그렇다면 그의 소설의 바탕엔 시적인 것이 깔려있을 것이다. 그 시적인 것이 비록 시로 씌어지지 않았더라도 말이다. 그래서 송기원의 소설들을 관통하고 있는 어떤 정신의 떨림을 그 시적인 것이 씌어진 시에서도 발견할 수 있다. 그의 문학 정신의 핵이 시에 있다는 말은 바로 이 떨림을 두고 한 말이다.

이 글은 그 떨림이 송기원의 시에서 어떤 모습으로 나타났고 진행되었는지, 또 어떻게 변모되었는지 살펴보려고 한다. 미리 말하자면, 그 떨림의 변모는 '꽃'을 둘러싸고 이루어진다. 즉 아름다움을 주로 뜻하는 '꽃'이 가진 의미가 시인에게서 어떻게 달라지는가를 읽어낼 때 그 떨림의 변모 역시 읽어낼 수 있다. 그런데 여기에서 주의해야 할 점은 그 떨림의 표현인 화인, 즉 시에 떨림을 일으킨 직접적인 원인, 그 구체적인 체험은 시만으로는 알기 힘들다는 것이다. 그 체험은 자전적인 소설을 읽어야 겨우 짐작할 수 있을 것이다. 하지만 이 자리는 송기원의 시를 논의하는 자리이므로, 그의 시 자체가 보여주고 있는 시 세계의 내재적인 변모를 추적하려고 한다.

2

> 모든 죽은 것들은 바람 끝에 매달려
> 살아오는 숲 속의 변화.
> 붉게 앓는 꽃이 그의 순수한 가슴을 열 때
> 꽃씨를 심는 나의 유년은 살아나고
> 그 아득한 시간에 빠져, 나는
> 밝은 불면을, 불면을 갖는다.

앞에서 언급한 전남일보 신춘문예에 당선된 시 「불면의 밤에」의 2연이다. 그의 첫 시집 『그대 언 살이 터져 시가 빛날 때』(실천문학사, 1983)에 실린 것을 옮겼다. 1974년에 재등단하긴 했지만, 그가 시를 본격적으로 쓰기 시작한 것은 이 시의 당선 때부터라고 할 수 있을 것이다. 그런데 이 인용부분에서 최근까지의 송기원 시 전반에 나타나는 모티프 '꽃'과 죽음과 재생의 테마를 볼 수 있다. "모든 죽은 것들"은 "바람 끝에 매달려/살아"오고, 죽음은 바람을 통해 다시 살고, "붉게 앓는 꽃"은 순수함을 통해 "꽃씨를 심는" 유년으로 살아난다. 삶과 죽음, 고통과 재생 사이의 "아득한 시간에 빠져"있는 나는 잠을 이룰 수 없으나 그 불면은 밝다.

이 시는 죽음이나 고통을 통해 새로운 삶을 얻게 된다는 신화적인 테마를 담고 있는데, 삶의 구체성은 볼 수 없고 관념적인 사색만이 앞섰다고 평가할 수 있겠다. 하지만 위의 시에서 주목하고 싶은 점은 시인이 이 삶과 죽음 사이의 간격에서 아득함을 느끼고 잠을 이루지 못하고 있다는 부분이다. 아득함, 이 어지러움이야말로 송기원 시인이 시를 쓰게 한 원동력 아닐까? 인간의 삶이 가진 근원적인 이원성, 즉 삶과 죽음 사이가 벌려놓은 저 구멍에서 시인은 아득하고 처연한 아름다움을 느끼고 있었다면 말이다. 자전적 장편 소설인 『여자에 관한 명상』(문학동네, 1996)의 마지막 대목에서 주인공이 조영희란 여인과의 섹스 중에 어릴 때 보고 두려움에 떨었던 미친 여자의 "털투성이의 거대한 입"을 보면서도 역시 어릴 때 본 "일곱살짜리 영순이의 생콩 비린내가 나는 성기에서 보았던 자운영꽃이 피어나는 것을" 보는 것처럼, 그리고 그러한 그녀에게서 탕아인 주인공ー작가가 사랑을 느끼고 동거까지 하게 되는 것처럼, 시인은 삶과 죽음이라는 극단이 동시에 존재하는 삶에서 아득한 아름다움과 사랑을 느껴왔다고 판단된다.

같은 시집에 실린 「後半期의 노래」 중 "젖고 황폐한 북풍 다음/우리들 온몸을 달려붙는 습기의/우울한 안개 다음/보라, 어둠 속에 묻혀 두었던/

빛은 움튼다"라는 부분 역시 위에 인용된 시와 비슷한 내용을 보여주고 있다. 이 시 역시 죽음과 재생의 드라마이지만, 빛이 어둠 속에서 다시 움트는 일은 선언만 되어 있지 그 전환으로 이끄는 힘을 전혀 드러내지 못하는 관념 과잉의 한계를 드러낸다. 그렇지만 이 대목에서도 송기원 문학 세계의 전형적인 면을 볼 수 있는데, 빛은 어둠 속에서야 움틀 수 있다는 진술을 보면 그러하다. 『중앙일보』 등단작인 「恢復期의 노래」에서도 시인은 "격렬한 고통의 다음에는 선명한 빛깔들이 일어서서 나부끼듯이/오랜 주검 위에서 더 없는 생명과 빛은 넘쳐오르지"라고 말한다. 즉 빛만 있으면 안된다. 어둠과 고통, 죽음이 있어야 생명과 빛은 드러날 수 있으며, 이때 그 빛과 어둠 사이는 아득하게 입 벌리게 될 것이다. 그리고 그 아득한 구멍에서 숭고한 아름다움이 터져나올 것이다. 삶은 죽음을 통해 미적인 의미를 가질 수 있듯이 빛 역시 어둠이 필요하다. 그래서 시인은 삶의 이면인 어둠에 투신하여야 한다. 어둠에 투신해야 빛을 볼 수 있고, 어둠과 빛 사이에서 아름다움이 아득하게 드러날 수 있기 때문이다. 꽃은 병들어 있어야 하는 것이다.

송기원의 첫 시집 발문에서 이진행 시인은 「불면의 밤」이 당선될 당시의 송기원에 대해 "그는 이때 벌써 추악 속에서의 아름다움을, 위악의 아름다움을, 성의 아름다움을 설파하느라고 입에 거품을 물곤 했다. 그는 이 명제를 평생 동안 버리지 못할 것이다."라고 말하고 있는데, 이는 바로 극단의 공존에서 느끼는 아득한 아름다움과 무관하지 않을 것이다. 그래서 시인은 도덕의 위선을 증오하고 죽음과 어둠, 위악과 추악에서 아름다움의 일면을 찾을 수 있다는 일종의 유미주의로 빠져들어 갔다. 이 유미주의 역시 관념성이 농후하지만, 언제 죽을지 모르는 전쟁터에서도 버리지 않는 절박함을 갖고 있었다. 이 유미주의엔 삶을 건 심각함이 있었고, 그래서 거짓은 아니었던 것이다. 가령 「월남에의 기억 4」에서 시인은 "멸망하여 버린 민족들의 최후가/어떻게 하여 아름다움이 되는가를/무너진 폐탑 아래서 나는 알았다"면서 월남의 패망을 미학화하고 이를 '나'의 문제로 바꾸어 생각한다.

> 나에게도 하나의 탑은 있었다.
> 은혜를 받고, 또한 누군가를 사랑하기 위하여
> 쌓아올린 탑이 있었다.
> 나의 탑을 무너뜨린 것이 무엇인가를
> 구태여 알려고 하지는 않았다.
> 다만 나의 내부에서 자연이 되어 서 있는 폐탑에서
> 처음으로 스스로의 아름다움을 발견했을 뿐.

패망한 국가가 아름답듯이 내가 쌓아올린 모든 것이 무너진 나의 내부에서도 "스스로의 아름다움을 발견"할 수 있다. 시인은 사회 정치적인 문제를 나의 문제로 주관화한 후, 그것을 아름다움으로 가치 평가 해버린다. 전쟁터가 제공하는 삶과 죽음이 경계에 놓인 극한 상황 역시 마찬가지로 취급된다. 이 연작시의 첫 번째 시에서 시인은, "생각할 수 있는 것은 다만/내가 겨누었던 총구의 구멍과 저편의 구멍뿐./그러나 이러한 곳에도 역시 꽃이 피고/풀잎에 이슬이 맺히고, 상처 입지 않은 영혼처럼/눈부신 아침해가 떠오른다는 것뿐."이라고 말하고 있다. 서로 총구를 겨누고 있는 삶과 죽음의 경계선에서 시인이 보고자 하는 것은 꽃, 즉 '눈부신' 아름다움'뿐'이다. 저 꽃이 눈부실 수 있는 것은 삶과 죽음이 극단적으로 공존하기 때문일 것이다. 그리하여 서로 총을 겨누고 있는 구체적인 상황은 저 아득하고 눈부신 꽃 뒤로 사상되어버린다. 그래서 시인은 저 지옥 같은 상황을 받아들인다. 지옥에서야말로 아름다움이 극적으로 꽃 피울 수 있기 때문이다.

지옥에서 아름다움이 피어날 수 있다면, 유미주의자는 지옥에서 살아야하지 않겠는가? 지옥 속에 살기 위해 송기원은 탕자가 된다. 그리고 탕자가 되기 위해 위악적인 행동을 한다. 하지만 유의해야 할 점은 그의 위악이 로트레아몽 식의 악마적인 것은 아니라는 점이다. 시인의 자전적 소설이나 작가 노트를 보면 그가 위선을 극도로 싫어했다는 것을 알 수 있다. 그것은 그를 자의식에 빠뜨렸을 것이다. 자신의 내면에 위선의 싹이 있는지 알기 위해 자기 자신을 끊임없이 의심의 눈초리로 바라보아야 했기 때문이다. 만약 그 싹이 보이면 시인은 가차 없이 자기를 파괴한 모양이다. 자학에 빠졌단 말이다. 이는 그가 강박적으로 영혼의 순결성을 유지하려고 했음을 의미한다. 이 순결에의 지향은 전기적인 기원을 갖고 있는 것 같다. 자전적인 소설이나 에세이들에서 시인은 자신이 사생아이며 그래서 더러운 피를 가졌다는 자격지심에 내심 시달려왔다고 말한다. 그렇다면 저 순결에의 강박과 이 때문에 일어나는 자학은 바로 이 더러운 피를 씻어내고자 하는 욕망이 낳은 병적인 결과다. 더 나아가 시인은 자신의 더러운 본성을 위선적으로 감추지 않고 더욱 더럽게 행동함으로써, 즉 위악으로써, '더러운 피'를 씻어내려고 했다. 위악은 적어도 위선적이지 않기 때문에 순결할 수 있는 길이 열린다.

악마적인 것은 순결에의 지향과는 무관하다. 악마적인 것은 처음부터 끝까지 악 자체여야 한다. 반면 송기원의 위악은, 역설적으로 위선을 파괴하고 자신을 깨끗이 하기 위한 순결에의 지향에서 비롯된 것으로, 삶을 지옥에 빠뜨림으로써 드러날 수 있는 순결한 무엇을, 아름다움을 꽃피우기 위한 것이다. 그는 삶을 지옥에 빠뜨리기 위해 사랑하는 상대방을 파괴하는 방식을 택한다. 「蕩子日記」 연작은 이 지옥을 보여주고 있다. 그 지옥은 "파멸의 피묻은 논리 속에서""죽음처럼 격렬한 섹스"(「탕자일기 5」)이다. 이는 한편으로 "나로 하여금 풀잎 같은 그대를 쓰러트리고, 푸르른 그대를 능욕하게 하는 저 피투성이의 짐승"(「탕자일기 3」)을 풀어놓는 일이다. 그 짐승이란 바로 자신의 몸 안을 흐르는 더러운 피의 욕망, 자기의 본모습일 것이다. 하지만 피투성이 짐승이 사랑하는 상대방의 삶을 뜯어먹는 이 지옥에 진정한 사랑과 아름다움이 존재한다고 시인은 말한다.

내 더러운 피가 그대 흰 옷을 물들일 때까지.
물들어 더러운 그대가 그대 깨끗한 內臟을 찢을 때까지.

더러움은 더럽기 때문에 우리의 참혹한 살갗을 빛나게 하고
어둠은 어둡기 때문에 우리를 어둠에서 벗어나게 하는
－「사랑」 전문

그대를 더러운 피로 물들이기, 이것이 송기원의 사랑법이었다. 그대 역시 더러워지고, 그래서 깨끗한 내장을 찢어내고 살갗이 참혹해지고 상황이 어둠 속에 싸이게 될 때 빛이 빛나기 시작하여 비로소 어둠에서 벗어날 수 있다고 시인은 믿는다. 순수는 추상이고 거짓이다. 빛의 재생을 위해 시인은 "우리 시대에 마지막 남은 한 마리의 순수를 비"틀고 "더 이상 꿈꾸지 않고 모든 추상을 잠재워 버"(「갈매기－頹廢詩篇 4」)린다. 또한 시인은 「눈 내릴 때－復古調 1」에서 "눈 위에" "피를 뿌리"려야 한다고 말한다. 눈과 같은 순수를 파괴하여 순결에 강박적으로 다가가려는 이 지옥에서 정말 사랑의 꽃이 피어날까? 그 강박은 자기를 파괴하고 사랑하는 대상을 파괴하는 일이 무한하게 악순환하게 만들지 않겠는가?

3

폭풍이 밀려온다.
더욱 낮게 움추린 지붕과 無知한 전답 위로
새떼들이 피신하고, 날개 상한 몇 마리가 떨어져 죽고
背面으로 붉게 물든 비가 내린다.
파리한 얼굴의 사내들이 전선에 감전되고
몸부림처럼 깜박이던 그들의 운명이 꺼진다.

쓰러진 담벼락과 비틀대는 골목을 걸어나와

개가 한 마리 붉은 비를 짖는다.
개일 수밖에 없게 만드는 스스로의 쇠사슬을 짖는다.
모든 풍경을 파괴하면서, 폭풍보다 더 깊이
개가 짖고, 파괴된 풍경 위에
사내들의 잠만이 희게 감전되어 남는다.

                                          —「印象 1」전문

　송기원 시인이 살고자 했던 지옥은 결국 위와 같이 풍경을 파괴하는 풍경으로 나타나지 않겠는가? 그렇다면 "스스로의 쇠사슬을 짖는", "붉은 비를 짖는", "모든 풍경을 파괴하는" 개, 그 개가 바로 시인 자신을 말하는 것일까? 그대를 능욕하면서 짐승이 되어버리는 나는, "쓰러진 담벼락과 비틀대는 골목을 걸어나와" 풍경을 파괴하면서 스스로를 결박하는 저 개와 같은 존재일까? 그렇게 읽을 수 있을 것이다. 하지만 이 시는 위에서 보아온 시와는 달리, 어떤 풍경을 환상적으로 묘사하면서 알레고리를 제시하고 있다. 시가 달라진 것이다. 시인은 총구를 들이대는 전쟁터도 주관화시켜 아름답다고 진술했지만, 여기서 시인의 목소리 노출은 최대한 자제되고 있다. 파괴되고 있는 어떤 풍경이 객관화되어—물론 상상력을 통해 증폭되고 충전되어—제시되고 있는 것이다. 그래서 시인의 주관적인 내면 풍경을 드러냈다기보다는 시인 외부에 있는 세계의 모습을 그려낸 것으로 읽힌다. 그렇다면 위의 시는 당대 사회상의 모습을 다루고 있다고 하겠다. 그래서 밀려오는 "폭풍보다 더 깊이" 짖고 있는 개의 의미는 시인 자신이라고만 말할 수 없게 된다. 더 상징적인 다른 의미를 갖게 되는 것이다. 저 개는 사회를 파괴하고 사내들을 감전시켜 무력화시키는 권력을 의미한다고도 읽힐 수 있다. 그렇다면 위의 시는 사회 비판적인 시 아닌가?
　8편까지 발표된 「인상」 연작시는 이렇듯 사회비판적인 내용을 담은 알레고리 시로 읽힌다. 어떻게 이러한 시세계의 변모가 일어날 수 있었을까? 자의식의 세계를 표현하는 데에서 자기 외부의 세계를 비판적인 알레로기로써 시화할 수 있게 되었는가? 자신의 주관적 관념에만 내린 시적 촉수를 어떻게 자신의 외부에로 뻗칠 수 있었을까? 시인은 자신이 거주하는 세계에 자신은 어떻게 살고 있는지 알고 싶었는지 모른다. 그래서 자신의 관념에서 외부 세계로 눈을 돌렸을 때, 드러난 풍경을 보고 충격을 받았는지도 모른다. 그곳에는 "새떼들이 피신하고, 날개 상한 몇 마리가 떨어져 죽고" "파리한 얼굴의 사내들이 감전되"어 "그들의 운명이 꺼"지는 황폐한 곳이었던 것이다. 그가 그 풍경에 대한 연작시를 여덟 편이나 썼다는 것은 이 세계의 모습에 그만큼 충격을 받고는 이에 천착해 들어갔음을 의미한다. 시인은 이 시들을 통해 사회와 시대에 만연한 폭력에 대해 시적으로 탐구하기 시작한 것 같다. 이후 시인은 "이 횡포한 시대의 무서운 수탈이 사내를 휩쓸어 버렸"(「사과나무에게」)다는, 시대를 직접적으로 비판하는 발언까지 하게 된다. 유미주의적인 시 쓰기에서 사회비판적인 시 쓰기로의 이러한 전환은, 『사람의 향기』에 실린 「폰개 성」에서 시인이 직접 술회하고 있듯이, 유신 절정기에 시인 이시영의 권유로 '자유실천 문인선언문'을 낭독하는 데모에 참가했다가 기관원들에게 붙잡힌 체험이 결정적인 영향을 끼쳤으리라고 생각된다. 이후 유신이 끝날 때까지 시인은 당시 정치체제에 대한 강렬한 저항시들을 발표한다. 그런데 그 강렬성의 발휘는 유미주의적인 시작에서 훈련된 것인지 모른다.

> 내 모든 책을 불태우고, 거기에 있는
> 피의 形容, 짓밟힌 動詞, 숨겨둔
> 한밤의 固有名 마저 불태웠으니
> 보라, 강요하는 자여.
> 사나운 눈도 밝은 귀도, 진리의 입마저 사라진 다음
> 이제 내 모든 책은 단 하나 불꽃으로 남아 있을 뿐.
>
> — 「焚書」 전문

'피'나 '불', '짓밟힌'이나 '불꽃' 같은 시어는 폭압적인 상황과 그 고통을 강렬하게 표현한다. 그런데 한편으로 그것들은 어둠 속에서 피어나는 아득

한 꽃을 찾기 위해 지옥의 상황에 빠져들 때 사용되었던 시어들이기도 하다. 어쩌면 시인은 지옥의 상황에 빠져들다가, 그만 이 세계 자체가 정말 지옥임을 알아차리게 된 것일지도 모른다. 그래서 유미주의적인 시에 사용되었던 강렬한 시어들을 저항시에 그대로 옮겨와도 무방했을지 모른다.

이와 더불어 이 시에서 좀 더 살펴보고 싶은 문제가 있다. 언어가 피 흘리고 짓밟히고 불태워졌기에 결국 남은 것이라곤 불꽃뿐이라면 이제 시는 무엇으로 씌어져야 할까? 송기원 시인은 이 불꽃으로 광야를 태워야 한다고 생각했을 것 같다. 즉 불꽃으로 남은 시는 이제 책으로 존재하지 말고 들풀 같은 사람들의 마음속에 존재하여 그들을 뜨겁게 하자고 말이다. 그렇다면 텍스트로서의 시는 필요 없게 된다. 시는 저 불타오르는 광야, 불타오르는 사람들 속에 존재하기 때문이다. "춥고 긴 겨울을 뒤척이는 자여./그대 언 살이 터져 詩가 빛날 때/더 이상 詩를 써서 詩를 죽이지 말라"(「詩」)는 강렬한 표현은 이 맥락에서 이해된다. 추위로 언 살이 터져 빛나는 시는 그 자체가 시이기 때문에, 이에 대해 시를 쓴다는 행위는 시를 죽이는 짓이다. 독재 권력의 폭압에 견디다 못해 터지는 몸 자체가 시다. 아름다움은 이제 저 들풀 같은 민중들의 몸이 보여주는 불'꽃', 터지는 몸에 존재한다.

송기원 시인은 이후 1980년 '김대중 내란 음모 사건'에 연루되어 긴 옥살이를 하게 된다. 감옥에 있는 동안 시인의 어머니가 자살하는 일이 있었고, 옥살이 이후 시 경향은 급변한다. 강렬한 언어로 체제를 비판하는 경향에서, 다소 전통적인 서정을 통해 민중과 일체감을 갖고자 하는 경향으로 나아가는 것이다. 옥중에서 쓴 것으로 보이는 「꽃밭을 지나며」에서 시인이 "이렇게 많은 꽃들이/그들 몰래/피어 있다니!"라고 말한 것은 그러한 방향을 보여준다고 하겠다. '많은 꽃'으로 표현된, 발견되지 못한 민중들의 아름다움을 발견하겠다는 시인의 의지가 이 시에는 담겨 있는 것이다. 한편, 출소 후 시인은 감옥에 들어가기 전부터 어머니와 거주했던 월문리에서의 체험을 다룬 소설을 발표하는 동시에 시도 꾸준히 창작한다. 그런데 1984년 이후부터 1990년대 초까지 소설은 발표하지 않고 주로 시만을 발표하고는, 1990년 두 번째 시집인『마음 속 붉은 꽃잎』을 펴낸다. 이 시집에서는 민중들의 삶에서 아름다움을 발견하고자 하는 시작 방향이 더욱 짙어졌음을 확인할 수 있다. 다음은 이 시집 첫머리에 실린 시다.

> 그대와 나는 어쩌면 그렇게도 무지할 수 있었을까요.
> 십 년도 넘게 피투성이가 되어 찾아 헤매던 것이
> 찾다가 지쳐 끝끝내 서로를 할퀴게 하던 것이
> 들판의 여기저기 아무렇게나 피어나서
> 저리도 선명한 빛깔로 나부끼고 있습니다.
> 결코 어렵지 않게, 한 잎 추상도 없이
> 그대와 내가 서로 할퀸 자국을 어르고 있습니다.
>
> ─「들국화」전문

"찾아 헤매던 것이" "결코 어렵지 않게, 한 잎 추상도 없이" 바로 저기 "들판의 여기저기 아무렇게나 피어나"있다. "저리도 선명한 빛깔로 나부끼고 있"다. 들국화, 아름다움이다. 그 아름다움은 지옥에서 솟아나는 것이 아니고, 눈만 잠깐 돌리면 어디서나 발견할 수 있는 꽃들로, 「女舍를 지나며」에서 시인이 말하듯이, "두터운 흰 벽 속에서" 얼굴을 내밀고 있는 저기 여사女舍의 죄수들, 즉 창녀이고, 술집여자이고, 여공이고, 철거민이고, 데모하다 붙잡힌 여자가 바로 그러한 꽃들이다. 또한 자살하신 어머니도 "이 봄에도 어김없이" "밤이면 더욱 눈부신 저 꽃무더기들"(「꽃 피는 봄날 1」)이다. 그런데 시인이 가장 눈여겨보는 꽃은 "멀리 전라도 경상도 혹은 서울에서/몸팔러 온 어린 아가씨들이/관광객들 틈틈이 끼여 앉아 술에 취하여/짓밟힌 민들레, 오랑캐, 냉이꽃들/꼭 그만큼씩 짓뭉겨진 채"(「봄꽃들로 피어」) 핀 꽃들이다. 왜일까? 몸 파는 일을 하는 여자들은 시인처럼 치욕 속에서 지옥에까지 갔다 왔기 때문일 것이다. 시인 역시 더러운 피로 태어났다는 자의식을 안고 스스로 지옥에 빠지려고 하지 않았던가.

그래서 시인은 창녀를 자기 자신과 동일시한다. 시집 후기에 시인은 이와 관련된 일화를 남기고 있다. 시인은 항구에서 늙은 창녀를 만났는데 그만 욕지기가 났다고 한다. 그녀가 싸구려 사창가의 늙은 창녀였기 때문이 아니라 그녀가 바로 내 자신이라고 생각했기에, 근친상간과 같은 감정을 느꼈다는 것이다. 이 체험이 상당히 강렬했는지, 시인은 이 시집의 상당 분량을 창녀에게 바치는 시로 채우고 있다. 창녀를 '별'로 이상화하기도 한다. 어떤 창녀가 "사내 앞에 알몸을 드러낼 때" "난데없이 푸르른 별 하나"(「목포의 밤」) 떠오른다거나, "값싼 창녀들/붉은 웃음으로 사내들 잡아끌 때/그 웃음만큼 밤하늘에도 푸르른 별들"이 떠오른다고 하는 시들에서 그러한 이상화의 예를 볼 수 있다. 게다가 시인에 의하면, 이 별들이자 짓밟힌 꽃들인 창녀들은, 한편으로 더럽다고 생각되던 것들을 꽃으로 변환시키는 능력과 심성도 가지고 있다. "그렇게 많은 사내들의 분비물 다음에" "어지러워라, 내 몸뚱어리 가득히/하연 망초꽃 같은 것들 흐드러지다니."(「망초꽃」)라고 말하듯이, 그 창녀는 정액을, 사내들의 "우악스런 손길들"과 "핏발선 눈들"을 몸속에서 아름다운 망초꽃으로 변화시키는 것이다.

이렇듯 '싸구려 창녀'들의 삶을 시화하는 작업은, 사회에서 몇 겹으로 배제된 삶을 조명하고 드러낸다는 의미가 있다. 이들의 삶은 경제적으로 착취당하고 육체적으로 혹사당하며 도덕적으로 손가락질 당한다. 이들은 다수의 민중주의자들과 페미니스트들로부터도 배척당했다. 모든 가치 척도로부터 배척당하여 소수자라는 이름을 붙일 수 있는 이들에게, 시작을 통해 그들 자신의 목소리를 돌려주는 송기원의 작업은 소중하다 하겠다. 특히 시혜적인 태도로 그들의 목소리를 시화하는 것이 아니라 이들을 자신과 동일시하면서 이들과 몸으로 만나는 시인의 시작이기 때문에 더 의미가 있다. 하지만 이들에 대한 시인의 관심은 상반되는 것의 공존에서 아름다움을 찾았던, 청년 시절의 유미주의적인 기질이 다시 재생된 것으로도 생각할 수 있다. 죽음이나 어둠, 고통에서 재생될 아름다움을 찾았던 것처럼, 그는 여기서 가장 배척되어 지하로 숨어들어야 하는 자들로부터 아름다움을 발견하고자 하기 때문이다.

이 자체가 잘못된 것이라고 할 수는 없을지 모른다. 하지만 한 가지 더 문제시할 것이 있다. 전쟁터라는 객관적으로 처절한 상황을 시인이 주관화하여 아름다움을 찾아낸 것처럼, '창녀'들의 실제 삶을 시인은 주관화하여 이상화하고 있는 것은 아닌가? 더 구체적으로 말하면, 이들의 삶을 그 자체로서 보기보다는, 자신의 삶과 동일시하고 이에 따라 자신의 감성으로 그 삶을 해석한 후 시화시켜 제시하고 있는 것은 아닌가? "낮은 숨결 같은 휘파람 같은 당신 때문에/어이없이 터져버리는 오늘밤 일이야/평생의 한 풀리듯 끝없는 유채꽃밭 속"(「유채꽃밭 속」)과 같은 표현은, 어쩌면 '창녀'로부터 직접 들은 얘기를 바탕으로 쓴 것일지 모르지만, 좀 억지스러워 보인다. 또한 '당신'에 의해 한이 풀린다는 것은 그 '창녀'를 너무 수동적인 대상으로 본 것이라고도 생각된다. 민중들의 삶으로부터 꽃을 얻고 있지만, 민중들의 실제적인 삶을 시인이 주관적으로 이상화하는 것은 아닌지 의심되는 것이다. 시인도 이에 대해서 생각했던 것 같다. 2003년에 출간된 『사람의 향기』의 작가의 말에서 시인은 "마흔이 넘어 쉰이 가까워지면서""나 자신에게서 허위의식이며 거짓과 위선까지 발견"했고 그래서 "부끄러움이나 후회는 자괴와 혐오로" 변했다고 쓰고 있는 것이다.

4

송기원 시인은 『마음 속 붉은 꽃잎』을 내놓고는 한 동안 시를 거의 발표하지 않았다. 그 기간은 무려 16년이나 되어, 2006년이 되어서야 세 번째 시집이 출판될 정도다. 그 동안 시인은 소설 집필에 전념한다. 창작집 『인도로 간 예수』와 시인의 청소년기와 청년기를 각각 다룬 자전적 장편소설 『너에게 가마 나에게 오라』와 『여자에 관한 명상』을 발표하고, 구도 과정을 그린 장편 소설 『청산』, 『안으로의 여행』, 『또 하나의 나』를 발표한다. 하지만 다시 속세로 귀환하여 2000년에서 2003년까지 발표한 단편 소설을 담은 『사람의 향기』를 출판한다. 이 기간 동안 발표한 소설은 앞에서도 언급한 것처럼 거의 자전적 소설이다. 창녀의 삶을 담은 「수선화를 찾아서」나 「늙은 창녀의 노래」가 있지만, 이 소설들은 『마음 속 붉은 꽃잎』에 실린 '창녀시편'에 살을 입히고 구체화하여 서사화한 것들이다. 그 시편들이 시인이 창녀들과 직접적으로 만나 체험한 것을 바탕으로 씌어진 것이라고 볼 때, 그 소설들 역시 시인의 직접 체험을 바탕으로 씌어졌다고 할 수 있을 것이다. 그렇다면 이 기간 동안 발표한 모든 소설이 시인의 직접적 체험에 의해 씌어진 것이라는 말이 된다.

체험을 소설의 재료로 삼는 송기원 소설의 특징은 천성적으로 그가 시인적인 기질을 갖고 있기 때문이라고 앞에서 추측한 바 있다. 그의 시가 굴곡진 삶을 살아가면서 씌어진 삶 자체의 일부라고 한다면, 그의 소설은 자신의 삶으로부터 어느 정도 거리를 두고 시 배면에 뭉쳐 있는 사건들을 회상하여 이야기로 풀어낸 것이라고 하겠다. 그에게서 문학적 글쓰기는 자신이 살아온 삶 자체와 긴밀하게 연결되어 있기에, 그의 시와 소설 역시 그 거리가 멀지 않다고 할 것이다. 그래서 16년 동안이나 시를 발표하지 않았지만, 체험에서 찾아낸 시적인 것을 마음에 품고는, 그 시적인 것을 형성시킨 체험담을 소설로 풀어냈다고 하겠다. 그런데 흥미로운 점은

『마음 속 붉은 꽃잎』의 많은 시편들의 내용이 주로 1993년에서 1995년에 발표된 단편들을 담은 『인도로 간 예수』에 반향되고 있다는 점이다. 시의 소설화라고 할까. 이와는 반대로 세 번째 시집인 『단 한번 보지 못한 내 꽃들』에는 소설집 『사람의 향기』가 반향되고 있다고 생각된다.

　　앞에서도 일부 인용했던 『사람의 향기』의 「작가의 말」을 읽어보면, 시인은 "이 작품집에 묶인 일련의 단편들은 가까스로 자의식에서 자유로워진 내가 비로소 사물들 본래의 빛깔을 되찾으려는 몹시 조심스러운 시도"라고 말한다. 실제로 『사람의 향기』에 실린 소설들은 예전에 발표한 소설들과는 중대한 차이가 있다. 예전의 소설들이 작가를 주인공으로 하거나, 작가 주관에 의해 변색된 타인의 삶을 그리고 있다면 『사람의 향기』의 소설들은 작가가 어린 시절에 만났던, 하지만 한 동안 잊고 있었던 비애어린 여러 인생들을 기억하고는, 그 기억한 바를 주관에 의한 별다른 채색 없이 담담하게 기술하고 있는 것이다. 물론 그렇다고 무미건조하거나 하진 않고, 담담한 기술에도 불구하고 독자에게 가슴을 찌르는 시적이면서 깊고 넓은 감동을 준다. 주관의 개입이 자제되어 있기 때문에 더욱 그 감동의 울림이 확장될 수 있었던 것이다. 작가의 탁월한 솜씨라고 할 수 있겠는데, 꼭 테크닉의 측면보다는 자의식에서 벗어나 넉넉한 가슴으로 사람들의 삶이 품은 시적인 것을 전달할 수 있었기 때문에 소설적 솜씨도 돋보이게 된 것이라고 생각해본다. 그런데 『단 한번 보지 못한 내 꽃들』의 서시 「꽃이 필 때」도 『사람의 향기』에서 보여준 자의식에서의 해방에 대해 말하고 있다고 여겨진다.

　　　　지나온 어느 순간인들
　　　　꽃이 아닌 적이 있으랴.

　　　　어리석도다
　　　　내 눈이여.

삶의 굽이굽이. 오지게
흐드러진 꽃들을

단 한번도 보지 못하고
지나쳤으니.

　이 시집은 예전에 지나쳤던 꽃들을 시인이 다시 돌아보면서, 그 꽃들이 불러일으킨 시들로 이루어졌다. 이 시집에 실린 40여 편이 모두 꽃에 대한 시다. 이 시들을 시인은 두세 달 동안 썼다고 한다. 두 번째 시집이 7년 동안 쓴 시를 모은 것이었음을 생각하면 매우 이례적이다. 이렇게 단기간에 집중적으로 쓸 수 있었던 것은 어떤 강렬한 영감에 사로잡혔기 때문일 터인데, 바로 위의 시에서 그 영감의 계기를 찾아 볼 수 있다. 그것은 내 눈이 어리석었으며, "어느 순간인들/꽃이 아닌 적이 있으랴"라는 깨달음이다. 두 번째 시집에서도 꽃의 발견, 즉 "이렇게 많은 꽃들이/그들 몰래/피어 있다니!"라는 발견이 있었다. 하지만 그 발견은 여기에서의 깨달음과는 성격이 좀 다르다. 꽃은 관념에서 얻어지는 것이 아니고 저 민중의 삶 자체에서 발견된다는 주장이 두 번째 시집의 시에 담겨 있다면, 위의 인용시에는 삶의 굽이굽이 모든 순간에 꽃이 숨어 있으며, 그 꽃을 어리석게도 지나쳐왔다는 깨달음을 담고 있다.

　한편, 전자에는 꽃이 대상화되고 이상화될 수 있는 가능성이 있는데 반해, 후자는 자신을 포함한 모든 삶에서 꽃을 발견할 수 있다는 것이어서 대상화의 위험성이 줄어들고 있다. 앞에서 말했듯이 두 번째 시집에서의 창녀는 시인과 동일시되고 더 나아가 이상화된 감이 있다. 이와 관련하여 '창녀'를 다룬 소설들인 「늙은 창녀의 노래」나 「수선화를 찾아서」에서도 알게 모르게 어떤 어색함이 느껴진다. 하지만 『사람의 향기』에 등장하는 인물들이 시인과 동일시되거나 이상화되지 않고 그들 자신의 삶을 그대로 드러내고 있듯이, 『단 한번 보지 못한 내 꽃들』에 나오는 꽃들도 대체로 어떤 인물로 치환되거나 시인과 동일시되거나 이상화되지 않고, 꽃의 몸 그 자체를 드러내며 등장한다. (이 몸의 등장은 이인의 그림들로 더 뒷받침된다) 그 꽃의 몸에 의해 불러일으켜진 상상과 서정을 시인은 기록한다. 이 기록이 곧 시가 될 것이다. 그렇기에, 이 시집에서는 민중에서 꽃을 발견하는 것이 문제가 아니라 꽃을 꽃의 몸 그대로 발견하는 것이 문제이다. 가령, 아래의 「넝쿨장미」를 읽어보자.

> 언제부터 염문艷聞이 떠돌았더냐.
> 너와 나만 까마득히 모르는 사이에
> 오월의 공기를 흑설탕처럼 핥으면서
> 사람들의 입, 입마다 번져갔더냐.
> 까닭도 없이 너와 나의 알몸이
> 발가우리 터쳐나는 대낮.

시인은 빨간 장미의 몸이 뿜어내는 관능성에 그대로 도취되어 이 대낮에 "까닭도 없이 너와 나의 알몸이/발가우리 터쳐"나고 있다고 상상한다. 여기서 장미꽃은 꽃 그대로 아름답지 어떤 것의 아름다움을 표현하기 위한 대체물, 즉 비유의 보조관념이 아니다. 「모란」에서 시인이 "그럴 줄 알았다//단 한번의 간통으로/하르르, 황홀하게/무너져내릴 줄 알았다"고 쓴 것은 모란의 황홀한 아름다움에 대한 역설적인 찬사일 뿐이지, 다른 뜻이 없다. 『사람의 향기』에서 자의식에서 벗어난 작가가 사람들의 삶을 그 자체로서 보고는 시적인 감동을 느끼게 되었던 것처럼, 이 시집에서도 그는 꽃들을 꽃 그 자체로서 보고 관능과 아름다움을 느끼는 모습을 보여준다. 하지만 이 시집의 모든 시가 그렇다는 것은 아니다. 꽃에서 어떤 이를 떠올리는 시들도 많이 있긴 하다. 왜 안 그렇겠는가, 꽃에서 인간의 삶을 떠올리지 않는 것도 자연스럽지 않은 금욕일 테다. 그런데 예전처럼 인간에서 꽃을 떠올리는 것과는 달리, 꽃의 몸이 보여주는 다양한 모습들이 특정한 인간의 삶을 떠올리게 한다는 점에 주목해야 한다. 가령 "언젠가 자식하고 함께 뒷산에서 캐다 심은/구절초 꽃무더기 하늘하늘한 몸놀림.// 이제 막 숨줄을 놓은 늙은 어미/힘 잃은 목이 거기로 기우네"(「구절초」)와 같은 구절을 보면, 시인은 구절초 꽃 무더기가 바람에 하늘하늘 흔들리는 구절초의 구체적인 모습을 보고난 후에 목을 맨 '늙은 어미'의 모습을 떠올리는 것이다.

시인이 사물 자체의 모습을 그대로 존중하고 이로부터 아름다움을 발견하며 삶을 상상할 수 있었던 것은 사물을 자의식에 동화시키려는 욕심을 버렸기 때문에 가능했을 것이다. 「눈꽃」 연작시는 그 자의식을 버리는 과정을 보여주고 있다고 생각된다. 그 첫 번째 시에서 시인은 "왜 나는" "안으로 들어가는 길을 죽음이라고만 여겼을까"라고 회의한다. 그 "안으로 들어가는 길"이란 무엇을 말하는가? 쌓이는 눈에 묻히는 길일 터이다. 눈이 쌓이는 날, 모든 사물들이 "쌓인 눈 속에 온전히 모습을 감추"고, "나 또한""비로소 안으로 열린 길을 더듬어들며,""쌓인 눈 속에 온전히 모습을 감"춘다. 자의식을 버려 비운다는 일은 바로 이렇게 모습을 감추는 일일 터, 이와 관련하여 「눈꽃 3」도 주목된다.

> 무너진 둑을 수리하느라, 물을 빼버려
> 뻘을 드러낸 천홍저수지에도
> 밑바닥 가득히 눈이 쌓였다
>
> 겨울 내내 저수지를 지날 때마다
> 내 밑바닥 또한 모든 것이 비워지면
> 저렇듯 흉물스러울 것이라고만 여겼거니.
>
> 결코 지워질 수 없는 삶의 몇 조각 남루만이
> 뻘에 처박힌 쓰레기들처럼
> 아프게 눈을 찌르리라 여겼거니.

퍼붓는 눈 속에 스스로마저 지워져버린
오늘, 천홍저수지와 더불어 밑바닥에 쌓이는
비워짐의 무게, 그 눈부심!

　무너진 둑이 무너진 삶을 의미한다는 것은 어렵지 않게 짐작할 수 있
다. 삶이 무너졌으니 수리를 해야 하고, 수리를 위해서는 자기의 삶에 남
아 있는 것들을 인위적으로 지워버려야 한다. 그 후 다시 삶을 새롭게 쌓
아 올려야 한다. 삶을 인위적으로 비우기 위해서는 자기를 바라보는 의식—
자의식—이 동원되어야 할 것이다. 하지만 지울 수 없는 흉물스런 "삶의
몇 조각 남루"인 기억들은 결코 지워질 수 없을 테고, 그래서 그 남은 기
억들이 "쓰레기들처럼/아프게 눈을 찌르리라"고 시인은 생각했다. 하지
만 물 빠진 저수지에 눈이 쌓이면서, 저수지는 "스스로마저 지워져버린"
다. 결코 지워질 수 없는 기억들마저 지워버린다. 그런데 이 '눈'은 도대체
어떤 존재이기에 그러한 능력을 갖고 있는 것일까? 눈'꽃'이기 때문이다.
그 꽃의 눈부신 순결함이 '나'라는 저수지를 "스스로마저" 지우게 한다.
"스스로"라는 자아를 지우는 눈꽃, 그 아름다움은 하얗게 눈부시다.
　송기원의 초기 작품에서 볼 수 있었던 위악적으로 추구되었던 순결이
여기에서는 편안하게 자리 잡고 있다. 순결을 강박적으로 추구하는 자의
식이 여기에서는 눈에 의해 부드럽게 지워졌기 때문이다. 순결한 아름다
움은 지울 수 없는 삶의 치부마저도 덮는다. 그래서 그 자의식의 비움이
삶에 가벼움을 가져오는 것은 아니다. 왜냐하면 눈꽃은 쌓이면서 저수지
를 비우는 것이기 때문이다. 치욕을 불러일으키는 기억을 없앤다기보다
는 눈꽃이 그것을 품으면서 저수지는 비워지는 것이다. 치욕의 무게, 삶
의 무게는 여전하다. 또한 눈꽃이 쌓인 만큼의 무게 역시 삶은 갖게 된다.
그 치부를 눈부시게 덮은 눈꽃은 그 치부 역시 삶이었음을, 아름다움이었
음을 드러내준다.

그래서 눈 안으로 열린 길을 따라 온전히 모습을 감추는 일은 죽음이 아니라 자의식을 버렸을 때 드러나는 눈부신 아름다움임을 이해할 수 있다. 이 자의식을 지운 아름다움에서 "추위를 견뎌낸 냉이며 꽃다지 이파리가/쌓인 눈을 뚫고, 햇살 속에/있는 듯 없는 듯 온기를 뿜어내"듯이, 겨울을 견뎌낸 새로운 삶이 "있는 듯 없는 듯"(「눈꽃 5」) 생성된다. "깊은 잠과 두절 속에 끝내 자신마저 잊었더니,/무슨 길인가 건듯, 제비꽃 한 송이 피어"(「제비꽃」)오르듯이 말이다. 이로써, 완숙한 중년의 송기원 시인은, 시작詩作 초기에 몰두했던 죽음과 재생의 테마로 다시 회귀한 것으로 보인다. 하지만 형식상으로 같은 테마를 다루고 있을지라도, 테마를 통해 제시되는 함축적 내용은 상반된다. 시작 초기에는 꽃의 재생을 이루기 위해서는 꽃이 병들어 있어야 했다. 그래서 시인은 죽음으로, 어둠으로 끌려들어갔다. 꽃은 진창 속에서 찾을 수 있으리라 여겨졌다. 그래서 시인은 현실 자체를 부정하고 자기를 파괴하는 데로 나아갔다. 하지만 중년의 시인에게서 꽃은 꽃 그대로 있고 삶은 삶 그대로 아름답다. 모든 순간이 꽃이며 지금 저기 흐드러지게 피어 있다. 송기원 시인은 모든 것을 열렬하게 긍정하고 아름답게 받아들인다. 즉 "눈부심은 눈부심만으로 눈부"신 것이기에, "가는 길이 허방인 줄 번연히 알면서도" 그 누구도 당신을 "끝내 붙잡지"(「각시붓꽃」)못하는 것이다.

(2008)

'빈 새 되기'에 대한 시적 탐구

−위선환론

1

　첫 시집이 발표된 2001년부터 최근까지 진행된 위선환의 작업을 살펴보면서, 7~8년 동안의 비교적 짧은 기간임에도 불구하고 그의 시세계에 상당한 변이가 있었다는 것을 알게 되었다. 첫 시집에서는 비교적 전통적인 서정시를 보여준 데 반해 두 번째 시집부터는 시가 좀 난해해진다고나 할까, 점차 모험적인 실험과 탐구를 보여주고 있는 것이다. 이러한 변이는 그가 나이에 '알맞게(?)' 안주하는 시인이 아니라는 것을 보여준다. 첫 시집 『나무들이 강을 건너갔다』에 실린 「聖.汭陽邑에서 詩 끊기」라는 시를 읽으면, 위선환 시인이 어떤 연유에서인지는 모르겠으나 1969년 12월에 시 쓰기를 중단했음을 알 수 있다. 시인이 다시 등단한 해가 2001년이니, 30년이 넘도록 시를 발표해오지 않았던 것인데, 물론 그 동안에도 시인은 시심을 품고 살아왔을 것이지만 다시 시작詩作을 개시한 후 그가 보여준 왕성한 창작욕과 활발한 시적 모색은 놀라운 일이다.

　한편 그 시세계의 변이가 마냥 실험 취미에서 이루어지는 것은 아니다. 그 변이는 어떤 일관성이 관철되면서 이루어지기 때문이다. 시작을 진행하면서 스스로 문제를 제기하고 이에 대답하기 위한 탐구과정에서 그의 시세계는 변이되고 있는 것으로, 시작과 삶에 대한 물음의 절실함이, 변이에도 불구하고, 시세계에 어떤 일관성을 갖게 한다. 그 물음이 이끄는 또 다른 물음이 시를 계속 쓰도록 만들었을 것이기 때문이다. 여기에서 시인이 새로운 시작을 어디에서 출발하고 있는지, 어떤 물음을 품고 시를 쓰기 시작했는지 궁금해진다. 미리 말하자면 텅 빈 하늘을 바라보게 되면서부터 시인의 시작이 재개된 것은 아닐까 생각된다. 시인은 왜 텅 빈 하늘을 바라보았을까? 자신의 상황이 슬펐기 때문일 것이다. 어떤 상황이 견딜 수 없을 만큼 슬프면, 우리는 비상하고 싶은 저 하늘을 쳐다보곤 하지 않았던가. 시작을 재개할 당시 시인의 상황은 첫 시집의 첫 번째로 실린 다음의 시에 잘 드러난다.

> 오금과 턱밑에서 주름이 자라고
> 뼛속까지 식고
> 구부러지고 늙었다. 오늘은
> 어느 바다의 저물녘에 가 닿으려는지. 구름장 겹쌓이는 일몰의 틈새기에
> 꼭 끼는 둥지 하나 마련하려는지.
> 삐걱대며 낡은 죽지를 저어 가는
> 늙은 갈매기 한 마리
> 며칠을 날아온 물너울 위를, 아침부터, 또, 저렇게
> 날아가고 있다.
> 울음소리 목잠기고
> 발가락 굽고, 자주
> 지친 날개 끝을 파도 꼭대기에 세운다.
> 날개 끝이 모지라진다.
>
> —「해안선」 부분

"날개 끝이 모지라"지는 "늙은 갈매기"가 시인의 처지를 투사한 객관적 상관물임은 쉽게 짐작할 수 있다. 이 갈매기는 "구부러지고 늙었"지만 삶이 끝나지 않는 이상 "낡은 죽지를 저어 가"야 하는 상황에 있다. 이제 늙고 힘 없는 갈매기는 "구름장 겹쌓이는 일몰의 틈새기에/꼭 끼는 둥지 하나 마련하려"고 쓸쓸하게 거주할 장소를 찾는다. 갈매기가 시인 자신을 가리킨다면, 시인이 거주할 수 있는 곳은 시일 터, 그렇다면 이 시인의 시작은 그가 거주할 장소인 '일몰의 틈새기'를 찾아 날아가는 작업이라 할 것이다. 하지만 이미 날개 끝은 모지라지고 있는데, 어떻게 날아갈 수 있단 말인가? 아니, 「날개」에서 시인이 말하듯이, 날개는 현재 아예 퇴화하여 상처 속에 있는 돌기만 허공과 함께 만져질 뿐이다. 퇴화된 날개의 돌기만을 가진 시인은 "이미 실을 다 뽑아내고 텅" 빈 거미가 "즐비하던 거미집들이 죄다 무너져서 없"는 "공중에 달려있"(「거미」)는 것과 같은 상황이기에, 비상은 생각도 하지 못한다.

하지만 시인은 저 틈새기에 거주하고자 하는 열망을 버리지 못한다. 버린다면 시는 더 이상 씌어질 수 없다. 그 열망과 비상할 수 없는 상황 사이의 해결할 수 없는 비극적인 아이러니가 위선환 시인이 시를 쓰게 만드는 동력이 될 것이다. 이 시집에 나타나는 주된 정조인 쓸쓸함과 적막함은 이 아이러니를 받아들일 때 생겨난다. 가령, "강 건너 갈밭머리 언덕에다 먼지바람을 일궈놓고 넘어가는/자욱한 날개소리에는/아예 귀먹고/금새 어두워지는 하늘 밑에 서서/새들이 흔들어두고 떠난 빈 가지를 쳐다보는가/빈 가지보다 먼저 사람이 어두워지는가"(「빈 가지를」)와 같은 "저 먼지바람 같은 적막"(「먼지바람 같은」)함이 이 시집에서 배어나오는 대표적인 정조다. 이 정조는 이미 새가 멀리 날아가 버린 것을 인정하고 어둠 속으로 사라지는 삶을 수용할 수밖에 없는 이가 가질 수 있는 것이다. 다시 말해 이 정조에서 주어진 상황에 대해 반항하려는 의지를 볼 수는 없는 것이다. 하지만 이 정조가 삶의 공허를 승인하고 무사 무욕으로 살아가고자 하는 자세를 가리키지는 않는다. 만약 위선환 시인이 그러한 득도의 세계로 나아갔다면 더 이상 좋은 시를 쓰지는 못했을 것이다. 시는 욕망하는 자의 것이기 때문이다.

위선환 시인 역시 욕망을 버리지 않는다. 그래서 그는 새가 날아간 자리에서 무심하게 흔들리고 있는 가지를 응시하고 있는 것이다. 시인은 새의 부재를 받아들이지만, 새가 떠난 허공의 어떤 틈새를 찾고자 하는 눈을 거두지 않는다. 하지만 한편으로 새의 부재를 받아들이는 자세에서 알 수 있듯이, 시인은 저 하늘을 향한 동경이 쉽사리 실현될 수 없음도 알고 있다. 시인은 그 동경을 버리지 않지만, 동경이 실현될 수 없는 상황 자체에 대한 현실적인 인식 역시 견지한다. "어느 하늘 복판에서 푸르게 마주치는 눈빛으로 만나게 되려는지. 지상의 한 끝을 딛고 서서 또 몇 천 광년도 넘게 깊어져버린 벼랑 밑바닥을 내려다"(「歲寒圖」) 보는 까마귀처럼 시인은 하늘과 저 "벼랑 밑바닥"을 동시에 보고 있는 것이다. 그래서 동경이나 그리움이 "어느 적막한 발 밑을 허물고 있는지", 그래서 나의 "아래가 무너"(「모를 일이다」)지고 있는지에 대해서도 시인은 진술할 수 있게 된다. 그는 하늘을 바라보고 있음으로 해서 무너지는 '아래'의 감각적 현실 역시 무시하지 않고 시화하고 있는 것이다.

2

위선환의 첫 시집의 시편들은 대체로 동경의 눈을 끌어당기는 하늘의 부력과 육신을 아래로 무너뜨리는 대지의 중력이 화해하기 힘든 긴장에 놓인 채로 해결되지 못하고 병치되어 있다. 하지만 아래로 허물어지는 육신에서, 허망한 감정을 표출하지 않고 어떤 긍정적인 것을 발견하고 있는 시 「등허리」는 두 힘이 화해할 가능성을 찾아내고 있다. 이 시에서 시인은 대지 위에 누웠을 때 대지와 맞닿는, 하지만 "손이 닿지 않는" 육신인

"등가죽 여기저기에 땅벌레 구멍이 숭숭 뚫려 있다"는 사실을 발견하고, 이 구멍을 통해 "바람이 들어"오고 있다고 말한다. 대지 위에로 허물어진 육신에 작은 구멍을 뚫어놓은 벌레 덕분으로, 시인은 텅 빈 하늘을 돌아다니는 바람의 힘과 만날 수 있게 된 것이다. 두 번째 시집 『눈 덮인 하늘에서 넘어지다』에 실린 「하늘빛이 되는」에서, 시인은 더 나아가 그 두 힘이 화해하는 장소를 찾아낸다.

> 오직 아낌없이 버리기 위하여 나무들은
> 그리 많은 이파리를 매달았던 것인지
> 이 한나절의 잎 지는 소리를 듣기 위하여 벌레들은
> 찬 바닥에 배를 대고 엎드려서
> 길게 기다리며
> 얼마나 숱한 울음을 참았던 것인지
> 사람들은 또 몇 해째나
> 잎에 묻힌 길 위에다 길을 내며 걸은 것이고
> 길이 다시 묻히는 가을 끝에 이르러서야 겨우
> 한 그루 조용한 나무 밑에 닿는 것인지
> 문득 쳐다본 머리 위 가지는 벌써
> 하늘에 젖어 있다
> 어쩔 것인가 나무가 맨몸으로
> 서리 내린 공중에서 잎을 벗는 일이나
> 벌레들이 흙 속에 엎드리며 숨을 묻는 일이나
> 사람이 외지고 먼 길을 오래 걷고 야위는 일들이, 다
> 하늘에 닿는 일인 것을
> 닿아서는 깊어지며 푸르러지며 마침내
> 하늘빛이 되는, 바로
> 그 일인 것을

대지의 중력은 나무들과 사람들과 벌레들을 아래로 무너뜨리지만 이들의 허물어진 물질적인 육신들은 다시 위쪽으로 상승하여 "하늘에 젖어 있"는 가지에로 응축되고는 하늘빛으로 빛난다. 이러한 놀라운 전환이 어떻게 이루어질 수 있었는가는 이 시만 보고서는 발견하기 힘들다. 다만 "아낌없이 버리"는 것과 같은 어떤 비움의 행위가 이들에게서 공통적으로 발견된다는 면에서, 이들이 '젖은 가지'로 응축될 수 있었다고 짐작은 할 수 있다. 그런데 왜 그 가지는 젖어 있는 것일까? 아래로 허물어진 이들의 삶이 젖어 있기 때문일 테다. "강물도 몸을 헐며 어둑하게 숨죽고 두껍게 묻"히면서 "나도 묻"히고, "모래톱을 더듬어 내려가는 발목이 묻히고/아랫도리가 묻히고/차츰 허물어져서/조금씩/물에 잠"(「탐진강 11」)기는 방식으로 삶은 허물어진다. 그래서 허물어진 삶, 비워지는 삶은 젖어 있을 수밖에 없으며, 이들 삶이 하늘 쪽으로 상승하여 응축된 사물인 가지 역시 젖어 있을 수밖에 없다. 여하튼 이들은 이처럼 허물어지며 비워지기 때문에, 하늘로 상승하여 아래의 '빈 새'처럼 허공까지 건너갈 가능성을 갖게 된다.

> 하늘 흘러가고 드러난 저 허공에는 허공을 걸어가는 맷새 한 마리, 하늘 끝서 날았다가 헛날갯짓하고 떨어졌던, 몸은 떨어지고 하늘이 집어 올린, 하늘 뒤로 걸어서 허공까지 건너간, 지척만 걸어가면 허공 끝에 닿을, 작고, 빈, 저, 새.
>
> —「빈 새」부분

저 맷새는 흘러가는 하늘 끝에서 날다가 '헛날갯짓하고' 그만 추락하고 말았지만, 하늘이 끌어올려 흘러가는 하늘 뒤에 놓아줌으로써 '빈 새'로 변신한다. 맷새는 허공 자체인 빈 새가 됨으로써, "하늘 뒤로 걸어서" 저 허공의 끝에까지 닿을 수 있게 된 것이다. 퇴화된 날개를 가진 시인은 여기에서 비로소 다시 하늘로 비상할 수 있는 방안을 찾아내고 있다. 자신을 비움으로써, 구체적으로 말하면 추락한 육신의 등에 구멍을 내어 바람을 통하게 하고 더 나아가 그 자신이 '허공'인 존재, 즉 '빈 새'가 됨으로써, 저 동경하던 비상의 가능성을 찾아낸 것이다. 하지만 시인이 이 가능성에서 현실성으로 곧바로 초월했다면 시인의 시작은 싱겁게 전개되었을 것이다. 그렇게 되었다면 새로운 세계를 더 발견하거나 개척하지 못한 채, 시인은 자유의 꿈과 삶을 끌어내리는 현실 사이에서 진동을 반복하며 시를 써나 갔을 것이다.

하지만 위선환 시인은 그러한 초월에 쉽게 안주해버리지 않는다. 그와 는 달리 이 지점에서 또 다른 질문을 던진다. 즉 시인은 허물어진 삶이 '빈 새'라는 허공으로 전환함으로써 비상할 수 있다는 것을 발견하지만, 그 전환을 다시 반복적으로 재현하는 것이 아니라 어떻게 그 전환이 이루어 질 수 있는지, 그리고 그 전환이 무엇을 가져오는지 물음을 갖는다. 그리 고 이에 대한 답을 찾기 위해 그 현상에서 일어나고 있는 것이 무엇인지 더 집요하게 주목하고 치밀하게 탐구한다. 이 국면에서 위선환의 시편들 은 다소 전통적인 서정시에서 미지에로의 탐험을 중시하는 좀 더 현대적 인 시로 전화하게 되는데, 다음의 시를 일단 읽어보자.

> 몇 마리인지
> 일찍 떠난 새들이 지금은
> 하늘 숨죽은 높이쯤을 건너가고 있는 듯
> 잰 발놀림은 보이지 않지만
> 환하게 드러난 허공의 등줄기를 밟아가며
> 점점이
> 발자국이 찍힌다
>
> —「교외에서」 부분

「하늘빛이 되는」을 읽으며 아래로 허물어진 육신들이 전화하여 하늘빛으로 빛나는 사건을 볼 수 있었다. 이 전화는 이들이 스스로 텅 빈 무엇으로 변화해가면서 하늘과 맞닿을 수 있었기에 가능한 것이었다. 그런데 하늘과 이들의 접속은 이들을 하늘빛으로 변화시킨다는 의미뿐만 아니라 하늘로의 육신들의 틈입이라는 의미도 갖고 있는 사건이다. 하늘 입장에서 보면 이들의 틈입으로 자신들 역시 변화되는 것이다. 어떻게 변화되는가? 하늘은 어떤 물질성을 갖는 것으로, 다시 말해 물질적인 공간으로 변화된다. 공허는 존재와 뒤섞이면서, 더 나아가 존재의 흔적이 찍히는 물컹한 공간으로 존재하기 시작하는 것이다. 위의 시에서 저 '일찍 떠난 새들'도 '빈 새'처럼 '허공의 등줄기'를 밟고 간다. 저 떠난 새들도 빈 새일 테니, 저 새들이 떠나간 하늘 역시 비어 있을 것이다. 하지만 그 허공엔 새의 흔적이 찍히는 것이다. 다시 정리해보자. 새의 삶이 비워졌기에 새는 허공이 될 수 있었다. 한편으로 허공은 비록 빈 새이긴 하지만 분명히 새인 어떤 존재를 받아들이면서 물질성을 가진 공간이 되었다. 그래서 '공중에'도 새가 빠지는 "진창이 있었던 것"(「공중에」)이며, "하늘에서 죽은 새는 하늘에 묻"히기 때문에 "새가 죽어서 지상으로 추락하는 일은/절대로 없"(「새의 비상」)다고 말할 수 있는 것이다.

3

이제 허공은 무가 아니라 진창도 있고 무덤도 있는 물질적인 공간이다. 노을의 틈새로 날아 거주하고픈 동경을 안고 시작한 위선환 시인의 시작詩作은, 텅 빈 삶이 여전히 그 존재의 흔적을 남길 수 있는 물질적인 공간, 그 미지의 공간인 허공에서 일어날 수 있는 사건에 대한 탐구로 전환한다. 그 탐구를 위해 시인은 허공으로 상상의 여행을 떠난다. 이 여행에서 본 것은 무엇인가? 위선환 시인은 세 번째 시집인 『새떼를 베끼다』의 서두에 실린 시에서 이 물음에 답하려고 한 것 같다.

새가 어떻게 날아오르는지 어떻게
눈 덮인 들녘을 건너가는지 저 놀빛 속으로
뚫고 들어가는지
짐작했겠지만
공중에서 거침이 없는 새는 오직 날 뿐 따로
길을 내지 않는다

―「새의 길」 부분

여기서 노을이 깔린 저 허공은 비어 있지 않다. 그렇지 않다면 새가 '뚫
고 들어'갈 필요가 없을 테니까. 붉은 노을이란 물컹한 물질이 허공을 채
우고 있고, '거침이 없는 새'는 이 물질 속을 뚫으며 날아오른다. 하지만
그 새는 길을 내지는 않는다. 왜 길을 내지 않는 것일까? 공중을 나는 이
새 역시 '빈 새'이기 때문일 것이다. '빈 새'는 비어 있기에 자유롭고, 그래
서 어떤 다른 이들이 따라가야 할 어떤 규범(길)을 만들지 않는다. 길을 내
지 않는 빈 새이기에 이 새들은 자주 부딪치지만, 그 충돌 사고에도 불구
하고 아래의 시에서 기록된 것처럼 새들은 여전하기만 하다.

새떼가 오가는 철이라고 쓴다 새떼 하나는 날아오고 새떼 하나는
날아간다고, 거기가 공중이다, 라고 쓴다

두 새떼가 마주보고 날아서, 곧장 맞부닥뜨려서, 부리를, 이마를,
가슴뼈를, 죽지를, 부딪친다고 쓴다

맞부딪친 새들끼리 관통해서 새가 새에게 뚫린다고 쓴다

새떼는 새떼끼리 관통한다고 쓴다 이미 뚫고 나갔다고, 날아가는
새떼끼리는 서로 돌아다본다고 쓴다

새도 새떼도 고스란하다고, 구멍 난 새 한 마리 없고, 살점 하나, 잔
뼈 한 조각, 날개깃 한 개, 떨어지지 않았다고 쓴다

'빈 새 되기'에 대한 시적 탐구―위선환론 183

공중에서는 새의 몸이 빈다고, 새떼도 큰 몸이 빈다고, 빈 몸들끼리
뚫렸다고, 그러므로 空中이다, 라고 쓴다
　　　　　　　　　　　　　　　　　　　　　　－「새떼를 베끼다」 전문

　보다시피 "~고 쓴다"라는 문형이 반복되고 있다. 이 문형은 이중적
인 효과를 가져온다. 우선 지금 독자가 보고 있는 문장은 씌어진 것일 뿐
사실과는 무관하다는 것을 전달하는 효과가 있다. 또 다른 시「거짓말」에
서 시인이 시적 표현을 제시하고 "과연 그런가?"라는 물음을 던지고 있듯
이, 이 문장들도 씌어진 것일 뿐이어서 "과연 그런가?"라는 물음을 독자
가 가지고 읽으라는 함의를 이 문형이 전달하고 있다고 생각해볼 수 있
다. 하지만, 이는 이 시를 이루고 있는 표현들의 존재 이유 자체를 독자가
의심하면서 읽게 된다는 말이 되므로, 이보다는 그 반복되는 문형이 가져
오는 또 다른 효과에 더 주목하게 된다. 그 효과는, 시인이 지금 앞의 문장
을 쓰고 있다는 것을 지속적으로 확인할 수 있도록 반복해서 '씀'으로써,
그가 자동사적 글쓰기를 하고 있음이 강조된다는 데에 있다. 언표행위와
언표된 것을 동시에 언표하는 그 문형은, 언표행위자가 언표를 소유하고
있다는 환상을 제거한다. 저 반복되는 문형은, 현재 행해지고 있는 글쓰
기가 자동기술법과 같이 무의식의 기록이거나 니체적 의미에서의 의지의
표현이지 시인 주체가 어떤 목적을 가지고 자신이 소유한 문장을 드러내
는 작업이 아니라는 것을 나타내고 있는 것이다.
　이 문형이 가지는 의미 효과가 후자에 있다고 생각하면서 읽으면, 지금
씌어진 문장은 미지의 세계에서 발견한 무엇을 자동사적으로 기록한 것이
라고 생각할 수 있을 것이다. 그렇다면 시인이 본 것은 무엇인가? 두 새
떼가 맞부딪치는 장면이다. 여기서도 새들이 날아오른 허공은 물질적인
공간인 '공중'이 된다. 그 공중을 나는 새들이 서로 부딪친다. 그런데 새들
은 무슨 유령인 양 서로 관통해 나간다. 관통하고 나서도 그 새들은 모두
어떤 상처도 없이 '고스란하다.' 이 새들은 추락해본 적이 있는 새, 즉 '빈

새'이기 때문이다. 그 새는 자신을 비워야 허공을 걸어 다닐 수 있었다. 이 비어있는 새들이 서로 부딪쳐 뚫린 자리는 허공에 허공을 만든 것일 터, 그래서 시인은 다시 이를 한자로 '空中'이라고 써서 강조한다. 앞에서 논의한 바에 따라 새의 비상이 하늘과 만나 공중이라는 공간이 생성되고 새 또한 '공중'에 영향을 받아 텅 비게 된 것이라면, 새와 하늘은 접속하면서 서로 다른 존재로 생성되고 있다고 할 수 있다. 공중과의 접속 자체가 새를 '빈 새'로 변신시킬 가능성을 제공하는 것이다. 시인은 '빈 새'로의 전화가 어떻게 이루어지는지 좀 더 면밀하게 탐구한다. 아래의 시 「가락지」는 그러한 탐구 결과를 보여주고 있다.

> 하늘 비친 못입니다. 물방개가 맴을 돕니다. 수면이 동그랗게 파입니다. 빈 가락지 같습니다. 작지만 동그란 한 하늘일 듯, 갸웃하게 해오리가 들여다보고 있습니다. 들여다본 지는 오래되었고, 해오리는 마릅니다. 바짝 마릅니다. 그러고는 천천히 고개를 돌려서 나를 봅니다. 눈두덩 밑이 텅 비었습니다.

해오리는 하늘이 비친 못 안에 가락지 같이 동그랗게 파여 생긴 허공―하늘―을 들여다보며 말라가고 있다. 해오리는 말라가면서 「비안도 1」에서의 "뱃바닥도 뱃속도 횡 뚫"려 텅 빈 등딱지를 보이는 게처럼 눈두덩 밑이 텅 비게 된다. 즉 '빈 새'가 되어간다. '빈 새'로의 전환을 일으킨 해오리와 저 가락지 같은 하늘과의 만남은 해오리의 들여다봄을 통해 이루어진다. 해오리는 왜 저렇게 말라가면서까지 동그란 하늘 같은 수면을 들여다보고 있는 것일까? 아마도 해오리가 빈 가락지와 같은 허공에 대해 어떤 동경과 기다림을 갖고 있기 때문일 것이다. 그런데 흥미있는 사실은 이 동경과 기다림 속에서 해오리의 육신은 말라가지만 결국 그 동경의 대상처럼 육신이 텅 비어간다는 점이다. 다시 말해 죽음에까지 이를 한없는 기다림과 동경이 역설적으로 동경한 바를 이룰 수 있게 하는 것이다. 노발리스의 『푸른 꽃』에서처럼 말이다.

동경과 기다림 속에서 말라가고 텅 비어가는 해오리의 울음은, 시인이 "바짝 말려서 공중에 매달아"(「목어 2」)두어 "막대에 찔리는 허공"(「목어 1」)이 된 물고기인 목어—목어 역시 허공을 딱딱하게 말린다고 시인은 말한다. 목어와 허공 역시 상호 변환되고 있다—가 '저절로' 우는 울음과 같은 것일 터, 해오리는 '목어'처럼 소리 없이 울음소리를 낼 것이다. 위선환 시인은 자신의 시를 이 허공에서 말라가며 울리는 목어의 울음과 같은 것으로 생각할 것이다. 오래 기다리다가 "등가죽과 등줄기가 바짝 말라붙은"(「섬에서 내다보다」) 어떤 섬처럼, 하늘을 바라보면서 비상을 동경하던 시인 역시 말라가고 있기 때문이다. 시인은 "나는 잘 말랐다. 바스락거리다가, 흔들거리다가, 잠깐씩은 잘게 떨기도 하다가,/낙엽 지듯, 떨어져 내렸다."(「쇠못」)고 쓰고 있는 것을 보면 말이다. 이를 보면, 해오리가 결국 시인의 모습을 비유하고 있다는 것을 알 수 있다.

하지만 해오리처럼 텅 비게 되기 위해서는 말라 가는 것만으로 충분치 않다. 구멍이 뚫려 자신의 몸 자체가 허공이 되어 목어와 같은 존재가 되어야 한다. 위선환 시인은 이를 잘 알고 있다. 그는 성급하지 않다. 곧장 초월의 길로 날아가지 않는다. 그래서 그의 시는 새로운 탐구와 영역으로 나아갈 수 있는 것이다. 여기에서도 시인은 자신의 몸이, 어떻게 텅 빈 구멍이 날 수 있는지 생각한다. 이 구멍은 앞에서 본, 벌레에 의해 뚫린 등판의 구멍과는 그 성격이 다소 다르다. 그 구멍을 통해 시인은 바람과 소통할 수 있게 되었지만, 한편으로 이는 대지의 힘에 의해 아래로 허물어지는 삶을 나타내는 것이기도 했다. 하지만 여기서는 스스로 '빈 새'와 같은 허공이 되기 위한 '텅 빈 구멍'을 내는 것이 문제다. 그 '가락지' 같은 구멍에는 하늘이 비쳐야 하고 그래서 결국 그 구멍은 하늘의 허공과 닮은 무엇이 되어야 한다. 시인은 「주름살」에서 우리 인간의 육신에서 그러한 구멍이 생성될 수 있는 가능성을 "말랐고 자잘하게 금" 간 '주름살'에서 찾아낸다. 그런데 그 주름살이 어떻게 구멍이 될 수 있는지, 이 시의 후반부를 옮겨 살펴보고자 한다.

나는 손등을 들어내지도 주름살을 걷어내지도 않았다. 손등의 뒤쪽에서인지 주름살의 뒤쪽에서인지 아득하게 빗소리가 들렸기 때문이다.

연대 미상이 되어버린 그 해부터는 여름마다 비가 온다. 올해도 여름이 오고 비가 내린다.

내 이마와 손등이 젖고, 골을 판 주름살들이 젖고, 척척한 날들이 하루씩 지나가고, 오늘은 여름이 가려는지 아침부터 빗발이 성글어지면서 빗줄기와 주름살의 틈 벌어진 사이사이로 언뜻언뜻 하늘이 비치기 시작한다. 멀지만 거기는 개었다.

시인은 주름살 뒤쪽에서 비가 오고 있기 때문에, 그래서 몸이 젖기 시작할 것이기 때문에 주름살을 걷어내지 않는다고 말한다. 왜일까? 다음에 전개되는 내용을 통해 짐작해보면, 비에 젖은 주름살의 틈새—벌어진 금—에서 하늘을 볼 수 있기 때문이다. 빗발이 더욱 '성글어'질 때면 반대로, 비록 먼 데에서이기는 하지만 '언뜻언뜻' 갠 "하늘이 비치기 시작"하는 것이다. 해오리도 하늘을 직접 들여다보지 않았음을 상기해보자. 해오리는 가락지처럼 물 위에 비친 하늘을 들여다보면서 말라가고 텅 비어갔다. 위선환 시인은 무작정 직접적으로 하늘을 동경할 수 있으며 허공으로 초월할 수 있다고 생각하지 않는다. 그는 좀 더 면밀한 사유를 행하는 사람이다. 그는 물의 매개 없이는 동경도 초월도 불가능하다고 생각한다. 앞에서 살펴보았듯이 위선환 시에서 강물은 삶과 육신을 허물어뜨리는 대지의 힘으로 현상한다. 하지만 이 물을 통해 삶이 허물어지면서 비워질 수 있기 때문에 삶은 상승하여 항상 젖어있는 가지로 응축될 수 있음도 보았다.

하지만 이 자리에서 시인은 물에 의해 허물어진 삶은 저 하늘과 맞닿은 가지에로 곧바로 상승하여 '빈 새'가 될 수는 없다고 예전보다 더 정교하게 생각하고 있다. 물에 의해 허물어진 삶은 새로의 변신으로 직접 나아가는 것이 아니라 빈 하늘을 현현시킨다. 물을 통해서야 육신이 허물어지듯이 주름살 사이의 틈이 생기고, 그 틈이 점차 넓어져 가락지 모양의 텅 빈 구

멍이 생기면, 갠 하늘이 그 구멍 속의 물에 비쳐 나타난다. 우리는 그 물-
삶-에 현현된 하늘을 응시하면서야 비상을 동경하고 나를 점차로 비워나
갈-말라갈- 수 있다. 다시 말해 물에 의해 허물어져야, "내 몸에 묻혀 있
던 온갖 틈새기들이 차례로 드러나면서 낱낱이 달빛 비"(「만월」)치는 하
늘을 들여다보며 동경할 수 있으며, 이 과정에서 자신의 몸을 점차 텅 비
게 만들 수 있다. 그래서 텅 비어 '빈 새'와 같은 존재가 되기 위해서는 물
과 만나야 하고, 물에 비치는 삶과 사물들, 그리고 하늘을 응시해야 한다.

아프다 아픈 것들이 길게 흐르고 참 멀리 흐른다

멀리서 흘러온 물이 닿아서 동그랗게 고이는 것 내 발부리에다 웅
덩이 파는 것 본다

수면에다 긴 부리를 세워 끌며 물총새 한 마리 빠르게 비행하는 것
본다 줄금 하나 안 그어지는 물웅덩이의, 훤히 들여다보이는, 그 조용
하고 맑은 것 본다

먼 데로부터 여기에 닿는 길이 다 비친, 물 차올라서 그득하게 괸
눈빛이다 마주, 오래 본다
　　　　　　　　　　　　　　　　　　　　　　　－「물길」에서

멀리서 육신을 허물어뜨리며 흘러온 물은 '내 발부리에다' 웅덩이를 파
고 고이면서, 데리고 온 아픈 것들을 한 데 모은다. 이렇게 아픈 것들이 한
데 모인 물웅덩이를 상처의 구멍-틈새기-이라고 할 것이다. 그 구멍은
먼 데에서부터 여기까지 흘러온 삶들을 다 비추고 있다. 그렇다면 그 삶
들이 꿈꾸던 하늘 역시 비추고 있을 테다. 그 상처이자 동경의 물웅덩이
는 "그득하게 괸 눈빛"을 시인에게 던지고 있다. 시인 역시 그 물웅덩이를
'본다'고, '오래 본다'고 말한다. 이는 여기까지 살아온 삶의 상처들과 동

경들이 만드는 허공의 공간을, 해오리처럼 말라가면서 응시하고 있다는 말이다. 시인은 이 응시의 끝에서 '빈 새'처럼 허공으로 비상할 수 있기를 기대하고 있을 것이다. 또한 그래서 시인은 주름들이 갈라져 하늘을 담을 수 있기 위해, "손 펴서 담그고, 손의 잔금들이 흘러내리는 것, 가늘게 뿌리 뻗는 것, 들여다본다 고요의 뿌리가 바다 밑에 닿는 것 본다"라는 「모항에서」의 일절에서처럼, 주름진 손을 바닷물에 담그고 일어나는 현상을 응시하기도 할 것이다. 이때 잔금들이 터져 나가면서 시인은 텅 비기 시작할 테다.

그런데 한편으로, 이 시에서 시인은 삶의 흔적일 손의 잔금들을 "흘러내리"도록 하기 위해서 손을 바닷물에 담근다고도 말하고 있다. 그리고 그 터져 흘러내린 잔금들은 바다 깊숙한 대지에로 뿌리를 내리게 될 것이라는 것이다. 여기서 시인은 이 글이 해석해 온 텅 빔과 비상의 테마에서 벗어나고 있다. 시인은 허공으로 향한 시선을 물 흐르는 대지에로 돌리고 있는 것이다. 아마도 네 번째 시집에서는 이 테마가 주로 시에서 다루어지지 않을까 생각되기도 해서, 시인의 시집을 뒤적여 이 테마에 관련된 시들을 찾아 논하고 싶은 생각이 든다. 하지만 이는 또 다른 긴 분석이 필요할 테니, 이쯤에서 이 글을 마치려고 한다. 그런데 세 번째 시집을 펴낸 이후에도 위선환 시인은 활발하게 시작 활동을 하고 있다. 특히 그는 스스로 질문하고 이에 대해 성실하게 탐구하는 시인이기에, 그의 시세계가 어떻게 변모할지 미리 알기 힘들다. 그래서 세 번째 시집 발간 후 최근에 발표된 시가 어떠한 방향을 보여주고 있는지 궁금해진다. 이 궁금증을 조금이나마 풀기 위해, 이 글의 논의와 연관되는 내용을 보여주고 있는 다음의 시를 인용해본다.

　　　비 내려서 냇바닥이 젖고 내 핏줄 속으로 송사리들이 헤엄쳐 돌아
　다닐 때

비늘들은 반짝거리고 지느러미는 빗살 같은 것이, 빗살의 사이사이
는 말갛고 물빛 보다 투명한 것이

　　작은 새끼 한 마리는 실핏줄에 주둥이가 끼인 것이, 까만 두 눈깔은
동그랗고 툭 불거진 것이

　　내 살가죽에 얼비쳐 보일 때

　　냇바닥으로 내려가서 손을, 진흙바닥에다 손을, 모래바닥에다 손
을, 돌바닥에다 손을, 빗방울 자국에다 손을

　　두 손을 펴서 얹는다

　　우묵하기도 넓적하기도 구멍이 뚫렸기도, 뭉툭한 마디는 턱턱 부딪
치고 쪼개진 조각은 찌르기도, 또는

　　쥐면 한 줌에 물컹 잡히기도 하는, 물의 뼈

　　　　　　　　　　－「물의 뼈」 전문(『현대시』 2008년 1월호)

　이 시를 읽으면, 위선한 시인이 지금까지 논의한 시세계에서 또 한 걸
음 미지의 세계로 나아가고 있다는 것을 알게 된다. 바닷물에 손을 담가
손의 잔금을 흘려보냈던 시인은, 이제 자신의 '핏줄 속으로' 흐르는 냇물
을 상상한다. 그 냇물엔 송사리들이 헤엄쳐 돌아다닌다. 그래서 송사리
새끼 한 마리의 얼굴이 "내 살가죽에 얼비쳐 보"이기도 한다. 송사리가 핏
줄을 타고 돌아다니는 손을 물에 집어넣었을 때, 물은 이제 흐르는 무엇
만이 아니라 '물컹' 잡히는 뼈를 가진 무엇으로서 나타난다. 그 '물의 뼈'
가 무엇을 가리키는 것인지는 아직 명확하지 않다. 냇물을 산의 핏줄이라
고 생각하면, 시인의 몸은 이미 산과 동일시되고 있다고 볼 수 있다. 그렇
다면 물의 뼈는 산의 골격 자체인 돌, 흙 등을 가리킬 것이다. 하지만 물론
'물의 뼈'라는 상징은 이러한 기의만을 갖고 있지 않다. 그 뼈는 시인 피 속
의 송사리와 같은 것일지도, 아니면 송사리의 "까만 두 눈깔"이 "동그랗고
툭 불거진" 송사리의 얼굴, 또는 송사리 가시일지도 모른다. 한편 최근에
발표한 「거미줄」(『창작과 비평』 2008년 봄호)에서 시인이 "한밤중이라
야 보이는 것이 있다"면서 그것을 "고기가시같이 뼈가 희고 고인 눈이 물

속같이 둥그런 한 영혼"이라고 말한 것에 비추어 생각해보면, 아마도 '물의 뼈'는, 더 모호한 것이긴 하지만, 바로 이 희고 둥그런 **영혼**을 가리키는 것일 게다. 이를 보면, 위선한 시인의 앞으로의 시작에서 이 희고 둥그런 영혼인 '물의 **뼈**'에 대한 시적 탐구가, 지금까지 읽어왔던 '빈 새'에 대한 탐구와 마찬가지로, 중요한 부분을 차지하리라고 예감하게 된다.

(2008)

변혁에의 희구에서 일상의 재발견으로

─이상국론

1

어떤 시인의 전 작품을 읽게 되면, 그 시인의 삶 전체를 통째로 보는 듯한 느낌을 갖게 된다. 물론 장편 소설을 통해 우리는 드라마틱한 한 개인의 삶을 한 번에 들여다볼 수 있다. 허나 그 삶은, 실제 인물을 모델로 한 것이라고 하더라도, 소설가에 의해 창작된 허구다. 전기나 자서전 속의 인물은 소설 속의 인물처럼 전적으로 허구에 의해 구성되었다고 말하기 힘들지만, 특정 인물의 삶을 서사적으로 재구성한다는 측면에서 소설 속의 인물과 비슷한 측면이 없지 않다. 서사적 재구성과는 달리, 시인의 내밀한 기억이나 감성을 섬세하게 드러내는 서정시는 그의 내면 깊은 곳으로부터 끌어올린 우물물과 같다. 서정시는 회상하거나 꿈꾸고 있는 시인의 '현재시간'을 기록한다. 작품으로 화한 '현재시간들'이 모여 한 권의 시집이 되고, 전 생애에 걸쳐 경험한 현재시간들이 모여 시 전집이 구성된다. 시인이 기록한 현재시간들의 형상들은 그의 삶의 얼굴에 나타나는 내밀한 표정을 섬세하게 표현한다. 그 표정에는, 특정한 표정을 짓게 만든 시대 상황의 흔적이 찍혀 있다. 그 표정들의 모음을 한 번에 통독하는 일은,

한 인간이 어떤 시대 상황 아래에서 어떻게 살아 왔는지의 과정이 파노라마처럼 펼쳐지는 것을 보는 일이다.

이러한 생각은 이상국 시인의 거의 전 작품을 통독하면서 하게 되었다. 1946년생인 그는, 1972년 강원일보 신춘문예 시 부문에 당선된 후 1976년 『심상』을 통해 정식으로 등단하고, 이후 여섯 권의 시집을 펴내면서 지금도 여전히 시작詩作에 정진하는 시인이다. 그가 펴낸 전 시집들에 실린 그의 시를 읽으면서 이 분은 참 정직한 서정 시인이라는 느낌이 들었다. 여기서 정직하다는 말은, 그의 시가 자기 반성적이라는 의미가 아니다. 시를 쓰고 있는 현재의 삶에 정직하다는 의미다. 즉 그의 시에는 삶에서 우러나오는 표정이 비교적 선명하게 드러나고 있는 것이다. 어떤 시인은 자신의 표정을 감추기 위해 가면을 쓰지만 이상국 시인의 시편들은 그러한 '가면'과 거리가 멀다. 그래서 그가 펴낸 모든 시집들을 통독하면서, 어떤 한 사람의 삶의 과정 자체와 만나고 있다는 느낌과 이 분은 참 정직한 서정 시인이라는 느낌을 가질 수 있었던 것이다.

앞에서 말했듯이 이상국 시인은 공식적으로는 1976년 『심상』으로 등단했지만, 1972년 강원일보 신춘문예 시 부문에 당선된 것을 보면 그가 청년 시절부터 꾸준하게 시를 썼다는 것을 짐작할 수 있다. 그런데 1972년이면 유신 체제가 선포된 해다. 그러니 이상국의 시업은 가혹한 독재체제 아래에서 시작되었다고 말할 수 있는 셈이다. 정직한 시인은 사회 상황과 자신의 문학적 운명을 별개로 생각하지 않는다. 1990년대 전반기까지 이어온 군사 정권 체제 아래 자신의 시력의 전반기를 보낸 이상국 시인 역시 폭압적인 사회 상황과 자신의 시를 분리하지 않았다. 이러한 상황을 극복하기 위한 시작 활동에 기꺼이 참여했던 것이다. 그래서인지 1990년대 중반까지의 그의 시는 폭력적인 사회적 현실에 정면으로 대응하면서 그에 저항하려는 문학적 태도를 보여준다. 군사독재체제의 폭압과 더불어 점차 성장하기 시작한 민중운동이 이상국 시인의 시작을 현실 참여적으로 이끌었을 것이다.

그의 첫 시집인『동해별곡』(1985, 민족문화사)에서부터 그러한 문학적 태도가 이미 짙게 나타나고 있다. 그러나 등단하고 10년이 된 후 펴낸 시집이니만큼, 그 시집엔 다양한 경향의 시가 실려 있다. 특히 3부와 4부의 몇 작품들은, 이 시집의 해설을 쓴 신경림이 말하고 있듯이, 지나치게 관념적이다. 하지만 1부와 2부에 실린 시들은 현실에 대한 비판적이고 전복적인 인식을 보여주고 있다. 이를 보기에 앞서,『동해별곡』에서 뛰어난 시 중 하나라고 생각되는 아래의 시를 우선 읽어보도록 한다.

> 바람이
> 南大川을 건너오는 동안
> 늙은 나무들이 뒷짐을 지고 바라보고 있다
>
> 닫히는 문들이 모두 닫힌 다음
> 비로소 길이 되는 저녁 西門里
>
> 고욤나무는 고욤만 열려서
> 해마다 떫게 익고
> 저물면 핏줄같은
>
> 西門里에 이르는 길은
> 세상 어디로도 이어지고 있다
>
> ─「저녁 西門里」전문

이 시는 전형적인 서정시풍으로 써진 것이지만, 그렇다고 단아한 느낌만을 주지는 않는다. 구절들이 함축하는 바가 깊어서 울림의 폭이 넓기 때문이다. 그 울림은 시인이 적절하게 마련한 시의 여백을 통해 흘러나온다. 특히 "닫히는 문들이 모두 닫힌 다음/비로소 길이 되는 저녁"이라는 구절은 독자들로 하여금 그 함축하는 바의 의미를 계속 생각하게 만든다.

"해마다 떫게 익"는 고욤나무라는 구절 역시 울림을 주고 있는데, 시인은 그 구절 뒤에 "저물면 핏줄같은"이란 구절을 배치하여 그 울림을 강렬함으로 비약시키고 있다. 한편 세 행으로 이루어진 1,3연과 대비되어 두 행으로 이루어진 2,4연이 배치되고 있다. 세상과 이어질 수 있는 가능성을 상징하고 있는 2,4연의 '길'은, 1연의 뒷짐을 지고 바라만보고 있는 나무들과 3연의 떫게 익어가는 열매들에 대비되면서 등장하고 있는 것이다.

그런데 길은 "닫히는 문이 모두 닫"힐 때 열린다고 시인은 말한다. 그 '닫히는 문'은 무엇을 의미하는 것일까? 이 시집을 읽으면서, 그 '닫히는 문'은 한국의 역사를 상징적으로 의미할 것이라는 생각이 들었다. 특히 시인의 가족사를 응축적으로 보여주는 동시에 한국의 비극적인 역사를 드러내고 있는 시인 「欌을 바라보며」는 그러한 생각을 뒷받침해주었다. 시인은 이 시에서 "동학말 보천교군 할아버진/솔밭으로 대숲으로 바람되어 다니시고", 이후 큰 아버님은 "북간도에 가시고" 숙부는 "징용 나"가 "재가 되어" 오셨으며, 이에 더해 전쟁으로 "푸른 기와집"까지 "연기로 올리"게 되었다는 가족사적 비극을 진술하면서, 식민화와 분단이라는 역사적 비극 아래 한 가족이 풍비박산된 일을 드러내고 있다.

그런데 시인은 이 폭력적인 역사에 의해 가족과 집을 잃은 할머니가 "오동나무장의 옹이무늬"가 되셨다고 말한다. 할머니가 무늬로서 새겨진 이 장롱의 문이란, 바로 저녁에야 비로소 열리는 '서문리'의 길과 상통하는 것 아니겠는가. 「欌을 바라보며」와 「저녁 서문리」를 겹쳐 읽으면, 역사의 폭력을 다 겪고 난 후 장롱의 무늬가 되어버린 할머니 같은 민중이 비로소 세상으로 이어지는 길을 열 수 있으리라는 시인의 전언이 얻어진다. 그렇다면 「저녁 서문리」의 1연에 등장하는 바람은, 「欌을 바라보며」의 "바람되어 다니시"는 "동학말 보천교군 할아버지"와 상통하는 바가 있을 테다. 즉 "남대천을 건너오는" 바람은 바로 동학군처럼 폭력의 역사를 바꾸고자 하는 역사의 또 다른 힘이라고 생각할 수 있는 것이다. 그 역사의 힘은 민중의 힘에서 나오는 것일 터인데, 이 시집에서 시인은 그 민중의 상징으로 아래의 시에서 볼 수 있듯이 '소'를 내세운다.

> 힘이 든다
> 소를 몰고 밭을 갈기란
> 비탈밭 중간 대목 쯤 이르러
> 다리를 벌리고 오줌을 촬촬 싸면서
> 소는 이렇게 말했다
> 세상이 바뀌면
> 내가 몰고 너희가 끌리라
> 그런 날 밤
> 콩섞인 여물을 주고 곤히 자는 밤에서
> 아무개야 아무개야 불러 나가보니
> 그가 날개를 달고 훨훨 날아가고 있었다
>
> ―「畜牛之變」 전문

"세상이 바뀌면/내가 몰고 너희가 끌리라"라고 말하는 '소'는 착취 받는 민중을 상징함이 틀림없을 것이다. 신경림 시인이 시집 해설에서 말하고 있듯이 이 소는 "농민적 현실의 알레고리"일 터, 즉 소는 현실에서 가혹하게 착취당해야 했던 민중, 특히 빈농을 상징한다. 그렇기에 "깨어진 종소리처럼 내"리는 비로 인해 들끓게 된 "수천 마리 소 울음"(「남문리 牛市場」)이 독자에게 결코 그냥 소 울음이 아니라 폭력적인 역사에 의해 고통 받아야 했던 민중의 통곡으로 들리는 것이다. 일하는 민중을 소로 상징하게 되면 그 시는 상당히 통렬한 현실 비판의 의미를 갖게 된다. 이는 지배층이 민중을 소처럼 몰고 다니면서 착취하고 있는 것이 작금의 현실이라는 의미를 내포하게 되기 때문이다. 그런데 그보다는 시적 화자의 위치가 흥미롭다. 시적 화자는 소를 모는 농부이다. 소를 몰고 "밭을 갈기란" 여간 힘든 일이 아닐 테다. 하지만 소의 입장에서 보면, 소를 모는 농부보다 소 자신이 더욱 힘들다. 정작 일을 하는 것은 소를 모는 사람이 아니라 바로 소이기 때문이다. 시인은 자신보다 더 힘들게 일해야 하는 소의 입장에서 생각해보고는, 노동력을 착취 받고 있는 소는 "세상이 바뀌"는 혁명을 꿈꾸리라고 추측한다. 이는 소를 도구가 아닌 하나의 엄연한 주체로서 생각하는 것이다.

이러한 사유 방식은 「아버지의 廢農」에서도 볼 수 있다. 이 시에서 "아버지의 콩 농사가 망하는 것을" 본 시인은 "흙은 지주나 作物의 소유가 아니라/흙 자신의 성깔로 누워있는 것"임을 깨닫는다. 그리고 콩이 망한 것은 "흙의 根性에 의한 선택"이었음에도 "아버지처럼 흙에 대하여 무지한 지주"는 "그 밭의 氣力이 다 했다고 투덜거"린다는 것도 알게 된다. 여기서 흙은, 농작물을 수확하고자 하는 지주의 도구가 아니라 스스로 키울 작물을 근성 있게 선택하는 엄연한 주체다. 이는 이상국 시인의 후반기 시에 나타나는 생태적 사유가 전반기 시에 이미 마련되어 있었다는 것을 보여준다. 하지만 전반기 시에서는 계급적 갈등이 전면으로 부각되고 있기 때문에 후반기 시와는 다른 면이 있다. 위의 시에서 소는 세상이 바뀌기를 꿈꾸고 있는 것이다. 그래서인지 이상국 시인의 첫 시집은 상당히 강렬하고 급진적인 현실 인식을 보여주고 있다는 느낌을 준다.

그런데 소의 상징화는 시인의 의도적인 고안의 산물은 아닌 것 같다. 시인은 "아버지의 소 판 돈을 슬쩍해서" 서울로 갔다가 되돌아온 경험을 회상하면서 "그래서 나는 소에게 빚이 있다. 몇 권 안되는 나의 시집 속에서는 소를 주제로 하거나 소재로 한 시가 얼추 2.3십 편은 된다. 소가 시를 키워준 것이다."(「소, 트랙터, 촛불」, 『문학들』 2008년 겨울호, 24~25쪽)고 진술하고 있기에 그렇다. 소에 대한 부채 관념이 역사적으로 확장되어, 시인 자신을 키워준 민중과 소를 동일시하기에 이른 것은 아닐까 추측된다. 이러한 소에 대한 개인적 경험이, "일찌기 할아버지는 이 나라의 소가 되었다/쇠스랑이 되었다"(「새는 아직 할아버지 적 소리로 운다」)면서 시인이 소를 시인의 가계와 연결시키도록 만든 것일지 모른다. 앞에서 거론한 「犧을 바라보며」을 다시 기억해보면, 할아버지는 현실을 변혁하고 자 했던 동학군의 일원이었다. 그렇다면 소는, 쇠스랑처럼 부림을 당하다 가 "세상이 바뀌"기를 꿈꾸면서 이를 실제로 행동에 옮겼던 할아버지처 럼, 변혁적 민중을 상징하는 것이기도 할 테다.

그렇다면 「축우지변」의 소들처럼 변혁의 꿈을 안고 있는 민중들은 농 사꾼인 시인 주변에 항상 존재하고 있다고 하겠다. 그런데 그 시에 드러 나 있듯이, 시인은 부림을 당하는 소 자체는 아니다. 즉 시인은 변혁을 꿈 꾸는 민중 '옆'에 있을 뿐 그 민중에 속해 있는 것은 아니다. 이는 「아버지 의 폐농」에서 아버지를 지주로 지칭한 것과 연관되어 있는 것 아닐까 생 각되는데, 아래의 시는 시인이 자신을 어떠한 위치에 있다고 생각하고 있 는지 짐작할 수 있게 한다.

> 내가 이 벌판에 등신처럼 서 있는 것은
> 지주를 위해서가 아니다
> 그는 내게 고깔과 총을 주고 이 벌판을 맡겼지만
> 내가 이 벌판에 등신처럼 서 있는 것은
> 그를 위해서가 아니다
> 내 벌린 팔과 머리 위에서
> 노래하는 새를 위해서다
>
> 내가 이 벌판 끝을 날마다 애터지게 바라보는 것은
> 밥을 가지고 오는 지주를 위해서가 아니다
> 나락을 훔치는 새와
> 새의 자유를 위해서다
> ─「허수아비」 전문

이 시에서도 시인은 허수아비에 주체성을 부여함으로써 허수아비에 대한 통상적인 인식을 뒤집고 있다. 물론 허수아비는 새가 나락을 훔쳐 먹지 않도록 지주에 의해 "등신처럼" 세워진 것이다. 어떻게 보면 허수아비는 주인에게 고용된 몸인 것이다. 하지만 허수아비는 "그를 위해" 서 있지 않는다. 도리어 새를 쫓아내야 하는 자신의 기능을, 새가 "내 벌린 팔과 머리 위에서/노래"할 수 있도록 어떤 공간을 제공하는 기능으로 전화시킨다. 그러한 전화는, 허수아비가 "새의 자유"를 "날마다 애터지게 바라보"아야 했기 때문일 것이다. 땅에 박혀 있는 허수아비에게 자유롭게 날아다니는 새는 자신의 희구希求를 실현하고 있는 존재로 보였을 것이다. 허수아비는 비록 이러한 자유로운 존재를 쫓아내기 위해 지주에 의해 세워진 것이지만, 도리어 그는 자신의 삶의 미래를 저 새들로부터 선취하게 된다. 그래서 그는 당파적으로, 저 새의 자유로운 노래를 위해 팔과 머리를 제공하고자 마음먹는다.

이상국 시인이 저 허수아비와 자신을 동일시하고 있다고 한다면 논리의 비약일까? 주로 지식인에 의해 써진 근대시는, 어쩌면 근대에 들어 부르주아에 의해 재영토화된 고급문화 영역에 새와 같은 민중을 쫓아내기 위해 세워진 것이라고도 볼 수 있지 않을까?. 그러나 알다시피 근대시는 이러한 기능을 전화시켜, 도리어 민중이 노래할 수 있는 공간을 마련한다. 그래서 저 허수아비는 새와 같은 민중과는 다른 존재이지만, '지주'로부터 탈주하여 주체성을 획득하면서 민중과 어울릴 수 있게 된 근대시인 혹은 근대시 자체를 가리킨다고 해석할 수 있다.

이상국 시인의 첫 시집『동해별곡』은 시인으로서의 자신에 대한 정체성을 찾아나가는 작업을 보여준다. 시인은 소로서의 민중을 발견하고, 그 민중과의 관계에서 시인인 자신이 어떤 존재이며 또 무엇을 해야 하는가에 대해 모색한다. 그리하여 시인은 '소'로 상징되는 민중의 생명력, 또는 기성 체제에 대한 저항력이 드러날 수 있는 시적 공간을 마련해야 한다고 생각한다. 그의 두 번째 시집 『내일로 가는 소』(동광출판사, 1989)에서 시인은, 이러한 생각을 구체적으로, 그리고 전투적으로 시에 구현하려고 했다. 1985년에서 1989년 사이의 격동기에 창작된 시편을 담고 있는 이 시집에서, 시인은 기존 사회 체제에 대해 좀 더 직접적이고도 격렬한 비판과 현실 변혁을 향한 민중의 실질적인 힘을 표현하고 있다. 표제작을 읽어보자.

> 산 넘어 가시덤불
> 어둠 밟고 가는 힘을 보아라
> 지치고 외로운 길 가며
> 먹은 것 꺼내 씹는 분노를 보아라
> 자라는 뿔을 보아라
> 굽을 보아라.
> 썩은 말뚝에 몸 부벼 대는
> 내 고삐의 사랑을 보아라.
> 이 나라 콩 깍지 개밥풀 누르고 설운 꽃 먹고
> 밥이 되는 커다란 똥을 보아라
> 산 넘어 가시덤불
> 어둠 밟고 가는 힘을 보아라.
>
> ─「내일로 가는 소」 전문

첫 시집과 마찬가지로, 이 시에서의 '소' 역시 빈농을 상징하는 것일 테다. 허나 첫 시집에서의 소가 세상이 바뀌기를 '꿈'꿨다면, 여기서의 소는 "산 넘어 가시덤불/어둠 밟고 가는 힘을" 현시한다. 소의 되새김질은 분노의 표현이며, 그 분노는 적을 들이칠 뿔을 자라게 한다. 또한 "이 나라"의 "설운 꽃" 먹은 소의 배설물은 이 대지의 커다란 밥이 된다. 요컨대 이 나라 모든 이들이 먹을 밥을 마련해주는 민중은 설운 밥을 먹고 살아가고 있으며, 그래서 그들은 분노를 되새김질 하면서 뿔을 키우고 있다는 것이다. 이렇게 볼 때, 이 시의 소는 「측우지변」에서의 소보다 좀 더 구체성과 현실성을 가지고 있다고 생각된다. 하지만 한편으로는, 이 시에서 도식적인 상징화가 이루어지고 있다는 느낌 역시 드는 것이 사실이다. 시인이 희구하는 바나 관념이 현실과 긴밀한 관련을 맺지 못한 채 현실에서 유리되어 시 앞으로 돌출될 때 이를 부정적인 의미의 '낭만주의'라고 할 것이다. 이 시에서 그러한 부정적인 '낭만주의'는, 현실화의 가능성과 연결되지 못한 채 미리 주어진 관념상의 민중을 소의 형상으로 알레고리칼하게 번역한 것에 그치는 데서 나타난다.

그런데 이렇듯 어떤 관념을 형상을 통해 상징화하는 위의 시의 수법은 1980년대 후반 한국 사회를 휩쓸었던 변혁의 열망과 무관하지 않을 것이다. 알다시피 정권으로부터 6·29 선언을 이끌어낸 1987년 이후, 민중 운동은 폭발적으로 성장하여 변혁적 전망까지 가질 수 있게 되었다. 이러한 움직임은 당대의 시인에게 조급한 형상화의 욕구를 불러 일으켰던 바, 당시 이상국 시인 역시 그러한 욕구에서 자유롭지 않았을 것이다. 그래서 그 역시 현실 속에 존재하는 잠재력을 발견하고 그 잠재력을 전망으로까지 끌어올리려는 방향보다는, 미리 상정된 관념의 상징적 형상화가 전망을 대체하는 방향으로 나아가는 시들을 창작하게 된 것 같다. 1980년대 후반 당시 이상국 시인의 시 창작에 미리 작동하고 있던 관념 중 하나는, 한국의 비극적 현대사와 군부 독재가 외세에 의한 제국주의적 침탈에 의해 비롯된 것이라는 사회과학적 인식에 의해 마련된 것으로 보인다. 그리고 이러한 인식은, 순수했던 '처녀—조국'이 늑대와 같은 미 제국과 그 하수인인 군부 독재에 의해 능욕 당했다는 식으로 '번역'되어 시화 詩化된다. 이에 따르면, 해방은 이 치욕을 씻어내는 일이다. 시인의 두 번째 시집에는, 이런 식의 서사가 작동하면서 아래와 같은 상징화가 이루어지곤 하는 시가 적지 않다.

해당화야
고개 너머 양키부대 철조망 밖에서
제 몸 찌르며 붉게 피던 해당화야
방망이 같은 좆 꺼내 놓고
용두질 해주면 준다고
핥아 주면 준다고
레이션 박스 헤쳐 놓고
캄온 캄온 하던 그들 앞에서
해당화처럼 빨갛게 누이는 울었다
어린 조국이 울었다

　　　　　　　　　　　　　　　　　　　－「해당화」 전문

오월에서야 오는구나
죽음과 능욕의 강 건너
피 닦고 어둠 씻고 오는 그대
수줍은 조선의 땅
농사꾼들 깨어 쟁기질하는 땅
돌무더기 헤치고 샘솟는 들머리 돌아
갈잎 사이 햇빛 쏟아지는 언덕에서
아 우리들 깨끗한 동정을 받아 다오

　　　　　　　　　　　　　　　　　　　－「들찔레」 전문

머나먼 나라 떠나
길 따라 물 따라
소처럼 걸어오는 그대
꽃 꺾어 흔들며
흔들리는 노래 부르며
아직 처녀인 몸으로
비켜오는 그대 맞을 반도 사내들
흐르는 물에
몸을 씻는다

　　　　　　　　　　　　　　　　　　　－「내일에게 · 1」 전문

변혁에의 희구에서 일상의 재발견으로－이상국론　205

「해당화」에서 미군은 조국—누이를 '레이션 박스'로 유혹하면서 성적으로 능욕하는 존재로 그려진다. '조국의 누이=해당화'는 그 성적 치욕 속에서 "제 몸 찌르며 붉게" 피며 "빨갛게" 울고 있다. 이러한 상황 속에서, 「들찔레」와 「내일에게·1」에서 볼 수 있듯이 해방이란 이 치욕—어둠을 씻어내는 일로 의미화 된다. '그대'로 의인화되고 있는 해방은 광주의 민중들이 살육당했던 오월에, '머나먼 나라'에서 온다. 그 해방이란, "피 닦고 어둠 씻"고 치욕과 능욕을 벗겨내어 처녀성을 회복한 미래의 조국이 지금 현재에로 다가오는 것이다. 이 해방을 맞이하기 위해 "반도 사내들"은 몸을 정갈하게 해두면서 미래의 조국에게 동정을 바칠 준비를 해야 한다. 순결이 악에 의해 훼손되었고 그 악을 물리침으로써 순결이 회복된다는 식의 이러한 서사는 신화적이다. 이 순환적인 시간관에 기초한 신화적 상상력은 시인이 농경적 세계에 삶의 뿌리를 두고 있기 때문에 생겨난 것일지 모른다. 허나 근대성에 대한 전방위적인 비판이 행해지고 있는 근래의 시각에서 보면, 이러한 신화적 상상력을 전근대적이라고 비판할 수만은 없다.

특히 혁명적인 분위기가 고양되고 있을 때에는 변혁에 일조하려는 문학은 민중의 전근대적인 상상력을 빌려오곤 한다. 이상국 시인이 이렇게 신화적 서사를 빌려온 것 역시, 1980년대 후반기의 분위기가 혁명적으로 끓어오르는 상황에서 시를 통해 변혁 운동에 일조하고자 하는 생각에서일 수도 있다. 이는 이 시집에서 격렬한 사회 비판의 시를 여러 편 볼 수 있다는 것에서도 뒷받침된다. 가령 「신감결(新鑑訣)」이나 「방(榜)」은 5공 독재의 폭력을 직설적으로 들추어내면서 봉기를 선동하고 있고 「반민여적계(反民女賊契)」는 풍자적인 어조로 '전장군'의 부인을 화자로 내세워 전 세계의 독재자들의 연계성을 꼬집고 있다. 이를 보면 이 『내일로 가는 소』는 운동으로서의 시작詩作을 전형적으로 보여주는 시집이라 하겠다.

첫 시집에서 소로 상징되는 민중에서 시의 거처를 찾고 두 번째 시집에서는 민중의 나라를 만들기 위한 시의 참여를 적극적으로 행하는 길로 나아간 이상국 시인의 시작 방향은, 1980년대 한국시의 강력했던 한 조류와 부합하는 것이었다. 하지만 알다시피 이 조류는 어떤 장벽에 부딪치게 된다. 형식적 민주주의가 정착되고 현실 사회주의가 붕괴하는 1990년대에 들어서면, 격렬했던 시대적 분위기가 점차 가라앉으면서 한국 문학에서 해방의 전망은 점차 유실되기 시작하는 것이다. 시대는 예전과는 다른 방식으로 암울해졌다. 이러한 상황에서 이상국 시인의 시작은 어떠한 방향으로 나아갔을까?

2

앞에서 언급했듯이 1990년대에 들어서면서 변혁의 열기는 점차 수그러들고 자본주의의 시장 권력이 민중의 일상을 덮어 누르기 시작한다. 해방에의 희구가 강렬할 때, 소위 '농민적 낭만주의'와 농경민의 전근대적 상상력에 기초한 '운동으로서의 시'는 일정한 의미를 갖고 있었다. 그런데 그러한 '운동으로서의 시'는 자칫 관념이나 희구를 상징적인 형상으로 '번역'하는데 그치는 경향을 낳기 쉬웠고 이상국의 시 역시 이런 폐해에서 자유롭지 못한 편이었다. 이러한 경향의 시는 삶 자체에서 구체적인 전망을 찾아내거나 삶의 의미를 새롭게 발견해내지 못하기 때문에, 공허한 수사를 통해 희구와 관념을 제시하는 방식으로 흘러가기 쉬웠다. 또한 해방에의 다소 조급한 열망은 시의 미적 수준을 하향화시키는 이러한 경향을 더욱 부추기곤 했다. 그러나 뚜렷하다고 생각되었던 전망이 불투명해지고 해방에의 열정 역시 급격히 감소되는 분위기에서, '운동시'는 설득력을 갖기 힘들어졌다.

이상국 시인도 이러한 사회 문화적 변화를 심각하게 받아들였을 터, 시작 방향을 새롭게 모색해야 했을 것인데, 그가 선택한 방향은 좀 더 충실한 리얼리즘이었다. 그는 세 번째 시집인 『우리는 읍으로 간다』(창작과 비평사, 1992)에서 민중의 일상을 좀 더 가까이에서 관찰하고, 그 관찰한 바를 시인 주관의 성급한 개입 없이 묘사하여, 독자 스스로 시에서 어떤 사회적 의미를 발견할 수 있도록 하는 시들을 제시했다. 두 번째 시집인 『내일로 가는 소』에서도 그러한 방향으로 써진 시가 없는 것은 아니다. 가령 다음과 같은 구절이 그러하다.

> 아버지 때만 해도 나는 농토가 우리들의 덫이라고 생각하지 않았다
> 그래도 날 풀리면 버덩논 물꼬부터 거두라는 숨찬 당숙이나
> 싸워야 한다고, 엎어야 한다고
> 술상 끄트머리에서 핏대를 올리는 조카들과
> 우리는 흐린 거울을 보듯 아득하게 음복주를 마신다.
> ─「겨울 제일(祭日)」 부분

위의 인용 구절은 제일祭日의 한 풍경을 담담하게 묘사하면서 당시 농촌 현실 속에서 점점 갑갑해져 가는 삶을 드러낸다. 하지만 아무래도 두 번째 시집의 주조는 시인 주관의 의지와 관념이 앞서는 편에 있었다. 그런데 그의 세 번째 시집에서는, 그 시집이 두 번째 시집과 발행년도의 간격이 별로 크지 않음에도 불구하고, 리얼리즘적인 시작 방향을 충실하게 따르는 시가 주조로 되어 있어서 두 번째 시집의 경향과 큰 차이를 보여주고 있다. 이 시집에서 두드러지고 있는 묘사적 경향은 아래의 시에 특히 잘 나타나 있다.

> 우체국 앞
> 멍석 한 닢 깔이만한 쥐똥나무 그늘 아래
> 사람들은 버스를 기다리고 있다
> 복골 웃대문턱 회룡 둔전 쪽으로 가는 버스는 하루 네 번뿐이다
> 장에 갔다 오는 여자들은 무릎팍에 얼굴을 묻고 꾸벅꾸벅 졸거나
> 팔다 남겨온 강낭콩을 까고 앉았다

쇠꼬리처럼 비틀린 촌로 몇이 땅바닥에
새우깡 봉지를 터뜨려놓고 소주를 마신다
복골 쪽에서 자연석 실어내는 대형 트럭들이
가끔 그들에게 흙먼지를 냅다 뿌리며 국도로 들어선다
건너다보이는 농협 담벼락에
-농민 살 길 가로막는 유알협상 거부한다-는 현수막이 늘어져 있다
그 밑에 조합장의 슈퍼살롱이 살진 암말처럼 번들거리며 서 있다
난민 무리 같은 사람들 속에서 나온 아이들이
쭈쭈바를 물고 쥐똥나무 그늘을 들락거린다

복골은 멀다

-「복골 가는 길」 전문

    이제 변혁을 이끌어갈 '소-민중'은 시에 등장하지 않는다. 다만 민중 개개인의 모습이 담담하게 묘사되고 있을 뿐이며, 그들은 무료하고 쓸쓸한 풍경의 구성 요소일 뿐이다. 흩어져 있는 민중들은 마치 "난민 무리" 같으며, 그 무리 사이로 '쭈쭈바'를 문 아이들이 들락거릴 뿐이다. 우루과이 라운드 협상을 반대한다는 현수막이 담벼락에 늘어져 있어도 아무도 신경 쓰지 않는다. 그 늘어진 현수막에 아랑곳하지 않고 조합장의 고급 승용차만이 그 밑에 서 있을 뿐이다. 이러한 풍경을 보여준 시인은, 의미심장하게도 시의 마지막에 "복골은 멀다"는 문장을 한 연으로 떼어놓고 있다. 농촌의 일상은 우르과이 라운드와 슈퍼살롱이 상징하는 시장의 위력 아래에서 무기력에 빠져버리고 말았다. 그렇기에 시인이 가고자 하는 복골은 아직 먼 것이다. 그렇다고 이러한 풍경의 묘사가 시인이 현실에 패배했음을 의미하는 것은 아니다. 어떤 풍경을 그대로 바라보고 묘사하고자 하는 의지는 현실의 실상을 똑바로 파악하고자 하는 것과 연결된다. 그것은 현실을 향한 시선을 좀 더 예리하게 벼리려는 의지인 것이다.
    그래서 이 세 번째 시집에는 예전보다 더 심화된 인식을 보여주는 시편들이

많다. 가령 동해 바다에서 만나곤 하는 녹슨 철조망이 갖는 의미를 묻는 「철조망」에서, "철조망이 밖에서 들어오지 못하게 하는 힘을 가진 것처럼/안에서도 나갈 수 없게 하는 것이라는 데 생각이 미치면/당신은 얼핏 거대한 수용소를 떠올릴지도 모른다"면서 "그까짓 동해를 버리고 간다 해도/철조망은 당신의 마음을 찢으며 한사코 따라올 것"이라며 시인은 예전보다 더욱 심화된 비판적 인식을 보여주고 있다. 이는 철조망의 설치가 단순히 외부의 침입을 막는다는 의미만을 가진 것이 아니라 바로 외부로 나갈 수 없는 정신 상태를 만든다는 것에 더 심각한 의미가 있다는 날카로운 인식이다. 어떤 명목을 내세워서라도 권력은 삶을 통제하고자 한다. 가장 좋은 통제 수단은 사람들이 스스로 자신을 통제하게끔 하는 것이다. 시인에 따르면 철조망이야말로 바로 그러한 효과를 가진 통제 수단의 상징이다.

"내 가는 모든 길의 검문소에서" "나는 뭔가 불어야 할 게 있는 것 같"아 "가슴이 뛴다"고 말하고 있는 「내 가는 모든 길의 검문소에서」도, 한국에서 '검문소'가 가진 폭력적인 의미와 더불어, 그 폭력에 의해 개인들 스스로 공포에 사로잡혀 자신의 삶을 위축하게 만드는 메커니즘을 예리하게 들춰내고 있다. 현실에 대한 비판적 인식의 심화는, 현실 변혁 의지를 시에 앞세우기보다는 일단 현실을 있는 그대로 파악하는 리얼리즘적인 태도에서 시작될 수 있다. 그러한 비판적이고 리얼리즘적인 인식이 선행되어야 변혁의 전망은 좀 더 구체적이고 튼실한 이미지를 얻을 수 있는 것이다. 바로 아래의 시에서 그러한 이미지를 우리는 발견할 수 있다.

> 짧은 겨울 해에도
> 젊은 사람들은 모이면 술을 마시고
> 돈 떨어지면 공사판 간다
> 좋은 세상이란 빼앗지 않는 곳을 말하는데
> 경운기 바퀴처럼 흙을 물고 털털거리며
> 어느 세월에 가 닿을 것인가

보리를 밟는다
봄 되면 몇십만 원짜리 농자금 증서에 도장을 누르며
온몸에 힘을 주듯 보리를 밟는다
밟히고 밟혀 창끝이 되어 올라오라고
아랫도리 새빨간 보리를 밟는다

　　　　　　　　　　　　　　　　　－「보리를 밟으며」 후반부

　「복골 가는 길」에서 "복골은 멀다"라고 시인이 판단했던 것과 마찬가지로, 이 시에서도 시인은 "빼앗지 않은 곳"인 "좋은 세상이란" "어느 세월에가 닿을 것인가"라는 부정적인 판단을 내리고 있다. 시적 화자는 섣불리 관념과 회구로 미래를 선취하지 않는다. 꿈이 실현되지 않았을 때, 그 꿈은 환멸로 바뀌기 마련이다. 환멸에 빠지지 않기 위해서는, 후퇴하고 있는 현실을 있는 그대로 인식하는 동시에 그 현실에 잠재해 있는 어떤 힘까지 포착할 수 있어야 한다. 위의 시에서 시인은 "모이면 술을 마시고/돈 떨어지면 공사판" 가는 무의미한 생활에서 민중들이 벗어나지 못하고 있음을 가감 없이 인식한다. 농민 역시 "봄 되면 몇 십만 원짜리 농자금 증서에 도장을 누르며" 빚을 얻어야 하는 생활을 계속해야 한다. 하지만 그 생활 속에서 꾹꾹 눌러야 하는 분노는 "아랫도리 새빨간 보리를 밟는" 행위로 표현된다. 그 행위는 "밟히고 밟혀 땅의 창끝이 되어 올라오라"는 열망을 담은 것이기도 하다. 저 "땅의 창끝이 되어 올라"온 보리는 바로 착취당하는 민중의 봉기를 의미할 터, 미래의 봉기를 열망하면서 민중은 보리를 밟으며 자신의 분노를 다스리고 있는 것이다. 보리를 밟는다는 이 행위는, 자칫 공허함으로 빠질 수 있는 분노의 상징화보다 선명하고 구체적인 이미지를 보여준다. 그리고 이 이미지는 전망이 불투명해진 세계에 대한 리얼한 인식 뒤에 얻어진 것이기 때문에 더욱 의미심장함을 가질 수 있게 된다.

　앞에서 언급했듯이 형식적 민주화와 더불어, 독재 정권을 전복하고자 하는 의지와 함께 했던 급진적 변혁의 열망은 점차 식어가기 시작했다.

그리고 자본의 논리가 세상의 곳곳을 관철하기 시작했다. 물론 군부 독재 정권 역시 자본의 논리에 충실했지만 적어도 이데올로기적으로는 파시즘적인 담론에 의지했다. 하지만 제도적인 민주화와 더불어 '실용'이라는 자본의 이데올로기가 모든 가치를 포획하기 시작한다. 이러한 전일화 되어가는 자본의 포섭 속에서, 독재에 대항했던 대항 이데올로기와 세상에 대한 시의 대응 역시 변화하지 않으면 안 되었다. 앞에서 언급했듯이 이상국 시인은 리얼리즘적인 인식의 심화를 통해 그 대응의 변화를 시도했다. 이 인식의 심화는, 농민의 신화적 세계관에 의한 전망의 형상화보다는 자본에 의해 잠식당하고 있는 현실을 있는 그대로 인식하면서 그 현실 속에서 조금씩 드러나는 전망을 이미지화하는 방식으로 시인의 시작 방향을 설정하게 했다. 바로 위에 인용한 「보리를 밟으며」가 그러한 방향을 잘 보여주고 있다.

그런데 자본에 의한 농촌의 잠식은, 예전의 국가 권력에 의한 폭압적 지배와는 다른 양상을 보인다. 1990년대 본격적으로 진행된 자본의 세계화에 편승한 정부는, 우르과이 라운드 등의 협정에 가담하여 농산물 시장을 개방시킨다. 자본은 이익이 되는 것이라면 자국의 농업이 망하든지 말든지 그곳으로 달려가는 속성을 가지고 있는데, 1990년대 들어서면 국가 역시 이 자본을 통제하지 못하고 도리어 자본의 흐름에 끌려 다니게 된다. 이러한 상황 아래에서 한국 농촌은 극도로 피폐해져서 이농하는 농민들이 많이 생기게 되는데, 이상국 시인의 리얼리즘은 바로 이 이농 현상을 포착한다. 『우리는 읍으로 간다』에는 이농을 주제로 한 시편들이 적지 않다. 가령 다음과 같은 구절들은 농토에서 쫓겨나거나 마을에서 떠나야 하는 사람들이 조명되고 있다.

쌀의 조국이었던
그 물 좋던 논배미들 마르고

형님도 새들도 이젠 농토에서 쫓겨났다
그러나 날마다 공사판 떠도는 형님은 들로 나가고 싶다
—「파대소리」 부분

다 떠나면 이 산은 어떻게 되는 것이냐
빌라 짓겠다던 작자들 다시 나서면
우리가 살아서 당산도 팔아치우자며
뒤켠에서 목소리 높이던 사람들도 흩어져 갔다
—「동제 지내던 날」 부분

또한 "따뜻한 땅이 씨앗을 품었음에도/빈손 들고" 가야 하는 '우리'가, "다시는 배고픈 땅에 돌아오지 않으리라/온다 해도 쟁기를 잡았던 손에/무기를 들고 올 것이다"(「이농」)라면서 분노와 의지를 강력하게 표출하는 시도 그 시집에서 눈에 띈다. 이 들로 나가고 싶다는 '형님'의 희구나 다시 이 땅에 오면 "무기를 들고 올 것"이라는 '우리'의 분노에서, 독자는 무리한 비약이나 관념성을 느낄 수 없을 것이다. 자본의 이익에 따라 파괴되고 있는 농촌에서 이농을 해야 하는 농민들의 구체적인 실상이 그러한 희구와 분노를 뒷받침하고 있기 때문이다.

『우리는 읍으로 간다』가 달성한 리얼리즘은 1998년 간행된 이 시인의 네 번째 시집 『집은 아직 따뜻하다』(창비)에도 이어진다. 이 시집에 실린 아래 시를 읽어보자.

우리나라 나이 잡수신 길들은
아직 장마당에서 만난다
장작을 여 내 고무신을 바꾸고
소를 내다 팔아 며느리를 보던 사람들
난전 차일 아래 약장수가 놀고
장돌뱅이들 이악스럽게 설쳐대도

변혁에의 희구에서 일상의 재발견으로—이상국론 213

농사꾼들은 해마다 낫과 쇠스랑을 벼리고
감자꽃 같은 아낙들 무릎마중을 하고
산 너머 집난이 소식 끝에 치마폭에 코를 풀던 곳
때로는 사는 게 팍팍하여
참나무 같은 어깨를 부딪치며
막걸리 사발에 가슴을 데우거나
우전머리에서 송아지 엉덩판 후려치며
공연히 음성 높이던 사람들 다 어디 가고
우리나라 울퉁불퉁한 길들만
장마당에서 겨우 만나고 헤어진다

　　　　　　　　　　　　　　　　　　－「장마당에서」전문

　"울퉁불퉁한 길들만/장마당에서 겨우 만나고 헤어"지는 현재의 적막한
상황과, 예전 장마당에서 벌어지곤 했던 여러 장면에 대한 생동감 있는
묘사가 대조되면서, 비록 가난하고 "사는 게 팍팍"했지만 약동적이었던
삶의 현장이 작금에는 점차 사라지고 있다는 현실을 이 시는 비판적으로
잘 드러내고 있다. 장마당에서의 여러 군상들이 각각 한 행으로 압축되어
묘사되고 있는 부분은, 시인의 시적 기량이 상당히 발전했다는 것을 느끼
게 한다. 그런데 바로 이전 시집에서의 리얼리즘이 이농해야 하는 농촌
현실을 형상화하면서 농촌의 파괴에 따른 농민들의 정서 역시 드러내고
자 했다면, 이 시는 감정의 표출을 최대한 억제하고 활기찼던 삶의 현장
이 사라진 현실을 좀 더 차분하게 형상화 하고 있다는 점에서 일정한 차
이를 보여준다.
　이상국 시인의 이 네 번째 시집의 특징은, 무엇인가 점점 사라지고 있
는 현실이 담담하게 묘사되고 있는 시편들이 적잖이 실려 있다는 점에 있
다. 「쇠기러기」에서 시인은 "내가 소냐고/걸핏하면" 대들던 홍종이 처가
"두 살짜리 딸 잠재워놓고" 집 나간 이야기를 진술하면서 가정이 해체되
고 있는 농촌 현실을 꼬집고 있고, 「방앗간카페에 가서」에서는 "한때는

벌판 하나를 다 먹어치우고도/성이 안 차 식식거리던 발동기"를 가졌던 방앗간이 카페로 변해버린 이야기를 통해 쌀보다 커피가 귀중해진 전도된 현실을 은근히 비판하고 있다. 이를 보면, 이 시집에서 시인의 리얼리즘적인 촉수는 주로 사라져버리고 있는 어떤 현실에 닿아 있다고 할 수 있다. 그런데 무엇인가가 상실된 현실은, 다음과 같이 서정성 짙은 시를 쓰도록 시인을 이끈 것 같다.

흐르는 물이 무얼 알랴
어성천이 큰 산 그림자 싣고
제 목소리 따라 양양 가는 길
부소치 다리 건너 함석집 기둥에
흰 문패 하나 눈물처럼 매달렸다

나무 이파리 같은 그리움을 덮고
입동 하늘의 별이 묵어갔을까
방구들마다 그림자처럼 희미하게
어둠을 입은 사람들 어른거리고
이 집 어른 세상 출입하던 갓이
비료포대 속에 들어 바람벽 높이 걸렸다

저 만 리 물길 따라
해마다 연어들 돌아오는데
흐르는 물에 혼은 실어보내고 몸만 남아
사진액자 속 일가붙이들 데리고
아직 따뜻한 집

어느 시절엔들 슬픔이 없으랴만
늙은 가을볕 아래
오래 된 삶도 짚가리처럼 무너졌다

그래도 집은 문을 닫지 못하고
다리 건너오는 어둠을 바라보고 있다
　　　　　　　　　　　－「집은 아직 따뜻하다」 전문

　이 시는 시집 표제작이니만큼, 이 시집을 대표하는 시라고 할 수 있겠다. 그도 그럴 것이 이 시집에는 '집'에 대한 시가 제법 많이 실려 있다. 집은 개인의 기초적인 생활공간이다. 요즘에는 독신으로 사는 사람들이 많아졌다고 해도, '집' 하면 대부분 가족들과 같이 사는 공간을 의미한다. 그 공간에서 사람들은 자신의 삶을 형성하고 추억을 만든다. 집이라는 공간은 개인의 내면 공간까지 만드는 것이다. 그 공간에서의 생활이 사회 속에서 노동하면서 살아야 하는 삶을 지탱시키고 삶의 살을 만든다. 시인은 그러한 삶의 기초를 제공했던 공간이, 장마당이 사라졌던 것처럼 점차 사라지고 있다고 진단한다. 앞에서 인용한 시에서 "양양 가는 길"에 발견한 "흰 문패 하나 눈물처럼 매달"려 있는 어떤 빈 집에 시인이 주목하게 된 것도 이와 관련될 것이다.

　그런데 그는 이 집에 살았을 '일가붙이들'이 떠나야만 했을 사회적 현실에 대한 비판보다는, 자신이 관찰한 이 집의 사물들에서 서정성 짙은 상상을 이끌어내고 있다. 즉 시인은 '방구들'을 보면서 "그림자처럼 희미하게/어둠을 입은 사람들 어른거리"는 상상을 하거나, 사진 액자를 보면서 이 '일가붙이들'은 "흐르는 물에 혼을 실어보"냈기 때문에 다시 돌아올 수 없겠지만 "사진액자 속에" "몸만 남아" 있다고 상상한다. 그리하여 관찰 대상은 사회 현실을 드러내는 매개체가 되는 것이 아니라 시인의 상상 공간을 마련하는 촉매 역할을 하게 된다.

　하지만 이상국 시인은 관찰된 그 오래된 삶의 몰락을 차마 그냥 흘려보내지는 못한다. 그들의 체취가 아직 남아 있는 집은 "문을 닫지 못하고/다리 건너오는 어둠을 바라"본다고 그는 말하고 있는 것이다. 일가붙이들이 사라지고 어둠만 남아 있는 저쪽을, 집은 그들이 돌아올 것이라는 듯이 바라본다. 그리하여 이 시의 공간에는, "비료포대 속에 들어" 있는 갓, 방구들에 희미하게 어른거리는 그림자, 일가붙이들의 체온을 집안에 남기고 있는 사진액자, 그리고 저쪽 어둠을 바라보고 있는 집이 전체적으로 어우러지게 되면서 서정성 짙은 어떤 아우라가 퍼지게 된다. 그 아우라는 사라진 것이 현재와 공존할 때 생기는 것이다. 집에 남아 있는 그 사라진 것들은, 그림자로서 희미하게 어른거리며 존재한다.

　그 희미한 것들을 포착하려는 서정적 주체는 자신의 감각을 외부에 더욱 개방하고 외부의 움직임에 예민해져야 한다. 그 섬세한 감각만이 저 사라진 것들이 역설적으로 존재할 때 생기는 아우라를 경험할 수 있을 것이다. 그래서 아우라는 청각을 통해 경험되기도 한다. "다시 불 켜지지 않는 집 마당에서/긴 울음소리 하나/무너지는 집 한 채 오래 떠받치고 있다"(「마음 속의 집 한 채」)나 "어둠에 잠겨 찰랑거리는 마을에서/이파리들의 소곤거림/쇠똥 냄새/먼데 집 펌프대 삐걱거리며 물 올리는 소리/멍석가로 펄쩍펄쩍 개구리들 덤벼드는/그 머나먼 집 마당"(「저녁의 집」)과 같은 구절에서 소리들은 추억 속의 집을 구체화하며 아우라를 만들어낸다. 그 소리의 아우라는 주체에 통합될 수 없는 어떤 타자로서 존재한다. 그런데 타자로서의 소리는 다음과 같이 시인의 이름을 부르기도 하는 것이다.

　　　산꼭대기까지
　　　물 길어 올리느라
　　　나무들은 몸이 흠뻑 젖었지만
　　　햇빛은 그 정수리에서 깨어난다

　　　이기고 지는 사람의 일로
　　　이 산 밖에
　　　삼겹살 같은 세상을 두고
　　　미천골 물푸레나무 숲에서

나는 벌레처럼 잠들었던 모양이다

이파리에서 떨어지는 이슬이었을까
또다른 벌레였을까
이 작두날처럼 푸른 새벽에
누가 나의 이름을 불렀다
　　　　　　　　－「미천골 물푸레나무 숲에서」 후반부

　시인은 "미천골 물푸레나무 숲"에서 깜빡, "벌레처럼 잠들었"다가 새벽
에 깬다. 이 숲속 공간은 저 희미한 아우라 가득한 집과는 달리 서슬 퍼런
"작두날처럼" 맑고 푸르다. 타자적인 그 무엇인 아우라와 접촉할 수 있는
감각을 가지고 있는 시인은, 이 시에서는 이 숲속의 무엇이 완전하게 타
자로서 스스로 존재하고 있다는 것을 느끼기 시작한다. 그 느낌은 "누가
나의 이름을" 부르는 감각으로 현현한다. 내가 저 자연을 부르는 것이 아
니라 저 자연이 타자로서 나를 부른다. 자연이 나를 부르는 것을 들을 줄
알기 위해서는, 저 자연이 나의 의식을 구성하는 어떤 요소로서 내 안에
서 용해될 수 없는, 나의 타자로서 존재한다는 것을 인정해야만 가능하
다. 또한 타자로서의 자연을 인정하기 위해서는, 나 역시 저 자연과 같은
존재라는 것을 깨달아야 한다. 즉 인간중심주의와 같은 근대주의에서 벗
어나야 하는 것이다.
　내가 '벌레처럼' 존재할 수 있을 때, 또 다른 벌레가 나를 부르는 것을
들을 수 있다. 내가 벌레가 되기 위해서는, "이 산 밖에/삼겹살 같은 세상
을 두고" 이 숲 속에 와야 한다. 그때 「샛령을 넘으며」에서 시인이 말하듯
"병치매미도 제 이름을 부르며" 우는 것을 들을 수 있으며, 산을 넘는 시
인을 두고 "비탈이 험한 곳일수록 꼿꼿한 나무들이/그들 말로/오늘은 꽤
지저분한 짐승 하나가/지나간다고 하는 것 같은데"라며 말하는 소리도 감
지할 수 있을 것이다. 그리하여 시인은 복잡하고 계산적인 "산 밖"의 인간

중심주의적인 근대 세계에서 벗어나 조화롭고 순진한 이 타자성의 세계에서 "지저분한 짐승 하나"로서 존재하고자 하는 염원을 가지게 된다. 이 염원이 『집은 아직 따뜻하다』의 가장 절창이라고 거론되곤 하는 아래의 시를 쓰게 되었을 것이다.

좋다야, 이 아름다운 물감 같은 가을에
어지러운 나라와 마음 하나 나뭇가지에 걸어놓고
소처럼 선림에 눕다
절 이름에 깔려 죽은 말들의 혼인지 꽃들이 지천인데
經典이 무거웠던가 중동이 부러진 비석 하나가
불편한 몸으로 햇빛을 가려준다

어디로 가는지도 모르고
여기까지 오는데 마흔아홉 해가 걸렸구나
선승들도 그랬을 것이다
남설악이 다 들어가고도 남는 그리움 때문에
이 큰 잣나무 밑동에 기대어 서캐를 잡듯 마음을 죽이거나
저 물소리 서러워 용두질을 했을지도 모른다
그러나 슬픔엔들 등급이 없으랴

말이 많았구나 돌아가자
여기서 백날을 뒹군들 니 마음이 절간이라고
선림은 등을 떼밀며 문을 닫는데
깨어진 浮屠에서 떨어지는
뼛가루 같은 햇살이나 몇됫박 얻어 쓰고
나는 저 세간의 武林으로 돌아가네
　　　　　　　　　　　　　－「禪林院址에 가서」후반부

이제 '소'는 민중을 상징하는 무엇이 아니다. 소는 소 자체로서, 인간에게 타자로서 존재한다. 시인은 시를 인간의 세계로 끌어들여 의미화하지 않고 인간인 자신이 소의 세계로 끌려들어간다. "소처럼 선림에 눕"는 것이다. 시인은 "어지러운 나라와 마음 하나 나뭇가지에 걸어놓고" 소와 더불어 자연이 되어 "이 아름다운 물감 같은 가을" 속으로 용해된다. 이때 시인은 어린아이처럼 "좋다야"라며 감탄을 내뱉는다. 세상사로부터 해방된 시인의 기쁨을 천진난만하게 표현하는 그 단순한 감탄사는, 세속의 욕망과 해탈을 다루고 있는 이 품격 있는 시와 놀라우리만치 잘 어우러지고 있다. 허나 시인도 잘 안다. 이 해탈의 공간인 듯 보이는 '선림'에서도 선승들은 "저 물소리 서러워 용두질을 했을" 것이라는 것을. 이 공간에의 용해가 해탈을 보장하지 않는다는 것을. 그래서 선림은 "니 마음이 절간이라고" 시인의 "등을 떠밀며 문을 닫"는다. 결국 시인은 "저 세간의 무림으로 돌아가"야 하는 것이다.

3

이상으로 이상국 시인의 세 번째 시집(1992)과 네 번째 시집(1998)을 살펴보면서, 1990년대 이상국의 시 경향을 서술한 셈이 되었다. 세 번째 시집에서는, 예전의 관념적 혹은 낭만적인 성향에서 벗어나 붕괴되는 농촌 현실을 리얼리스틱하게 조명하는 경향이 강화되었다. 이러한 경향을 이어받은 네 번째 시집에서는, 한편으로 붕괴한 장소에서 경험하게 되는 아우라를 감지하고 더 나아가 타자로서의 자연을 발견하는 데에로 나아가게 된다. 이러한 시적 행보는, 시인의 시작 태도가 묘사 대상으로부터 사회 현실의 비판을 도출하려는 태도에서 대상에 의해 자극된 시인 자신의 서정적인 울림을 시적으로 재구성하려는 태도로 변모하고 있음을 의미한다.

이러한 태도 변화는 시적 대상이 시인과 떨어져 있는 어떤 객관으로서 존재한다기보다는, 그를 둘러싸면서 그와 어우러지는 하나의 세계로서 존재한다는 인식으로 이끈다. 그것은 시인이 대상—자연—을 주체에 귀속시키고자 하는 근대적 사유—휴머니즘—에서 벗어나, 대상의 절대적인 타자성을 인정하는 가운데 그 대상과 새로운 관계를 맺으려는 탈근대적 사유, 생태학적 사유로 나아가고 있다는 것을 뜻한다. 이 생태학적 사유는 현실 사회주의라는 대안이 붕괴된 이후, 근대적 사유 체계에 대한 대대적인 반성과 새로운 대안에 대한 탐색이 일어났던 1990년대 한국 지성계의 흐름과 일정하게 조응하는 것이다.

다섯 번째 시집 『어느 농사꾼의 별에서』(창비, 2005)에서도 네 번째 시집에서 진전된 시인의 시작 태도와 인식이 지속되고 있다. 특히 "산새들이 우리더러 산을 나가라고 하지는 않으나/산의 주인은 그들이고/우리는 이 산을 잠시 지나가는/또 다른 짐승일 뿐이니"(「반달곰을 그리워하며」)와 같은 구절은, 위에서 언급했던 「샛령을 넘으며」의 꼿꼿한 나무가 산을 오르는 시인을 보고 "꽤 지저분한 짐승 하나가/지나간다고" 말하는 구절과 상통한다. 하지만 「반달을 그리워하며」의 화자는 시인 자신이라는 점에서 차이가 있다. 『집은 아직 따뜻하다』에서 시인은, 자연이 부르는 소리에 귀를 기울인다는 다소 수동적인 태도에 머무른 감이 있었다. 그 시집의 시편들에서 엄연한 주체로서 적극적인 행위를 하고 있는 것은 시인이 아니라 시인에게 말을 걸고 있는 나무나 벌레들인 것이다.

허나 이 다섯 번째 시집에서는, '우리'는 "또 다른 짐승일 뿐"이라고 말하는 주체는 바로 시인이다. 더 나아가 시인은 좀 더 적극적으로 자연의 세계에 함입되고자 한다. 이제 시인은 "누가 나의 이름을" 부르는 소리에 귀를 기울이지만은 않는다. 「물푸레나무에게 쓰는 편지」에서 시인은 "오월이 오고 또 오면/언젠가 우리가 서로/몸을 바꿀 날이 있겠지"라고 쓴다. 즉 시인은 저 물푸레나무와 몸을 바꾸길 원하고 그래서 그에게 편지를 쓰는 적극성을 보여주는 것이다. 자연의 한 일원이 되기 위해서는 타자에 자신의 감각을 개방하는 것을 넘어 적극적으로 '되기−생성'에로 나아가지 않으면 불가능하다고 시인은 생각했던 것 같다. 그래서 오월이 되면 "온몸이 꽃이" 되는 시인은 '물푸레나무 되기', 혹은 그 나무와 몸 바꾸기를 기대하면서 피가 푸른 "너에게 편지를" 쓰는 것일 테다. 그리고 이러한 되기 과정을 통해 비로소 시인이 자연 세계에 함입된 광경이, 아래의 시「가라피의 밤」에서 다음과 같이 놀랍게 펼쳐진다. 전문을 인용해본다.

> 가라피의 어둠은 짐승 같아서
> 외딴 곳에서 마주치면 서로 놀라기도 하고
> 서늘하고 퀴퀴한 냄새까지 난다
> 나는 그 옆구리에 누워 털을 뽑아보기도 하고
> 목덜미에 올라타보기도 하는데
> 이 산속에서는 그가 제왕이고
> 상당한 세월과 재산을 불야성에 바치고
> 어느날 앞이 캄캄해서야 나는
> 겨우 그의 버러지 같은 신하가 되었다
> 날마다 저녁 밥숟갈을 빼기 무섭게
> 산을 내려오는 시커먼 밤에게
> 구렁이처럼 친친 감겨 숨이 막히거나
> 커다란 젖통에 눌린 남자처럼 허우적거리면서도
> 나는 전깃불에 겁먹은 어둠들이 모여 사는
> 산 너머 후레자식 같은 세상을 생각하고는 했다
> 또 어떤 날은 산이 노루새끼처럼 낑낑거리는 바람에 나가보면
> 늙은 어둠이 수천 길 제 몸속의 벼랑에서 몸을 던지거나
> 햇어둠이 옻처럼 검은 피칠을 하고 태어나는 걸 보기도 했는데
> 나는 그것들과 냇가에서 서로 몸을 씻어주기도 했다
> 나는 너무 밝은 세상에서 눈을 버렸고
> 생각과 마음을 감출 수 없었지만

이곳에서는 어둠을 옷처럼 입고 다녔으므로
나도 나를 잘 알아볼 수가 없었다
밤마다 어둠이 더운 고기를 삼키듯 나를 삼키면
그 큰 짐승 안에서 캄캄한 무지를 꿈꾸거나
내 속에 차오르는 어둠으로
나는 때로 반딧불이처럼 깜박거리며
가라피를 날아다니고는 했다

    시인의 주에 따르면 가라피는 "양양 오색에 있는 산골 마을"이라고 한다. 솔직히 「가라피의 밤」이라는 제목을 보고 '가라피'는 어떤 외국 지명이라고 추측했다. '가라피'라는 곳이 한국에 있다는 것을 모르고 있었던 것이다. 그것도 그럴 것이 인터넷 백과사전에도 '가라피'는 검색되지 않는다. 시인은 이 시에서 이러한 벽지를 싱싱하면서도 신비로운 공간으로 독특하게 형상화하여, 이곳에 시적인 생명을 불어넣는데 성공하고 있다. 필자에게 이상국 시인의 시 중 가장 인상깊은 시를 뽑으라고 한다면, 이 시를 뽑을 것이다. 그만큼, 이 시에서 생명을 부여받고 있는 세계는 필자를 압도하는 이미지를 제공하고 있다.

    이 시에서 '가라피'라는 공간 자체가 어떤 생명체다. 첫 행에서 시인은 "가라피의 밤은 짐승 같아서"라고 쓰고 있지 않는가. 생명체인 이 밤은 "서늘하고 퀴퀴한 냄새"라는 구체적인 감각으로 시인에게 다가온다. 가라피의 밤은 사람을 꺼려하지 않는다. 오히려 그 밤은 시인이 어떠한 짓을 해도, 즉 "그의 옆구리에 누워 털을 뽑아"본다거나 "목덜미에 올라타 보기도 하"는 데도 가만히 존재한다. "세월과 재산을 불야성에 바"친 이후에야 시인은 이 가라피를 발견했으며, 이렇듯 자신을 안아주는 "그의 버러지 같은 신하가 되었다"며 이 밤 앞에 무릎 꿇는다. 시인은 감각들이 용해되는 이 가라피의 밤에 구렁이에 감긴 것처럼 숨막혀하거나 "커다란 젖통에 놀린 남자처럼 허우적거리면서도", "나도 나를 잘 알아볼 수가 없"고 "더운 고기를 삼키듯 나를 삼키"는 이 가라피의 어둠 속에서 존재 자체의 어떤 변화를 느낀다. 저 숨막힐 정도로 풍만한 어둠이 "내 속에 차오르"게 되면, "나는 때로 반딧불이처럼 깜박거리며/가라피를 날아다"니게 되는 것이다. 여기서 시인은 「미천골 물푸레나무 숲에서」의 "벌레처럼"이 아니라 벌레 그 자체로 변화되어버린다.

이렇게 '반딧불이 되기'가 성공하게 된 것은 적극적으로 어둠과 교접하려고 어둠의 털을 뽑아보기도 하는 등의 노력을 했기 때문일 터, 그 노력 끝에 시인은 이 세계와의 교접에 성공하여 그 세계 속에 함입되고 용해되면서 다른 존재로 변화될 수 있었다. 그러니 이 숨 막히는 가라피의 밤, 이 완벽하게 시적인 세계와 비교할 때, 시인에게 인간의 세속이란 저 "전깃불에 겁먹은 어둠들이 모여 사는/산 너머 후레자식 같은 세상"에 불과하다. 그러나 아무리 가라피의 밤이 황홀하더라도 시인은 다시 후레자식 같은 세상으로 내려갈 수밖에 없는 처지다. 저 모든 것이 조응하는 자연 세계를 시에 구성해 놓았지만, 이상국 시인은 인간의 현실을 다시 돌아보는 감각을 잃지 않는 시인이기 때문이다. 그래서 그는 이 시적인 세계에 대해 또 다른 물음을 갖게 될 것이다. 그는 아래의 시에서 저 "캄캄함 무지"의 밤에서 겪는 엑스타시란 세속에서의 성적 욕망과 얼마나 거리를 두고 있는 것일까라고 질문한다.

저 벌거숭이 나무보살 나무나한들
겹겹이 에워싼 중대(中臺) 한나절 올라가면
이승의 클리토리스 같은 궁(宮)이 있다니,
이를테면 천원에 두 편씩 하는 비디오를
새벽까지 보다가 잠들면
그게 요즘 나의 적멸인데
왜 나는 자꾸 집을 나서는지
월정사 들머리 바다횟집 가자미더러 어디서 왔냐니까

헛소리 하지 말고 밥이나먹고 가라고 무안을 준다
저것도 뭘 아는 것 같다
다들 손님으로 다녀간 곳,
세상은 유곽 같은 곳이어서
날마다 색정으로 밤을 밝히고도
또다른 궁을 찾아
오늘은 얼굴을 가리고 산 들어서는데
사천왕 같은 전나무들이 길을 막고
기어이 마음뚜껑을 열어본다

누가 산꼭대기에 궁을 갖다놓았을까
이 추위를 뚫고 올라가면
정말 생(生)이 환하게 섹스를 할 수 있을까
아니면 수족관 가자미처럼
나는 너무 깊이 들어온 건 아닌지
아침에 먹으면 저녁에 싸는 것을 데리고
겨울 안개 속 산을 오른다

―「적멸보궁 가는 길」 전문

  적멸이란 열반, 즉 니르바나를 뜻하며 적멸보궁이란 불상을 모시지 않고 열반을 상징하는 법당만 있는 절을 뜻한다. 바로 가라피의 밤에서 반딧불이가 되는 순간이 열반이라고 할 수 있을 것이다. 그렇다면 '가라피'가 바로 적멸보궁이겠다. 불상 하나 없을 그곳은 사찰도 아니겠지만 열반이 일어날 수 있는 곳이기에 적멸보궁이라고 해도 무리는 아닐 테다. 그런데 이 시에서 흥미로운 부분은 그 적멸이 꼭 그곳에서만 일어나는 것이겠냐는 식으로 시적 화자가 말하고 있다는 것이다. 즉 "요즘 나의 적멸"이란 "천원에 두 편씩 하는 비디오를/새벽까지 보다가 잠"드는 일이라는 것. 사실 열반―적멸이 대단한 무엇이라는 태도도 집착이라고 말할 수 있을 터, 그래서 불상 앞에 절을 드린다고 적멸에 들어설 수 있는 것은 아니다. 무아지경에 빠지는 것이 적멸이라면, 비디오에 빠져 밤을 새는 것 역시 적멸 아니겠는가. 또한 적멸에의 욕망이란 "생이 환하게 섹스를" 하는 욕망 아니겠는가. 그래서 적멸보궁은 "이승의 클리토리스"라고 할 수 있지 않겠는가. 하여, 적멸에의 욕망은 "날마다 색정으로 밤을 밝히"게 만든다. 우리는 색정으로 밤을 밝히기 위하여 세상에 손님으로 잠시 머문다. 그래서 "세상은 유곽 같은 곳"이다. 이 유곽에서 우리는 적멸할 수 있는 곳을 찾아 이곳저곳을 떠돈다.

하지만 시인은 결국, "또 다른 궁을 찾아/오늘은 얼굴을 가리고 산 들어서는" 것이다. 이 세상—유곽—에서는 진정한 적멸을 이룰 수 없다는 듯이. 그 적멸보궁으로 가는 산길에는 "나무나한"들과 "사천왕 같은 전나무들이 길을 막고/기어이 마음뚜껑을 열어"보기 때문일까? 그러나 동시에 그는 저 산꼭대기 적멸보궁으로 향하는 삶이 "너무 깊이 들어온 건 아닌지" 의심한다. 그 삶은 어쩌면 바다횟집 "수족관 가자미"와 같은 것이 될지도 모른다고 생각하는 것이다. 이는 적멸을 열렬히 회구하여 산행하다가 결국 횟집 수족관에 갇힌 가자미처럼 적멸에 삶이 붙잡혀버렸다는 의미일 것이다. 그리하여 시인은 적멸하기 위해서라면 열망에서 가벼워져야 한다고 생각하게 된 듯, 시인은 "별의별 짓을 다 했는데/그래봤자 그 모든 짓이 법수치에서는/물가의 물버들나무 한 그루가/바람에 흔들리는 거나 진배없었지요"(「법수치」)라고 말한다. 결국 적멸보궁을 찾아 산을 오르는 일 역시 물버들나무 한 그루가 바람에 흔들리는 것과 별 차이 없다. 그렇기에 일상의 밤과 저 가라피의 밤은 오십보백보의 차이만이 있을 것이다.

그리하여 사람들의 사소한 욕망들이 교차하며 명멸되는 일상의 공간은 다시 시적 대상으로서 긍정된다. 이제 일상은, 이상국 시인의 1990년대 시 경향에서처럼 리얼리즘적인 묘사 대상으로서 사회 비판의 바탕이 된다는 의미에서의 긍정이 아니라, 또한 서정을 이끌어내기 위한 재구성 대상으로서의 긍정이 아니라, 삶의 맨얼굴을 발견하는 장소로서 긍정되는 것이다. 비록 일상 공간이 '가라피'처럼 이전의 내가 다른 존재로 변하면서 적멸할 수 있는 공간은 될 수 없을지라도, 그곳에서도 작은 적멸들은 반딧불처럼 반짝거리며 명멸할 것이라고 말이다. 이렇게 시인의 사유가 진행되었기 때문에, 아래와 같은 시가 「가라피의 밤」과 함께한 시집 안에 실릴 수 있었을 테다.

> 나는 저녁이 좋다
> 깃털처럼 부드러운 어스름을 앞세우고
> 어둠은 갯가의 조수처럼 밀려오기도 하고
> 어떤 날은 딸네집 갔다오는 친정아버지처럼
> 뒷짐을 지고 오기도 하는데
> 나는 그 안으로 들어가는 게 좋다
> 벌레와 새들은 그 속의 어디론가 몸을 감추고
> 사람들도 뻣뻣하던 고개를 숙이고 집으로 돌아가면
> 하늘에는 별이 뜨고
> 아이들이 공을 튀기며 돌아오는
> 골목길 어디에서 고기 굽는 냄새가 나기도 한다
> 어떤 날은 누가 내 이름을 부르는 것 같아서
> 돌아다보기도 하지만
> 나는 이내 그것이 내가 나를 부르는 소리라는 걸 안다
> 나는 날마다 저녁을 기다린다
> 어둠속에서는 누구나 건달처럼 우쭐거리거나
> 쓸쓸함도 힘이 되므로
> 오늘도 나는 쓸데없이 거리의 불빛을 기웃거리다가
> 어둠속으로 들어간다
>
> ─「저녁의 노래」 전문

이 시에서 시인은 산으로 올라가지 않는다. "생이 환하게 섹스를 할 수 있"길 기대하면서 짐승 같은 가라피의 밤의 '젖통'에 파묻혀 함입되고자

하지 않는다. 그는 작은 도시의 거리를 뒷짐 지고 거닐면서 "깃털처럼 부드러운 어스름을 앞세우고" "갯가의 조수처럼 밀려오"는 어둠 속으로 들어가는 것을 좋아할 뿐이다. 그 거리 안에는 "하늘에는 별이 뜨고" "아이들이 공을 튀기며 돌아오"며 "골목길 어디에서 고기 굽는 냄새가 나"는, 너무나 일상적이고 평범한 일들이 부드럽게 펼쳐질 뿐이다. 그 거리는 아우라나 자연과 같은 타자와의 만남이 이루어지는 곳이 아니라 시인 자신에게 너무나도 익숙한 풍경들을 스치듯 지나칠 수 있는 곳이다. 그래서 그곳에서는 어떤 타자가 그의 이름을 부르는 일도 일어나지 않을 터여서, "누가 내 이름을 부르는 것 같아서/돌아다보기도 하지만/나는 이내 그것이 내가 나를 부르는 소리라는 걸" 알게 되는 것이다. 그래서 익숙한 그곳은 쓸쓸함을 가져다준다. 그곳에서는 '되기'가 격렬하게 이루어지는 어떤 사건(적멸)도 일어나지 않기 때문이리라.

하지만 시인은 이제, 그 쓸쓸함이 삶의 힘이 될 수 있다는 것을 인정한다. 아니, 시인은 이제 적멸이 아니라 그 쓸쓸함의 무의미가 삶을 살아가게 하는 의미라고 생각하게 된 듯하다. 그렇기에 그는 쓸쓸하게, 또 다시 "쓸데없이 거리의 불빛을 기웃거리다가/어둠속으로 들어"가고 있는 것일 테다. 이렇게 쓸데없는 일을 반복하는 것, 시인은 그것이 삶 자체이며 아름다운 것이라고 생각하게 된 것 같다.

> 나는 나의 생을,
> 아름다운 하루하루를
> 두루마리 휴지처럼 풀어 쓰고 버린다
> 우주는 그걸 다시 리필해서 보내는데
> 그래서 해마다 봄은 새봄이고
> 늘 새것 같은 사랑을 하고
> 죽음마저 아직 첫물이니
> 나는 나의 생을 부지런히 풀어 쓸 수밖에 없는 것이다
> ─「리필」 전문

이에 따르면 '생'—삶—은 언제나 하루를 "두루마리 휴지처럼" 버리고 또 다른 하루를 다시 시작하는 반복의 연속이다. 그래서 삶은 쓸쓸할 수 있다. 하지만 다른 관점에서 보면, 위의 시에서처럼 언제나 새로운 시작을 반복하는 것이 '생'이라고 생각할 수 있는 것이다. 그것은 하루를 쓰고 버려도 우주가 항상 새로운 '생'을 '리필'해주기 때문에 가능하다. 그렇다면 '생'은 우주의 선물이며 축복받은 것이다. 그리고 항상 리필 되는 것이 생이기 때문에 "나는 나의 생을 부지런히 풀어 쓸 수밖에 없"다. 반복이 가져오는 허무는 이렇게 해서 극적으로 역전되고, '생'은 본질적으로 기쁨을 주는 것으로서 긍정된다.

『어느 농사꾼의 별에서』에는 이렇듯 「가라피의 밤」과 「저녁의 노래」와 같이 상반된 경향의 시가 함께 실려 있는데, 필자는 이 시집이 「적멸보궁 가는 길」을 징검다리 삼아 「가라피의 밤」에서 「저녁의 노래」의 세계로 넘어가는 과정을 보여주고 있다고 판단했다. 그도 그럴 것이, 최근에 상재된 『뿌리를 적시며』(창비, 2012)는 「저녁의 노래」의 시 경향을 잇는 시들을 많이 찾아볼 수 있다. 가령, 다음과 같은 시가 그러하다.

> 나는 이 골목에 대하여 아무런 이해(利害)가 없다
> 그래도 골목은 늘 나를 받아준다
> 삼계탕집 주인은 요새 앞머리를 노랗게 염색했다
> 나이 먹어가지고 싱겁긴
> 그런다고 장사가 더 잘되냐
> 아들이 시청 다니는 감나무 집 아저씨
> 이번에 과장 됐다고 한 말 또 한다
> 왕년에 과장 한번 안해본 사람…… 그러다가
> 나는 또 맞장구를 친다
> 세탁소 주인 여자는
> 세탁기 뒤에서 담배를 피우다가
> 나에게 들켰다고 생각하는 것 같다

피차 미안한 일이다
바지를 너무 댕공하게 줄여주지 않았으면 좋겠다
골목이 나에 대하여 뭐라는지 모르겠으나
나는 이 골목 말고 달리 갈 데도 없다
지난밤엔 이층집 퇴직 경찰관의 새 차를 누가 또 긁었다고
옥상에 잠복을 하겠단다
나는 속으로 직업은 못 속인다면서도
이왕이면 내 차도 봐주었으면 한다
다들 무슨 생각을 하며 사는지는 몰라도
어떻든 살아보려고 애쓰는 사람들이고
누군가는 이 골목을 지켜야 한다고 생각한다

—「골목 사람들」 전문

　　이제 이상국 시인에게 삶의 한 순간 한 순간은 새로운 것이며 소중한
것이 된다. 그래서 소소한 일상은 벗어나야 할 무엇이라기보다는 끊임없
이 생을 새로이 구성하는 음식과 같은 것이 된다. 그렇기에 일상에서 벌
어지는 사소한 일들 역시 시적인 것을 품고 있다고 할 수 있다. 위의 시에
서처럼 일상에서 만나게 된 사람들과의 시시한 대화들과 그들의 표정들
등 그 모두가, 시의 공간 안에 자리 잡을 가치를 가지고 있는 것이다. 그런
데 위의 시의 특이성은, 일상에서 벌어지는 사소한 일들을 세세하게 묘사
하는 데 있지 않다. 그 특이성은, 시의 구성이 시인의 눈에 들어온 장면들
과 귀에 들어온 말들에 대해 시인이 반응하면서 분비되는 생각들로 이루어
졌다는 데에 있다. 이러한 시법은 이상국 시인이 최대한 정직한 시를 쓰고
자 하는 생각에서 비롯되었을 것이다. 대상에 대한 시적 묘사나 서정적인
구성은 뭔가 시적으로 그럴듯하게 표현하고자 하는 의욕을 낳고 그래서
그 작업에는 시인을 가장假裝으로 빠지게 할 위험이 상존한다. 그러한 가
장에 빠지지 않기 위하여 시인은 현재 일상에서 분비되는 즉흥적인 생각
을 그대로 시에 담으려고 하는 것 같다. 즉 "앞머리를 노랗게 염색"한 "삼

계탕 주인"을 보고 "나이 먹어가지고 싱겁긴/그런다고 장사가 더 잘 되냐"라는 식의 즉흥적이고 싱거운 생각들로 시를 구성하는 식으로 말이다.

그런데 이 시가 감동적인 것은, 그 싱거운 생각들을 하게 만드는 골목에서의 너무나도 평범한 마주침을 시인이 소중하게 여기면서, "골목은 늘 나를 받아준다"며 그 일상에 고마워하고 골목 사람들은 "어떻든 살아보려고 애쓰는 사람들"이라는 것을 새삼 깨달으며 "누군가는 이 골목을 지켜야 한다"는 자기 다짐을 하고 있다는 데 있다. 이 깨달음과 다짐은 저 소소한 일들과 싱거운 생각들이 쭉 전개되고 난 후 시의 마지막에 던져지기 때문에, 더욱 진정성 있고 또한 결연해 보인다. 그런데 이 결연함은, 그 성격이 초기 이상국 시에서 볼 수 있었던 결연함, '소−민중'의 편에 서서 싸우고자 했던 결연함과 연결되는 것이면서도 다르다. "가도 가도 그곳인데 나는 냇물처럼 멀리 왔다"(「산그늘」)는 시인의 말처럼, 고향으로부터 멀리 흘러온 시인은 '그곳'을, 즉 고향처럼 민중이 사는 마을을 재발견하게 되고 그들 편에 서 있겠다고 나지막이 결심한다. 하지만 여기서 그 민중은 '소'로 상징되는 것이 아니라 바로 여기에 다채롭게 실재하는 포근한 이웃으로서 나타난다. 민중은 평범한 장삼이사들의 어우러짐으로서 존재한다. 그리고 시인 자신도 그 중 한 사람이다. 그런데 민중의 삶이 개개인의 삶의 토대를 이루는 것, 시인 역시 이 민중의 삶을 토양으로 삼아 살아나가고 있는 것이다. 이 글이 마지막으로 다다르게 된 제24회 정지용문학상 수상작인 「옥상의 가을」에는 시인의 이러한 인식이 녹아들어가 있다.

옥상에 올라가 메밀 베갯속을 널었다
나의 잠들이 좋아라 하고
햇빛 속으로 달아난다
우리나라 붉은 메밀대궁에는
흙의 피가 들어 있다
피는 따뜻하다

여기서는 가을이 더 잘 보이고
나는 늘 높은 데가 좋다
세상의 모든 옥상은
아이들처럼 거미처럼 몰래
혼자서 놀기 좋은 곳이다
이런 걸 누가 알기나 하는지
어머니 같았으면 벌써
달밤에 깨를 터는 가을이다

　메밀대궁의 붉은 색은 메밀꽃을 하나하나 피워낸 "흙의 피"를 드러낸
다. 방금 언급한 바와 연관시켜 생각한다면, 이 시에서 "흙의 피"란 바로
한국 민중의 생명력을 상징하며 메밀대궁은 민중의 붉은 삶을 상징한다
고 해석해볼 수 있다. 대궁 위에 메밀꽃이 피어 있듯이, 옥상 위의 시인은
민중의 삶을 대궁으로 삼아 존재할 수 있다. 그렇다면, 시인이 밤에 잠들
때 베는 베갯속이 메밀로 채워져 있다는 것은 그가 민중의 삶을 베고 살
아 왔음을 의미한다고 말할 수 있다. "벌써/달밤에 깨를 터"실 어머니가
바로 베갯속 메밀과 같은 민중의 일원 아니겠는가. 그러니 시인은 시의
끝부분에서 어머니를 회상하게 된 것일 테다. 그러나 이렇게 이야기하면
위의 시가 무겁고 무디어 보일 수 있겠다. 위의 시의 매력은 어느 가을날
어린아이처럼 가벼워진 시인의 마음을 깔끔하면서도 순박하고 솔직하게
표현한 데 있다. 허나 시의 초점은 역시 "붉은 메밀대궁"에 맞추어지는 건
분명하다. 시인은 베갯속 메밀 덕분으로 잠을 잘 잤기에 가을 하늘처럼
마음이 깨끗하고 가벼울 수 있었던 것, "나의 잠들이 좋아라 하고/햇빛 속
으로 달아"나지 않았다면 시인은 저렇게 청량한 마음을 가지지 못했을 것
이다. 또한 "거미처럼 몰래/혼자서" 노는 아이의 마음으로 돌아가지도 못
했을 것이며 어머니에 대한 기억을 떠올리지도 못했을 것이다. 이 자리에
도달하여 민중의 품속에서 어머니의 따스한 피를 느끼며 가을 햇빛을 만

끽하고 있는 시인의 표정은 아이와 같다. 가을이 더 잘 보이"는 "높은 데"에서 거미처럼 몰래 혼자서 놀고 있는 아이의 표정.(그러니까 이상국 시인에게 시 쓰기는, 이제 거미처럼 혼자서 거미줄을 자유로이 짜는 아이의 유희가 된다) 노년에 들어서고 있는 시인은 이렇게 아이로 돌아가 행복하게 자유로워지고 있다.

(2010, 2012)

역사를 품은 산에서 새로이 생성하는 삶

―이성부의 후기 시세계

1

    2012년 2월, 한국 시사에서 뚜렷한 자취를 남긴 이성부 시인이 돌아가셨다. 우리는 독재정권 아래 암울한 시대를 시의 양심으로 돌파해나가고자 했으며 산으로부터 이 세상을 살아가는 힘과 윤리를 발견하고자 했던 진중한 한 시인을 잃게 되었다. 1962년 『현대문학』에 추천 완료되어 등단한 후 50년 동안 총 아홉 권의 시집을 남긴 이성부 시인의 시업詩業은 두 시기로 나눌 수 있다. 첫 번째 시기는 첫 시집인 『이성부 시집』(1969)에서 네 번째 시집인 『전야』(1981)에 이르기까지 기간이라고 할 수 있겠고, 두 번째 시기는 다섯 번째 시집 『빈 산 뒤에 두고』(1989)에서 시인 생전 마지막으로 출간한 시집인 『도둑산길』(2010)에 이르기까지의 기간이라고 할 수 있겠다. 시 세계에 차이를 보여주고 있는 이 두 시기 사이에는 광주 학살과 전두환 정권 치하가 놓여 있다. 이를 보면 광주 학살과 5공화국의 학정이 이성부 시에 변화를 가져온 원인이라는 것을 미루어 짐작할 수 있는데, 시인 자신의 다음과 같은 회고는 이러한 짐작이 틀리지 않다는 것을 뒷받침해준다.

1980년 5월은 잔인했다. 그때 나는 신문기자였다. 아무 일도 손에 잡히지 않았고, 아무런 말 한마디 뱉을 수도 없었다. 가슴이 터질 것 같은 노여움과 서러움을 안으로 삭이느라, 밤이 되면 술만 퍼마셨다. 나는 자꾸 동료나 친구들로부터 떠나 외진 곳으로만 돌았다. 광주는 내가 태어나고 자라고 공부했으며, 내 문학에의 열정을 키워준 고향이었다. 그 고향이 온통 무너져가는 것을 들으면서, 나는 날마다 절망의 나락으로 떨어지는 나를 보았다. 모든 시라는 것, 아니 모든 말과 문자로 쓰여지는 것들에 대한 불신과 혐오가 나를 채웠다. (중 략) 나는 세상의 전면에서 뒤편으로, 드러남에서 숨겨짐으로 사는 삶이 더 좋았다. 죄지은 사람들의, 잠적의 심리를 나는 이해할 수 있을 것 같았다. 당시의 나는 내가 '살아 있다'는 사실 하나 만으로 죄인이었다. 나의 문학적 이상이 군화 발바닥에 의해 짓뭉개졌을 때, 이미 나는 시인일 수가 없었다. 진실과 허위, 정의와 불의, 삶과 죽음 따위의 가치가 뒤바뀐 사회에서 많은 사람들이 숨을 죽이고 살아야 했다. 현실도피와 자기 학대를 겸한 산행은, 이처럼 나의 비겁함으로부터 시작되고 강행되었다.

— 『지리산』(창비, 2001), 145~148쪽

　이 회고문에 따르면, 1980년 광주는 시인에게 깊은 심적 상처를 안겨주었다. 이 상처는 '노여움과 서러움' 뿐만 아니라 죄책감과 자기학대로 재현됐고, 시인에게 세상으로부터 잠적하고자 하는 욕망을 불러일으켜서 시인을 산행으로 이끌었다. 학살 뒤에도 발표되고 있는 문학—말과 문자로 쓰여지는 모든 글들—에 대한 혐오와 불신 때문에, 당시 시인은 시를 더 이상 쓸 수 없었다고 한다. 그리고 80년대 초반에 시작된 산행이 오래도록 거듭되면서 심적 상처가 어느 정도 치유되고 마음의 안정을 얻음으로써 비로소 시인은 다시 시를 쓸 수 있게 되었다고 한다. 시 쓰기의 중단으로 말미암아 시인의 시세계의 연속선이 끊어지게 되었을 터, 그래서 침묵의 산행 이후 다시 쓰기 시작한 시는 예전의 시와 비교하여 시세계에 일정한 변화가 생기지 않을 수 없었을 것이다. 그래서 다시 시를 쓰기 시작한 1980년대 후반부터 이성부 시의 제2기가 시작되었다고 하겠다. 시인 자신도 위의 회고문에서 "산과 관련한 시와 산문을 쓰기 시작한 것이 산에 빠진 지 10년쯤 뒤"인 "1990년을 전후"해서인데, "시를 버리고 산에만 몰입했던 내가, 그 산으로 말미암아 다시 시를 되찾게 된 셈"이라면서 "이 시기를 기점으로 해서 나의 시는 과거의 시와는 적지 않게 달라졌다는 생각"이라고 말하고 있어서 이러한 시기 구분을 뒷받침해주고 있다.

시인은 자신의 시 세계의 변화에 대해 "우선 그 주제에 있어, 사회적 삶이나 서민정서의 표현이 반드시 산이라는 매체를 통해 걸러지고 주관화되어간다는 점"에 있다고 스스로 설명한다. 80년 광주 이전의 이성부 시 세계에 대해서는 이성부의 제2시집인 『우리들의 양식』에 실린 김종철의 해설이 유익하다. 김종철에 따르면, 이성부 시인의 "근본적인 입장"은 "한 시대나 사회의 불행을 자기 자신의 불행과 동일시하는" 것에 있다. 가령 시인이 1970년에 쓴 「전태일 君」(제3시집 『백제행』 소수)과 같은 시에서 볼 수 있듯이, 한 젊은 노동자의 분신에 시인은 강렬히 정동되면서 "더 참을 수 없는 사람들의 뭉친 울림이/하나가 되어 벌판을 자꾸 흔들고만 있었다"고 읊는다. 그의 상상력은 전태일이 산화한 거리에 기대어 있었다. "쓰러져 무엇을 토해내는 아스팔트는/가장 굳센 핏줄을 가지고 있다"(「아스팔트」, 『우리들의 양식』)고 시인이 말할 때, 시인은 바로 전태일이 불타 쓰러진 아스팔트를 생각하고 있었을 것이다. 도시 아스팔트는 고난을 겪고 있는 민중들이 투쟁하고 쓰러지는 장소이며, 그렇게 일어나는 시대의 불행들이 시인의 정동을 강하게 뒤흔드는 공간이었다.

그러나 80년 광주 학살 이후 시인은 노여움과 죄책감으로 인해 자신의 일터와 생활이 있는 아스팔트 위의 삶을 더 이상 견딜 수 없게 되었던 것이다. 그래서 아스팔트 위에서 써 왔던 시를 쓸 수 없게 되고, 더 나아가 시 자체를 불신하여 시로부터 떠나고자 하는 마음이 생겼을 테다. 이러한 시에 대한 불신은 『빈 산 뒤에 두고』에 실린 몇 편의 시에 나타나 있다.

특히 「시의 어리석음」의 "그 많은 죽음에도 싸움에도 등을 돌렸던 말/고요히 숨죽여 고개 숙인 말/말이기를 버린 말"과 같은 구절은 광주 학살에 등을 돌려버린 말에 대한 깊은 불신을 드러낸다. 시인에 따르면 진정한 "말은 꽃피는 짐승", "슬픔에도 고마워하고 굶주림에도 리듬을 갖는/아름다운 한 마리 짐승"인데, 지금은 이와는 달리 "벙어리가 된 우리들의 말이/걸레보다도 더 더러운 것이 되었"다는 것이다. 이렇게 걸레처럼 더러운 것이 된 말로써 문학을 한다는 행위를 시인은 인정할 수 없었던 것, 그래서 시인은 이 시대에 "죽자사자 문학에 매달리는 놈들을 보면/蘭芝島 쓰레기더미 파리떼 생각이 난다"(「다시 蘭芝島에서」)면서 당시 문인들을 비난하기도 한다. 그렇게 시가 더럽혀졌으니, 악취를 피하기 위해서라도 시를 떠나야 할 터, 하여 이성부 시인은 "시를 떠나서/시가 사는 마을을 그리워"(「詩를 떠나서」)하게 된다. 그렇다면 "시가 사는 마을"이란 과연 어디에 있을 것인가? 시인이 산행을 시작하게 된 것은 바로 그러한 마을을 찾기 위함일 터인데, 아래의 시를 보면 그는 본격적인 산행 이전에 이미 산에 대한 어떤 이미지를 갖고 있었던 것으로 보인다.

共同山은
오순도순 가깝게 지내는 넋들이
저마다 더운 가슴으로 저를 덮는 山.

흰 옷깃 적신 사람들 다 돌아간 뒤에
무덤들끼리 둘러앉아 이 세상 굽어보며
나직나직 이야기하는 山.

드디어 와야 할 것을 미리 알고도
억새풀 흔드는 바람에게나 귀띔해줄 뿐
눈 비비며 드러눕는 山.

고요한 山, 넉넉한 山
숨을 죽이고 광주를 지켜보는 山.

공동산은 달빛에 젖어서
슬픔으로 저를 번뜩이는 山.

—「共同山」 전문

'공동산共同山'이란 마을 공동묘지가 있는 산이다. 이곳에는 죽임을 당한 자들의 넋들이 "오순도순 가깝게 지내"며 한 마을을 이루고 있다. 이 '공동산'에 묻힌 주검들은 바로 군부에 의해 살육당한 자들의 시신일 것이다. 이는 이 산이 "숨을 죽이고 광주를 지켜보"면서 "슬픔으로 저를 번뜩이"고 있다는 것을 보면 능히 짐작할 수 있다. 광주 학살 이후, 이성부 시인에게 "시가 사는 마을"이란 바로 이 '공동산'의 무덤 마을 아니겠는가? 살육된 자들의 넋들이 "저마다 더운 가슴으로 저를 덮는" 마을이야말로 이 시인에게 80년 이후의 시가 거주하는 장소이다. 시는 이제 군부의 군홧발에 의해 더럽혀지고, 진실을 말하지 못하는 말 역시 걸레처럼 더럽혀진 상황이라면, 이 시대의 시인으로서는 시를 떠나서 저 시의 마을이 있는 산으로 올라가야 할 것이다. 그리하여 시인은 「山」에서 "山을 가자./우리를 모래처럼 부숴버리기 위해 가자./산에 오르는 일은/새로운 사랑 만나러 가는 일./만나서 나를 험하게 다스리는 일."이라고 말한다. 우리가 총칼의 권력에 의해 더럽혀지고 죄를 짓게 되었다면, 우리는 우리 자신을 험하게 다스리고 부숴버림으로써 새로 탄생해야 할 터, 시인이 "새로운 사랑 만나러" 산행을 하기 시작한 것은 이러한 의무감과 기대에 따른 것이리라.

2

　이성부 시인이 산행 과정에서 얻은 시상을 통해 쓴 산시山詩를 본격적으로 싣기 시작한 시집이 그의 여섯 번째 시집인 『야간 산행』(1996)이다. 바로 이전에 발간된 시집인 『빈 산 뒤에 두고』에서의 산은 감각적인 실체가 아니라 상상과 기대를 투사한 다소 관념적인 대상이었다고 한다면, 이 시집은 시인이 산행에서 경험하게 되는 구체적인 상황과 이를 감각으로 받아들이면서 변화하는 감성이 기록되어 있다. 특히 산행 중 바위를 타야 하는 상황을 바탕으로 한 시가 많이 보여 주목된다. 앞에서 인용한 바 있는 회고문에서 시인은 산 체험을 바탕으로 한 시를 쓰기 시작한 시기는 "바위에 미쳐 바위를 공부하고 훈련에 열중하던 시기"와 중첩된다고 했는데, 이 시집의 '바위'와 관련된 시들은 그 시기에 써졌을 것이라고 추측된다. 그 회고문에서 시인은, 바위를 거듭 타면서 "바위의 살갗은 따스할 뿐만 아니라 그 안에 피가 돌고 맥박이 뛴다고" 생각하게 되었고 "바위와 내가 한몸이 되는 것을" 감지할 수 있었다고 말하고 있는데, 아래의 시는 바로 그 경험을 시화한 것으로 보인다.

　　　이 바위에서는 낯선 정신의 냄새가 난다
　　　견고하면서도 또한 부드러운 외로움의 냄새다
　　　떠도는 넋들이 여기 잠시 머물다 간 때문인가
　　　그들의 남은 옷자락 퍼덕여 바람 일고
　　　바람은 더 큰 바람 불러들여
　　　나를 망설이게 하거나
　　　벼랑 아래로 밀어뜨리려 한다
　　　나는 그러나 이런 때일수록
　　　거부의 어깨를 껴안는 버릇이 있다
　　　바위여 우리나라의 높은 살갗인 바위여

나는 비로소 그대에게 매달려 나를 부서뜨리고
그대 몸에 내 몸 비벼 나를 다시 눈뜨게 하는구나
가벼이 가벼이 귀기울이면
바위여, 그대 살결에 도는 더운 핏줄 소리
뜨거워진 우리 한 몸
상처를 지니고서야 내 그대에게 이르는 길 알았으니!

− 「화강암 1」 전문

이 시에서 산 속 바위는 구체적인 체험 대상으로서 감각적으로 현상한다. 즉 그것은 "낯선 정신의 냄새"나 "부드러운 외로움의 냄새"와 같이 후각적으로 현상하거나 "더운 핏줄 소리"처럼 청각과 촉각이 결합된 공감각적 이미지로 현상하기도 한다. 산이 이러한 살아 있는 감각의 이미지로 현상하는 것은 산이 어떤 생명체임을 시인이 느꼈기 때문이다. 산은 외로운 정신을 가지고 있으며 살결과 그 속 더운 핏줄을 가진 육체를 가지고 있다. 이 생명체와 껴안고 한몸이 되면서 시인은 비로소 자신을 부서뜨리면서 다시 눈뜰 수 있게 된다. 「山」에서 시인은 산을 오르면 우리가 모래처럼 부서지면서 새로운 사랑을 찾을 수 있다고 기대했었는데, 이 '화강암'을 껴안으면서 비로소 시인은 그 기대를 충족할 수 있게 된 것이다. 그런데 이 산이 그러한 생명체임을 깨닫게 된 것은 그 바위에 "떠도는 넋들이 여기 잠시 머물다 간 때문"일 것 같다. 그 넋들이 남긴 옷자락이 일으킨 바람이 시인을 "망설이게 하거나/벼랑으로 밀어뜨리려" 하고, 그래서 시인이 그 바위를 껴안게 됨으로 해서 바위와 '한몸'이 될 수 있었다는 것을 보면 그렇다.

그런데 그 '떠도는 넋들'이란 「공동산」에서의 넋들과 같이 억울하게 죽은 사람들의 넋들이거나 자유를 위해 싸우다 죽은 사람들의 넋들일 것이다. '공동산'이 시가 거주하는 마을일 수 있었던 것은 그 산이 살육에 의해 죽은 넋들이 "오순도순 가깝게 지내"는 시적 세계를 품고 있었기 때문이다.

시인이 저 화강암에서 시적인 것을 체험할 수 있었던 것 역시, 그 화강암을 품은 산에 죽임을 당했던 넋들이 바람처럼 떠도는 시적 세계가 존재하고 있었기 때문일 것이다. 즉, 어떤 슬픈 죽음의 역사가 이 산에 스며들어 있으며, 산은 그 역사의 깊은 속으로 사라진 넋들을 품고 있기 때문에, 산은 생명을 가진 시적인 존재로서 상상될 수 있었다고 말할 수 있다. 그렇기에 산은 사라진 역사와 만날 수 있는 특권적인 장소가 되고, 시인의 산행은 그 만남을 이루기 위해서 행해지기 시작한다. 시인의 일곱 번째 시집 『지리산』(2001)은 지리산 산행을 통해 그 산에 스며든 역사의 흔적을 찾고 있는 시들을 싣고 있다. 『지리산』은 「산경표 공부」와 81편의 '내가 걷는 백두대간' 시편들을 싣고 있는데, 그 '내가 걷는 백두대간' 시 중 첫 번째 시인 아래의 시는 시인이 이 시집에서 산을 어떠한 대상으로 생각하고 있으며 이 시집을 어떠한 기획 아래 엮은 것인지 보여주고 있다고 생각된다.

> 내가 걷는 산길이 새롭게 어렴풋이나마
> 나를 맞이하는 것 알아차린다
> 이 길에 옛 일들 서려 있는 것을 보고
> 이 길에 옛 사람들 발자국 남아 있는 것을 본다
> 내가 가는 이 발자국도 그 위에 포개지는 것을 본다
> 하물며 이 길이 앞으로도 늘 새로운 사연들
> 늘 푸른 새로운 사람들
> 그 마음에 무엇이 생각하고 결심하고
> 마침내 큰 역사 만들어갈 것을 내 알고 있음에랴!
> 산이 흐르고 나도 따라 흐른다
> 더 높은 곳으로 더 먼 곳으로 우리가 흐른다.
> ─「그 산에 역사가 있었다─내가 걷는 백두대간 1」 후반부

이 시에서 지리산이 "나를 맞이"한다는 말은 지리산을 먼저 걸었던 "옛 사람들"이 지금 지리산을 걷고 있는 시인을 맞이하고 있다는 의미를 갖고

있다. 지리산을 걸으면서 시인은 옛 일들의 자취와 옛 사람들의 넋의 흐름을 감지한다. 하지만 이는 어떤 과거의 반복, 재현이 아니다. 옛 사람과 옛 일들은 지금 시인에게 새롭게 나타나는 것이다. 시인에 따르면, 산길에 남아 있는 "옛 사람들 발자국"이나 산길에 서려 있는 "옛 일들"은 앞으로도 "늘 푸른 새로운 사람들"이나 "늘 새로운 사람들"로서 나타나면서 "마침내 큰 역사 만들어갈 것"이다. 다시 말하자면, "큰 역사 만들"고자 한 옛 사람들의 고투와 그들이 겪은 사건들은 이 산길에 서려 있어서, 그들이 걸은 발자국 위에 이 길을 걸어가고 있는 사람들의 발자국과 포개지며 새롭게 현재화한다. 그리고 그 현재화를 통해 그들과 그 사건들은 "마침내" 그들이 실패한 역사 만들기를 다시 시작하게 될 것이다. 산이 이러한 역사의 '흐름'을 품고 있기 때문에 산 역시 흐르는 것이고, 그 산의 산길을 걷고 있는 우리 역시 산을 따라 "더 높은 곳으로 더 먼 곳으로" 흐를 수 있는 것이다. 시인의 '백두대간' 산행은, 이렇듯 지리산과 연관된 역사의 자취와 만나는 것에 그 중요한 목표를 두고 있다고 하겠다.

그렇다면 지리산과 연관된 역사란 구체적으로 어떠한 일들을 가리키는 것일까? 지리산은 저항의 역사가 전개된 곳이었다. 특히 패배한 저항들, 그래서 승리자들의 역사책에는 말소되어버린 그 저항의 역사가 지리산 깊은 곳에서 이어져 내려왔다. 지리산은 패배한 의병들이나 동학군이 숨어들어가 마지막으로 저항하는 공간이었으며, 일제 강점치하 말엽에는 학병을 피한 젊은이들이 숨어들어가 저항하는 공간이었고, 해방 이후 한국 전쟁 직후까지 '빨치산'(파르티잔)이 활동하던 공간이기도 했다. 빨치산은 남한의 역사 교과서나 북한의 역사 교과서에서 그 진상眞相이 지워진 저항군이었다. 물론 빨치산은 남한에 대한 저항군이었지만, 북한에서도 역시 주로 남로당 출신에 의해 지도된 그것은 김일성주의의 유일성에 걸림돌로 작동될 수 있기에 진상이 왜곡되어야 하는 대상이었다. 휴전 회담에서도 북한 지도부는 빨치산의 구원을 심각하게 고려하지 않았으며,

북한에 의해 버려진 빨치산은 휴전 직후 고립되어 괴멸될 수밖에 없었다. 그렇게 버려지고 괴멸된 빨치산의 핵심은, 사실 일제에 끝까지 굴복하지 않고 저항했던 인물들, 그리고 해방 후 친일파가 다시 득세하고 분단이 고착화되며 정의가 파괴되는 미군정 치하의 현실에 저항했던 인물들로 이루어져 있었다. 이에 이성부 시인은, 남북의 역사책에서 지워진 지리산 빨치산의 역사적 자취를 찾는 작업을 제법 많은 시편들에서 시도하고 있다. 그중, 아래의 시를 소개해본다.

> 학 한 마리를 불러 함께 노닐거나
> 굴속 바위틈 햇살을 모아 책을 뒤적이거나
> 고향이 그리워지면 구름 타고 가거나
> 모두 옛사람의 일만은 아니다
> 여섯개 도당회의에서 돌아온 이현상
> 빗점골 초막기둥에 이마를 찧고
> 외삼신봉에 올라 학과 구름으로
> 또는 책으로
> 제 노여움 달랬을지도 모른다
> 숨어서 싸우는 일 고달프고 서러워도
> 가는 길 어찌 끝이 없으랴
> 백의종군! 죽음이 가까이에 이르렀음을
> 미리 알고도 그 죽음 맞이하러 나아갔을까
> 세석에서 삼십리 걸어 내려와서
> 외삼신봉 돌덩이에 나도 주저앉는다
> 문득 돌아보는 지리산 큰 몸뚱아리 너무 잘 보여
> 나도 학이나 구름 타고 넘나드는 것 같다
> 사람이 가야 할 길
> 책보다 먼저 내다보이는 곳이다
> 　　　　　　　　　－「외삼신봉－내가 걷는 백두대간 31」 전문

이성부 시인은 주를 붙여 이현상에 대해 "해방 전부터 지리산에 들어가 항일 지하운동을 했으며, 해방 후 6 · 25의 와중에서 지리산 빨치산 부대인 남부군을 이끌었던 사령관. 1953년 9월 17일 군경토벌대에 의해 사살됐다."라고 설명하고 있다. 위의 시의 이해를 위해 이현상에 대해 좀 더 설명해본다. 그는 1951년에 개최된 "여섯개 도당회의에서" 남한 내 빨치산 총사령관으로 임명되었다. 허나 1953년 3월에 북한에서 남로당 출신들에 대한 체포가 시작되고 휴전 협정이 타결된 이후인 8월에는 남로당 지도부가 본격적으로 처형되기 시작하면서, 역시 남로당 출신인 이현상도 평당원으로 강등된다. 그가 사살된 것은 강등되어 백의종군하게 된 지 한 달도 지나지 않아서였다. 위의 시에서 시인은 청학동이 내려다보이는 외삼신봉에 올라 역시 이곳에 올랐을 빨치산 시절 이현상의 모습을 상상한다. 그리고 시인은 "외삼신봉 돌덩이에 나도 주저앉"아 지리산을 돌아다보면서 든 "학이나 구름 타고 넘나드는 것 같다"는 느낌을, "굴 속 바위틈 햇살을 모아 책을 뒤적이거나" 하다가 "외삼신봉에 올라 학과 구름으로" "제 노여움 달랬을" 이현상 역시 가졌으리라고 생각한다. 이렇게 외삼신봉에 남아 있을 이현상의 흔적과 포개지면서 이현상의 삶에 포개진 시인은, 죽음 직전에 놓인 한 혁명가의 비통한 심정을 상상하고는 이에 동화된다.

지리산에는 역사를 만들고자 했으나 역사의 폭력에 의해 처절하게 실패하고 목숨을 잃어야 했던 숱한 혁명가들의 피가 서려 있음을, 시인은 『지리산』의 시편들을 통해 다양한 방식으로 드러낸다. 그래서 시인에게는 지리산 자체가 그 죽임당한 이들의 꿈과 원통함을 품고 있는 거대한 몸이다. "지리산은 자기 품에 안긴 사람들을/거두어들여 자기의 몸으로 만들었다"(「젊은 그들−내가 걷는 백두대간 38」)는 것이다. 이에 대한 시를 옮겨 보자.

하나씩 둘씩 그렇게 쓰러져서
젊음은 흙이 되고 산이 되었다
굶어 죽고 얼어 죽고 총맞아 죽어
온 산이 눈 부릅뜬 몽당귀신 세상
동상 걸린 발가락 하나 입 앙다물어 잘라내고
      ―「젊은 그들―내가 걷는 백두대간 38」 후반부

오늘은 단풍 물들어
물끄러미 나를 내려다본다
산천초목 어디인들
그들이 갔던 발자국마다 길을 만들었으니
그들이 숨죽이며 눈짓했던
마음속 뜨거운 불꽃
오늘은 골짜기마다 이글거리는 눈빛으로
피워올라
온통 선연한 핏빛 파도 일렁이는구나
   ―「단풍이 사람을 내려다본다―내가 걷는 백두대간 35」 후반부

 위의 시편들은, 시인이 산에 놓인 바위를 껴안았을 때 느꼈던 "더운 핏줄 소리"란 단순한 수사가 아니라 폭력의 역사에 의해 희생된 젊은이들의 그것이었음을 알려준다. 끓는 피를 가졌기 때문에 "굶어 죽고 얼어 죽고 총맞아 죽어"야 했던 젊은 빨치산들의 주검들이 흙이 되면서, 지리산은 생명을 얻은 것이다. 그래서 1952년 1월 17일 미군의 네이팜탄 폭격을 맞은 지리산에 대하여 시인은 "1952년 1월 17일부터/내 몸은 사흘 동안 불에 타고도 이리 살아 남았다"(「대성골이 너무 고요하다―내가 걷는 백두대간 49)고 지리산을 생명체화 하여 말할 수 있게 된다. 천여 명이 죽었다는 이 네이팜탄 공격으로 "이 골 저 골 저 등성이 천불을 맞아/하얀 산이 온통 피가 되고 숯덩이가 되었"(같은 시)다고 시인은 말하는데, 여기서 지리산은 피 흘리며 불타죽은 빨치산 대원들과 동일시되고 있는 것이다.

그렇기에 위에 인용한 「단풍이 사람을 내려다본다」에서 볼 수 있듯이, 새빨갛게 물 든 지리산의 단풍 역시 시인에겐 저 젊은 그들의 피로 물든 핏빛 파도처럼 보인다. 그런데 이 시는 젊은이들의 설움에 찬 삶과 죽음, 희생을 강조하는 것만은 아니다. 저 단풍의 붉은 핏빛은 젊은 그들의 "마음속 뜨거운 불꽃"을 "숨죽이며 눈짓했던" "이글거리는 눈빛"의 색이기도 한 것이기 때문이다. 그래서 "물끄러미 나를 내려다"보는 핏빛 눈빛은 시인에게 희생자의 억울함과 슬픔을 전달하기보다는 뜻을 이루지 못했지만 여전히 뜨겁게 남아 있는 '마음속 불꽃'을 전달한다. 그 불꽃은 자유와 평등의 세상을 이루겠다는 투지에 찬 희망으로 타오르는 것일 터, 이러한 불꽃을 새롭게 발견하여 이어받은 시인은 이제 다음과 같이 말할 수 있게 된다.

새로운 길에 들어설 때마다
우리는 가슴 두근거림으로 날개를 단다
날개 달린 가슴이
우리의 어머니인 대지의 품을 더듬어가고
아버지인 시간의 바다를 향해서 간다
새로운 길에 들어서는 일은
우리들 모두 꿈과 희망을 가득 채우고 가는 일
우리의 발걸음으로 두 손으로 뜨거운 만남으로
그 꿈과 희망 우리들의 땅에 실현시키는 일
우리 앞에 비록 천길 벼랑 가로막고
앞을 가리는 험한 눈보라
거센 파도 몰아친다 하더라도
우리 이미 그것들을 헤치고 예까지 오지 않았더냐
시련이 많을수록 고달픔이 클수록
우리가 성취한 길 그 보람 더욱 컸으니
이제부터 우리 가야 할 통일의 길
더 큰 어려움 나타날지라도
우리가 어찌 우리 나아갈 길 방설일 수 있으랴

우리의 어머니인 대지와
아버지인 바다가
우리를 감싸안고 가는 길 아니더냐!
　　　ー「우리를 감싸안고 가는 길ー내가 걷는 백두대간 81」 전문

3

　이성부 시인의 여덟 번째 시집인 『작은 산이 큰 산을 가린다』(2004)는
『지리산』의 속편으로서 '내가 걷는 백두대간' 시편이 계속된다. 이 시집
역시 『지리산』에서처럼, 시인이 산에서 역사 교과서에는 실리지 않은 역
사의 자취를 찾아내고 이를 시화하는 시편들이 적지 않다. 하지만 '빨치
산'에 대한 시는 보기 힘들고 산행을 통해 시인의 내면을 성숙시키는 시
편들이 상대적으로 많다. 그리고 생태적인 관심에서 산을 파괴하는 현대
문명을 비판하는 시편들 역시 적지 않다. 시인에게 산은 생명체이므로 산
의 파괴 현장은 산이 "피를 흘리고 신음하고 찡그리고 아우성치는"(「자병
산 안개ー내가 걷는 백두대간 156」) 학살과 같다.
　이 시집에서 시인의 이러한 시각이 두드러지기 때문인지 숨겨진 역사
의 자취를 좇는 시편들 역시 주로 양민 학살 사건을 들추어낸다. 「거창 땅
을 내려다보다ー내가 걷는 백두대간 97」은 1951년 2월 11일 거창에서 국
군에 의해 벌어진 '거창 양민 학살 사건'을 묘사한다. 이 사건으로 칠백 명
이 넘는 양민이 학살되었으며, 그 중 상당수가 여성과 아이들이었다. 「덜
익어도 그만 잘 익어도 그만ー내가 걷는 백두대간 114」에서 시인은 1950
년 7월 미군에 의해 벌어진 노근리 학살 사건에 대해 고발하고 이에 분노
하고 있다. 시인은 "그렇게 숨겨간 백성들 우리나라의/흙이 되고 물이 되고
푸나무가 되었다"고 말하면서, 한국의 산천은 이렇게 원통하게 희생된 사
람들의 넋으로 이루어져 있음을 시적으로 밝힌다. 하지만 시인은 이러한

역사의 폭력에 의한 학살이 한국전쟁기의 한국에서만 일어나는 것이 아니라는 것을 잘 알고 있다. 희생된 자들은 국제적으로 연결되어 있다. 「진달래 꽃빛 같은 통증이─내가 걷는 백두대간 151」에서 시인이 금대봉을 오르면서 본 "자그마한 풀꽃들"에서 "웬일인지 바그다드에서 퍼덕이면서 숨져간 아이들 옆얼굴 같다"는 생각을 하게 되는 것은 이를 보여준다. 그래서 금대봉의 아름다운 산길은 시인에게 미군의 폭격에 의해 살육되고 있는 바그다드 시민의 아비규환을 들려주기 시작한다. 그 부분을 인용하면 이렇다.

> 세계의 노여움이 지금 이 꽃방석 길에 펼쳐져서
> 나를 노려본다 나는 무릎 통증을 잊어버린다
> 바그다드에서 두 팔을 잃은 아이가
> 내 앞에 가로누워 외치고 있다 아비규환이
> 고요한 산에 내려와서 나를 흔들고 있다

한편, 이 『작은 산이 큰 산을 가린다』에는 위의 시에서처럼 산의 자태가 시인의 정동을 변화시키거나 시인이 새로운 깨달음을 얻게 하는 과정을 담은 시편들이 많다. 위의 인용 부분을 보면, 시인은 저 '꽃방석 길'의 풍경에서 아비규환의 바그다드 현장을 상상─붉게 물든 단풍으로부터 한국전쟁 때 지리산에서 죽어간 젊은이들의 피를 연상한 시인에게는, 그러한 상상은 무리한 비약이 아니다─하고 자신의 존재 자체가 흔들리는 경험을 하고 있다. 특히 이 시집에서 시인이 주목하는 산의 자태는 높이 솟아 있는 모습이 아니라 다음과 같이 "나지막하게 나란히" 내려가는 모습이다.

> 이 산줄기가 저 건너 북쪽 산줄기보다
> 나지막하게 나란히 내려간다
> 허리 굽히고 고개를 숙여

조심스럽게 봉우리 하나를 일군 다음
자꾸 저를 낮추며 간다
그리다가 또 묫봉을 일으켜 세우더니
무엇에 취한 듯 드러눕는 듯
금세 몸을 낮추어 부드럽게 이어간다
머지않아 이 산줄기 크높은 산을 만들어
더 나를 땀 흘리게 하리라는 것을 나는 안다
아 이런 산줄기가 크게 될 사람의
젊은 모습이어야 한다는 것을 하나 배운다
저를 낮추며 가는 길이 길면 길수록
솟구치는 힘 더 많이 쌓여진다는 것을
먼발치로 보며
새삼 나도 고개 끄덕이며 간다
　　　　　　　-「저를 낮추며 가는 산-내가 걷는 백두대간 101」 전문

　위의 시는 시인이 산의 자태에 정동되는 모습을 보여준다기보다는 깨
달음을 얻는 과정을 보여준다. 『지리산』의 서시에서 시인은 "물은 아래
로 흐르고/산은 위로 치솟는다"고 썼지만, 여기서 시인이 주목하는 산의
자태는 "자꾸 저를 낮추며" 내려가는 모습이다. 그러나 산의 치솟는 속성
을 여전히 무시하진 않는다. 저 부드럽게 낮아지는 길은 "길면 길수록/솟
구치는 힘 더 많이 쌓여진다는 것을" 시인이 깨닫고 있는 것을 보면 그렇
다. 저렇게 낮아지는 산줄기에는 치솟음으로 현실화될 어떤 힘이 잠재되
어 있다. 낮아지는 부드러움이 치솟는 힘을 잠재력으로서 내장할 수 있다
는 이 깨달음은 "낮으면 낮을수록 더 높은 꿈이 솟구치"(「고운 얼굴들 더
많이 살아납니다-내가 걷는 백두대간 106」)리라는 예측으로 나아간다.
여기서의 꿈이란 바로 『지리산』에서 조명했던 죽은 이들의 꿈, 해방된 세
상을 만들고자 하는 꿈과 무관하지 않다. 시인이 여기서 "더 높은 꿈"에
대해 생각하게 된 것은 "입 굳게 다물고 돌아선 이현상과/그를 따르던 젊

은 산사람들 모두/오늘은 같은 얼굴들로 저리 많이 되살아나"(같은 시)는 산의 풍경을 보면서였기 때문이다. 하여, 시인은 그 역사적 꿈을 현재에 더 높이 솟구치도록 하기 위해서는 부드럽게 낮아지면서 잠재력을 모을 수 있어야 한다고 생각할 것이다.

그런데 이 『작은 산이 큰 산을 가린다』에서 시인은 '낮아짐'의 이미지를 더 밀고 나가고 있다. 낮아지면 앞의 산은 더 크게 보이게 되는 법, 그래서 낮아짐은 작아짐의 이미지로 전환될 수 있다. "작은 산이 큰 산 가리는 것은/살아갈수록 내가 작아져서/내 눈도 작은 것으로만 꽉 차기 때문"(「작은 산이 큰 산을 가린다―내가 걷는 백두대간 133」)이라는 시인의 진술은 낮아짐의 상상력이 낳은 것일 테다. '작아짐'의 상상력을 더욱 가동하면 "내가 풍경의 한 점이 되는"(「손 들어도 달아나기 일쑤인 자동차를 기다리며―내가 걷는 백두대간 122」) 상상으로까지 나아가게 된다. 이 상상에서 작아짐의 이미지는 '한 점'이 되는 것에까지 이른다. 한편으로 낮아짐의 이미지는 다음과 같이 '흘러내림'―'사라짐'의 이미지로 전환되기도 한다.

> 백담 계곡을 끼고 올라가다가
> 내가 나를 물처럼 흘러 내려보낸다는 생각이 들었다
> 오월의 등줄기도 그렇게 떠밀려 흘러갔다
> 깊이 들어갈수록 나는 모두 흐르고 흘러서
> 내 빈자리에는 또 다른 내가 들어와 있음을 보았다
> 이 길 오갔던 만해선생도 그랬을까
> 매월당은 또 어땠을까
> 영시암 터에 우두커니 서서 잠시
> 흘러 내려가 사라지는 것들을 살피다가
> 다시 천천히 오르막으로 접어들었다
> 푸성귀 이파리마다 잘 뛰노는 햇볕이
> 마치 눈물방울처럼 나를 적시면서 떨어졌다

가파른 길 한참 올라 오세암에 이르니
절집도 불어나 옛 적요함이 사라졌다
　　　　　　－「오세암－내가 걷는 백두대간 160」 전문

　시인은 계곡을 끼고 산을 오르지만, 흘러내리는 계곡의 물처럼 자신을 떠내려 보내고 있다는 역설적인 생각을 하게 된다. 그러한 생각은 아래로 흐르듯 내려가는 산의 자태를 보면서 하게 된 것이기도 하다. 오르면 오를수록 낮게 내려가는 산의 모습을 더 잘 볼 수 있다. 그래서 '올라 감'을 통해서 '내려 감'을 인식하게 된다. 그런데 산의 '등줄기'가 낮게 내려가는 것을 보면서 시인은, "그렇게 떠밀려 흘러"간 오월을 떠올리면서 산행을 하며 흘러 내려 보낸 자신의 삶을 생각한다. 산 속으로 "깊이 들어갈수록" 삶은 흘러 내려가 사라져버리는 것이라는 인식과 함께, 시인은 그 "사라지는 것들을 살피"니 사라짐으로 생긴 '빈자리'에는 "또 다른 내가 들어와 있음을" 보게 된다. 이렇게 낮아짐의 이미지는 흘러감, 더 나아가 사라짐의 이미지로 변환되는데, 그래서 시인은 위의 시에서 어떤 쓸쓸하고 슬픈 감정에 빠지는 듯하다. "푸성귀 이파리마다 잘 뛰노는 햇볕"이 나에게는 "마치 눈물방울처럼 나를 적시면서 떨어"지는 것을 보면 그렇다. 하지만 흘러 사라지는 것으로서 삶을 인식한다고 해서, 이성부 시인은 페시미즘이나 니힐리즘에 빠지진 않는다. 그것은 흘러가는 것이 결코 아래로만이 아니라 위로 흐를 수도 있다는 인식으로 시인이 나아감으로써 가능한 것이었다. 이러한 인식은 시인의 마지막 시집인 『도둑산길』의 시편들에서 볼 수 있는데, 아래의 시가 그러한 역설적인 '흐름'의 이미지를 보여준다.

　　모든 산길은 조금씩 위를 향해 흘러간다
　　올라갈수록 무게를 더하면서 느리게 흘러간다
　　그 사람이 잠 못 이루던 소외의 몸부림 속으로
　　그 사람의 생애가 파인 주름살 속으로

자꾸 제 몸을 비틀면서 흘러간다
칠 부 능선쯤에서는 다른 길을 보태 하나가 되고
하나로 흐르다가는 또 다른 길을 보태 오르다가
된비알을 만나 저도 숨이 가쁘다
사는 일이 케이블카를 타고 오르는 일이 아니라
지름길 따로 있어 나를 혼자 웃게 하는 일 아니라
그저 이렇게 돌거나 휘거나 되풀이하며
위로 흐르는 것임을 길이 가르친다
이것이 굽이마다 나를 돌아보며 가는 나의 알맞은 발걸음이다
그 사람의 무거운 그늘이
죽음을 결행하듯 하나씩 벗겨지는 것을 보면서
산길은 볕을 받아 환하게 흘러간다

—「산길」 전문

이 시에 따르면, 흐름은 아래로만 진행되어 사라져버리고 마는 것이 아니다. 특히 산에서의 흐름은 위를 향해서 진행된다. 이때의 흐름은 오르면 오를수록, 생애가 깊어지면 깊어질수록 "무게를 더하"게 되므로 "자꾸 제 몸을 비틀면서" 느리게 진행될 수밖에 없다. 하지만 이러한 비틀림 속에서 "그저 이렇게 돌거나 휘거나 되풀이하며/위로 흐르는" '산행—삶'이 바로 진정하게 '사는 일'임을 시인은 깨닫는다. 이 산행은 힘들게 이루어지는 것이어서 천천히 가야한다. 이제 나이가 들어 아픈 시인으로서는 "느리게 흘러"가는 것이 자신에게 "알맞은 발걸음"임을 알고 있다. 허나 "굽이마다 나를 돌아"볼 때마다, "무거운 그늘이/죽음을 결행하듯 하나씩 벗겨지"면서 '산길—삶'은 환해질 것이다. 이렇게 죽음을 앞에 두고 한 걸음씩 비약할 때, 삶은 햇볕을 받아 그 그늘이 벗겨질 수 있을 것이다. 그렇다면, 올라가야 할 산길은 시인이 자신의 몸을 비틀면서 휘돌아감으로써 "생애가 파인 주름살"을 하나씩 만들 때 비로소 생겨나는 것일 수도 있겠다. 이때 삶은 그러한 길을 파기 위해 그늘을 벗으며 "죽음을 결행하듯"

한 걸음 힘겹게 나아가는 매순간으로 이루어진다. 하여, 시인은 한 걸음 나아가는 데 성공했을 때 삶은 환하게 눈부시다는 것, 그래서 삶이 소멸의 흐름으로 진행되는 것이 아니라 생성의 흐름으로 진행된다는 것, 그렇기에 자유가 삶의 본질이라는 것을 깨닫는 데에 이른다.

> 내 영혼이 이미 나에게서 빠져나가
> 저 위 벼랑 끝 한 그루 소나무로 서서
> 나를 굽어보는 일이 어제오늘 비롯된 것은 아니다
> 소나무 가지 흔들려 나를 손짓하지만
> 홈이나 돌기를 더듬어 찾는 내 몸에
> 아직 길은 나타나지 않았다
> 세상은 닳고 문드러져서 소멸을 예고하지만
> 나는 아직 태어나지 않는 생성 쪽으로 더 기울어진다
> 이 어려움이 다하는 곳에서야말로
> 나는 새로 허리를 펴고 푸른 하늘을 쳐다보리라
> 모든 생성은 그래서 눈부신 트임이리라
> 나의 몸이 나의 영혼과 외롭게 싸우는 동안
> 세계는 저만큼 비켜나서 따로 논다
> 비로소 나는 완전한 자유에 이르러
> 날개를 단다 솔 이파리 두어 개 뜯어
> 잘근잘근 씹어 삼킨다
>
> — 「벼랑에서」 후반부

이 시를 쓸 때에는 암을 선고받은 이후일 테니(암을 통보받은 것은 2005년이라고 시인 자신이 밝히고 있다), 시인은 아마 죽음을 예감하고 있었을 것이다. 허나 시인은 죽은 넋들은 완전히 소멸하지 않고 흙에 스며들어 산 자체가 된다고 생각한 이 아닌가. 그렇기에 자신의 영혼이 몸에서 빠져나간다고 해서 그 영혼은 소멸되지 않고 산의 무엇으로 몸을 바꿔 존재할 것이라고 시인은 생각할 것이다. 위의 시에서 시인의 영혼은

죽음에 이르기 이전에 미리 빠져나가 "저 위 벼랑 끝 한 그루 소나무로서" 있다. 그 소나무가 "나를 굽어보는 일이 어제오늘 비롯된 것은 아니"라고 하니, 어쩌면 그 일은 시인이 암을 선고받은 이후 계속되어 온 것일지 모른다. 어쩌면 저승을 의미할 수도 있을 그 벼랑 위에서 소나무는 어서 오라고 '나'에게 손짓한다. 하지만 시인 앞에는 저 벼랑으로 갈 수 있는 "길은 나타나지 않"고 있다. 그 길 역시 한 걸음 한 걸음 나아가면서 시인 자신의 몸으로써 만들어 나가야 하는 것일 수도 있겠다.

그런데 시인은 저 이탈된 영혼으로 가는, 아직 태어나지 않은 길을 파나가야 하는 지금이 소멸로 가는 시간이 아니라 또 다른 생성으로 가는 것임을 직감한다. 그는 "세상은 닳고 문드러져서 소멸을 예고하지만" '나'는 "생성 쪽으로 더 기울어"지는 것이다. 그래서 벼랑을 타고 오르며 길을 만들어 '벼랑 끝'에 올라 소나무에 다다르게 되면, 시인은 "새로 허리를 펴고 푸른 하늘을 쳐다보"면서 자신이 "눈부신 트임" 속에 새로운 삶으로 생성되었음을 만끽하게 될 것이라고 기대한다. 즉 "나의 몸이 나의 영혼과 외롭게 싸우는" 벼랑타기의 과정을 통해, '나'는 이탈한 나의 영혼인 소나무와 나의 몸이 다시 만나면서 "완전한 자유에 이르"는 생성을 이루어 낼 것이다. 그리하여 '나의 영혼-소나무'에 도달한 시인은 "솔 이파리 두어 개 뜯어/잘근잘근 씹어 삼"키며 날개를 달고 자유롭게 날아갈 수 있게 되리라. 말년의 이성부 시인은 이렇게 자신이 갈 수밖에 없었던 죽음의 길을 또 다른 삶의 생성으로 변환시키면서, 자유의 환한 트임으로서 받아들이고자 했다. 그는 삶의 끝에 이르기까지 삶에 내재해 있는 아름다움을 발견하길 게을리 하지 않았고 삶의 시적인 생성을 추구했던 것이다.

(2013)

강렬한 생명의 힘으로
시에 새긴 삶의 무늬

-이수익 시인의 근작 시집들

1

2013년, 이수익 시인은 등단 50주년에 맞추어 열한 번째 시집인 『천년의 강』을 펴냈다. 즉 그는 등단하고 반세기가 흘러가는 세월 동안 쉬지 않고 시를 쓰고 발표해온 것이다. 그의 시는 열정적인 삶에의 희구와 극단성에서 발현되는 아름다움에의 추구를 보여주어 왔다고 할 수 있다. 시인 자신이 시를 골라 2002년에 펴낸 시선집 『불과 얼음의 콘서트』에서, 그가 "내가 삶과 사물을 바라보는 마음에는 그 존재의 속성 중에서 뜨겁고 치열하고 극단적인 면을 탐색하여 이를 형상화하고자 하는 욕구가 있다"고 말했듯이 말이다. 그는 이렇듯 극단적인 존재의 속성을 치열하게 포착해 왔다. 이에 대한 포착과 형상화는 상당한 정신적 에너지가 소비되어야하는 일로, 심적인 안정을 주는 여러 유혹들에 타협하지 말아야 한다. 시인은 그렇게 평온을 거부하면서, 어떤 절정의 위치에 서 있어야 비로소 진정한 시를 쓸 수 있으리라고 생각해 온 듯하다.

하지만 이수익 시인은 그 뜨거운 극단과 절정을 언어화할 때, 열정을 풀어내어 해소하려는 태도보다는 엄정하고 절제된 태도를 취한다. 방금 인용한 시선집의 서문에서도 시인은 자신이 "신중하고 차갑고 절제된 자세를 견지하려" 하며 "상반된 에너지와 정서가 상호 대립하고 조화를 모색해 가는 가운데 나의 시는 만들어진다"고 말하고 있다. 시인의 말을 다시 인용하여 말하자면, "뜨거운 열망과 차가운 절제, 이 양극의 모순"에서 그의 시는 팽팽한 긴장을 얻게 되는 것이다. 그래서 이수익의 시는 단정한 것 같으면서도 그 안에는 임계점에 다다른 강렬한 에너지를 품고 있다. 이러한 양면성이 이수익 시의 매력이다. 새롭고 강한 이미지가 한편으로 절제되어 객관화되는 그의 시에서, 독자는 청신함과 재미를 함께 맛보면서도 어떤 강렬함을 느낄 수 있는 것이다.(그러나 이 '불'과 '얼음'의 양면성을 조화하고자 하는 그의 시편들은, 어느 한 편으로 경사되는 것을 피할 수는 없다. 어떤 시는 정열이 앞서서 얼음을 녹이고 있으며 어떤 시는 신중한 절제가 열망의 불을 억눌러 다스리고 있다.)

'이수익론'에 걸맞은 글을 보여주려면 이수익 시 전반을 살펴보아야 하겠지만, 이 한정된 분량의 글에서는 50년 시력을 모두 살펴볼 수는 없겠다. 그래서 비교적 근작에 해당하는 2000년대 이후의 시집들—제9시집 『꽃나무 아래의 키스』(2007), 제10시집 『처음으로 사랑을 들었다』(2010), 그리고 제11시집 『천년의 강』(2013)—을 중심으로 이 글을 써나가고자 한다. 2000년 이전의 이수익 시 세계를 알기 위해서는, 위에서 소개한 『불과 얼음의 콘서트』가 요긴하다. 이 시집은 1969년에 출간된 첫 시집부터 2000년에 나온 제8시집까지의 시집들에서 시편들을 뽑은 시선집이어서, 2000년까지 이수익 시인의 시 세계를 일별할 수 있다. 그리고 이 시집에는 2002년까지의 이수익 시에 대한 연구서지도 정리되어 있어서 참고할 만하다. 또한 시인 자신이 『천년의 강』에 실은 「시작詩作 50년의 회고」라는 짧은 글은, 그간 자신의 시세계를 짤막하게나마 언급하고 있어서, 이수익 시를 이해하는데 필요한 글이라고 하겠다. 한편, 『시와 사상』 2013년 겨울호의 '이수익 특집' 중 이수익 시인이 쓴 「부산, 내 시의 고향」에서도 시인이 자신의 시 세계를 짤막하게 회고하고 있는 것을 볼 수 있다.

시인 자신이 쓴 저 두 편의 회고 글 중에서 2000년까지 자신의 시 세계를 소개한 부분을 잠시 정리해보면 이렇다. 시인의 1963년 『서울신문』 신춘문예 등단작은 「고별」과 「편지」다. 두 편 모두였다. 심사위원인 전자를 추천한 서정주와 후자를 추천한 박남수가 이견을 좁히지 못해서 두 편 모두 등단작으로 선정되었던 것이다. 전자가 김춘수나 전봉건의 냄새가 났다면 후자는 박목월이나 박남수의 분위기가 풍겼다고 한다. 등단 직후 들은 박남수의 "노래를 버리고 견고한 시의 구조를 지켜야 한다"는 충고에 따라, 시인은 '존재하는 것에 대한 비감'을 드러낸 첫 시집 『우울한 상송』에서 어떤 사물과 관련된 비애 또는 우수가 발화하는 순간의 이미지가 중심이 되는 시들을 써보았다고 한다. 또한 시인은 두 번째 시집 『야간열차』(1978)에서 보다 시각적으로 견고한 이미지의 시들을 실었다고 하는데, 그 예로 「야간열차」의 앞부분을 인용하고 있다. 우리는 이 시 전문을 읽어보도록 한다.

> 침목이 흔들리는 진동을 머얼리서
> 차츰
> 가까이 받으면서,
> 들판은 일어나 옷을 벗고 그 자리에 드러누웠다.
>
> 뜨거운 열기를 뿜으며
> 어둠의 급소를 찌르면서 육박해 오는
> 상행선
> 야간열차.
>
> 주위는 온통 絕炎한 침묵과
> 암흑의
> 바다였다.

드디어 한 가닥 전류와 같은 관통이
풀어헤친 들판의 나신을 꿰뚫고 지나가는 동안
황홀해진 들판은 온몸을 떨면서
다만 신음할 뿐인,
오르가슴에
그 최후의 눈마저 뜨고 있더니.

열차가 지나고,
다시 그 자리에 소름끼치는 두 시의 고요가
몰려들기 시작할 무렵엔
이미 인사불성의 혼수에 빠져 있었다.

　1연에서 나타나는 선연하고 신선한 시각적 이미지는, 에로티시즘과 어
우러진 삶의 비극성을 드러내면서 기발함에만 머무르는 데서 벗어난다.
"어둠의 급소를 찌르면서"라든지 '오르가슴', "나신을 꿰뚫고 지나가는"
등의 격한 표현들이 돌출되지만, '침묵'과 '암흑', "고요", '혼수' 등의 단어
들이 그 격렬함을 진정시키고 있다. 여하튼, 이미저리를 견고하게 구축하
여 선명성을 획득하는 이수익의 시작법은, 그러나 동시에 그 이미저리 안
에 강렬한 정동情動을 품고자 한다. 네 번째 시집 『단순한 기쁨』(1986)에
서는 이러한 작법이 진화하면서 "사물에 대한 즉물적 접근이 인간에 의해
해소되는 기분"이 드는 작법을 가지게 되었다고 시인은 말한다. 이때 쓴
시에 대해 시인은 "인간 본연이 지니고 있는 고유한 비극적 체험이 한 걸
음 더 진화한 것으로 볼 수 있"으며, "비록 치열한 갈등과 대립을 느낄지
라도 정면으로 부딪쳐서 싸워 분쇄하거나 뛰어넘기보다는 피 흘리는 아픔
을 극기하는 내면적 금욕성을 보"였다고 자평하고 있다. 그리고 1995년에
발행된 여섯 번째 시집 『푸른 추억의 빵』은 "보다 포괄적인 안목으로 시의
대상을 더욱 넓고 깊게 다루려고 하는 노력을 보여준다"고 말하고 있다.

2

이제 우리가 좀 더 자세히 살펴볼 아홉 번째 시집 『꽃나무 아래의 키스』이후의 시 세계에 대해 말해보기로 하자. 이 시집의 시 세계에 대해 이수익 시인은 "시도 현실적 삶의 풍경과 체온을 멀리 떠나서는 안 된다는 그런 믿음"을 가지게 되어서 "지금까지 써오던 방식에서 새로운 변화를 추구했"으며 "시작에 대한 태도도 자유로워져서, 보다 유연하게 시적 대상과 언어의 질감을 일치시키도록 노력했다."고 말한다. 허나 이 시집에서 필자에게 주목되는 바는 시간에 대한 사유가 예전보다 두드러지게 나타나고 있다는 점이다. 이 시간에 대한 사유는 삶의 극한 지점인 죽음과 삶의 경계선에서 드러난다. 그렇다고 이 사유가 관념적이거나 형이상학적으로 행해지는 것은 아니다. 이는 시인 자신이 죽음의 접근을 몸으로 느끼고 있기 때문일 것인데, 시인에게 죽음은 관념의 유희 대상이라기보다는 삶에 개입하여 삶을 재구축하게 하는 실체로 나타난다.

구체적으로 말하자면, 이수익 시인이 보여주고 있는 죽음의 장면들, 가령 "보도블록 위에" "꼼짝없이/죽어 있는" "지렁이 한 마리"(「길일」)의 모습은 관념이 아니라 실체다. 그 지렁이의 죽음은 시인의 삶에 죽음의 육체성을 심는다. 그 지렁이의 주검은 바로 시인의 운명을 보여주고 있는 것이다. 이러한 주검을 포착한다는 것은, 삶의 시간에 죽음이라는 비시간을 삽입하는 일이다. 시간의 흐름에 비시간을 삽입할 때 '순간'이 도래한다. "우리가 본 것은/순간의 시간, 시간이 뿌리고 가는 떨리는 흔적,/흔적이 소멸하는 풍경"(「아직 우리는 말하지 않았다」)이 드러났다가 소멸하는 '순간의 시간'의 흔적을 포착하는 것이 이 시집의 주제 중의 하나이다. 가령 시인은 바이올린 독주자에서 "한 발자국 물러설 수 없는 발걸음을 디뎌/완벽하게 죽음의 벼랑 끝을 밟고/지나가야"하는 "순교자처럼 비장"한 모습을 보고, "펄럭이는 불꽃/그늘이/침묵하는 청중들의 가슴 위로/철령, 내려앉는"(「불꽃의 시간」) 순간을 포착하기도 한다. 이에 따르면, 삶과 죽음의 경계선에서 시적 순간, '불꽃의 시간'이 도래한다.

즉 죽음과의 마주침이 바로 순간의 시간을 가져온다. 시가 순간의 시간을 구성하는 것이라면, 시인은 삶이 죽음과 마주치는 순간들을 포착하고 재구성해야 한다. 이를 위해서 시인은 '자해'하기도 하는 사람이다. 그래서 "제 몸을 부수며" 우는 종鐘에서 이수익 시인은 "핏빛 자해(自害)의 울음소리"(「자화상」)를 내는 자화상을 보는 것이다. 그런데 그 종은 "마침내 깨어지면 울음도" 그칠 터, 그 울음소리야말로 "살아있음의 명백한 증거"(같은 시)다. 다시 말해 자해의 고통으로 인한 울음이 '살아 있음'을 중언하는 것이다. 시인은 「그리움」에서 시를 "개 같은 그리움"이라고 정의 내리고 있는데, 그리움이 가져오는 것이 바로 저 종의 울음이라면 시인은 그리움으로 인해 고통스럽게 운다고 할 수 있다. 그리움의 고통이 닥친 순간에 시는 써진다고 할 때, 시인으로서의 삶은 그 울음 자체요 울음은 바로 시다.

그리움의 고통은 사랑으로부터 비롯되는 것이다. 이수익 시인에게서 사랑은 무엇인가? 시인은 「끝」이란 시에서, "벼락처럼/상처처럼/해일처럼" 있는 '끝'인 '사랑'에 "내가 먼저 그곳으로 가려 한다"고 말하고 있다. 그 '끝'인 사랑이 "칼날처럼/섬처럼/비명처럼" 있다는 시인의 진술로 보아, 그것은 삶과 죽음의 날카로운 경계선에 놓여 있는 무엇이다. 즉 한 발자국만 나아가면 죽음으로 떨어지는 벼랑 끝에서의 삶이야말로 시인에게는 사랑의 삶이다. 그래서 시인은 "그래, 시는 마침내/죽음의 바다에서/나와 함께 죽는다"(「그리움」)고 비장하게 말한다. '끝', 그 절정에 대한 사랑이 시를 쓰게 한다. 삶과 죽음의 경계에서 쓰는 시는, 결국 죽음의 바다로 빠질 것이다. 하지만 시인과 함께 죽음으로 빠질 운명이기 때문에 시는 써지는 것이며, 아름다울 수 있는 것이라고 시인은 생각한다. 「사랑의 기쁨」에서 시인이 "사무치는 절정"이란 "사랑, 단 한 번/핏빛 목숨 같은 사랑"으로, "불꽃 생명 환희/그 다음/죽음의 나락 오고"마는 것이라고 말하듯이 말이다. 그래서 사랑은 "쾌락 속에 든 사약死藥"이다.

시인은 그 사랑의 위험성을 말하고자 하지 않는다. 도리어 시인은 그 사약을 달게 마시리라고 말한다. 죽음을 무릅쓴 사랑이야말로, 즉 죽음과 맞닿은 절정의 삶, 삶과 죽음 사이에서 불꽃처럼 터지는 순간의 삶이야말로 '핏빛 목숨'인 열정적인 삶이기 때문이다. 여기서도 이수익 시인의 미학은 여유로운 완상의 그것이 아니며, 그가 시적 대상에서 포착하려는 것들은 삶의 고통스러운 절정, 그 순간들의 흔적임을 확인할 수 있다. 극단의 무엇에서 그는 아름다움을 찾아낸다. 그 아름다움은 조화로운 모습에서 발현되는 것이 아니고 삶과 죽음 사이에서의 절박하고 위태로운 모습에서 발현된다. 시인이 인도고무나무 잎사귀들의 "불구의 몸짓"에서, "살아야 한다고, 살고 싶다고, 제 육체를 한껏 비틀어/버릴 수밖에 없었던 저 단말마의 비명", 즉 "고통의 극점"(「상처와 만나다」)을 포착하고 있는 것도 그 미학과 관련된다. 몸을 비틀어 올린 잎사귀들에서 어떤 극점, 절정, 순간의 아름다움을 시인은 읽어내고자 하는 것이다.

'극단의 미학'이라고도 할 이수익의 미학은 「꽃은 부드럽지 않다」에 잘 표명되어 있다. 시인은 "꽃은/네가 말하듯, 그렇게 아름다운 추상이/아니"라고 말하면서, "꽃은 지금/절박한 실존으로/제 생의 위태로운 극단 위를/피고 있"다고 설파한다. 그에 의하면, 꽃은 추상적인 아름다움을 보여주는 것이 아니다. 꽃의 아름다운 자태는 구체적인 실존의 삶을 통해 발현된 것이다. 즉 꽃의 아름다움은 "저 하나 우뚝 피어나기 위해 옆옆의 꽃을/밀치고 누르거나/혹은 짓밟으며/불꽃 튀는 관능의 빛깔과 향기와 자태를/하늘 가운데 눈물겹게 드러내려 하고 있"는 데서 드러나는 것이다. 꽃들은 그 과정을 통해 "저리도 제피를 말리면서/시들고 있"다. 아름다움은 죽음과 맞닿아 있는 절박한 실존의 극단에서, 죽어가면서 획득된다. 요컨대 이수익 시인은 아름다움을 극단으로 돌진하는 삶, 사랑하는 삶에서 찾는다. 그 삶을 강렬한 삶이라고 명명할 수 있다. 시인은 그 강렬한 삶을 다음과 같이 뱀으로부터 찾아내기도 한다.

> 지하 통로
> 뱀 한 마리 미끄러지듯
> 전율하며 달려가고 있다.
>
> 오로지
> 표적을 향해
> 맹목의 정신으로 줄달음치는
> 저
> 일 촉 화살처럼,
>
> 불타는 살의는 미친 듯이 씩씩거리며
> 제 얼굴에 부딪치는 암흑의 벽면을
> 깨뜨린다, 무지하게.
>
> 뱀이 스쳐간 자리에는 피투성이,
> 피투성이 되어 넘어진 적막의 살점들이 살아 퍼덕인다.
>
> —「파열」 전문

"암흑의 벽면을" "맹목의 정신으로 줄달음"쳐 깨뜨리면서 스스로 파괴되는 뱀의 저돌적인 삶이야말로, 강렬하다. 뱀의 이 행위로 인해 파열되는 암흑의 적막은, 도리어 생명을 부여받는다. 하여, 피투성이가 된 적막의 살점들이 "뱀이 스쳐간 자리"에 널려 있게 되지만, 그것은 곧 "살아 퍼덕"이게 되는 것이다. 다시 말하면, 뱀의 강렬한 삶은 암흑과 대결하는, 즉 죽음의 세계와 부딪치는 삶이지만, 주변의 삶을 다시 '퍼덕'이게 한다. 삶과 죽음의 경계선인 극단의 지점에 돌입하면서 살아가고 있는 뱀은, 스스로 피투성이가 되면서 적막을 파열시키고 삶을 삶답게 만든다. 그 삶은, "당당히 보복하리라는 일념"으로 "적의에 떨리는 몸을 바짝 웅크리"고는, "동그란 두 눈엔 인광처럼 새파란 불을 켜서/저주의 불꽃을 날리"는, 그럼으로써 "어둠의 내부를 샅샅이 뒤지고 있는/저/불운한 피의 테러리스트"(「들고양이」)인 '들고양이'의 삶과 닮았다. 그 들고양이 역시 어둠 속에서 무엇인가를 발견하자마자 그 어둠의 '벽면', 죽음의 세계의 벽면에 돌진할 것이기 때문이다. 그렇게 들고양이가 날리는 '저주의 불꽃'은, 돌진으로 인한 '파열'이 일어나기 직전의 긴장된 순간을 드러낸다.

3

위에서 보았듯이, 『꽃나무 아래의 키스』에서 이수익 시인은 삶의 강렬성이 드러나는 순간을 포착하고 있다. 그 강렬성은 삶과 죽음이 마주칠 때 일어나는 파열의 순간에 드러난다. 그래서 그 극단의 순간은, 어떤 부딪침에 의해 일어나는 '불꽃'으로 명명된다. 시인의 열 번째 시집인 『처음으로 사랑을 배웠다』(2010)의 몇몇 시편들에서는 이러한 강렬성이 더욱 고조되고 있다. 시인 자신도 「시작 50년의 회고」에서 이 시집의 시편들을 쓸 무렵을 "시적 언어에서의 과격함이 드러난 시기"라고 명명하고 있다. 이에 덧붙여서 그는 "이때는 마침 내 자신이 투병해야 했던 불우한 시기여서 작품마다에 삶과 죽음의 고통스러운 몸부림이 얼룩져서, 한결 더했던 것 같다"고 말한다. 육체적 고통과 죽음을 대면해야 하는 정신적 고통을 견디기 위해서인지 모르겠으나, 시인은 이 시집에서 극한의 시공간에 놓인 삶의 한 단면을 포착하여 삶의 극한을 강렬하게 드러내는 시편들을 보여준다. 포착이란 어떤 순간을 움켜쥐는 것이다. 가령, 아래의 시에서 시인은 강렬성이 발산되는 한 극한적인 장면을 순간적으로 움켜쥔다.

화염 하나가
훨훨
팽창하듯이 타올랐다

사방에 퍼진 열을
모두 씹어 삼킨
그것은, 최후의 순간을 향하여 뛰어든
맹렬한
자폭

나는 서서
귀를 꽉 틀어막고
눈을 감고
고개를 아래로 단호히
꺾고

터질 듯한 욕망을 부순다
으깨어진 사금파리 같은 지독한 편애가
숨어 있었던 듯
개처럼 왈칵 달라붙는다

나는 뒤로
벌러덩 드러눕는다

—이수익, 「연극처럼」 전문

    무엇인가가 '최후의 순간'에 폭발하면서, 화염이 타오른다. 발산된 저 화염은 강렬함에 대한 탐욕을 갖고 있다. 부풀어 오른 풍선이 터지듯이 "팽창하듯" 폭파되면서 발현된 그 화염은, "사방에 퍼진 열을/모두 씹어 삼"키는 것이다. 화염의 강렬함에 대한 욕망이 열을 모두 씹어 삼키면서, "맹렬한 자폭"을 만들어낸다. 그 탐욕스런 화염은 비상飛翔하듯이 '훨훨'

폭파된다. 모든 비상은 아름답다. 그 아름다움은 폭발이라는 강렬한 극한에서 뿜어져 나온다. '훨훨'이란 부사엔 그 아름다움을 다 표현하지 못하는 아쉬움이 묻어 있다. 시인이 이 시에서 사용한 관형어와 부사어들, 즉 '훨훨', '맹렬한', '꽉', '단호히', '으깨어진', '지독한', '왈칵'과 같은 강한 시어들에서도 저 상황이 가진 강렬성을 언어가 완전히 드러내지 못하는 데 대한 안타까움이 느껴진다. 시인은 저 강렬한 순간에 압도되어, 그 강렬성을 말의 한계에서나마 제시하는 것만으로도 힘겹다고 생각했을지 모른다.

하지만 시인의 시작은 여기에 그치지 않는다. 시인은 '나'를 등장시킨다. 그래서 시는 액자처럼 구성된다. '나'는 저 아름답게 자폭하는 화염을 본다. 화염처럼 '나' 역시 아름답게 폭파되고 싶었던 것일까. 자신을 폭파시키기 위해 '나'는 귀와 눈을 막고 "고개를 아래로 단호히 꺾"는 것이다. 폭파를 위한 화약은 "터질 듯한" 욕망, 화염처럼 팽창하며 타오르는 욕망이다. 발산되려는 이 욕망의 압력을 증대시키기 위해 '나'는 '나'의 몸을 닫고 욕망을 가둔다. 그리고는 욕망을 부순다. 이때 화염에 열이 달라붙듯이 "지독한 편애"가 부서진 욕망에 "개처럼" "왈칵" 달라붙는다. 이 편애는 '사금파리'처럼 '으깨어'져 있었던, "숨어 있었던" 것들이다. 그러니까 '나'에게 있어서 욕망의 폭발은 없애거나 감추고 싶었던 편애들이 순간 응축되면서 이루어질 것이었다. 그래서 어떤 아이러니컬한 상황이 만들어진다. 화염처럼 '훨훨' 자폭하고자 했던 '나'는, 예전에 깨뜨렸으나 어딘가에 숨어 있었던 편애들이 "개처럼" 잡아먹을 듯 달려드는 상황을 맞게 되는 것이다.

그리하여 '나'는, 타오르는 불꽃의 화려한 모습은커녕, "뒤로//벌러덩/드러눕"는 안타까운 모습으로 폭발한다. 실제로 타고 있는 저 화염처럼, 실제로 삶을 태울 수는 없을 것이다. 그렇게 한다면 정말로 죽게 될 테니까. 그래서 시인은 이 시의 제목을 '연극처럼'이라고 지었을 것이다. 저 화염처럼 강렬하게 되기 위해서는 연극이라는, 즉 예술 혹은 시라는 매개가 필요하다. 화염과 같은 현실이 가진 강렬함과 치명성을 포착하여 간직하기 위해서는 예술이라는 미메시스가 필요하다. 여기서 미메시스는 모방이라거나 재현이 아니라 '닮기'를 뜻한다. 저 화염을 똑같이 그린다고 해서 화염의 강렬함이 재생되지는 않는다. 문제는 예술이 저 화염이라는 현실의 강렬성을 닮으려고 하고 그것을 자신 안에 담으려고 하는 욕망이다. 그래서 예술은 실제 세계와의 긴장으로 팽팽한 긴장을 유지한다. 예술은 저 불타는 현실을 모방한다기보다는, 새로이 예술적 공간을 창출하면서 그 공간 내부로 저 뜨거움을 옮기는 미메시스를 행한다.

그러나 이 시에서 예술가인 시인은 그러한 미메시스를 감당하지 못하는 듯 뒤로 벌러덩 드러눕게 된다. 미메시스 되고자 하는 실제 삶의 강렬성이 연극의 막을 뚫고 '연극배우─시인'의 삶에 침입해 들어올 때, 그는 병을 앓으며 정신적 육체적 고통에 빠지게 될 것이다. 시인은 투병하는 자신의 모습을 저 뒤로 드러눕는 연극배우에 이입하면서 위의 시를 썼을지 모른다. 시인을 쓰러트렸던 병 때문인지 '죽음'은 열 번째 시집의 주요 주제로 등장한다.(그 투병의 시간은 "나는/한 줄기의 뼈 속에서, 불덩이처럼/타올랐다, 그리고 드디어 하얗게/녹아내렸다"라는 감동적인 구절들로 시작하는 「이상한 나라」에서 비교적 직접적으로 드러난다) 위에서 보았듯이, 아홉 번째 시집에서도 '죽음'은 주제화되었지만 그것은 삶과의 긴장을 통해 강렬한 순간을 드러낸다는 의미가 있었다. 하지만 이 열 번째 시집에서 죽음은 그 자체로 주제화되고 있다. 가령 "옆구리를 툭, 치고 가는 만큼의/그런 가벼움일 뿐인 죽음에/길은 조금씩 길들고 있었다."(「로드 킬」)와 같은 표현은 시인 자신의 '삶─길'과 무관하지 않을 것이다. 더 나아가 "죽음에 대한 편애만이/검푸르게 나의 내면을 소용돌이치며 흘러갈 뿐이다"(「갑자기 실명처럼」)와 같은 구절에서는 죽음을 원하기까지 하는 시인의 모습이 나타나기도 한다.

「처음으로 사랑을 들었다」를 보면, 그 죽음에의 충동은 격렬한 사랑일시 쓰기와 무관하지 않다는 것을 알 수 있다. 이 시는 "강렬한 입맞춤"에 의해 "고막이 터져 버"리면서 "세상에서 들을 수 없는 소리를 들을 수 있게" 된 여성에 대해 전해주고 있다. 그럼으로써 그녀는 "오래오래 무너져 내려야 할/거대한/저 사랑의 지옥 같은 것"에 갇히고 마는 것인데, "참으로 긴 파멸이 입을 벌리고/기다리고 있는 줄 모르고, 혹은/그러지 않기를 바라면서/우리는 오래오래 입맞춤을 했다, 당신의 몸에 굶주린/나를 밀착시키려고 했던 것처럼"(「당신을 지우려고」)이라는 구절에서처럼 시와 파멸적인 입맞춤을 한 시인이야말로 바로 사랑의 지옥에 빠진 그녀와 같은 처지가 되는 것이다. 하여, 사랑하는 마음의 고통과 육체의 고통이 격렬해지면서 시인은 "죽음에 대한 편애"로 이끌린 것일 수 있겠으며, 더 나아가 죽음 자체에서 아름다움을 느끼게 되기도 할 것이다. 시인은 그 아름다움을 「위로 솟구치는 꽃들」에 나오는 "떨어져서 피어나는 꽃들"인 동백꽃에서 발견한다. 그런데 그 아름다움은 동백꽃의 낙화에서 시인이 "아래에서 위로/솟구치는,/번쩍이는 상승의 욕망"을 읽어냈기에 포착할 수 있는 것이었다. 하여, 시인은 "네 동백꽃이/땅으로 떨어졌다고/슬픈 일 아니다."라고 말할 수 있게 된다.

그래서 이 열 번째 시집에서 시인은 죽음을 긍정할 수 있는 깊고 두터운 인식에 도달한다. "폐가들 위로 무너져 내리는 폐가들, 그 위에/아름답게 쌓이는 폐가들, 눈물짓는 폐가들"이 "우리의 자랑스러운 상속"(「산해 이용원」)이라는 인식이 그 중 하나이다. 그러나 이수익 시인은 삶의 비극적인 격정을 여전히 놓치지 않는다. 격렬한 사랑과 시와의 입맞춤 속에서 이제 죽음을 바라보게 된 삶을, "한순간에 모든 비극이 환히 드러나 보인다는" "이미 솟아오른 화살"(「날자, 지옥같이 눈부신 천지」)에 비유하고 있는 것을 보면 그러하다. 이러한 순간에 대한 포착과 삶의 비극성에 대한 조명은 다시 시와 삶 사이의 팽팽한 긴장에로 시인을 이끌게 될 것이다. 하여, '쇠재두루미 떼'에서 "생명의 상형문자"를 읽어내면서 "운명은 이런 것이다 결연함만이 우리를 살게 하거나/혹은, 깨끗이 죽게 할 수 있다"는 인식, 그리고 "새들과 산맥 사이의 공간에, 생사를 건 팽팽한 대치가/서로를 긴밀하게 빨아들이고 있다, 아니, 밀어내고 있다"(「쇠재두루미 떼를 따라 날다」)와 같은 투시로까지 시인은 나아가게 되는 것이다.

4

이수익 시인 자신이 열 번째 시집의 변화를 조금 누그러뜨려 "중용의 시학을 다시 모색"했다고 말한 바 있는 열한 번째 시집 『천년의 강』의 세계는, 죽음 자체를 조명하고 의미화 하는 열 번째 시집의 연장선상에 있다고 생각된다. 그러나 죽음이 시적 화자의 삶에 스며든 농도가 그 시집보다 좀 더 짙어졌다고 할 수 있다. 「저 바다 위에 당신의 이마를 떨어뜨려라」가 특히 그러하다. 이 시에서 시인은, '일몰'처럼 그리고 '저물어가는 바다'와 "마지막 하루 일과를//정리하"는 "어부와 그의 아낙"처럼, "비탄과 휴식의 이마를 떨어뜨"리고 "우리는 점점이//까마득하게,//멀어져만" 가는 소멸을 받아들일 수 있는 마음의 준비를 하고 있다. 더 나아가 시인은 「절교」에서 "없도다, 아무 것도 없도다, 정말 아무 것도 없도다."라고 탄식하면서 "나는 빈 방 하나로 남는다"라고 자신의 삶을 뼈저리게 정리하는 모습을 보여주고 있는데, "비소砒素를 삼키면서 내가 서 있다"는 구절에 오면 시인이 죽음을 미리 살아가고 있다는 생각까지 하게 된다.

한편으로 이 시집의 특색 중 하나는 이렇게 미래를 선취하는 시의 능력을 현시하는 것이다. 그런데 「절교」에서처럼 죽음을 미리 선취하여 죽음을 사는 모습뿐만 아니라, 죽음의 긍정적인 의미화가 더욱 강력해지면서 '부활'에 대한 사유를 펼치는 시편들도 볼 수 있다. 가령 "어두운 제 무덤 속을 휘황하게 드러내어 주는 것//보라, 저 갈대들 제 스스로 꺾이며 일어서는 힘과 저력을//나는 확고하게 믿나니, 오로지 갈대만이 이 겨울에 찬란한 부활이 되리라는 것을."(「갈대는」)이라는 구절을 보라. 죽음을 드러내는 갈대는, 아래에서 위로 솟구치는 상승의 욕망을 보여주었던 동백꽃마냥 "힘과 저력을" 드러내고 있으며, 더 나아가 우리에게 부활의 믿음을 가져다주고 있는 것이다. 그러니 저 '갈대'처럼 죽음을 드러내는 시의 작업은 결국 생명의 힘을 드러내는 일이요 미래에 올 부활을 선취하는 일이기도 하다.

죽음을 맞이할 삶이 결국은 다시 부활하리라는 믿음은 삶의 힘이 죽음을 극복한다는 믿음을 가져올 것이다. 부활에 대한 믿음은 결국 삶에 대한 믿음인 것, 이에 따른다면 이 세계에는 삶만이 있고 실상 죽음은 없다. "눈부신 이동의 모습만 보여줄 뿐/결코 추락하면서 비굴한 찰나를/보여주지 않는" "새들에겐/죽음이 없"(「새들은 끝없이 떠오른다」)는 것처럼 말이다. 삶만이 있는 이 세계는 이 시집의 제목처럼 죽음을 품고 '천년의 강'으로 흐른다. 그리고 「저 푸른 힘이 자라서」에서 볼 수 있듯이, 고목과 그 아래 바위와 그 속에 시퍼렇게 핀 "천년의 이끼"가 이 삶만이 존재하는 세계에 내장된 생명의 '푸른 힘'을 드러낸다. 그런데 이 「저 푸른 힘이 자라서」는 좀 더 깊이 있는 존재론과 시간에 대한 시인의 사유가 펼쳐지고 있어서 주목된다. "메시아와 같이 여름이 다가오는/순항을, 셋은 고루고루 나눠 가지면서//침묵에 이기는 힘이/처음 어디서부터 왔는가를"이라는 구절이 그 사유를 보여준다. '나눔'과 '결연'으로서 존재하고 있는 고목과 바위와 푸른 이끼는, '메시아'와 '처음'의 시간을 드러내주고 있다는 것이다.

다시 말하면, 시인은 저 존재자들이 단순하게 놓여 있는 세계에서 원초성과 메시아적 미래의 시간성을 포착할 수 있는 것이다. 이러한 시간성의 포착은 "옛날에 있을 것은/이미 다 있었"기에 "<처음>이라고 말하지 말라"는 인식으로 나아가면서 "언제 또 다시 개벽의 새아침을 뚫고 나올 어마어마한/역사歷史의 힘"(「처음」)을 발견할 수 있게 한다. 이러한 역사의 힘이 자연에 내장된 푸른 생명의 원초적인 힘과 연관된다는 것은 분명하다. 그래서 있을 것은 이미 다 있었다는 역사성에 대한 인식은 보수주의와는 관련이 없다. 즉 '처음'이 없다는 말은, 거꾸로 모든 존재의 생성이 항상 '처음' 무엇을 이루어내기 때문이라고도 할 수 있는 것이다. 하여, 언제나 '처음'을 불러오는 생명의 힘인 '역사의 힘'은 "개벽의 새아침"을 통해 뚫고 나오는 것이라고 말할 수 있게 된다.

그래서 이수익 시가 보여주고 있는 존재론에서는, 세계는 원초성과 메시아적 시간 또는 근원과 미지의 시간을 내장하고 있는 것으로 나타난다. 세계는 박명의 새벽에 "희미하면서도 그러나 조심스럽게/자기 존재의 근원根源을 드러내는, 저 나무들처럼" "미지未知의 시간들과 함께/있음으로써"(「움직이는 시장」) 존재하는 것이다. 그런데 이러한 시간성을 내장하고 존재하는 세계란 자연—좀 더 정확히 말하자면 제1의 자연—의 세계만을 지칭하지 않는다. 그 시에 따르면 저 '움직이는 시장'과 같이 제2의 자연인 인간의 생활 문화 역시 이러한 시간성 속에 존재한다. "사람들이 뜨거운 냄비처럼 들썩이는 가운데/우리는 섞이고 또한 우리는/풀어"지는 그 생활의 장에서는 "하얗게 솟아오르는 욕망의 줄기"인 '노동'이 "떠돌아다니는 하루치의 힘"(같은 시)을 소진하면서 펄떡인다. 푸른 생명의 힘으로 노동이 펄떡이고 욕망이 들썩이는 이 '움직이는 시장'은, 박명 아래의 나무들처럼 근원과 미지를 드러내고 있는 존재인 것이다.

그렇기에 항아리와 같은 문화적 산물에서도 근원과 미지의 시간을 동시에 품고 있는 세계의 존재성을 발견할 수 있다. 「무늬」라는 시가 이러한 발견을 보여준다. 시인은 "유적遺跡의/오래된 침묵" "속에 놓여 있는/가느다란 항아리"에서, 항아리일 "그가 이 땅에 내려온 날의/기억"과 "차마 간절"한 "하나를 품고자 하는 마음"으로 항아리를 굽고 있는 사나이의 메시아적 기다림을 동시에 발견한다. 사나이의 기다림은 결국 "둥근 테를 휘감은 빛이/참으로 찬란하게 살아난 웅고된 무늬"로 현현되면서 항아리라는 존재의 근원—기억—을 드러낸다. 하여, 그 무늬 역시 나무나 푸른 이끼처럼 근원과 미지를 동시에 드러내면서 생명의 힘으로 꿈틀거리는 세계의 존재성을 현시하는 것이다. 다시 말하면, 빛을 발하는 무늬가 새겨진 항아리와 같은 예술 작품은 세계에 내장된 근원과 미지의 시간과 생명의 힘을 현시한다. 이수익 시인은 자신의 시 역시 그러한 예술 작품이 되길 원할 것이다. 더 나아가 그러한 시를 쓰는 시인의 인생 역시 저 항아리처럼 근원과 미지를 동시에 드러내는 예술 작품이 되지는 않을까? 하여, 그 인생은 아래의 시에서 볼 수 있듯이 항아리처럼 둥근 모습으로 남게 되지 않겠는가?

맨 나중에 나오는, 찬란한 죽음이 올 때까지
자기 자신을 완전히 부수어버리는, 그런

열정적 파괴가
있었네

그리고 한 움큼의 소멸,
끔찍한 적막이
어둠 속 하얀 보자기에 싸여서 흘러 나왔다네, 이 세상
더 없이 그립고도 그리운 우주를 향하여

거기
자기 자신만을 고독하게 사랑하는 이의
불타는 전력질주를 굽어보던
그 순간
피와 사랑과 그리고 눈물이 함께 따라왔네,

둥글게 하나처럼
하나처럼
둥글게
　　　　　　　　　　　　　　　　　－「찬란하게」 전문

강렬한 생명의 힘으로 시에 새긴 삶의 무늬－이수익 시인의 근작 시집들　277

이수익 시인 자신의 생을 응축하여 담아놓은 것이라고 생각되는 이 시는, 한편으로『천년의 강』의 시세계를 종합하여 드러내고 있다고도 여겨진다. 시인은 "자기 자신을 완전히 부수어버"림으로써 얻을 수 있는 강렬성을 추구하는 동시에 "자기 자신만을 고독하게 사랑하"면서 시를 써오지 않았던가. 허나 그렇게 시 쓰는 삶을 살다가 얻게 된 것은 결국 "한 움큼의 소멸"이자 "끔찍한 적막"이었다. 그 자기 파괴의 고통을 가져오는 시작詩作의 추구에 어떠한 보상도 없었던 것이다. 하지만 저 항아리의 무늬처럼, 그 일생에서 무엇인가가 "보자기에 싸여서 흘러 나"오는 것이다. 그 무엇이란 소멸과 적막에 함께 따라 온 "피와 사랑과 그리고 눈물"이다. 그렇게 "그리운 우주를 향하여" 흘러나온 하얀 보자기란 바로 시인의 삶을 채웠던 시작詩作에 의해 새겨진 삶의 무늬, 즉 시라고 할 수 있지 않을까. 그렇다면 그 시가 끔찍한 고통의 삶을 피와 사랑이 녹아든 눈물처럼 둥글게 완성시킨다고 할 터, 시인은 이 시를 통해 자신이 살아온 시작의 삶을 이렇게 의미화하고 정리해보고자 한 것이 아닐까.

최근 이수익 시인은 더욱 삶의 공空적인 측면에 대해 생각하고 있는 것 같다.『천년의 강』을 펴낸 이후에 발표한「마른 손」(『시와 사상』2013년 겨울호)에서는 "무슨 잡히는 것이라곤 없"는 마른 손바닥처럼 "텅 빈 자리가 바로 내 것이라는" 인식으로까지 나아가고 있는 것을 보면 그렇다. 시인은 이 시의 마지막 부분에서, "텅 빈 자리"만이 남은 '내 것'을 "신神을 향하여 돌려드"리는, "아무 것도 지닌 것 없는/生의 순수한 반환"을 행하자고 마음먹는다. 신이 주신 빈손을 신에게 다시 돌려드림으로써 생의 시간 역시 "하나처럼/둥글게" 완성될 것이다. 아니, 완성이라는 말은 여기에 적합하지 않을지도 모른다. 순수하게 하나의 삶은 사라지는 것이기에. 허나 삶의 무늬가 새겨진 시편들만은 항아리처럼 여전히 둥글게 남아 있으리라.

그러나 이수익 시인이 현재 이러한 인식에 도달했더라도, 그는 여전히 강렬한 생명의 힘을 자신의 내면 깊은 곳에서 느끼고 있는 듯하다. 그

는 지금도 젊은 시인처럼 시작을 궁리하며 변화를 추구하고 있는 것이
다.『시인수첩』2013년 겨울호에 실린 시작 노트에서 시인은 "나의 시가
옛날이나 지금이나 변함없으리라는 추측이나 기대와는 달리, 나의 시에도
변화가 오고 있다는 것을 크게 느꼈다."고 쓰고 있다. 이러한 변화는 격렬
한 정동情動과 인식을 동반하고 있는 것 같다. 이 시작 노트 바로 다음에 실
린 아래의 시를 읽어보면 그렇다. 죽음을 긍정하면서 의미화하고 소멸을
기다리는 시인의 모습이 다소 소극적이었다고 한다면, 이 시에서 시인은
강렬한 언어를 귀환시키면서 세계와 삶 한가운데에로의 적극적이고 능동
적인 투신을 다짐한다. 삶의 힘을 드러내는 이 강력한 투신은, 죽음과 부패
의 공포로부터 자신을 해방시키면서 삶을 미래에 개방한다. 그래서 이 시
는 이수익 시인이 앞으로 써나갈 시의 미래를 예시하고 있는 것 같다. 하여,
여전히 이수익 시의 미래는 열려 있어서, 그에 대한 시인론은 아직 완성될
수 없다. 이 시를 인용하면서 이 글을 마무리 하는 것은 그 때문이다.

> 거대한 물결이 이루어내는
> 격한 파문의 소용돌이 속에서
>
> 아직 살아 숨 쉬는 언어와 율동,
> 소름 끼치는 날카로움과 울음이
> 활처럼, 무기처럼 팽팽하게 솟아오른다면
>
> 나는 표적이 되어 박히리라, 생의 한가운데서 끝으로
> 생의 끝에서 한가운데로, 무섭게 몰아치는 힘의 단단한 끈이 되어
>
> 일체의
> 애증도, 희생도
> 없이, 나를
> 던지리라

죽음으로서 창궐하는 크고 강한
부패여
나를 사로잡는 험난한
백색 공포여
이제는 거친 소용돌이처럼 저만치 멀어져 가라

나는
용솟음치는 땅 위의 저력을 믿고, 또한
너를
가득히 용서할 것이니
참으로 오래되었도다, 미래여

―「나를 던지리라」 전문

(2014)

세계의 비참과 시인의 윤리

—이승순 론

1

영혼은 마음의 움직임과 힘이다. 그 움직임과 힘은 갈망에서 나온다. 영혼은 목말라하는 마음이며, 그러기에 무엇인가 찾아 헤맨다. 무엇을 찾아 헤매는가? 『향연』의 아리스토파네스가 말한 것처럼 우리는 잃어버린 반쪽을 찾아 온전한 하나가 되려는 열망 속에 살고 있다. 그 욕망을 다른 말로 하면 총체성에로의 열망이라고 할 수 있다. 분열을 극복하고 하나의 총체가 되고자 하는 영혼. 그러기에 영혼은 여행하는 자와 같이 누군가 혹은 무언가 만나리라는 기대를 품고 떠돌아다닌다. 영혼은 모험을 하는 그 무엇이다. 시는 모험하는 영혼이 무엇인가와 만나 일시적이나마 주체와 대상의 행복한 하나 됨을 이룰 수 있는 형식이다. 총체성을 상상력을 통해 달성하려는 시는, 하지만 그 열망과 현실의 괴리를 더욱 날카롭게 의식하지 않을 수 없게 된다. 시의 아이러니는 이런 맥락에서 탄생하는 것이 아닐까.

그런데 특이하게도, 이승순의 시들을 보면 그녀의 영혼은 갈망하지 않는다는 것을 발견하게 된다. 그 영혼을 우울한 영혼이라고 말할 수 있겠다.

그녀의 시는 그래서 흐르는 강물과 같지 않고 고요한 샘물 같다. 시인의 이러한 영혼상태는 「나는 더 이상 기다리지 않아요」에서 잘 볼 수 있다.

나는 기다리지 않아요

밥상을 차려두고 그대의 귀가를 기다리지 않고
더 이상 응답 전화기 버튼을 누르지 않아요

한밤에 들려오는 별들의 속삭임도
무수한 풀 벌레 밤의 노래도
저승에서 보내올 한마디 바람결 소식도
기다리지 않아요

......

귀는 닫히고 마음은 열려
소란스러운 세상 소리도
바람 소리로 들려와
소음 속에서도 잠들게 되기를 기다리지 않아요

나는 더 이상 아무것도 기다리지 않아요

기다리지 않는다는 말은 더 이상 열망하지 않는다는 의미를 내포한다. 하지만 그 우울의 상태는 그지없는 열망 끝에 힘없이 걸려 있는 것이다. 응답 없는 열망에 지쳐버렸기에 이젠 아무 것도 기다리지 않는다고 말하는 것이다. 이렇게 절대적인 우울의 상태에 빠진 이유는 3연의 "저승에서 보내올 한마디 바람결 소식도/기다리지 않아요"라는 시구를 통해 사랑의 대상이 저승에 있기 때문이라는 점을 우리는 짐작할 수 있다. 님이 있는 저승에서 아무 말도 들리지 않기에 기다리는 것을 포기한 시적 화자는 이젠, '별들의 속삭임'도 '풀벌레 밤의 노래'도 기다리지 않는다고 말한다. 자연이 주는 모든 아름다움이 다가오는 것을 시인은 기다리려고 하지 않는다. '귀는 닫'혀 있다. 하지만 이런 우울이 염세주의로 흐르는 것은 아니다. 귀가 닫히는 대신 마음이 열리기 때문이다. 들으려고 하지 않는 대신 "소란스러운 세상 소리도" "바람소리로 들려"온다. 열린 마음은 세상의 잡다한 일상사들의 소음을 회피하지 않는다.(시인은 "잠들게 되기를 기다리지 않아요"라고 말한다.) 담담하게 그 소음을, 마음을 통해 바람소리로서 받아들이는 것이다. 이 바람소리가 무엇을 의미하는지는 명확하지 않지만, 아무 것도 기다리지 않는 빈 마음이어서 소리들이 그냥 지나갈 때의 소리라고 말할 수 있을 것이다.

하지만 그 빈 마음이 공허해서 그냥 허허로운 것만은 아니다. 열망에 아랑곳없는 응답 없는 세계 때문에 안으로 슬픔과 고통을 곰삭으며 이루어진 빈 마음이다. "말이 말이/안으로 안으로 먹혀들어 갑니다/터져 나오지 않고 스러져가는/그래서 빚어지는 침묵입니다"(「사랑의 침묵」)라는 시인의 말은, 말을 터져 나오게 할 수 없어 그저 말이 스러져갈 수밖에 없는 상황 속에서 "그래서 빚어지는 침묵"에 도달한 빈 마음이다. 시인은 이러한 침묵의 상태로 살아가는 것을 시 「투명인간」에서 다루고 있다. 말이 없이 사는 것은 '형상形相없는 존재'로 살아간다는 것을 의미하는 것이기에 "투명인간 되어 살아갈 길"이고 나아가 "내가 내 존재를 부정"하는 길이라고 시인은 그 시에서 이야기한다.

그런데, 이런 침묵의 삶, 부재를 시로 말하는 이유는 무엇일까? 시인도 역설적으로 침묵을 표명하면서 자신의 시가 "부재를 알리는 소리 드높아라"라고 말하고 있는 것이다. 자신이 부재하고 있다는 것, 투명인간이 되어 살고 있다는 것을 인정한다는 것은 그만큼 시인의 삶이 괴롭다는 것을 알려준다. 그런데 그 괴로움을 시로 드러내는 것이 시인에게는 중요하다. 그래야 염세주의로 떨어지지 않고, 시 자체를 부정하지도 않게 된다. 시로 괴로움을 묻어두지 않고 들추어낼 때에야 시의 사회적인 의미도 같이 드러날 수 있다. 시에서 '나'는 '우리'로 확대될 수 있는 것이기에 결코 시인 자신의 개인적 고백에 그치게 되는 것이 아니기 때문이다. 내가 '형상 없는 존재'가 되었다고 말할 때 우리도 혹시 형상 없는 존재가 아닌가 반성할 수 있게 된다. 그렇게 시인의 개성적 체험이 '우리'의 체험으로 확대될 수 있게 하려면 시인은 자신의 내면에 가해지는 객관적인 힘에 대한 성찰을 잊지 말아야 한다. 이승순 시인 역시 그 힘에 대해 성찰한다. 그것은 자신을 투명인간처럼 만드는 자신의 '존재 조건'에 대한 성찰이다. 시 「사랑의 침묵」에서 시인의 침묵은 말이 안으로 먹혀들어 가면서도 터져 나오지 않기에 이루어지는 것이라고 말했다. 그 침묵할 수밖에 없는 불행한 영혼과 존재 조건으로서 가해지는 힘을 연결시켜 생각해 본다면, 시인의 불행이 결코 개인적인 문제만이 아님을 짐작할 수 있다. 이런 의미에서 「널뛰기」라는 시는 주목된다.

> 동경을 기웃
> 서울을 기웃
> 널빤지도 없이 홀로 공중에 솟구어
> 북풍받이 중천에서 헤매는 널뛰기 놀이
>
> 해저문 도시 빌딩 사이사이
> 서리 내린 뒷골목
> 오류의 역사 깊은 그늘에 갇혀
> 반 쪽빠리도 온 쪽빠리도 아닌 재일교포
>
> 안주할 보금자리 찾아
> 지친 듯 미친 듯
> 이곳저곳 기웃기웃
> 널뛰기 바쁘다
>
>   −「널뛰기」 부분

위의 시를 보면 시적 화자는 한국이나 일본, 어느 곳에도 안주할 수 없는 상태에 있다. 그것은 그가 한국어와 일본어 양쪽 다 구사할 수 있더라도, 두 언어 다 모국어로서 생각할 수 없다는 것을 의미한다. 그는 어느 언어를 모국어로서 사랑할 수 있을지 양 언어를 기웃거린다. 그러나 기웃만 거릴 뿐이다. 그에겐 확실히 발 딛을 수 있는 기반이 없다. 다만 널빤지도 없이 '헤매는 널뛰기 놀이'만 '지친 듯 미친 듯' 해 나갈 뿐이다. 하지만 한국이나 일본, 양쪽에 안주할 곳을 찾아 손을 뻗어보아도, 양쪽 나라 사람들에게 배척받는다는 느낌만을 시인은 느낀다. 특히 일본에서 받는 설움보다도 한국에서 받는 설움이 시인에겐 더 컸던 것 같다. 한국인은 재일교포를 일본인으로서 대우해주지도 않고, 그렇다고 한국인으로서 따뜻하게 마음으로 맞이해주지도 않는다. 오히려 일본인보다도 더 소원한 대상으로 여길 정도다. 시인은 그래서, "부르는 사람도 없는데", 전쟁터 같은 일본을 떠나 "탈영병 되어 고국에 날아오"지만, 시인이 경험하는 것은 "부재를 알리는 빈 방, 빈 벽"이어서, "어디를 가나 서성이며/누구를 만나도 망설이며/아무도 기다리지 않는 지구 위를"(「地球空轉」) 헛돌게 된다고 말한다.

이런 상황에서 마음과 마음이 만나는 진정한 대화는 한국인과도 일본인과도 이루어질 수 없다. 말이 터져 나오지 못하고 내면 안으로 먹혀 들어가게 되는 것은, 재일교포라는 존재조건으로 인한 정체성 상실과 의사소통 불능의 상황 속에 시인이 놓여 있기 때문일 것이다. 그런데 한일 간의 역사에 새겨진 비극을 시인은 '오류의 역사'라고 말하고 있다. 이 말은, 자신의 존재조건이 결코 개인적인 것이 아니라 뿌리 깊은 잘못된 역사에 의해 만들어졌다는 것을 시인이 인식하고 있음을 보여준다. 시인은 더 나아가, 재일교포는 그 역사에 의해 빌딩 사이 "서리 내린 뒷골목"의 깊은 그늘과 같이 된 존재라며 특성화 한다. 이는 재일교포가 한일 양국으로부터 경제발전 뒤안길에로 버려진 존재라는 의미다. 바로 이 '오류의 역사', 재일교포라는 역사의 사생아를 낳은 역사가 바로 '불도저'와 같이 개인의 내면을 밀어버리는 외적 강제, 폭력적 힘일 것이다.

한편, 한국어로도 일본어로도 자신을 규정하지 못하고 있는 재일교포의 정체성 상실을 극명하게 보여주는 것은 학교 다니는 '자식'이 자신의 이름이 뭐냐고 물을 때이다. 이때 아이는, "엄마 내 이름은 한진(韓辰)이죠?/그렇죠? 정말이죠?/그런데 성이 왜 한(韓)이예요?/내 친구들은 다나카(田中)이고 스즈키(鈴木)잖아요?/나만 왜 한(韓)이에요/이름표를 바꿔줘요 빨리 달아줘요"(「내 이름」)라며 주어진 자신의 이름을 거부한다. 한국인 이름을 가지고 있으면 친구들한테서 소위 '왕따'를 당하기 때문일 것이다. 하지만 한국 이름을 일본 이름으로 바꾼다고 하더라도 그 아이가 일본인으로서 온전히 살아나갈 순 없다. 엄연히 자신이 한국인의 피를 가지고 태어났다는 사실은 그 아이의 기억에서 사라지지 않을 것이고, 그러기에 성장하면 할수록 그 아이는 자신의 정체성에 대해 고민하게 될 것이기 때문이다. 하지만 그 '왕따'라는 것은 아이가 견디기에 무시무시한 것이다. 그것은 아이에게 강압적으로 다가오는 직접적인 폭력이기에 그렇다.

그런데, 그 폭력은 아이들끼리의 단순한 폭력에 그치는 것이 아니라 한일 간의 역사적 상처가 얽혀 있다는 거시적 시각을 통해 바라보아야 한다고 시인은 말한다. '우리 아이'가 같은 반 친구에 의해 구둣발로 마구 맞아 시체가 될 뻔한 이야기를 다룬 「사죄」라는 시가 바로 그러한 문제를 다루고 있다. 아들은 친구에게 맞아 "말도 못하고 밥도 못 먹는/두 살 난 어린애 모습으로 되돌아"가 버렸지만, '썩은 동태 눈알'을 한 가해자는 "거만을 떨다가//뉘우침도 없이 겁에 질려 비실비실/광대질 하는 비겁한 독뱀"이 되어 피해자와 협상하려고 든다. 하지만 시인 부부는 사죄도 치료비도 거절해버린다. 그리고는 "아이는 기억상실증에 걸리고", "우리들의 설움은 세월 속에 묻혀갔다." 그런데 시인은 이 개인적인 사건이라면 사건이라고 할 문제를 한일 간의 역사적 문제로 확대한다.

한국 대통령이 웃으며
한국말로
텔레비전에 나와
사죄하라고 으스대고
통역관은 주눅이 들려 말을 헛짚었다
일본 천황도 수상도 사죄도 아닌 사죄를 했다

매우 통석하다고

외상(外傷)은 버얼써 아물었고
설움도 다 증발됐다
우리는 사죄도 치료비도 다 거절했다

그러나
우리 아이 가슴속 깊고 깊게 멍든 상흔(傷痕)
사죄를
치료비를
받은들 받아낸들
언제 아물 것인가

……

아직도
엄마의 얼굴이
설움에 차 있어서

국가적 폭력을 가한 일본은 결국 '사죄도 아닌 사죄', '매우 통석하다'라는 사죄만 한국 대통령에게 말했다. '썩은 동태 눈알'을 한 가해자처럼 '뉘우침도 없이' 말이다. 통석하다는 것은 무슨 의미인가? 자신이 가해자로서 가한 어떤 사건에 대한 책임이 없고 다만 그 사건 자체는 슬픈 일이었다는 진술 아닌가? 한국민, 특히 한일 관계에서 직접적 피해자인 일본 위안부나 재일교포들, 이들은 세월 속에서 증발되고 있는 설움을 풀지 못하고 자식들에게 그 상혼을 대물려 준다.

2

아이들 사이의 폭력 사건에서 국가 간 폭력의 문제로 사고를 넓힌 시인은 다른 민족 사이의 폭력만이 아니라 일본 사회 안의, 아니 현대 사회 안의 폭력을 비롯한 전반적 사회적 문제로 시선을 돌린다. 예를 들면, 「진열장」이란 시에서는 "연장을 다루듯/사랑도 없이" 우리 몸을 더듬는 인간관계 속에서 진열된 상품으로 화하고 마는 현대인들의 초상을 그리고 있다. 이 구절을 보면 현대인이 상품으로 화하게 되는 이유를 시인은 바로 사랑 없는 인간 관계에서 찾고 있는 것을 볼 수 있는데(마지막 연에서도 시인은 "사랑도 없이 몸을 더듬는/손길에 따라/상품이 된다"고 말하고 있다), 이러한 사회에서는 "남자들도 상품이 되고", "내 아이들도 남편도 친구도", 즉 모든 이들이 상품이 되고 만다.

사랑 없는 관계 속에서 연장과 같은 존재로 화한 현대인들은, "가슴속에 꿈틀대는 그리움을 버리지 못해" "꽉 막힌 유리관 속에/홀로 들어 앉아/가슴속에 응얼진 희노애락을/실오라기 전화줄에 담아/너와 나를 겨우 이어가는/휴대폰 사람들"(「휴대폰 사람들」)일 뿐이다. 그들은 "무엇을 위해/누구를 위해/왜 사는지/점점 몰라져/허허벌판이 눈앞에 펼쳐지는/공포를 지우러//미치지 못해 미쳐가며/텅 빈 무대 위 콘서트 피아노의/거대한 몸짓으로//오늘도 허전한 유리벽을 쌓고/휴대폰 숫자를 누른다." 그들은 이제 진정한 인간관계를 가질 수 없어서 꽉 막힌 유리관 속에서—「진열장」에서의 쇼 윈도우 안의 상품과 같이—홀로 살뿐이다. 혹 외로움을 견디지 못하면 다만 휴대폰 다이얼만 누르는, 쓸쓸한 사람들인 것이다. 더불어 살아가기를 잃어버리고, 공포 속에서, 그러나 공포를 잊기 위해, 공허하게 큰 몸짓만 하는 허전한 인생…….

고립과 의사소통 불능, 인간 사이의 진정한 관계 맺기에서 실패한 현대인들의 공포감은, 작은 장시라고 할만한 「지옥기행—유폐된 어느 소녀의 독백」에서의 납치 당한 어느 소녀의 공포 체험과 비슷한 것이라고 할 수 있다. 그 납치당한 소녀의 예는 인간을 상품화하는 현대 사회가 낳을 수 있는 극단적인 폭력(아마 아이의 몸값을 받으려고 소녀를 납치한 것이라 추측된다)이라고 할 수 있는데, 그러나 시인은 그 극단적 사례가 예외적 사건이 아니라 현대 사회의 핵심적 문제를 상징적으로 드러내는 것이라고 본다. 시인은 시적 화자를 직접 그 소녀로 설정하여 소녀의 심정을 실감나게 재구성하는 방법을 통해, 현 사회가 보여줄 수 있는 가공할 폭력성과 그 아래 학대당하는 한 어린 아이의 심정을 생생하게 드러낸다. 다음 부분을 보자.

> 엄마
> 칼을 들고 와요
> 나를 찌르려 해요
> 도망치면 죽인대요
> 바다에 버린대요
> 엄마 아빠가 보고 싶고
> 집에 가고 싶어
> 가끔 눈물을 흘리지만
> 그러나 하라는 대로 했어요
> 그런데 또 칼로 찌르려 해요

아이의 공포를 아이의 목소리로 직접 진술하여 아이에게 가하는 가공할 폭력성이 맨 얼굴로 드러나게 만들고 있는 이 부분은, 아홉살 소녀에게 칼을 들이대면서 죽이겠노라고 협박하는 차마 상상하기에도 끔찍한 모습이 그대로 나타난다. 어떤 문학적 수식이나 에돌림 없이 폭력이 아이의 입을 통해 그대로 표현되고 있는 것이다. 하지만 시적 화자를 아이로 설정하였기에 문학적 '낯설게 하기'가 관철되고 있으며, 그러기에 그 폭력성을 더 생생하게 드러내고 있다.

> 살려줘요
> 수만 번 부르짖던 외침소리가
> 언제나 메아리 되어
> 나를 괴롭혀요
> 신경은 닳아빠진 걸레조각처럼
> 흐느적댑니다
>
> 살려줘요

살려달라는 소녀의 부르짖음을 그대로 시구로 삽입함으로써 사태의 절박성을 보여주는 효과를 살리는 동시에, 납치된 지 오랜 시간이 지났음(소녀는 납치된지 9년 2개월만 구출되었다고 한다)을 위의 부분은 보여준다. 살려달라는, 온 힘을 다한 수만 번의 외침 소리는 상대에게 전혀 받아들여지지 않고 메아리 되어 돌아올 뿐이고, 결국 침묵 속에 놓여 있는 소녀는 이제 소리치기에 지치고 희망 없음에 흐느적거리면서 자신의 신경이 "닳아빠진 걸레조각" 같다고 느낄 뿐이다. 그러나 소녀는 가끔 '아래층에서 들리는 사람소리'에 "내 존재의 의미를/깨우치"게 되고 그리하여 "아/나는 아직/살아 있어요"라고 소리칠 수 있게 된다. 하지만 역시 부모님이 보고 싶다고 울면 가혹한 폭력이 뒤따르는 상황이어서 "하라는 대로 하겠어요/집에 돌아가고 싶다는 말은/두 번 다시 하지 않을게요"라고 말해야 하고, "네 감사해요/더 이상 반항하지 않을게요/제가 불쌍해서/죽이지도 않아서/아직까지/목숨이 붙어 있잖아요/그러니, 그럼요/네 행복하고 말고요"라고 말하는 기막힌 상황에까지 몰리고 있다. 죽음에의 위협 속에 살아 있다는 것 자체만으로도 감사해하고 행복해한다는 아이러니를 이 발언은 보여주지만, 그러나 그 상황에서는 살아있다는 것 자체가 행운 이라고 생각되기에 정말 행복해 할 수밖에 없기도 하다.

어쨌든 소녀는 목숨이 붙어 있다는 것 자체만으로 다행스러워 하지만, 자신이 죽어가고 있는지 확인하고 싶어 한다. 소녀는 "내 영혼은 나를 둔 채/홀홀히 떠났어요"라고 자신이 살아 있으되 살아있지 않는 것이 아닌가 두려워한다. 그도 그럴 것이 장기간 유폐되어 있으면서 점점 자신이 살았 으나 살아있지 않다고 생각하게 될 수도 있을 것이다. 절박해진 소녀는 "깨워주세요/나를/내 혼을 불러주세요"라고 허공에다 외친다. 그러나 그 외침에 아무도 대답해주지 않는다. 아무도 그 소녀를 깨워주러 오지 않는 다. 그런데 이 절대적인 고독 상태에서 소녀는 자신의 존재 자체를 점차 생각해보는 것 같다. 어느새 소녀는 자신을 "애벌레로 끝없이 잠자는/나 는 눈 나비"라고 객관화시켜 바라보고 있는 것이다.

> 행동도 생각도 모두 버리고
> 주어진 대로 받아들이고
> 죽은 듯이 잠만 자는
> 성충이 될 아스라한 희망마저
> 끽 소리도 내지 말고 감춰두고
> 꾸깃꾸깃 접힌 젖은 날개에
> 고독의 체액을 붓는
>
> ......
>
> 고치 속에서 영원히 잠자는
> 나는 번데기

소녀는 자신이 영원한 번데기, 성충이 될 아무 희망도 없는 번데기라고 체념한다. 하지만 이렇게 말할 때 이미 소녀는 자신을 되돌아보는 반성의 영역에 놓이게 된다. 소녀는 이제 살려달라는 외침만 소리치는 반발적 존재가 아닌 것이다. 이제 소녀의 목소리는 폭력과 공포의 생생한 전달이라는 측면을 넘어 자신의 삶을 바라보는 목소리로 변한다. 그것은 시인 자신의 반성적 목소리로 소녀의 목소리가 변한다는 것을 의미한다. 소녀의 발언은 이제 시인 자신의 발언으로 변하고 극한 상황 속에서의 소녀의 독백은 시인 자신의 독백으로 변한다. "고독의 체액을 붓는"다는 어른스런 표현이 이를 말해주고 있다. 그래서 시적 화자가 "어떤 얼굴에도/그리움은 전부 지워지고/그저 흙속에 묻히고 싶어요/흙의 따뜻한/품속이 그리워져요"라고 말할 때는, 극한적 상황을 지내 온 소녀와 시인이 동일시되면서 소녀의 목소리를 통해 시인 자신의 내면적 고통이 그려지는 것이다.

가령 아래에서 보듯이, 납치범들이 소녀를 납치한 지 오랜 시간이 지난 후 들여놓은 텔레비전을 통해 북극 정경을 보면서 소녀가 하는 말은, 결국 아이를 납치와 같은 극한적 상황에 유폐시켜 극한적 고통을 받게 하는 우리 세계―공포와 증오 속에 살고 있는 우리네 삶―에 대해, 내면적 고통을 심하게 앓아 온 시인의 발언에 다름아니다.

> 세상에는
> 저렇게 아름다운 풍경이
> 아직도 살아 있는데
> 죽음의 소용돌이 속에서
> 돌아올 길 없는 지난 날들만 붙들고
> 원한 덩어리를 가슴에 못박고
> 뭘 찾아 헤매이며
> 증오의 미로 속에 갇혀 있었을까

폭력에 의해 유폐된 소녀는 텔레비전을 통해 비로소 다른 세계가 있다는 것을 다시금 맛보게 된다. 소녀 뿐 아니라 '오류의 역사'가 만들어 낸 폭력 구조 속에서 내면적 유폐를 경험하고 있는 시인, 더 나아가 재일동포들 및 현대인들 역시 갇힌 소녀와 마찬가지로 다른 세계가 존재하고 있음을 잊어버리고 살고 있는지도 모른다. "원한 덩어리를 가슴에 못박고", 시 「널뛰기」에서 보았듯 안주할 곳을 찾아 "찾아헤매"며 살고 있는 그들의 삶은, "증오의 미로 속에 갇혀 있는" 삶과 동일한 삶일지도 모른다. 그러한 삶은 '죽음의 소용돌이' 속에서 "지난 날들만 붙"들고 사는 삶에 불과하다. 그러나 다른 세계, "저렇게 아름다운 풍경"이 "아직도 살아 있"다는 것을 발견하게 될 때, 다른 삶이 열릴지도 모를 일이다. 그래서인지 시인은 「지난 날을 벗어내려 보세요」라는 시에서 다음과 같이 말하고 있는지 모른다.

지난날의 노예 되어
힘겹게 깔아놓은 선로 위를
<운명 운명> 하면서 달구지 몰고
붕어가 어항 안에서
쳇바퀴 돌 듯
드넓은 태평양을 항해할 수도 없지

지난날을 벗어보세요
가장 행복한 오늘을 사는
치매에 걸린 할머니 할아버지가
천사의 모습으로 살기 위해
지나간 나날을 하나둘 잃어가며
갓난아이로 돌아가듯
어제를 잊어보세요

유폐된 자는 '붕어가 어항 안에서 쳇바퀴 돌듯' 사는 삶을 살아간다. 시인은 이러한 '<운명 운명>하면서 달구지 몰고'가는 삶에서 벗어나자고 말한다. 유폐로 늙어버린 것이 우리라면 이젠 치매에 걸리자고 말한다. 치매에 걸려 지난날을 벗어버리고 갓난아이로 돌아가자고 말한다. 우리는 글의 서두에서 갈망하는 영혼이 아닌 갈망하지 않는 영혼, 우울한 영혼을 만난 바 있다. 그리고 그 우울이 순전히 개인적인 이유만이 아닌 '오류의 역사'가 만든 폭력, 그리고 현대 사회에 내재해 있는 비인간성 및 폭력과 맞닿아 있음을 볼 수 있었다. 그런데 그 폭력적 세계에 희생당한 한 소녀의 심정을 시인이 상상하면서, 그리고 그 소녀와 자신을 동일시하면서, 도리어 시인은 우울에서 벗어날 수 있게 된다. 강제로 유폐된, 극한적 상황에 처해 있는 소녀의 내면을 상상하면서, 시인은 새로운 세계의 경이로운 의미를 발견할 수 있게 되었고 또한 유폐의 상황을 객관적으로 비판할 수 있게 되었기 때문이다. 그리고 더 나아가 유폐로부터 벗어나기의 방법—지난날을 잊기—을 찾을 수 있게 된 것이다. 그런데 이 망각의 방법론은 고통을 주는 기억에서 벗어나기 위해서만 사용되는 것은 아니다. 역설적으로 시인의 망각은 우리가 망각하고 있었던 것을 다시 기억하기 위한 것이다.

귀를 기울여봐요
가슴 깊이 오열하는 설움을 안고
살짝 전하고 싶은
슬픈 얘기가 있어요

칼리포르뉴에 쓰러져가는
만 마리도 넘는 물개들
리튬으로 질식해
멀어져 가는 바닷새 목소리

목청 높여
떠들어대지 않아도
속삭이고 싶은 사연이 있어요

　　　　　　　 −「귀를 기울여봐요」부분

　가만히 귀를 기울이면, 흙탕물에 의해 가려지고 묻혀있던 저 안쪽 깊숙한 곳에서 떠오르는 소리들이 들린다고 시인은 말한다. 그 소리들은 "목청 높이 떠들어대지 않"고 속삭이는, "살짝 전하고 싶은/ 슬픈" 얘기다. 그것은 인간에 의해 침식당하고 살해당한 자연의 침묵 같은 목소리, 물개나 바닷새의 신음소리다. 시인은 저 억압되고 침식당한 것들의 목소리를 다시 듣자고 말한다. 시인의 망각의 전략이란 묻혀 있고 가려져 있던 것을 다시 발견하기 위한 것이다. 그리고 그 발견은 새로운 삶에로의 방향을 비추기 시작한다. 그 새로운 삶이란 세계의 폭력에 의해 당하고만 있던 약한 존재들을 발견하고 더 나아가 그들과 연대하는 삶이 되지 않을까? 우리의 삶이 '오류의 역사'와 밀접히 관련되어 있다면 새로운 삶 또한 역사와 관련될 터, 그렇다면 새로운 삶은 새로운 역사를 만들어야 도래할 수 있으며, 그 새로운 역사 만들기는 오류의 역사에 의해 희생당하고 있는 존재들이 서로 만나고 같이 행동해야 가능한 것이기 때문이다. 그러나 이를 위해서는 세계의 폭력과 이로 인한 비참에 대해 더 열정적으로 발언하고 시인 자신의 윤리를 제시해야 할 것이다.

3

　어제를 잊고 억압된 이들의 소리를 듣자고 권고하면서도, 시인은 여전히 무엇인가 찾고 아파하고 그래서 불안한 모습을 보여주고 있다. 하지만 이를 통해 그녀의 시는 어떤 순결성과 고결성을 유지해나간다. 그 불안은 아직도 세상의 질서와 섞이지 못하기 때문에, 혹은 섞이기를 거부하기 때문에 일어나는 정서이기 때문이다. 또한 이 품성들은 시인의 높은 윤리적 자세와 서로 맞물려 있는데, 자아가 앓고 있는 실존적 고뇌가 '세계의 비참'에 대한 분노와 고통에 동감하고 같이 아파하는 데로 나아가고 있기에 그러하다. 실존적 자아의 고통과 세계의 비참에 대한 고통을 시를 통해 드러낼 수 있었던 것은, 우선 시인이 자아나 세계에 대한 성찰을 게을리 하지 않았기 때문에 가능하다.

> 내 나라 남의 나라
> 철새처럼 넘나들며
> 역사의 창에 낀
> 서러움의 얼룩은 신문지로 문지른다
>
> 밑 창도 없는 곳에서
> 얼룩진 마음의 그늘도 훔쳐낸다
>
> 거센 입김이
> 위에서도 밑에서도
> 한국에서도 일본에서도
> 불어 닥쳐
> 바라지창이 흐려진다
>
> 더럼이 찌든 곳에서는
> 스프레이를 뿌려
> 붙박이창에 눌어붙은 파리똥을 닦으며
> 내 눈에 썬 들보가 보인다
>
> —「창을 닦는다」 부분

창을 닦는 행위는 '얼룩진 마음의 그늘'을 자아로부터 닦아내는 행위일 것이다. 왜 얼룩졌을까? 서럽기 때문이다. 서러움은, 이 시를 통해서 보면, 한국과 일본 사이의 역사로부터 연유된다. 시인이 '철새처럼' 두 나라를 넘나드는 것은 이 서러움을 닦아내고 싶어서일 것이다. 창을 닦는 행위는 그래서 역사에서 연유한 고통을 치유하고자 하는 행위이다. 그런데 시인은 왜 창을 닦으려고 하는 것일까? 이승순 시인은 다른 이의 고통과 공감할 수 있는 힘이 매우 강하다. 자아의 서러움과 마음의 그늘을 한일 간의 역사적 상황과 연결시키는 것만 봐도 그렇다. 그런데 한일 간의 역사로 인한 서러움과 그늘은, 세계를 바라볼 때의 매개체인 마음의 '창'을 흐려놓을 수 있다. 자신이 속한 나라의 역사로부터 한 걸음 떨어져야 세계를 있는 그대로 볼 수 있을 것이다. 하지만 이 바라보기는, 공감하는 힘이 큰 시인으로서는, 다시 그 세계의 비참에 대한 깊은 공감과 고통으로 전화될 운명이다.

> 나는 언제나 작아진다
> 핵무기도 없이
> 불타 흩어진 빈터에서 작아진다
>
> 외발로 걷는 전쟁고아를 보면서
> 인육을 씹는 북한 동포를 생각하며
> 작아진다
> 바늘에 찔린 고무풍선처럼 졸아든다
>
> 바람을 집어넣으면 잠깐 부풀려 소양배양하며
> 허공에 들뜨지만
> 소란스런 전쟁 뉴스에
> 금방 다시 작아진다
>
> ……
>
> 공중에서 배회할 기력도 없이
> 작게 작게 줄어들어

진흙탕 깊숙이 더 깊숙이
바다 건너 외지인데
물안개 자욱한
무기력의 굴을 뚫어
너덜너덜한 어두움에 잠긴다
밑도 끝도 없는 습지의
질척한 어두움 속에 가라앉아
눈을 감는다
눈을 감아서 어둠인지
어둠이 어둠을 낳은 것인지
알려 하지 않는다

다만 눈을 감고
어둠을 응시할 뿐

—「풍선 속에 갇힌 초상화」 부분

　자신을 바람만 들어간 고무풍선이라고 말하는 위의 시는 다소 가혹한 자기 인식을 보여준다. 전쟁고아의 사진이나 굶주린 북한 동포의 사진은, 지금 자신이 풍족하게(탱탱하게) 살고 있다는 일상의 환영을 여지없이 터뜨려 버린다. 그리하여 시인은 터진 풍선과 같이 쪼그라들면서 저 진흙탕 깊숙이 잠기고는 이 세계가 어둠임을 다시 인식하게 된다. 시인은 아직 그 어둠의 원인을 따지려들지는 않는다. 일상의 환영에 의해 인식하지 못했던 그 어둠의 존재 자체를 응시해야 한다고 시인은 생각하는 것 같다. 그런데 시인이 이 세계의 어둠에 대해 알면서도 전혀 아무 일 없었다는 양, 또는 나와 상관없다는 양 이전과 그대로 살아간다면 그는 시인의 윤리성에 아직 도달하지 못했다 할 것이다. 하지만 이승순 시인은 세계의 어둠이 가져오는 고통에 동화되면서 부끄러움을 느끼고, 자신을 쪼그라드는 풍선으로 비유하기까지 하고 있다. 그런데 이러한 부끄러움은 시인을 더욱 더 고립감과 죄책감에 빠뜨리고 있다.

기다릴 사람도
기다려 주는 사람도 없이
허전하게 닫혀 있어요

돌을 던져요
창을 깨고 들어와요
파문을 일으켜요
밀려오는 파도를 타요

망가뜨려요
수갑 채운 나를
형편없이 망가뜨려요

얽어 매인 철망을 들추고
구겨버려요
구깃구깃 종이 짝처럼
온 몸을 구겨버려요

　　　　　　　　　　　　　　　　　－「시작 단상 1」 부분

　나갈 수 있는 문은 닫혀 있다. 게다가 시인은 돌에 맞고 수갑이 채워진 채 구겨져 버리고 있다. 시인을 괴롭히는 사람은 누구인가? 시인의 또 다른 자아일 것이다. 다리 없는 전쟁고아와 굶주린 북녘 동포의 존재를 잊고 아무 죄의식 없이 편안하게 부풀어져 살아온 자신을 질타하는 또 다른 자아. 하지만 시에서 으레 그러하듯이, 그 자아의 의미는 다른 의미－세상의 폭력－와도 겹친다. '나'를 괴롭히는 또 다른 '나'가 마음을 휘젓게 된 계기는 저 아이들을 그토록 망가뜨린 세상의 폭력이다. 그 세상의 폭력이 사실상 민감하고 다정다감한 시인의 영혼을 파괴하고 있는 것이다. "온 몸을 구겨버"리는 세상은 사람을 마비 상태에, 고도의 무력감에 빠뜨린다.
　거대하게 드러나는 세계의 어둠에 대해 아무 일도 일어나지 않았다는 듯이 일상생활을 살아가는 현대인은 이 마비 상태를 감지하지 못한다. 오직 세계가 겪는 고통을 '나'의 일처럼 받아들이면서 자기 자신 역시 고통 받는 시인이야말로, 현대 세계에서의 고립감과 무력감을 고도로 감지할 수 있기에 이 상태에 대해 발언할 수 있다. 시인이란 "긴 그림자 붙들어/더딘 발걸음/갈 길 몰라 허정거"릴지라도, "헤매다/시를 깁는" 사람이다. 물론 "깁다 보면 누덕 누덕/누더기가 되고/깁지 않고 버려두면/구멍 숭숭 뚫려/바람이 차"(「시작 단상 5」)지만, 그는 비록 누더기일지라도 시를 기워야 사는 사람이다. 고도의 고립감과 절망감 속에서도 살 희망을 찾아나갈 수 있는 힘을 얻는 일은 시 쓰기를 통해서이다. 그리고 시 쓰기의 힘 속에서 폭력의 세상이 아닌 다른 세상과의 만남이 이루어질 수도 있게 되는 것이다.

　세계의 어둠과 비참에 대해 응시하고자 하는 이승순 시인이 최근에 일어났던 테러와 전쟁의 충격을 시화하고 있는 것은, 비록 그가 자아 성찰과 자신의 고통을 주로 그려냈다고 하더라도 전혀 어색하지 않다. 이 시인의 개인적 고통은 실존적인 문제일 뿐만 아니라 세계가 앓고 있는 고통으로부터 연유하기 때문이다. 앞에서 보았듯이, 시인은 폭력적인 세상에 대한 무력감과 죄책감으로 인해 고립되어 있긴 하지만, 시 쓰기를 통하여 이로부터 벗어나려고 한다. "밤이 되면/벽을 깨어 보자고/짧은 다리로 허적거릴", "굵은 발톱은 생명을 걸고/날 다시 잠 못 이루게 할/투명한 눈빛"(「벽 속에 갇힌 오소리」)을 가진 오소리와 같이 말이다. 벽을 깨기 위해 오소리는 생명을 걸면서 투명한 눈빛으로 세상을 본다. 시인 역시 자신을 바라보고 있는 오소리로부터 삶의 자세를 배우고자 한다. 그리하여 벽을 쌓는 세상의 폭력 자체를 꿰뚫어보고 이를 시로 드러내고자 한다.

　　　보복의 화염(火焰)이 날름대는
　　　나락 속에
　　　대기권 높이로 치솟고
　　　운층(雲層)을 달리하는
　　　진회색 폭포

쏟아져 내리는 인체와 물체와
아수라(阿修羅)의 벼랑에
나도 함께 엉키며
증오와 분노로 울부짖는
무간지옥
윤회(輪廻)의 끝도 없는 굴레를
본다

                                   -「타버린 집터 4」 부분

검붉은 흙먼지 부푸는
아프간 산악 지대에
숭고한 독수리 떼들이
희읍스름하게 그림자 이끌고
잔인한 섬광만 내뿜는다

풀도 물도 말라
음악이 사라진 곳에
사람도 풍경도 낙엽처럼 흩날리며
온 세상이
죽음처럼 흘러간다
전화에 무너지는
대지의 울음소리
떼죽음 혼들의
원한의 비명소리
터질 듯 귀청에 가는 손으로 틀어막고
콘크리트 두 벽 좁은 공간 속에 꼭 낀
두개골이 난무한다

                                   -「타버린 집터 6」 부분

9 · 11 사건과 아프간 테러를 다루고 있는 이 두 시에서 시인이 보여주
고자 하는 것은 지옥이다. 그런데 시인은 선과 악의 이분법에 기초하거나

어떤 편을 든 상태에서 지옥을 보여주지는 않는다. 아랍 테러리스트나 테러와의 전쟁을 명분으로 아프가니스탄에 무수한 폭탄을 떨어뜨리는 미국이나 모두 무고한 사람들을 살해한다는 면에서 세상을 지옥의 화염에 빠뜨리는 주체들이다. 9.11 테러를 통해 시인이 본 보복과 보복의 악순환, "윤회의 끝도 없는 굴레"는 아니나 다를까 아프가니스탄에서의 또 다른 보복 살육을 통해 증명되었다. '생명'의 입장에서 본다면 '아수라의 벼랑'이 된 무역센터 빌딩과 "사람도 풍경도 낙엽처럼 흩날리"는 아프간 산악지대는 다 같은 죽음의 공간, 지옥이다. 생명의 아름다움과 고귀함을 소중하게 여기는 시인으로서는 이 아비규환의 현장은 충격이자 고통일 것이다. 그렇다고 이러한 세계의 비참을 시인의 윤리는 외면할 수도 없다. 세계의 비참을 그대로 응시하면서 아파하는 가운데, 선율의 시를 발견하려면 어찌해야 할 것인가?

시인은 이에 대한 응답으로서 "휘황한 네온이/문득/이국의 낯선 물결로/홍수 져 거리가 술렁대면//노래를 불러 봐요/네온으로 불러 봐요"(「타버린 집터 8」)라고 말한다. 이 세계가 네온으로 가득 차 있다고 하더라도 네온으로라도 노래를 불러야 한다는 것이다. 노래를 그칠 수는 없다. 어떻게해서든지 이 비참한 세상에서 노래를 불러야 한다. 시인은 그것이 무간지옥의 세상에서 인간으로서의 삶을 유지해나가는 마지막 희망이라고 생각하는지도 모른다. 어떻게 지옥에서 노래를 이끌어낼 것인가?

> 내게 묻지 마세요
> 동굴 속 깊숙이 패잔병으로 숨어
> 포성과 원성에도 졸음 오는
> 내 말을 듣지 마세요
> 로켓 발에 걸고
> 나그네길 혜성으로 날아
> 우주의 신비에만 가슴 두근대는
> 내 마음을 믿지 마세요

하지만 별을 봐요
오리온 좌 대성운 요람 속에
흔들리는
행운의 별자리를 봐요

폭발된 별들은 산산이 흩어져요

여기 지구를 봐요
티끌과 가스로 뭉친
태양계 운하 속 지구를 봐요

이제껏 목성이 지켜 46억 년 빛나는
환상의 유성을 봐요
지구의 태어난
오묘한 인연을 봐요
살아 있다는
생명의 고동 소리 들어
굴속에 뭐가 있냐고
내게 묻지 마세요

―「타버린 집터 7」 전문

　시인은 아마 아프간 패잔병일 듯한, 한 절망한 사람에게 말을 건네고 있다. 자신의 말을 믿지는 말라며 말이다. 시인이 권하고 있는 것은 하늘의 별을 직접 보라는 것이다. 바로 우주가 만들어낸 오묘한 생명의 세계 자체를 말이다. 이 우주가 만들어내는 생명의 리듬 자체가 시라고도 말할 수 있다면, 전쟁의 비참 뒤에 동굴 속에 숨은 사람에게, 아마 생명의 마지막 순간일지 모를 그 순간에 시인은 온 세계가 만들어내는 시―음악―리듬을 들으라고 권한다. 이는 끝이 없는 무간지옥과 같은 세상에서 절망하고 있는 우리들에게, 우주 전체는 생명을 기초로 이루어져 있다는 점을 다시 귀를 기울여 인식하라고 말하는 것과 같다. 「귀를 기울여봐요」에서 권고했듯이 말이다. 이 글 서두에서 보았던 「나는 더 이상 기다리지 않아요」의 닫힌 귀는, 마음의 열림을 통과하면서 비로소 세계를 향해 열릴 수 있는 것이다.

그 인식은 어느 누구로부터 어떤 답을 들어서 가능한 것이 아니다. 그러므로 시인은 "내게 묻지 마세요"라고 말한다. 그런데 이 세계의 시를 들으라는 말은 세계의 비참을 외면하라는 뜻이 아니다. 오히려 그 말은 세계의 비참을 열정적으로 끌어안음으로써, 세계의 비참에도 불구하고 존재하는 우주의 온 생명이 연주하는 음악을 고통 받는 이들에게 선사해야겠다는 시인의 윤리와 의지를 보여준다.

> 얼음 속에 갇혀
> 냉랭한 가슴이
> 뜨겁게 뜨겁게 끓어오르게
> 눈물을 참아내 흩날리는
> 한 겨울 물보라 속에서 폭발하는
> 나이아가라 폭포처럼
> 힘껏 끌어안는다
> 힘도 없이 끌어안는다
>
> 나는 끌어안는다
> ― 「얼음 속에 갇힌 초상화」 부분

이 열정적인 끌어안음의 반복을 통해 시인은 고독함과 무력함에서 벗어나 얼음과 같은 아픈 마음을 녹이고는, 무간 지옥의 세계 속에 남아 있는 어떤 생명을 다시 느끼고 시화할 수 있는 것이다. 이 작업은 모든 것을 토막 내고 갈라놓는 세계에 대한 무조건적인 불화가 아니라 그 세계 속에 숨겨져 있는 생명의 호흡과 리듬, 음악을 다시 재생시키려는 것이다. 그 생명의 세계는, 시인에 의하면, "일본어와 한국어 또 다른 생소한 언어/또한 그것들이 합쳐진/피아노 소리 퉁소 소리/고향 산등성이 노을로 타오르는/재례악 대금 소리//얼마 만인가/편안한 위안의 풀밭 위에 몸 던질 안식에 얹혀/길들여진 진양조의 세계도/하늘 위에서/구름처럼 떠"(「시작 단상 9–평화를 부르는 칸타타」)도는 음악이 가득 찬 세계이다. 그 세계가 유토피아적이든 아니든, 비참한 세계를 그대로 인식하면서 동시에 끌어안고 그로부터 어떤 희망을 찾으려는 시인의 윤리적 자세는, 현재 시가 비참한 세계의 현실에서 눈을 돌려 개인화 되고 내면에 밀폐되어 가는 경향을 보이는 우리 시단에서 소중하다 하겠다.

(2006)

'높이 날기'의 시 정신

—이탄의 시세계

1

이 글은 '이탄의 시'에 대한 평문이다. 평문이지만, 객관적인 글이 될 수 있을지 모르겠다. 필자는 이탄 시인의 제자다. 1993년 한국외국어대학교 대학원 국어국문학과에 입학하면서 시인과의 인연을 맺게 되었다. 17년 동안의 연이니 얇다고 할 수 없는 시간이니, 그만큼 내 삶의 한 자리에 시인께서 자연스레 자리 잡으시게 되었다. 허나 나는 좋은 제자가 못되었다. 말 안 듣고 예의 없는 편에 속했다. 시인께서는 나에게 '하늘 높은' 대학 선배이시자 지도 교수셨지만, 신기하게도 대면하기가 꺼려지지 않았고, 그래서 버릇없이 굴었던 적도 많았다. 사실 그런 짓은 시인께서 내 언동을 다 받아주실 것이리라는 믿음이 마음 밑에 깔려 있었기 때문에 가능했다. 그리고 정말, 어떤 짓을 하더라도 당시엔 불쾌한 빛을 보이시다가 나중엔 다 털어버리신 듯 날 대해주셨으니, 내 버릇없는 언동을 다 받아주셨던 셈이다. 많은 분들이 회상하시고 계시듯이, 시인은 품이 넓으신 분이었다. 글을 쓰는 이 시간에도 많은 기억들이 떠오른다. 아 그 말씀은

스승으로서의 자애를 보여주셨던 것이었구나, 새삼 깨닫게 되고, 그럴 때마다 가슴이 먹먹해진다.

내 인생의 턴 포인트에는 이탄 시인이 계셨다. 아니 턴 포인트를 시인께서 마련해주셨다고 할 수 있다. 1999년 『문학과창작』 평론부문 신인상에 추천해주셔서 평론가 활동을 시작하게 된 것도 이탄 시인 덕분이다. 박사 논문도 그렇다. 시인께서 재촉하지 않으셨으면, 그리고 심사를 밀고 나가지 않으셨으면 아마 지금도 논문을 쓰지 못했을 것이다. 또한 시인께서 창간하신 『미네르바』 덕분에 잡지 편집이라는 것을 처음 알게 되었다. 하지만 가슴을 먹먹하게 만드는 기억들은 소소한 일상에 있다. 그 많은 기억들을 어떻게 정리해야 할까…? 그러나 다행인지 이 글을 쓰는 여기는 회상하는 자리가 아니다. 이탄 시인은 이제 다른 분들의 기억을 통해 살아계시게 되었고, 그 기억들이 모였을 때 시인의 전체 상은 마련될 것이다. 나의 기억은 그 전체 상에서 아주 미미한 부분만 이루고 있을 터, 그러니 '이탄의 시'에 대한 평문을 쓰기로 한 나의 과제로 다시 돌아오도록 하자.

2

부끄럽게도, 시인이 운명하시고 이 글을 쓰기로 약속하면서야 이탄 시인의 출간된 시집들을 찾아 통독했다. 어떤 편견이 내 마음에 자리 잡고 있었다. 이탄 시인의 시 경향은 나의 세대와 나의 시관에 맞지 않는다는 편견 말이다. 그러나 이번의 독서를 통해 시인이 참 좋은 서정 시인이셨다는 것을 마음으로 알게 되었다. 이것은 괜한 의례적 수사가 아니다. 특히 초기 시집에서 가슴을 멍멍하게 만드는, 서정성 짙은 시들을 많이 읽을 수 있었다. 성품도 그러셨지만, 이탄 시인의 시는 과장하는 법이 없다. 그의 시는 상황이나 사태를 담담하게 서술하다가 읽는 이의 마음 한 곳을 찌르면서 삶의 슬픔을 묘하게 드러낸다. 그것은 시적 대상에 대한 관조적인 관찰과 고단한 삶에서 흘러나오는 서정을 밀도 있게 결합하는 데서 이루어지는 것이다.

이탄 시인의 초기 시를 결산하는 시선집(제5시집까지 발표된 시들에서 가려 뽑은 선집)『잠들기 전에』해설에서 시인의 대학 동문 친구이신 고(故) 이영걸 시인이 쓴 평에 따르면, 이탄 초기 시의 특성은 "빈발하는 시어인 '생명'과 '인정'이 시사하듯이 인생론적 감회의 서정에 있다. 문체 면에서는 유연한 회화체와 응축된 표현의 양극을 왕래한다. … 그의 시의 점진적 발전은 사물 관조의 깊이와 자아 성찰의 열도로 요약될 수 있다"(이영걸, 「생명과 인정」, 『이탄 시선 – 잠들지 전에』(고려원, 1986))고 하겠다. 그런데 이영걸 시인이 이탄 시의 특성으로 든 "사물 관조의 깊이와 자아 성찰의 열도"가 마지막으로 펴낸 시집에도 계속 유지된다.

이탄 시인은 1964년『동아일보』신춘문예에 「바람불다」로 등단했으니, 영면하신 2010년까지 47년 동안의 시업을 쌓았다. 등단작 「바람불다」는 이탄 시인의 대표작으로 손꼽힌다. 이 시에는 폭력적인 역사―전쟁―로 인해 고통스런 젊은 시절을 보내야 했던 시인이 허무의식과 싸우면서 인생의 의미를 찾아나가는 정신적 고투가 녹아들어 있다. 후반부를 인용해본다.

絶望이 天障보다 낮아
목을 주리며
1950년 以後의 거리와
室內에서
항시 亂舞하듯 헝클린
머리칼
當時 二百間通의 아이들과 그녀석들의 철없는 時間은
비듬처럼 떨어져
地表를 덮었다.

휘트먼의 달구지는 지나갔는지 모른다.

에머슨의 <죽는 人間> 헤밍웨이의 <老人>은 죽음을 이기지 못
했을 것이다.
　모든 사람과 움직일 수 있는 것은 다 지나갈 것이다.
　그러나
　나의 피가 흐르는
　地表가 있다. 여기서 부는
　生命의 바람이여
　나의 목을 돌아가는 바람에
　나는 人情을 안다.
　바람 부는 地表 위의 時間은
　지나갈 수 없는
　피의 샘
　여기서 彈皮의 目的을 說明하라.
　여기서 르노아르의 女人을 사랑하라.
　여기서 나의 학문은 무엇인가 물어보라.

　地表 위의 時間이 인다.
　피의 샘,
　훈훈한 아지랑이 같은
　저 뿌리 밑의 時間이 인다.

　이 시는 1950년의 참혹한 전쟁을 겪어야 했던 한 젊은이가 격한 정동情
動 속에서 시간에 대해 깊이 사유하고 삶을 긍정하게 되는 과정을 보여준
다. 이 시의 시적 긴장은, 결국 "모든 사람과 움직일 수 있는 것은 다 지나
갈" 죽음을 가져오는 시간과 지표 위의 "피의 샘"에서 생명의 바람에 의
해 일고 있는 시간 사이에서 형성된다. 그리고 한 행으로 처리하여 강조
하고 있는 '그러나'라는 역접 접속사가 이 두 시간 사이를 이어주고 있다.
헛되이 생명들이 쓰러져야 했던 전쟁으로 시인은 기어코 죽음을 가져오는
시간에 대한 예민한 허무 의식을 가지게 되었을 것이다. '그러나', 피의 샘

위에도 생명의 바람은 불어와 목숨이 붙어 있는 "나의 목을 돌아"간다는 것을 서정적 주체는 통렬하게 깨닫는 것이다.(시인의 깨달음은 전쟁 중의 피난살이 속에서도 "실내에서/항시 난무하듯 헝클린/머리칼"로 뛰어다녔던 아이들—시인 역시 이들 중 한 명이었을 텐데—의 "철없는 시간"에 대한 눈물어린 기억을 떠올리면서 이루어진다.) 그리고 목을 돌고 있는 생명의 바람으로 인해 시간이 죽음을 향해 지나가버리지 못하고 일고 있는 이 자리, 즉 "피의 샘"이 고여 있는 이 '지표'에서 시인은 전쟁을 불러온 "탄피의 목적"과 '르노아르'로 대표되는 예술의 아름다움에 대해, 그리고 학문에 대해 궁구窮究할 것을 다짐한다.

시인의 첫 시집 『바람불다』(장문사, 1967)는 젊은 이탄에게 전쟁이 정신적으로 얼마나 깊은 영향을 끼쳤는가를 잘 보여주고 있다. 특히 「꽃과 병정」은 참혹한 전쟁의 현실에 대해 읊고 있는 시다. 이 시에서 이탄 시인은 "산, 등성이를 얼마동안 보고 있으면" "전사자의 등만 나오"는 '조국'에 대해 "반쯤 무너진 도시/반쯤 타버린 초목에/스민 슬픔"이라고, "바위가 없어지기만 하고/꽃들이 무더기로 피지 않"는다고 말하고 있다. 그래서 젊은 이탄에게 세계는, 배가 난파되어 "떠다니는 널빤지 조각에/실려 있"(「난파선 위의 비」)는 무엇이다. 하지만 이 「난파선 위의 비」의 마지막 부분에서 시인은 "우리는 난파선 위에 살더라도/꼭/도착할 것이다.//출항이 없는 항구에/비가 내리는 날에도."라고 굳게 다짐하고 있다. 시인은, 세계는 난파되어 파괴된 배의 잔해더미에 존재한다는 도저한 허무의식을 가지고 있으면서도, 이 허무 위에 굳건한 의지를 가지고 삶을 세우고자 하는 것이다. 거꾸로 말하면 삶의 의지 뒤에는 "움직일 수 있는 것은 다 지나갈" 시간에 대한 허무의식이 흐르고 있다고도 말할 수 있다. 아래의 시를 읽어보자.

구름 지나간 자리에
무엇이 남나
무엇이 남나
그렇게 봐도
구름 한 점
비치지 않고
그저 하늘이기만 하네.

—「구름 지나간 자리」 전문

　이 시는 단순한 동시童詩처럼 써졌지만 존재자들의 존재 방식에 대한
허망함을 날카롭게 포착하고 있는 시다. 그래서, 평론가 조연현은『바람
불다』의 서문에서 이 시를 인용하고는 "이 시집 속의 작품들을 보면 그
저류에 청순한 동심이 흐르고 있음을 볼 수 있고, 그러한 동심은 의외로
원숙한 성인의 달관과 교류되어 있다. 이것은 희한한 능력이 아닐 수 없
다."고 쓰고 있는 것이리라. 그러나 시집 전체의 주조를 볼 때 위의 시는
'원숙한 성인의 달관'이라기보다는 아무 것도 남기지 않는 시간에 대한
'허무의식'을 보여준다고도 생각할 수 있다. 그런데 시인의 두 번째 시집
『소등』(현대문학사, 1968)에 실린 '소등' 연작 6번「빈 뜰」은 이러한 허무
의식이 좀 더 깊은 인생관에 도달하여 삶에 대한 긍정으로 전환되고 있
다. 전문은 이렇다.

꽃도 이젠 떨어지니
뜰은 사뭇 빈뜰이겠지.

빈뜰에
내려 앉는
꽃잎
바람에 날려가고

한 뼘 심장이 허허해지면
우리 잘못을 지나
어떤 죄라도 벌하지 말까.

저 빈뜰에
한 그루 꽃이 없어도
여전한 햇빛.

「구름 지나간 자리」에서 시인은, 구름 지나간 하늘에 남은 것은 다만 하늘일 뿐이라는 사실을 다소 허탈한 어조로 읊고 있는 데 반해, 위의 시에서는 "내려 앉는/꽃잎"도 "바람에 날려가고" "한 그루 꽃이 없"는 '빈뜰'이라고 하더라도 햇빛은 여전하다면서 그 상황을 긍정하는 어조를 보이고 있다. 이 어조는 조사 '도'가 주는 뉘앙스를 통해서도 감지할 수 있는데, 이는 시인이 세계가 비어졌다고 하더라도 그 비어 있음을 비쳐주는 빛은 존재한다는, 세계에 대한 긍정적 인식에 도달했음을 암시한다. 허나 이탄 시인이 『바람불다』의 후기에서, "여태까지 써온 連詩 「소등」은 따로 한 책으로 꾸미려는 마음에서 여기다는 싣지 않기로 했다"고 밝히고 있는 것을 보면, 비록 두 번째 시집에 실렸다고 해도 위의 시가 첫 시집에 드러났던 시인의 세계관이 변화했음을 보여준다고 말할 수는 없을 것이다. 하지만 두 번째 시집 『소등』의 시편들은 『바람불다』의 시편들과는 스타일에서 많은 차이를 보여주는 것이 사실이다.

예를 들어 『바람불다』의 시편들은 다소 호흡이 길고 장황한 면이 없지 않다고 한다면, 『소등』에는 단아하고 비교적 짧은 시편들이 많다. 첫 시집에는 한자가 많이 사용된 반면 두 번째 시집에는 한자가 별로 사용되지 않았다는 것도 차이라면 차이다. 좀 더 중요한 차이는 내용적인 면에서 발견되는데, 가령 『소등』에는 '우리'라는 단어가 많이 발견되며 시의 공간에 타인의 자리를 마련하는 시들이 적잖다는 것이 눈에 띈다. 그리고 이 '우리'와 함께 삶의 의지와 긍정을 표명하는 구절들을 만날 수 있기도 한다. 가령 다음과 같은 구절들이 그러하다.

> 우리는 항상 시간 속에서 만나
> 시간 속에서 사라져 간
> 반복의 계단에 서 있지만 한때는 끊이지 않는
> 생명의 흐름을
> 시간 밖에서 듣고
> 있었다.
>
> ―「27. 밤 이야기」 부분

> 아픈 우리들 어머니의 등이
> 나침반처럼 보이고
> 내가 지금 현대를 지나
> 항해중임은 더 알 수 있다.
>
> ―「28. 나무」 부분

시간의 흐름 밖에서 '우리'는 "생명의 흐름"을 들었던 때가 있었으며, '나'는 "우리들 어머니의 등"을 나침반 삼아 시간이 앞으로만 흘러가는 "현대를 지나/항해중"이라는 구절은, 시인이 좀 더 공동체의 차원에서 시간의 허무를 극복하는 삶의 의지를 찾고 있음을 드러낸다. 더 나아가 「29. 혀」에서는 "서민의 보잘 것 없는 혀 하나라도/뿌리가 있다는 걸 알아두자"면서, 그 혀를 "특히 어둠에서 빛나는 그릇"이라고 표현하고 있기도 하다. 서민들은 어둠 속에 살고 있지만 해도 그들의 혀는 어둠 속에서 빛나고 있다는 시인의 말은 서민의 숨겨진 힘을 포착한 것이다. 이러한 표현들은 공동체에 삶의 의지를 뿌리내리려는 시인의 심경 변화를 암시한다고 하겠다. 이는 시인의 시적 촉수가 사람들과 함께 사는 생활에 가닿기 시작했음을 알려준다. 그런데 『소등』의 시편들이 사람들과 만나며 사는 일상의 생활이 구체적으로 묘사되고 있기보다 상징적으로 승화되어 표현되고 있다고 한다면,『소등』을 출간한 후 7년 만에 펴낸 시집인『줄 풀기』(어문각, 1975)의 시편들은 산문적인 일상의 구체성이 시에 전폭적으로 수용되어 묘사되고 있어서 주목된다.

흔들리는 버스에 앉아 졸며 저녁신문을 들여다보며 집으로 돌아옵니다.
눈에 비치는 불빛과 바쁜 차들이 유행가처럼 흘러가고
오늘도 늦었구나 하는 생각을 합니다.
토요일이 아니니까 만취는 안 했습니다.
와글와글 주점에서 말한 것도 아니고 들은 것도 아닌 술잔을 들어
틈이 난 하루의 바닥에 부어 봅니다.

산다는 것이 손금에 얽혀 있는 것이 아닌 줄 알면서도 손바닥을 들여
다보고 늘어가는 아버지의 주름살을 생각타 보면 밤도 이미 깊었습니다.

평범한 하루를 보내고
이 사람 저 사람 정겨운 사람들 생각도 하고
갚아야 할 돈 생각도 하고
이런 것이 아니었는데 이러고 싶지 않았는데 하면서
한 시간을 흔들리면, 구로동 소방서 앞
낯익은 약국을, 가게를 지나면
우리집 냄새가 도는 골목길
두드릴 때 문을 열어 주는 것은
그래도 내일입니다.
흔들리며, 흔들리며 돌아와 문에 기대면
그래도 내일이 어깨를 짚어 줍니다.
　　　　　　　　　　　　　　　　　　　－「흔들리며」 전문

직장을 10년 가까이 다니고 결혼까지 한 시인은 30대 중반의 생활인이
되었다. 위의 시는 퇴근하는 한 생활인의 구체적인 일상을 그대로 시에

담으면서 일상과 부딪치며 떠오르는 그의 상념을 더불어 기록하고 있다. "이런 것이 아니었는데 이러고 싶지 않았는데" 읊조리면서 살아가는 대다수의 생활인들에게 작은 공감과 따스한 힘을 주는 시다. 자신의 뜻대로 생활해나갈 수 있는 현대인은 거의 없다. 머리를 흔들며 상념에 젖어들면서 어느새 아버지처럼 늙어가는 것이 현대인의 삶이다. 하지만 "그래도 내일"이 "흔들리며 돌아"온 현대인의 "어깨를 짚어"주기에, 그들은 여전히 삶을 꾸려나가는 것이다. 그리하여 현대인들은 "못이 또 구부러질 줄 알면서도 망치를" 들어 "뽑았다 폈다 하면서 최선을 다해/수고를 반복"(「못박기」)한다.

이렇듯 이탄 시인은 『줄풀기』에서 고달프게 생활해나가야 하는 현대인들의 삶을 일상의 구체적인 모습을 통해 그려내면서 일상생활 그 자체로부터 삶의 힘을 발견해내고 인생의 의미를 찾고자 했다. 표제작 「줄풀기」는 그렇게 찾아낸 삶의 본질을 비교적 상징적으로 보여주는 시다. 시인은 이 시에서 "한평생 인간은 줄을 풀고/얽힌 줄을 풀어내고/자신을 만든다"면서, 그러나 그 인생은 "빈 낚싯대 같은 인생을 모두 불러다" "저만큼/물 위에 반짝인 햇빛의" "점 하나를 낚는다"고 말하고 있다. 이 말에는, 인생은 "햇빛의/점 하나"와 같이 보잘 것 없고 작은 것일지라도 무엇인가를 낚는다는 면에서 허망한 것은 아니라는 시인의 따스한 성찰이 담겨 있다. 하지만 한편으로 그 말에는 인생이란 결국 낚시꾼의 고독 속에서 살아가는 것이라는 의미도 암시되어 있다. 네 번째 시집인 『옮겨 앉지 않는 새』(문학예술사, 1979)에 실린 표제작 「옮겨 앉지 않는 새」는 삶을 살면서 끝끝내 해소할 수 없는 고독을 형상화한다. 그 고독은 시를 쓰는 자가 결국은 맞닥뜨려야 할 슬픔이다. 이 시의 전문을 옮겨본다.

우리 여름은 항상 푸르고
새들은 그 안에 가득하다.

새가 없던 나뭇가지 위에
새가 와서 앉고,
새가 와서 앉던 자리에도 새가 와서 앉는다.
한 마리 새가 한 나뭇가지에 앉아서
한 나무가 다할 때까지 앉아 있는 새를
이따금 마음속에서 본다.
이 가지에서 저 가지로 옮겨 앉지 않는 한 마리의 새, 보였다 보였
다 하는 새.
그 새는 이미 나뭇잎이 되어 있는 것일까.
그 새는 이미 나뭇가지일까.
그 새는 나의 言語를 모이로
아침 해를 맞으며 산다.
옮겨 앉지 않는 새가
고독의 門에서 나를 보고 있다.

생활인들은 나뭇가지 위에 앉았다 떠나가는 새처럼 살아간다고 할 수 있겠다. 그러나 시인은 마음속에서 "한 나무가 다할 때까지 앉아 있는 새"를 이따금씩 본다. 새들이 가득한 푸르른 여름, 즉 우리들이 함께 아웅다웅 살고 있는 세계에서도, "옮겨 앉지 않는 새"는 결국은 마주치게 될 고독의 형상이다. 마음속에 있는 그 새는, 그 새를 들여다보고 있는 '나'를 "고독의 문에서" 바라보고 있다. 새를 응시하는 '나'는 도리어 새의 눈길에 이끌려 고독의 문 앞에 서게 되는 것이다. 그 새는, "나의 언어를 모이로/아침 해를 맞으며" 살고 있다는 것을 보면, 시를 쓸 때 보게 되는 새다. 즉 그 새는 시를 쓸 때 만나게 되는, 단독자의 고독인 것이다. 그러나 이렇게 발견한 삶의 본질이 고독이라고 하더라도, 이 시집에서 시인은 생활을 존중하고 생활로부터 삶의 윤리를 찾는 자세를 견지하고 있다. 가령, 시인은 "식탁에 앉아/나날이 달라지는 식구들의 얼굴을" 보면서 "따뜻한 食器처럼/따뜻해야지, 따뜻해야지"(「하늘빛」)라고 다짐하고 있는 것이다.

이탄 시인에게 고독과 슬픔은 생활인으로서의 삶을 열심히 살아가는 속에서 만나게 되는 무엇이다. 시집『옮겨 앉지 않는 새』에서 많은 사랑을 받았던 시인「알려지지 않는 허전」도 생활 속에서 느끼게 되는 아픔을 드러낸다. 이 시에서 시적 화자는 어머니의 묘와 성묘할 공터로 9평의 땅을 산다. 전망이 좋고 흙이 좋아서 사람들이 참 잘 샀다고 말하는 땅이었다. 허나 이 시의 후반부에서 시인은 다음과 같이 말한다.

> 나는 땅을 샀다. 암, 나는 땅을 샀지, 사구 말았구!
> 그러나, 그 땅은 누구의 것이냐.
> 관 위에 후두둑 후드득 흙이 부어지고 가난과 병으로 시달린 목숨
> 위에 흙이 부어지고
> 우리들은 하산했다.
> 그날 나는 분명히 계약하고, 돈을 내고 땅을 샀다.
> 그러나 나는 평생 마음에
> 아픈 땅 9평을 갖게 된 것을.

사람들이 좋다고 말한 그 땅은 "가난과 병으로 시달"리다가 돌아가신 어머니의 것이다. 돈을 내서 계약하고 어머니를 묻을 좋은 땅을 산 행위는 생활인으로서 손해 보지 않고 기분 좋은 계약을 한 것이라고 하겠다. 그러나 한편으로 그 행위는 시인의 마음속에 이제 어머니를 볼 수 없다는 뼈저린 슬픔을 느끼게 할 자리를 마련한 것이기도 했다. 그래서 이 슬픔은 시인의 마음을 지속적으로 찌르는 아픔이 될 것이다.

어머니를 땅에 묻으면서 갖게 된 아픔의 여운은 다섯 번째 시집『대장간 앞을 지나며』(민족문화사, 1983)에서도 가시지 않고 나타난다. "죽은 이의 따스함으로/오직 보이지 않는 그 손길로//젖은 나이를/말리고 있다"(「젖은 나이」)라는 구절을 보면 이를 추측할 수 있다. '죽은 이'가 어머니를 가리키는지는 확실치 않지만, 자신의 삶을 회고하는 자서전적인 연작시「구로동 흙」에서 어머니가 시인에게 매우 깊은 영향을 주었으며 돌아

가신 이후에도 영향을 주고 있다는 것을 확인할 수 있는 것을 볼 때, '죽은 이'가 어머니도 의미할 것임을 짐작할 수 있다. 그런데 이는 한편으로 당시 시인의 마음이 슬픔과 그리움으로 젖어 있었음을 알려준다. 그래서 「젖은 나이」는 '죽은 이'에 대한 그리움을 도리어 '죽은 이'의 따스한 손길로 위로해준다는 역설적인 발견을 보여준다고 하겠다. 시인은 이러한 발견을 바탕으로, 세계의 존재에 대한 어떤 감사의 마음을 가지고 뭇 존재자들의 존재 방식에 대해 사유하기 시작한다.

풀섶의 꽃 한 포기
저 혼자 피었다
진다.
누가 꺾어 보거나
밟고 가도
씨는 남는다.
종이 봉지에 담겨가는 병아리처럼
노랗게 노랗게 숨이 져도
잠깐의 햇빛
한 모금의 물도
감사하면서
꽃은 남는다.
    ―「꽃은 남는다」 전문

꽃은 깊은 밤 홀로
깨어나, 별을 본다
잎을 두 손같이 펴
은혜의 빛을 받는다

걸음보다 많은
어둠

시간보다 많은
눈물
눈물이 눈물을 낳지 않도록
꽃은 깊은 밤
홀로
피어난다.

지혜 있는 자의 눈망울로
아침마다 새로 피는
꽃이 있어
빛은 늘 새롭다.

—「꽃은 깊은 밤 홀로」 전문

　시인을 고독의 문으로 이끈 네 번째 시집의 '옮겨 앉지 않는 새'라는 형상은 여기서 고독하게 홀로 존재하는 꽃의 형상으로 진화하고 있다. "잠깐의 햇빛/한 모금의 물도/감사하"면서 "잎을 두 손같이 펴/은혜의 빛을 받는" 꽃. 이 꽃의 형상은 삶과 죽음, 존재와 무에 대한 깊은 사유 속에서 얻은 상징물이다. 그 사유는 슬픔과 그리움의 끝에서 "시작과 끝을 버리고/무게를 마침내 버"림으로써 "풀잎 위에 이슬로 앉는" '연습', "눈물 다 없애고 한 점 시간으로만 있는 일"(「이슬 속에서 만나는 연습」)을 '연습'하면서 이루어진다. 바로 "깊은 밤/홀로/피어"나는 꽃은 "한 점 시간으로만 있"을 때 다다를 수 있는 존재 방식의 상징적 형상인 것이다. 저 꽃은 "저 혼자 피"어나기에 고독의 운명으로부터 벗어날 수 없고 한편으로 이별의 슬픔으로 눈물을 흘리면서 살아야 하지만, 새벽별을 바라보면서 고독의 운명을 받아들이고 슬픔을 승화시킴으로써 자신을 비춰주는 햇빛과 별빛 같은 세계가 존재함을 감사하게 여기게 된다. 그리고 이때 이 꽃은 밟힘을 당하거나 꺾임을 당해도, "노랗게 숨이 져도" 사라지지 않고 이 세계에 남을 수 있게 될 것이며, 이 꽃으로 인해 세계의 빛은 늘 새로워질 것이다.

3

이탄 시인이 40대에 들어선 1983년에 펴낸 다섯 번째 시집은 시인이 도달한 시 정신의 높이, 그 완숙성과 고결성을 잘 보여준다. 그러나 1987년 1월, 중풍을 맞아 쓰러지면서 시인은 삶에서 가장 큰 위기를 맞게 된다. 시인은 수개월 동안 병원에 입원해야 했는데, 병원에서는 회복하기 힘들다고 했을 정도로 병세가 심각했다. 하지만 시인은 결국 의식을 회복했는데, 의식을 회복했어도 말하기와 글쓰기가 안 되어서 처음부터 다시 배우듯이 말과 글을 익히며 기억을 복구해야 했다. 시인에게 이 경험은 또 다른 삶을 선물 받은 것처럼 여겨졌을 것이다. 시인이 퇴원 직후 상재한 여섯 번째 시집 『미류나무는 그냥 그대로지만』(문학과비평사, 1988)의 2부는 입원 생활에 대해 쓴 시들이 실려 있다. 그 중 마지막 시인 「퇴원」 후반부를 읽어본다.

> 누가 알겠느냐
> 나의 눈물을,
> 그러나 나는 태어나면 죽는다는 것을 아는 사람
> 눈물을 몰래 흘렸다
> 아내의 눈물도 나와 같으리
>
> 와서 속으로 하는 말이
> 잘 살아야 한다
> 은규야 대규야
>
> 나는 한참동안 눈을 감고
> 강의가 며칠 남았나 생각했다
> 말도 잘 못하면서.

거의 '죽다 살아난' 시인은 이제 "나는 태어나면 죽는다는 것을 아는 사람"이 되었다. 물론 누구나 태어나면 죽는다는 것을 알고 있지만, 그것은 머릿속으로 아는 것이다. 그 앎은 피상적인 앎이다. 체험된 것이 아니기 때문이다. 그러나 시인은 그 사실을 실감으로 진짜 알게 되었다. 시인이 몰래 흘린 눈물은 죽음의 문턱에서 다시 삶으로 돌아온 데서 흘리는 눈물이다. 그 눈물은 너무 복합적인 것이라서 해석할 수 없다. "누가 알겠느냐"라고 시인이 말하듯이 저 눈물은 눈물 흘리는 당사자만이 알 수 있기에 그 누구도 알 수 없다. 여러 사람의 도움으로 다시 돌아온 삶은 너무나 소중한 것일 터, 시인은 "잘 살아야 한다"고 속으로 다짐하고는 "강의가 며칠 남았다 생각"한다. 아직 말이 잘 나오지 않으므로 강의 걱정이 될 것이었다. 그러나 이 진술은 그러한 의미보다 더 깊은 의미를 가진다. 잘 산다는 것은 무엇인가? 자신이 해 왔던 일을 잘 하는 것. 시인은 이렇게 대답하고 있는 것이다. 그 진술은, 잘 사는 삶이란 일상을 성실하게 살아나가는 것이라는 그의 인생관을, 죽을 고비를 넘겼음에도 불구하고 시인이 여전히 견지하고 있음을 알려준다. 그렇다면 이 여전하게 변함없이 사는 것, 그것이 삶을 잘 사는 것이라고도 할 수 있겠는데, 그 여전함은 같은 시집에 실린 표제시 안의 '미류나무'의 모습과 같다고 할 수 있다.

시냇가 한쪽에
미류나무가 서있습니다.

그 미류나무는
시냇물이 흐르는 여름철에나
꽁꽁 얼어붙은 겨울철에나
그냥 그대로 서 있습니다.
작년에도, 재작년에도
그 나무는 그렇게 서 있었습니다.

그 나무는 그렇게 서있지만
우리들의 키는 크고, 아픈 마음은
더 넓어져 갔습니다.

올해도 미류나무엔 봄이 오면
푸릇푸릇 잎사귀가 돋아나겠지요.
올해도 미류나무는
그 자리에 그냥 서 있겠지요.
　　　　　　　－「미류나무는 그냥 그대로지만」 전문

　미루나무의 여전함. 시인은 저 의젓하게 서 있는 미루나무가 되고 싶었
는지도 모른다. 저 미루나무는 구체적인 인격과 같은 무엇이기보다는 추
상적인 삶 자체, 생명 자체라고 생각하는 편이 더 맞을 듯싶다. 저 여전히
그냥 서 있는 미루나무 아래에서 "우리들의 키는 크고, 아픈 마음은/더 넓
어져"가니 그렇다. 우리들의 성장, 생활, 아픔, 눈물은 미루나무라는 변치
않는 삶의 본질 속에서 이루어진다. 그렇다면 미루나무는 구체적인 삶의
구체적인 세목을 밑받침해주고 있는 바탕과 같은 그 무엇이다.

　이를 보면 투병 전후에, 시인은 삶의 본질이나 바탕에 대해 사색하고
있었음을 알 수 있다. 그래서 와병한 것도 "꽁꽁 얼어붙은 겨울철"에 일어
난 일일 뿐, 미루나무와 같은 바탕은 변치 않고 저렇게 서 있는 것이다. 병
을 이겨낸 이후 시인은 바로 삶의 바탕에 대해 본격적으로 탐구한다. 그
리고 다소 개인적인 생활 세계나 인생관 및 그로부터 빚어지는 서정에 머
문 감이 있었던 예전의 시 경향과는 사뭇 다른 경향의 시를 쓰기 시작한
다. 시인의 일곱 번째 시집인 『철마의 꿈』(1990, 영언문화사)은 그 달라
진 경향의 시들을 다수 싣고 있다. 시인은 이 시집에서 역사적 문제, 특히
분단 문제에 본격적으로 천착한다. 시인이 분단에 대해 본격적인 시적 사
유를 펼치게 된 것은 1987년 이후의 정치 체제의 변화에 일정하게 자극을

받았기 때문이기도 할 것인데, 한편으로는 앞에서 말했듯이 그냥 서 있는 '미류나무', 즉 우리 삶을 받치고 있는 삶의 본질 또는 삶의 바탕을 탐구하기 위해서이기도 할 것이다. 그 '바탕'은 시인이 더 나중에 천착하게 될 '한글', 그리고 이 시집에서는 '민족'과 같은 것으로 확장되어 사유된다. 그래서 시인의 개인 생활과 관련된 서정적인 시가 많은 예전 시와는 달리, 이 시집에서는 관념적이자 지성적인 경향의 시가 많이 발견된다. 『철마의 꿈』을 여는 시는 다음과 같다.

> 휴전선 그늘에 저 혼자
> 피어 있고
> 구름만 높이 떠서, 입을
> 다물게 합니다
>
> 휴전선에 꽃이 필 때면
> 언제나 할 말은
> 잊습니다
> 꽃이 필 때는 더욱 더 말없이
> 서 있습니다.
>
> ─「휴전선」 전문

　　이 시가 『철마의 꿈』을 열고 있다는 것은 의미심장하다. 이 시는 『철마의 꿈』의 시들이 잉태되는 현장과 상황을 보여준다. 즉 분단의 상징인 휴전선에서 시인이 말없이 서 있으면서 『철마의 꿈』의 시들을 구상하기 시작했음을, 이 시를 보면 짐작할 수 있는 것이다. "구름만 높이 떠" 있는 하늘 아래의 휴전선, 그 "휴전선 그늘에 저 혼자/피어 있"는 꽃은 분단의 아픔을 더욱 선명하게 부각시킨다. 그 아픔 아래서 시인은 할 말을 잊고 홀로 서 있다. 할 말을 잊었지만, 그것은 저 시린 풍경이 가져다주는 아픔을 마음에 담고 있는 과정일 것이고, 이 침묵의 시간은 시가 자라나는 시간일 테다. 시인은 그 시간 속에서 분단을 넘어설 수 있는 시적 사유를 하기 시작한다. 시인이 미루나무에서 발견했듯이, 그는 철조망이 쳐진 현실 밑에는 변치 않는 어떤 바탕이 있다고 생각한다. 가령 "산 위에 또 산 위에 산/철조망을 했어도/그것은 사람이 한 짓/산은 아프지도 않은지/오늘은 산이 더 우뚝스러 보입니다."(「철조망」)고 시인이 말할 때, 철조망 밑에서 더 우뚝하게 서 있는 산이 그 바탕이라 하겠다. "사람이 한 짓"에도 불구하고 그 짓거리를 넘어서 존재하고 있는 산이 있기에 저 철조망이 벗겨질 수 있다고 꿈꿀 수 있다. 그 꿈이 "언제나 가고 싶은 우리들의 땅"에 "가고 싶은 바램뿐"(「철마」)으로 멈춰 서 있는 '철마의 꿈'이다. 그 꿈은 당신을 원하는 사랑을 부른다. 그 사랑은 다음과 같은 속성을 가진다.

모래알 살갗
별을 보며 주고받는 이야기
그러나 그러한 것들은
지금 형편에 어울리지 않습니다

우리들의 사랑이
바다 멀리서 온다는 것은
정말
거짓말입니다

<중략>

사랑이란 우리 마을에 우물을 파고
목마를 때면 언제나 마실 수 있는 것입니다
저 깊은
155마일 철조망 밑으로
흐르는 물,
그런 물 말입니다.
　　　　　　　　　　　　　　　　　　－「물 이야기」 후반부

'높이 날기'의 시 정신 －이탄의 시세계　329

시인에 따르면 사랑은 멀리서 오는 무엇이 아니다. 저 하늘 위에 떠 있는 별에서 오지 않는다. 사랑은 하늘에서 날아오는 것이 아니라 현실 밑에 흐르고 있는 것이다. 시인은 "별을 보며 주고받는 이야기"들은 "지금 형편에 어울리지 않"는다고 말한다. 분단의 현실에서 낭만적이고 초월적인 사랑을 생각할 수는 없다고 시인은 판단한다. 언제 우리에게 다가올지 모르나 저 너머에서 빛나고는 있는 사랑이 아니라, "목마를 때면" "우물을 파고" "언제나 마실 수 있는" 사랑이 이 현실 아래에선 진정한 사랑이다. 그 사랑이 흐르고 있는 곳은 "저 깊은 155마일 철조망 밑"이다. 분단의 현실 밑에서 미루나무처럼 변함없이 존재하는, 저 깊숙한 곳에서 여전히 흐르고 있는 물이 바로 사랑이다. 그 여전한 사랑이 있기에, 시인이 병을 이겨냈듯이 분단도 이겨낼 수 있으리라는 희망을 가질 수 있다. 하지만 시인이 "당신은 오늘도 스치고 지나간 인연""멀리 있는 사람인 양 잡을 수 없습니다"(「사랑」)라고 말하고 있듯이, 분단이 당장 극복되어 사랑을 완성할 수 있는 가능성은 적다. 그렇기에 시인은 더욱 시적 상상력을 발휘하여 사랑이 완성될 순간을 그려보아야 한다. "우리가 다시 만나면/함께 맑은 웃음을 보낼 수 있으련만//그때가 오면/산천초목이 요동을 칠 것"(같은 시)과 같은 상상을 해보아야 한다. 요동 칠 산천초목이란 분단의 철조망이 박혀 고통 받고 있는 휴전선 근처의 만상들일 테다.

『철마의 꿈』에 나타난 시인의 사랑은 추상적인 무엇이 아니다. 저 철조망 밑에 흐르는 물과 같이 구체적인 실체가 있는 사랑이다. 그 사랑은 비극적인 역사가 만든 이별로 인해 애절하다. 이별을 극복할 때 사랑은 현실화 될 터, 그 사랑이 이루어지는 순간이란 지금 "멀리 있는 사람인 양 잡을 수" 없는 '당신'과 만날 '그때'이다. 그래서 '당신'은 희구의 대상이 된다. 이탄 시인은 『당신은 꽃』(문학아카데미, 1993)에서 이 '당신'에 대한 시적 사유를 더욱 천착하여 전개시키고 있다. 표제작을 읽어보자.

못생긴 여자를 보거나
잘생긴 여자를 보거나
당신은 꽃
오래 오래 피어 있을
이름 모를 꽃
내 심장을 바쳐
꽃잎 하나 만드는 것을
즐거움으로 알고 지낸다

당신은 꽃, 그러나
당신이 진짜 좋은 꽃이 되려면
시간이 있어야 한다는 것을.

언제, 우리가 마음껏 뒹굴어
산천이 모두 웃는 얼굴이 될지

가진 것 없어도
웃음만 지니고 태어난다면
못생긴 남자나
잘생긴 남자나
당신은 꽃

그 꽃을 기다려 꽃잎 하나를
만든다

　우리를 희구하게 하고 시적인 상상으로 인도하는, 그러나 지금은 여기 없는 당신. 그래서 당신은 꽃이다. 그 당신은 "오래 오래 피어 있을" 꽃이다. 당신은 미루나무처럼 변하지 않을 그 무엇이다. 하지만 그 당신에 대해 이름 붙일 수는 없다. 당신은 당신일 뿐, "이름 모를 꽃"이다. 그렇다고 당신이 초월적이고 신비한 무엇은 아니다. "못생긴 여자"나 "잘생긴 여자",

"못생긴 남자"나 "잘생긴 남자"에서, 그러니까 바로 평범한 당신들에게서 그 꽃은 현현하기 때문이다.

그런데 시인은 당신이 아직 좋은 꽃이 아니라고 한다. "당신이 진짜 좋은 꽃이 되려면/시간이 있어야 한다"고 시인은 말하고 있는 것이다. 그렇다면 진짜 좋은 꽃은 무엇일까? 당신이 "웃음만 지니고 태어"날 때, 좋은 꽃이 된다. 시인이 "언제, 우리가 마음껏 뒹굴어/산천이 모두 웃는 얼굴이 될는지"라면서 기다림을 표하고 있는 구절을 보면 그러하다. 산천이 모두 웃고, 당신도 마음껏 뒹굴면서 "웃음만 지니고 태어"날 때, 그때 당신은 좋은 꽃이 될 것이다. 그 꽃이 되기까지 시간이 있어야 하고, 그래서 우리는 기다려야 한다. 이 자리에서 시인이 할 일이란 "내 심장을 바쳐/꽃잎 하나 만드는 것을/즐거움으로 알고 지"내는 일이다. 다시 말하면, 좋은 꽃을 기다리면서 꽃잎 하나, 즉 시 한편을 만드는 일이 시인의 과제다.

여기서 '우리'라는 시어가 눈에 띈다. 이 시집 이전의 이탄 시에서 '우리'란 단어는 별로 사용되지 않았다. 하지만 이『당신은 꽃』에서는 '우리'란 단어가 심심찮게 등장한다. 개개인에게서 꽃은 현현되는 것이지만, 좋은 꽃은 '우리'가 해방—"마음껏 뒹굴어"—되어야 이루어질 수 있다. 더 나아가 산천이 '모두' 웃어야 꽃은 좋은 꽃이 된다. 그러므로 우리가 기다리고 있는 좋은 꽃인 당신은 우리 모두의 기쁨과 해방과 관련된 무엇이다.『철마의 꿈』과 연결시켜 생각해보면 휴전선이 사라질 때가 바로 우리가 해방되는 날이라고 생각할 수 있겠다. 하지만 특정한 사태로서 '좋은 꽃'의 의미를 한정할 필요는 없을 것이다. 여하튼, 우리는 그날이 오기를 기대하며 시간을 가져야 한다.

그런데 시인은 우리가 그 시간에 아무 것도 하지 않고 마냥 기다리기만 하자고 생각하지는 않는다. 시인은 "길이 막혀 있음을" 아는 "오늘같은 지상에/우리들은 모두 길이 되어야 한다/생활의 길보다 다른/마음의 길을 장만해 두어야 한다"(「길」)고 말하고 있는 것이다. 그래서 "종다리처럼 저 하늘의 길을 걸어"(같은 시)가기라도 해야 하는 것이다. 그 하늘의 길이란 마음의 길을 의미할 터이고, '하늘―마음'의 길을 걷는 행보는 시적 상상력의 비상을 의미할 터이다. 시적 상상력을 통해서 막혀 있는 길을 넘어가야 하고, 그럴 때 좋은 꽃과의 만남을 앞당길 수 있을 것이다. 그리고 생활의 비애와 서정을 곧잘 시화했던 이탄 시인은 이「길」에서 "생활의 길보다 다른/마음의 길"을 개척해야 한다고 말함으로써 예전의 시 경향에서 어떤 전환을 행하고자 하는 자신의 의지를 뚜렷이 밝힌다. 그것은 좀 더 거시적인 전망 속에서 시의 자리를 생각하는 것과 통한다. 그 전망에는 꽃인 '우리들―당신들'을 좀 더 좋은 꽃으로 만들어줄 민족 통일과 해방도 놓여 있다. 그 전망을 앞당기기 위해서는 시적 상상력을 조직하면서 심장으로 시 한편―꽃잎 하나―을 쓰는 일이 필요하다.

그 시를 통해, 시인이「층계를 오르며」에서 말하고 있듯이, "우리의 가슴에도 늘 꽃이 피어 있"을 수 있다. 그리고 그 꽃을 피워 "당신과 내가 뜻을 세우면/강과 산에/아름다운 씨앗을 심을……/그 씨앗이 자라/층계를 오"를 수 있는 것이다. 층계는 저 산천이 모두 웃는 날에로 연결되어 있을 터이다. 이러한 과정을 통해 뿌리는 "전통과 함께 점점 깊어"진다. 즉 하늘의 길―층계―을 오르는 행보는 미루나무처럼 우리의 삶을 바탕에서 지탱해주는 '전통'을 더욱 튼실하게 하는 과정이기도 한 것이다. 그 전통은 한글로 대표되는 '민족'과 연결될 것이다.(이 주제는 훗날『윤동주의 빛』에서 더욱 깊이 다루어진다.) 그런데 층계를 오르는 '우리'가 우리가 되기 위해서는 '나'와 '당신' 사이에 다리가 놓여야 한다. 관계를 맺어야 한다.

시인은 그 관계 맺음에 대하여 "오늘 눈들이 말을 하고/네가 바라는 것이 나에게 와서/조약돌이 된다/어깨며 다리가 된다"(「눈으로 말한다」)고 진술하고 있다. 입을 통한 말이 아니라 눈을 통한 말이 당신이 바라는 것이 나에게 올 수 있도록 만든다. 여기서 '눈'는 눈雪의 의미뿐만 아니라 눈目의 의미도 가지고 있다. 그 눈이야말로 "오늘보다 많은 이야기를" 말할 수 있다. 그래서인지 시인은 「눈동자」에서 "백사장에 이름을 쓰고 만남을 적었으나/헛수고 였다//이름을 쓰는 것이 얼마나 어리석었나/표면 위의 눈동자를 보고 알았다"고 말한다. 자신을 응시하고 있는 눈동자가 만남을 맺어주고 "운명을 결정짓"는다는 것이다. 저 당신의 눈동자가 말하는 말을 들으면서 당신은 내게 "어깨며 다리가"되고, 그리하여 함께 층계에 올라 "하늘의 길을 걸어" 산천이 모두 웃을 미래로 나아가게 될 것이다. 그래서 「눈의 꽃」에서 시인이 "눈에서 꽃이 핀다"고 말할 때, 그 눈은 雪의 의미이겠지만 目의 의미로도 읽히게 되는 것이다.

> 눈에서 꽃이 핀다
> 그 꽃을 바라 보며
> 여전히 비바람을 맞는다
> 한 사람이 아주 먼 데서 아니 가까운 데서
> 그림자같이 서 있다
>
> —「눈의 꽃」 마지막 연

　당신의 눈에서 피는 꽃은 '우리'가 좋은 꽃이 될 미래가 현재로 도래하기 위한 기초가 되어줄 무엇이다. 그래서 비바람과 같은 시련을 견뎌내면서 "그 꽃을 바라 보며" 여전히 서 있어야 하는 것이다. "바라 보며"란 구절은 '바라본다'의 의미도 있겠지만 바라면서 본다는 의미도 있다. 그래서 시인은 의도적으로 띄어쓰기를 한 것이다. 무엇을 바라는가? 우리와 산천이 다 웃을 수 있는 날이 오기를 바라는 것일 터, 그 '바라기' 속에서, 우리를 '좋은 꽃'으로 만들어줄 사랑하는 님과의 만남이 점차 가시화될 것이다. 그리고 그 님이 바로 "아주 먼 데서 아니 가까운 데서/그림자같이 서 있"는 "한 사람"일 것이다. "그룬 것은 다 님이다"라는 한용운의 말을 원용해 본다면, 이탄 시인 식으로 "바라 보는 것은 다 님이다"라고도 말할 수 있을 것이다. 지금은 없으나 "아주 먼 데서 아니 가까운 데서" 존재하는 님에 대한 사유는, 『당신은 꽃』 발간 다음에 상재한 시집 『반쪽의 님』(문학세계사, 1996)에서 좀 더 구체화된다. 이 시집에서도 역시 표제작을 읽어 보기로 한다.

> 반은 나에게 와 있으면서
> 반은 오지 않는 님
>
> 생각해 보면 만해가 죽은 뒤 만난 '님'은
> 편지를 갖고 찾아온
> 심부름꾼이었다
>
> 나는 물어보지 않았다
> 편지의 내용을
>
> 누이의 손목을 꼭 잡은
> 맥박
> 기다려도, 기다려도 오지 않을 님인가
> 아직은 반밖에 보이지 않는
> 님.

님은 반만 '나'에게 와 있다. 그 님은 "만해가 죽은 뒤 만난 '님'"이다. 하지만 그 님은 님의 심부름꾼일 뿐이고 반쪽의 님일 뿐이었다. '나'에게 와 있는 님이 전한 편지 속에는 어떤 약속이 담겨 있을지 모른다. 하지만 '나'는 "편지의 내용을" "물어보지 않"는다. 중요한 것은 님을 기다린다는 것이고, 반쪽의 님이 도래할 것이라는 희망이기 때문일 테다. 그러나 그 편지에서 "누이의 손목을 꼭 잡"았을 때의 맥박이 느껴진다. 생명의 리듬이 그 편지 속엔 흐르고 있기 때문일까. 이 맥박을 느끼면서 시인은 다른 반쪽의 님을 기다린다. 하지만 시인이 간절히 기다리는 님은 오지 않고 있다. 그래서 시인은 불안하다. 반쪽의 님이 오실지 안오실지 확실하지 않다. 님은 "언덕 위에서 바라보지만 보이지 않"고, "지나가는 사람 중에 있기도 하련만/보일 듯 보일 듯 님의 발자국"(「길」)만 아련하게 눈에 들어올 뿐이다.

그래서 이 시집의 끝에 실린 「멀리 있는 님」에서 시인은 "당신은 너무 멀리/떨어져 있는 얼굴"이라고 안타까워하면서 "내가 가진 것은 하이얀 종이 한 장밖에/아무 것도 없구나"라며 탄식한다. 이제 시인은 님이 "멀리, 너무 멀리 있기만" 하다는 것을 인정하는, 그래서 "밤새 잠을 못 이루는" "사실주의"자가 된다. 시인의 눈에는, 님이 멀리 있기만 하다는 것을 알려주는 현실의 비참이 들어오기 때문이다. 이 시집 뒤에 실린 산문에서, 이탄 시인이 "90년이 되면서 시작 태도가 바뀌고 있다. 시를 넓게 보고 있는 것이다. 왜 아직도 살을 에이는 듯한 이웃이 많은지 답답한 일이다. 시 한 편에 그러한 냄새가 풍겨나지 않을 수 없는 것이다."고 쓰고 있는 것은 자신이 사실주의자가 되어가고 있음을 스스로 증언하고 있는 것이라 하겠다. 그래서 이 시집에는 현실의 비참을 비판적으로 조명하는 리얼리스틱한 시들이 제법 실려 있다. 가령, 아래의 시가 그러하다.

> 헛기침을 하고 구두를 닦아 신는다
> 하루도 못 가서 구두에 먼지가 끼고
> 얼굴이 지저분해진다
> 서울은, 시멘트의 거리
> 다방에 앉아서 병든 시민의
> 소식을 듣는다
> 서울은 서울답지 않게 몰래 숨어서 헐떡인다
> 언제부턴가 많은 인총의 밥줄기를 위하여
> 지켜진 서울이지만
> 이제는 죽음보다 먼저
> 앓는 도시

아무리 아름다운 도시를, 부르짖어야
서울은 엉망진창
다시 짓기를 결심한다
오늘부터 실천하기를 한
걸음.

―「서울 한때」 전문

여기서 서울은 시멘트 먼지로 가득차고 "죽음보다 먼저/앓는 도시"로
이미지화된다. 서울은 죽음을 앞두고 "몰래 숨어서 헐떡"이면서 앓고 있
으며 그 속에서 사는 서울 시민들도 병들어 있다. 서울의 상황은 이제 님
의 그림자도 보이지 않을 정도다. 서울에 대해 이렇게 부정적으로 형상화
한 시는 이탄의 예전 시에서는 거의 찾아볼 수 없는 것이었다. 시인은 현
실에 대한 부정적인 인식 속에서 반쪽의 님이 오지 않고 있다는 사실을
강박적으로 확인하게 된다. 하지만 시인은 힘을 내려고 한다. 서울을 "다
시 짓기를 결심"하고 "오늘부터 실천하기를 한/걸음" 내밀려고 하는 것이
다. 그리고 그 한 걸음 내미는 작은 실천이 위대하다고 시인은 생각한다.
"우리의 걸음이 빠르지도 않았지만/아무도/알 수 없었네/우리의 걸음은
천년, 또는 수천 년 전/닭의 울음/신화의 언덕길을/왔다 갔다 하였네"(「우
리의 걸음」)라는 구절이 그러한 생각을 잘 보여준다. 인류의 걸음은 한 사
람 한 사람의 걸음이 합쳐져 우리의 걸음으로 되고, 그 걸음이 수천 년 전
의 신화적 시대로부터 이어져 내려오면서 현재의 상태가 된 것이다. 물론
그 "우리의 걸음"이 빠른 걸음은 아니었지만, 그 하나하나의 걸음이 합쳐
져 해낸 일은 위대한 것이다. 그 위대성에 대한 믿음이 휴전선이 사라지는
세상을 우리의 힘으로 이루어낼 수 있으리라는 시인의 낙관을 형성한다.

산골짜기의 여울이
어서 가자고 등을 내민다.

이제는 맑은 물들이 모이고
새벽이 되도록 강물이 된다.
물이란, 물들은 강물이 되어
이제 우리의 힘

그 힘이 지구의 구석까지
맑게 해 줄 것이다.
그 힘이 우리의 부끄러움을 없애주고
휴전선이 탁 트이는 날
뉴스는 아름다운 경치를 들려 주기에도 시간이 없을 것이다.
—「휴전선」후반부

　시인은 맑은 물들이 모여 강물이 되듯이, 우리의 한 걸음 한 걸음이 강물과 같은 거대한 힘이 될 수 있다고 믿는다. 시인에 따르면, "그 힘이 우리의 부끄러움을 없애주고" 휴전선을 탁 트이게 만들 것이다. 부끄러움이란 분단을 극복하지 못하고 실천으로 나아가지 못한 우리의 나약함을 이르는 것일 테다. 분단 극복을 위해 힘을 모아 실천해나갈 때 그 부끄러움은 사라질 수 있을 것이다. 그리하여 그 극복을 이루어낼 때, 님이 멀리 있는 것을 알려주는 온갖 추악한 소식을 전달해주던 뉴스도 휴전선이 사라진 "아름다운 경치를 들려 주기에도 시간이 없"게 될 것이다. 이러한 낭만적인 낙관은 「멀리 있는 님」의 "사실주의"적인 비관과 대척적인 것인데, 그래서 『반쪽의 님』은 비관과 낙관 사이에서 운동하고 있는 시집이라고 할 수 있겠다. 시인은 "사실주의"적인 비관을 극복하기 위해 오지 않고 있는 님에 대한 기다림을 넘어 한 걸음 더 나아가 실천하고자 하는 의지를 내세우고, 그 실천을 추동하기 위해 꿈과 같은 비전을 가지려고 한다. 「산천을 뒤흔드는 짐승이 되어」라는 시에서 시인이 "아담하고 보드라운 이 터전이/무슨 저주에 걸려 있다고/아직도 휴전선이냐"며 여전히 님이 부재한 이 현실에 대해 답답한 마음을 토로하면서도, "내 죽어 다시 태어

날 때에는/하나가 되어/산천을 마음껏 뛰노는/짐승이라도 되리라"면서
환상으로 비약하는 것이 그러한 예가 되겠다. 하지만 이러한 낙관과 환상
은 곧 비관적인 감상으로 뒤바뀌기도 한다.

> 밤은 깊어가는데
> 어디에
> 전화를 걸어 볼 데도 없다
> 아니 전화번호야 알지만
> 밤늦게 거는 게 아니란다?
> 밤 12시가 훨씬 지나고
> 나는 비 오는 거리
>
> 밤은 깊어가는데
> 홀로
> 야위어간다
> 누구 하나 이렇게
> 외로울 줄을 알랴
> 나는 이 거리의 눈물
>
> 비 오는 거리에
> 흐르는 눈물
> 유행가의 구절처럼
> 서 있다
>
> ―「사람 같은 사람」 전문

　"12시가 훨씬 지"난 한밤 중, "어디에/전화를 걸어 볼 데도 없"이 '나'는
"거리의 눈물"처럼, "유행가의 구절처럼" 서 있다. 보일 듯 보이지 않고
올 듯 오지 않는 님을 기다리고 있는 시인의 외로움과 슬픔이 비오는 거
리와 중첩되어 절절하고 절묘하게 토로되어 있는 시다. 한 걸음 내딛는
실천에의 의지를 다지는 시인의 의식 뒤에는 이렇게 외로움에 눈물짓는

보드라운 내면이 있는 것이다. 의지와 감정의 이러한 분열을 시인 자신이 모를 리 없을 터, 그래서 의지와 감정의 통일이 시인에겐 하나의 과제로 다가왔을 것이다. 이탄 시인은 그 통일을 이룬 선배 시인이 윤동주라고 생각하게 된 것 같다. 시인은 당신의 얼굴이 보이지 않다고 하더라도 기다림과 의지를 잃지 않았던 윤동주로부터 세계 인식을 배우고 삶의 힘을 얻고자 했던 것일 테다. 그래서 시인은 윤동주에 대한 시를 쓰기 시작하고, 그 시들은 시집 한 권 분량에 이르게 되어 『윤동주의 빛』(문학아카데미, 1999)이라는 시집을 펴내게 된다. 시인은 이 시집에서 부드러운 사나이인 윤동주가 어떤 의지를 가지고 저항적 실천을 계속해 나갔는지를 탐구한다. 이탄 시인이 보기에 "총으로 쏘면 총에 맞고 칼로 치면 칼에 맞는/허약한 방법이지만/윤동주는 사랑을, 실천을 알았"(「계명」)던 것이다.

그 사랑의 실천이란 무엇인가? 그것은 한글로 시를 쓰는 일이었다. "그는 돌을 집을 수도 없었다/오직 한글/우리의 전통 밑에서 정이 든 그 길로 조용히 가기로 작정했다"(「날개」)는 것이다. 한글 말살 정책을 폈던 일제 말기 총독부 아래에서, 돌을 집는 것보다 시를 써서 한글을 지키는 것이 더 중요한 일인지 모른다. 「자기 해석」이란 시에서 이탄 시인이 말하는 바에 따르면 "말(言語)은 말을 타고 다"니기 때문에, "말이 먼지를 일으키고 먼지 속에서 달"리기 때문에 그렇다. 그렇기에 시어의 전염성은 한국어를 비밀리에라도 지킬 수 있다. 그러나 알다시피 한글을 시로써 지키려는 윤동주의 시도는 일제의 탄압에 의해 중단된다. 같은 시에서 이탄 시인이 절묘하게 표현했듯이 "별이 몹시 부끄럽다 말이 달리고 먼지 속에 떨어진 쉼표 하나//윤동주는 자기 자신이 쉼표가 되는 것만 같"은 상황이 벌어지는 것이다. "별이 몹시 부끄럽다"는 윤동주의 시가 하는 말이다. 그 윤동주의 말은 계속 달려 나가다가 그만 쉼표가 되어 "먼지 속에 떨어"지고 만다. 그리하여 윤동주의 시는 마침표를 찍지 못하고 쉼표에서 중단된다. 윤동주는 후쿠오까의 감옥에 갇히고, 침묵을 강요당한다.

몸은 점점 줄어들었다

시 정신이 커지면 커질수록
점점 작아지는 육체

잡힐 때나 지금이나 단아한 모습이지만
그에게는 허무했다
또 밤이 오면
깜깜한 벽과 그의 눈동자만
반짝이는 빛이었다

—「점점 줄어들다」 후반부

　강요당한 침묵 속에서 약물을 투여 받은 "몸은 점점 줄어들"지만, 시 정신은 커져만 가서 눈동자의 반짝이는 빛으로 표현되기 시작한다. 그리하여 그의 육체는 죽어 결국 사라지게 되지만 시 정신을 표현하는 눈동자의 빛만은 살아 이 세상을 비추기 시작한다. 이 시집의 표제작은 그 눈빛이 어떻게 현재화 되고 있는지 보여준다.

뿌리를 보던 눈은
마침내 공중으로 민초에게로
쏟아지고, 꽂히는 빛이 되었다.
빛에는 날개가 있었다
빛에는 노래가 담겨져 있었다.

빛은
움트는 반도 위에 있었다

윤동주가 죽은 날 아침
후줄그레한 옷만 그 자리에 있었을 뿐이다.

참 시인은 죽어도
빛은 살아 있다

윤동주의 빛은
지금
너에게 쏟아지고 있다.

―「윤동주의 빛」 후반부

　"뿌리를 보던 눈"은 바로 윤동주의 시 정신, 시심을 가리킬 것이다. 그 시 정신이 뿜어내는 빛은 공중으로 올라가더니 민초에게로, 더 나아가 한반도 전체에게로 쏟아진다. 윤동주의 시는 노래처럼 민초의 마음을 사로잡아 읊어졌고, 새의 날개처럼 공중을 날아 "너에게 쏟아"진다. 이렇게 이탄 시인이 "너에게 쏟아지"는 윤동주의 빛을 발견하고 시집 한 권 전체를 윤동주에게 헌정한 것은 윤동주의 시 정신을 기리고 앞으로도 이어가야 한다고 생각했기 때문이리라. 또한 시인은 윤동주의 시 정신이야말로 한반도의 통일을 이루기 위한 정신적 기반이 될 수 있으리라고 생각했을 것이다. 하여, 이탄 시인 당신의 삶을 지탱하는 윤리 또는 힘을 "윤동주의 빛"에서 찾았을 것이다.

4

　『윤동주의 빛』과 같은 해에 나온 『혼과 한잔』(문학세계사, 1999)은 『윤동주의 빛』에 실린 시편들을 쓰면서 쓴 시라고 생각된다. 『혼과 한잔』에는 윤동주의 영향이 보이는 시편들이 곳곳에서 발견되는데, 그 중에서 '부끄러움'의 감정을 드러내는 시편들이 주목된다. "얼굴에 난/수염을 깎지 못해 죄송하다" "달의 모습은 아무리 보아도/그대로인데//몸이 앞으로 휘어졌거나/배가 나올 때/특히 죄송하다"고 말하고 있는 「죄송하다」나

"저녁이 되어 집에 돌아와/나는 어느 만큼 진종일/거짓말을 하였나/그림을 본다"고 반성하고 있는 「이런 그림」이 그러한 시라고 하겠다. 이러한 '부끄러움'의 감정 뿐만 아니라 사랑의 본질에 대한 새로운 성찰도 윤동주의 빛을 발견하면서 비롯된 것이 아닐까 생각된다. "사랑시는/몸으로 부딪쳐야 한다/표현이 다르면 다를수록"(「사랑시」)과 같이 사랑시를 쓰기 위해서는 몸으로 부딪치는 진정한 사랑의 체험을 통과하여야 한다는 당위의 발견이나, "우주에서 사랑을 하자/지구에서 사랑이란/붕어처럼/잡히는 것이라니."(「도청」)와 같이 우주의 범위로까지 확장시켜 사랑을 하자는 권유는 예전의 이탄 시에서 볼 수 없었던 새로운 성찰이다.

　하지만 이 시집에서 감동적인 시편들은 시인이 몸을 한껏 낮추면서 자신의 삶과 생활에 대해서 다시 생각하는 부류에서 많이 만날 수 있다. 사랑에 대한 시도 생활을 함께 해나가는 가족에 대한 사랑을 읊고 있는 아래의 시가 감동적으로 읽힌다.

　　　낮은 노래여
　　　사랑한다는 몸짓으로
　　　아내와 자식을 바라본다

　　　창피하거나 겸연쩍지 않은
　　　사랑
　　　꾀꼬리 울음도 다정하구나

　　　사랑이 밖으로 나오는 대신
　　　점점 안으로 스며드는
　　　사랑
　　　잡초풀 같은
　　　풀빛 사랑

누가 뭐래도
꿋꿋하게 지켜가는
풀잎

바위에 기대어
풀빛을 바라본다

—「풀빛 사랑」 전문

　잡초같이 낮은 곳에 존재하는 사랑이 "풀빛 사랑"이다. 그 낮은 곳이란 자질구레하고 소소한 일상이 거주하는, "아내와 자식"과 함께 살아가는 장소인 집을 의미할 것이다. 그 가족에 대한 사랑을 읊는 노래가 "낮은 노래"다. 그 사랑은 너무나 평범하지만 그래서 "창피하거나 겸연쩍지 않은", 너무나 다정한 사랑이다. 그 사랑은 집 안에서 살면서 알게 모르게 형성되어가는 사랑이어서 "밖으로 나오는 대신/점점 안으로 스며드는" 사랑이다. 그리고 가정을 외부의 위협으로부터 지켜가야 하기 때문에 "꿋꿋하게 지켜가는" 사랑이다. 꿋꿋해야 하기 때문에 시인은 "바위에 기"댄다. 그런데 이 "꿋꿋하게 지켜가"야 한다는 시인의 말은 가슴 아픈 말이다. 왜냐하면 시인은 당시 많이 아팠기 때문이다. 그 아픔이란 수사적인 표현이 아니라 진짜 육체적인 아픔을 가리킨다. 시인이 「시대의 병」에서 "이루 말할 수 없는/아픔./육신을 타고 흘러내리는 상처"에 대해 직설적으로 토로하면서 "육체의 진통이/정신으로 이어지지 않도록/기도한다"고 쓸 때, 그 '육체의 진통'은 가정을 지켜야 한다고 생각하는 시인에게 마음까지 아프게 했을 것이다. 특히 "병도 같이 늙지만/늙는 시간이 다르다"라는 시적 지성이 번뜩이는 표현은 깊은 여운을 가져다준다. "늙는 시간이 다"른 병을 앓고 있는 시인은 죽음을 대면하고 있는 삶을 생각하게 되었을 것이다. 하여, 이탄 시인은 남아 있는 삶에 대해 다음과 같이 사색하면서 새로운 이미지를 제시한다.

여름날, 헤엄을 치고 놀 때
즐거웠다,
물을 먹으며 공을 던지며 시간 가는 줄을
몰랐다 대개 우리들은 노는 일에 몰두했다

어깨 위로 조금씩 어둠이 내려앉을 때
바위처럼 살리라
구름처럼 살리라
그러면서 산 속을 둘러보기도 했다

그 여름날 해변가는 그냥 있는데
또 다른 물결이
앞에 서서
길 떠날 준비를 한다

이제는
나무토막처럼 물 위에
떠 있을 것이다.

정말?

－「나무토막」전문

　『철마의 꿈』에서 『윤동주의 빛』에 이르기까지의 시집에서는 민족 분
단의 문제나 저항의 문제, 미래의 희망과 같이 거시적인 시야에서 다룰
수 있는 주제를 주로 시화했다. 하지만 이『혼과 한잔』은 시인의 생활과
개인적 삶에 대해 재성찰하는 주제로 다시 돌아왔다. 하지만 이 시집의
시들은 그러한 주제를 다루었던 초기 시와는 확연하게 다른 내용을 전달
한다. 육체적 진통으로 고통 받으며 죽음을 대면하는 자의 삶에 대한 성
찰을 그 내용으로 하고 있으니까 말이다. 2000년도 이탄 시인에게 공초문
학상의 영광을 가져다 준 위의 시는, 바로 그러한 성찰을 보여주고 있다.
　"노는 일에 몰두했"던 어린 시절이 있었다. "바위처럼 살리라/구름처럼

살리라"면서 단단한 삶을, 혹은 자유자재한 삶을 다짐하며 어둠이 내려 앉고 있는 "산 속을 둘러보"는 호기를 부렸던 당찬 젊은 시절이 있었다. 하지만 "그 여름날 해변가"는 미루나무처럼 "그냥 있는데" "또 다른 물결이" 밀려와 시인에게 다른 "길 떠날 준비를" 시킨다. 이제 다른 물결은 도달하였고 시인은 그 물결을 타고 다른 삶을 살아야 할 것이다. 그 삶은 어떤 삶인가? "나무토막처럼 물 위에/떠 있"는 삶이다. "물을 먹으며" 헤엄을 치거나 어둠의 산 속을 돌아다니는 시절이 지나갔음을 시인은 받아들인다. 그리고 물 위의 나무토막처럼 그냥 그대로 떠 있으면서 살아가는 삶을 시인은 받아들인다. 하지만 시인은 솔직하게 아쉬움을 표현한다. "정말?"이라고 되묻고 있는 것이다. 시에서는 그 되물음에 대한 대답이 나와 있지 않지만, 그 대답은 "정말."이 될 것이다.

그런데 '나무토막' 이미지는 어디에서 나온 것일까? 「만남」을 보면 그 이미지의 연원을 알 수 있다. 시인은 그 시에서 "나도 이젠/벌목이 될 순간이다//만나기만 하면/그깟 벌목이 된다 한들/무엇이 무섭겠는가"라고 쓰고 있는 것이다. 바로 벌목되어 토막난 것이 저 나무토막일 터, 그렇다면 "또 다른 물결" 위에 떠다니는 나무토막이란 삶에 대한 생동하는 욕망을 놓은 노년의 삶을 의미한다기보다는 죽음 이후의 삶을 의미한다고도 볼 수 있다. 시인은 그 죽음 이후의 삶에서 누군가—아마도 님일 것이다—를 만날 수 있다고 생각하기에 벌목되는 것을 두려워하지 않는다고 말한다. 여기서 시인은 분명 죽음을 생각하고 있다. 그 죽음 이후를 생각하고 있었기에 표제작인 「혼과 한잔」에서 "얼키고 설키어, 도깨비같이 떠 있"는, "저 공중에, 돌아가지 못한 혼들"과 "한 잔, 긴 밤을 지킨다"고 쓸 수 있었을 테다. 죽음과 접속하여 대면하고 있는 시인은 저승으로 "돌아가지 못한 혼들"이 이승과 저승의 경계에서 "도깨비같이 떠 있는" 모습을 볼 수 있었을 것이고, 그 혼들과 한 잔 할 수도 있게 되었을 것이다. 이탄 시인이 펴낸 마지막 시집인 『동네 아저씨』(學而阮, 2006)에서도 몸이 아픈 상황을 시화한 시편들이 다수 실려 있는데, 아래의 시는 독자의 가슴을 퍽 아프게 한다.

내 몸은 반쪽이다
너를 사랑하고 싶어도
나는 너를 반쪽밖에
사랑할 수 없구나

한쪽은 완전히 마비되어 있으니
오, 그 아픔
반쪽도 이제 말라버리고
한쪽 눈으로 더듬는 사랑이구나

정말이지
내 몸은 반쪽이다
내가 성할 때도
사랑을 하지 못했는데
나는 반쪽이 되었다.
이 반쪽만의 사랑을
누가 받을 수 있겠는가

―「내 몸은 반쪽」 전문

통절한 시다. "내 몸은 반쪽이다"라는 표현이, 2000년대 이탄 시인이
육체적으로 고통 받고 계셨다는 것을 알고 있는 사람이라면 빈 말이 아니
라는 것을 알 것이다. 그런데 몸이 반쪽이 되는 고통 속에서도 시인은 사
랑을 더 할 수 없을까봐 걱정한다. 시인은 사랑하는 사람이다. 사랑하지
않는다면 시인은 시를 쓸 수 없다. 그래서 이탄 시인은 몸이 마비되자 사
랑하는 일부터 걱정한다. 이탄 시인으로서는 반쪽이 된 몸으로 사랑한다
는 것은 "너를 반쪽밖에 사랑할 수 없"는 것이어서, 그것은 온전한 사랑이
될 수 없는 것이다. 더욱 안타까운 것은 "내가 성할 때도/사랑을 하지 못
했"기 때문에 이젠 영영 온전한 사랑을 할 수 없다는 것이다. 또 "반쪽만
의 사랑을" 그 누구도 받지 않으리라는 것이다. 게다가 "반쪽도 이제 말라

버리고" 있어서 이젠 "한쪽 눈"만 살아남아 그의 사랑은 "한쪽 눈으로 더듬는 사랑"이 될 뿐이라는 것이다.

　육체의 고통이 마음의 고통으로 전이되는 이 안타까움의 시간에서, 하지만 시인은 좌절하지 않고 유머를 발휘하여 아픈 몸으로 살아가는 삶을 긍정하는 전환을 이끌어내기도 한다. "쓸개없는 놈이라는 말이 있지만/쓸개도 없는 몸이 되었다/주책없는 일을 하여도/히히 쓸개가 없어, 나는 좋다"라고 농치는 구절이 "위도 좀 잘라내고/십이지장도 좀 잘라내고/담낭도 좀 잘라"(「나는 좋다」)낸 수술을 받아야 했던 고통을 유머로 극복하려고 하는 시인의 태도를 잘 보여준다. 이렇게 겨우 확보한 심적 여유는, 시인이 육체적 고통으로 죽음과 대면해야 하는 상황을 죽은 이들의 삶과 자신의 현재를 연결시켜 삶을 다시 성찰하는 방향으로 전환하는 데로 나아갈 수 있게 한다. 시인의 이 마지막 시집에는 돌아가신 아버지나 어머니, 누이를 회상하는 시들을 종종 볼 수 있는데, 그들이 시인의 삶을 형성하는 데 중요한 역할을 했다고 할 때 바로 그 시들은 시인이 자신의 삶을 되돌아보면서 다시 성찰하고 의미화 하는 작업을 한 것이라고 하겠다. 시인 자신의 어린 시절을 회상하는 시편들도 그러한 작업일 터, 아래의 시 「아버지의 안경」이 그러한 시 중 대표작이라고 할 만하다.

무심코 써 본 아버지의 돋보기,
그 좋으시던 눈이
점점 나빠지더니
안경을 쓰게 되신 아버지,
렌즈 속으로
아버지의 주름살이 보인다.

아버지는
넓고 잔잔한 바다 같은 눈으로

자식의 얼굴을 바라보신다.

그 좋으시던 눈이 희미해지고
돋보기 안경을 쓰시던 날,
얼마나 가슴 찡하셨을까.

돋보기 안경을 들여다보고 있으려니,
아버지의 주름살이
자꾸만 자꾸만
파도가 되어 밀려온다.

　동시처럼 단순한 시지만, 아버지가 쓰시던 돋보기를 쓰자 "그 렌즈 속으로/아버지의 주름살이" "파도가 되어 밀려온다"는 뛰어난 표현은 이탄 시인의 시적 원숙함을 잘 보여준다. 아버지의 안경을 쓰자 아버지에 대한 기억이 파도처럼 밀려오고, 그러자 안경의 렌즈는 아버지의 얼굴로 변하여 시인을 바라본다. 그래서 렌즈에서 아버지의 주름살이 보이고 시인의 얼굴을 바라보시고 있는 아버지의 "넓고 잔잔한 바다 같은 눈"이 보인다.(그래서 그 '바다―눈'의 주름살이 "파도가 되어 밀려온다.") 아버지의 응시 아래에서 시인은 이제 아이가 된다. 위의 시의 동시적인 단순함과 어조는 시인이 아이로 되돌아가고 있다는 것을 드러내는 형식이다. 아이의 시선과 어조는 아래의 시에서도 느낄 수 있다. 『동네 아저씨』의 맨 끝에 실린 시다.

가을 햇볕이 잠자리처럼
마루에 날아든다
빨간 고추처럼 눈을
반짝이면서
고개를 갸우뚱한다

같은 햇볕인데

여름에는 왜 지글거릴까
하늘에 떠 있는 구름도
왜 더워 보였을까

푸른 나무 푸른 잎새들도
여름내 땀을 흘리고
이제는 매무새 고친 뒤
빠알간 열매가 잘 보이도록
고쳐 앉는다

가을 햇볕이
우리들의 내일을 위하여
마루를 반짝반짝
빛내 주고 있다

— 「가을 햇볕」 전문

아이만이 "같은 햇볕인데", 가을과 달리 "여름에는 왜 지글거릴까"라고 질문할 수 있다. 물론 성인인 우리들에겐 그 질문에 대한 대답이 합리적으로 주입되어 있다. 또는 우리는 의식이 자동화되어서 저러한 기본적인 의문도 가지지 않으면서 살아가기도 한다. 아직 세상만사에 대한 대답이 주입되기 이전이어서 세상에 대해 온통 질문밖에 없는 아이야말로 저 기본적인 의문을 거리낌 없이 표명할 수 있는 것이다. 성인들인 우리는 어린 아이가 느닷없이 하는 엉뚱한 질문에 대답하지 못하면서 "정말 그러네, 왜 그러한 의문을 가지지 못했을까?"라고 생각하곤 한다. 이 시에서 던져진 질문이 바로 그러한 의문이다. 이탄 시인이 그러한 의문을 가질 수 있었다는 것은, 그가 아이의 눈을 회복했다는 것을 의미한다. 즉 그의 눈은 다시 투명해진 것이다. "빨간 고추처럼 눈을/반짝이면서/고개를 갸우뚱"하는 가을 햇볕을 또한 잠자리로 비유한 것에서도 어린아이에서 볼 수 있는 상큼한 상상력을 맛볼 수 있다. 한편 어린아이에겐 찬란한 내일이 있다. 그래서 아이의 눈에는, 눈을 반짝이고 있는 가을 햇볕은 "우리들의 내일을 위하여/마루를 반짝반짝/빛내 주고 있"는 것으로 보인다. 그런데 이탄 시인은 왜 이렇게 아이의 상상력을 회복하려고 한 것일까? 그것은 시인이 죽음이 입을 벌리고 있는 어둠의 미래에 가을 햇볕을 비춰 "반짝반짝/빛내 주고"는, 즐거운 마음을 갖고 그 미래로 들어가려고 했기 때문일지도 모르겠다. 그렇기에 위의 시에서 보이는 아이의 어조와 시선을 보고 시인이 동시쓰기를 시도했다고 볼 수는 없다. 그 아이의 어조와 시선은 시인이 가야 할 미래를 즐거운 마음으로 받아들이려는 노년의 원숙함과 의지에 다름 아니기 때문이다. 운명하시기 2년 전인 2008년에도, 시인은 다음과 같이 아이의 시선을 회복하고 있는 시를 발표한 바 있다.

> 오늘 구름은
> 마음의 입을 가진, 정신의 살결.
> 바둑아, 바둑아 하고 부르던
> 어린 시절의 목소리가 저렇게 높이 떠서
> 바둑이 부르던 나를
> 만나고 싶어 한다.
>
> 어린이는 할아버지가 되었어도
> 여전하구나.
> ―「구름」 전문(『문학과 창작』, 2008년 여름호)

마지막 시집에 실린 「가을 햇볕」에서 시인은 "하늘에 떠 있는 구름도/왜 더워 보였을까"하고 아이처럼 물은 바 있는데, 이 시에서도 그는 아이의 눈으로 구름을 바라본다. 시의 첫머리의 "구름은/마음의 입을 가진, 정신의 살결"이라는 은유는 참신하고 아름답다. 구름에도 입이 있어서 '나'에게 말을 걸고, 그래서 구름은 목소리로서 "저렇게 높이 떠" 있다. 그 말과 목소리는 무엇인가? 여기서 이탄 시의 천진한 매력이 발휘된다. 그것은 '바둑아'라는, 아이 때 개를 부르던 자신의 말과 목소리다. 삶의 오의奧義가 꾹 눌려 들어 있는 팽팽한 말이 아니라, 아이의 무심하고 장난기 어린 단순한 말. 시인이 아이 때 던진 말을 발화하고 있는 목소리가 할아버지가 된 시인을 다시 부른다. 이 시 역시 동심을 표현한 동시라고 판단하면 오독이 될 것이다. '정신'이라는 단어가, 시가 동심의 세계로 넘어가는 것을 차단하기 때문이다. "할아버지가 되었어도/여전"한 '어린이', 그 '할아버지-어린이'가 구름에 정신의 살결을 입히고 마음의 입을 가지도록 만든다. 다시 말하면 나이가 들어도 여전한 시인 속 '어린이'의 시선에 의해 구름은 살결로 변이된다. 하지만 '정신'은 어른의 영역에 있는 것이다. 그 '어린이'의 정신은 사실 어른의 세계를 기존의 방식과 달리 구축하려는 어른의 완숙한 정신인 것이다.

앞에서 보았듯이, 시인은 하늘을 바라보면서 "구름이 지나간 자리에/무엇이 남나"라는 물음을 던지고는 "그저 하늘이기만 하"(「구름이 지나간 자리」)다고 허탈하게 말하면서 그의 시력詩歷을 시작했다. 시인이 마지막으로 바라보는 대상 역시 하늘이다. 그러나 그는 이렇듯 '어린이'의 '완숙한' '정신'에 도달하여 저 하늘을 바라보고 있다. 그 정신은 "할아버지가 되었어도/여전"한 무엇이다. 저 하늘은 젊었을 때 보았던 그 하늘처럼 여전히 비어 있다. 시인은 여기서 허무보다는 여전함의 미덕을 읽는다. 그런데 그 여전함은 미루나무의 속성 아니었던가? 변치 않는 삶의 본질이자 삶의 곡절과 변전을 묵묵하게 받치고 있던 미루나무. 시인은 그 미루나무와 같은 존재가 되고 싶어 하지 않았던가? 말년에 이르러 시인은 '여전한' '어린이-미루나무'의 정신에 도달함으로써 그가 살아내려고 했던 삶의 본질에 다다르는 데 성공한다. 시인은 이제 그 여전한 미루나무의 정신으로 하늘에 떠 있는 구름을 바라본다. 왜 하늘을 바라보았을까? 『철마의 꿈』에 실린 「빛을 향하여」라는 산문에서 시인은 "시의 방향을 묻는다든지 왜 쓰냐고 했을 때 나는 서슴없이 <높이 날기> 위해서라고 말해 왔다"고 쓰고 있다. 이탄 시인이 시작詩作에 임하는 초심은 높이 날기였던 것, 그는 이 '여전한' 초심으로 하늘을 바라보고 구름이 하는 말을 들었던 것이다.

(2010, 2014)

한 시적 영혼의 궤적

1

1975년에 등단했으니 시력 근 40년, 그 만만치 않은 세월 동안 펴낸 신작 시집이 열다섯 권. 그렇다고 원로 시인 이야기가 아니다. 장석주 시인 이야기다. 워낙 젊은 나이에 등단했기 때문에(장석주는 1954년 생이고 1975년에 등단했다.) 그는 아직 중년의 나이다. 그 긴 세월 동안 꾸준하게 시집을 펴낸 것을 보면, 장석주 시인은 참 부지런한 분이라는 생각이 든다. 시 쓰기를 천명처럼 여기지 않았으면 그러한 성실성을 가지지 못했으리라. 게다가 그가 남긴 시편들 중에서 태작이 거의 보이지 않는다는 점에서, 그는 시인을 장인과 같은 존재로 생각했음을 짐작할 수 있다. '장석주론'을 의뢰받은 후 초기 시부터 최근 발간된『오랫동안』의 시까지 통독하면서, 슬렁슬렁 읽고 넘어갈 수 있는 시들을 거의 발견할 수 없었다. 그의 시편들 대부분이 말의 긴장을 놓치고 있지 않았던 것이다. 그러한 수준작들을 한꺼번에 읽다보니. 절벽 위에서 떨어지는 서정의 폭포수를 온몸으로 맞은 것과 같은 느낌이 들었다는 것도 밝혀두고 싶다. 그의 시에 대한 독서 과정은 황홀하면서도 홍건하게 피곤했다.

그러나 피곤이 문제가 아니었다. 이 방대한 장석주의 시 세계를 어떻게 추려서 독자에게 제시할 것인지가 더 난감한 문제였다. 하지만 첫 시집 『햇빛사냥』(1979)에서 열한 번째 시집인 『물은 천 개의 눈동자를 가졌다』(2002)까지의 시집들에서 시인이 시편들을 직접 골라 펴낸 시선집 『꿈에 씻긴 눈썹』(2007)이 있어서 다행이었다. 이 시선집에는 『어둠에 바친다』(1985)를 뺀 열권의 시집에 펼쳐진 시세계가 압축되어 있다. 이 시선집을 쭉 읽어보면, 열한 번째 시집이 출간되었을 때까지 장석주 시인이 살아왔던 '시의 삶'이 어떻게 흘렀는지 한 눈에 알 수 있다. 그래서 이 시선집과 그 이후에 출간된 네 권의 시집을 읽으면 어느 정도 장석주 시인의 시세계를 전반적으로 경험할 수 있겠다. 그래서 시인론에 걸맞게 초기부터 지금까지의 장석주 시세계를 고르게 조명하기 위하여, 시선집에 실린 각 시집들의 시편들과 시선집 이후 시집들의 시편들에서 당시 시인의 영혼 상태를 잘 드러내고 있다고 판단되는 시 한편을 각각 뽑아 소개하는 방식도 의미 있겠다는 생각이 들었다.

시선집에 『어둠에 바친다』의 시편이 빠져 있으므로, 그렇게 한편씩 뽑으면 열네 편이다. (한 편의 글에서 논하기 적지 않은 작품 편수다.) 이 시편들을 발표순서 대로 읽어나가면, 장석주라는 한 사람의 '시인으로서의 삶'─'시인'이란 시를 통해 존재하는 주체라고 할 때─을 주마등처럼 펼쳐낼 수 있지 않겠는가? 그렇다면 독자에게 한 장소에서 전체적으로 그 삶의 흐름을 볼 수 있는 즐거움을 줄 수 있을 것이다. 물론 지금부터 서술될 그 삶이란 필자와 같은 독자에 의해 재구성되는 것이지 어떤 원본이 실재하는 것은 아닐 테다. 즉 이 글은 장석주의 시편들을 텍스트로 삼아, 한 시적 영혼의 궤적을 찾아 장석주라는 '시의 삶'을 재구성한 것이다.

2

첫 시집 『햇빛사냥』에 실린 아래의 시부터 읽어보도록 하자.

　　　아우는 하릴없이 핏발선 눈으로
　　　거리를 떠돌았다. 누이는
　　　몸버리고 돌아와 구석에서 소리없이 울었다
　　　오, 아버지는 어둠 속에
　　　헛기침 두어 개를 감추며 서 계셨다.

　　　나는 저문 바다를 적막히 떠돌았다.
　　　검은 파도는 섬기슭을 울며 울며
　　　휘돌아 사납게 흰 이빨을 세우고
　　　물어뜯어도 물어뜯어도 절망은 단단했다.

　　　너무 오래 되어서 낡은 이 세상
　　　가을해 떨어져 저문 날의 바람 속으로
　　　마른 들풀 한 잎이 지고 어둠이 오고
　　　나는 얼굴 가득히 범람하는 속울음 참았다

　　　살 부비며 살아온 정든 공기와
　　　친밀했던 집 구석구석의 생김생김
　　　아우와 누이와 아버지가
　　　작은 불빛 몇 개로 떠올라
　　　바람에 하염없이 쓸리는 것을 보았다.

　　　오, 그때 세상에는 좁혀지지 않은 거리가 있다는 걸 알았다.
　　　가을 저문 바다의 섬과 섬 사이
　　　그 사이를 채우고 있는 것은
　　　어둠과 바람과 파도뿐임을 알았다.

　　　　　　　　　　　　　　　　　　　　-「가을病」 전문

무릇 젊은 시인들은 자신의 가족사에서 시를 길어 올리기 시작한다. 특히, 남모를 가슴 아픈 가족사를 안고 있는 시인들이 그러하다. 이 시를 보면, 20대 초반의 장석주 시인 역시 마찬가지였을 듯싶다. 이 시에는 네 명의 가족이 등장한다. 나, 누이, 아이, 아버지. "헛기침 두어 개를 감추며서" 계시는 아버지는 무능했던 분인 것 같다. 누이는 "몸버리고 돌아와 구석에서 소리 없이 울"고 있으며 "아우는 하릴없이 핏발선 눈으로/거리를 떠돌"고 있다. 어떤 일이 실제로 있었는지는 구체적으로 알 수 없으나, 여하튼 누이와 아우는 심신에 상처를 입고 불행에 빠져버렸다. 이들과 살고 있는 '나'는 단단해진 절망을 품고 "저문 바다를 적막히 떠돌"면서 "범람하는 속울음 참"으며 살고 있다. '나'는 "아우와 누이와 아버지가/작은 불빛 몇 개로 떠"오르는 이미지를 기억으로 지니고 있지만, 친밀했던 가족은 현재 세파에 찢겨버렸던 것, 그들은 제각기 다른 슬픔을 안고 살아나가고 있는 것이다.

　한 젊은 시인의 시 쓰기는 가장 친밀해야 할 가족이 파괴된 세상과 맞닥뜨리면서 이렇게 시작되었다. 그의 시 쓰기는 서정적 주체인 '나'와 세상 사이에는 "좁혀지지 않는 거리가 있다는 걸" 깨달으면서, 그리고 주체와 주체 사이에는 어떠한 징검다리도 없이 다만 "어둠과 바람과 파도뿐"이 존재하기만 한다는 걸 알게 되면서 시작되었던 것. 그 좁혀지지 않는 "섬과 섬 사이"에 불어오는 쓰라린 바람과 '검은 파도'에 몸서리치면서, 그는 범람하는 속울음을 참으며 무서운 공허를 견디기 위해 펜을 들고 시를 썼을 것이다. 이때 불행한 가족사와 깊은 연관을 갖고 있는 단단한 절망, 그 절망이 이 시인의 서정에 젖줄을 댔을 터이다. 하지만 그 절망 자체가 서정을 치솟게 만든 것은 아니고, 절망을 물어뜯으려고 하는 파도의 흰 이빨이 바로 이 시인의 서정을 이끈다. 하여, 세상에 대한 "단단한 절망"을 둘러싼 광폭한 감정 속에서, 시인은 '폐허주의자'가 되어 술에 취해 세상과 부딪치면서 괴로워할 것이다. 두 번째 시집 『완전주의자의 꿈』(1981)에 실린 아래의 시에서처럼.

1.

술취한 저녁마다
몰래 春畵(춘화)를 보듯 세상을 본다.
내 감각속에 킬킬거리며 뜬소문처럼
눈뜨는 이 세상,
명륜동 버스 정류장에서 집까지
도보로 십분 쯤 되는 거리의
모든 밝음과 어두움.
우체국과 문방구와 약국과
높은 육교와 古家의 지붕 위로
참외처럼 잘 익은 노란 달이 뜨고
보이다가 때로 안 보이는 이 세상.
뜨거운 머리로 부딪치는
없는 벽, 혹은 있는 고통의 형상.
깨진 머리에서 물이 흐르고
나는 괴롭고, 그것은 진실이다.

2.

날이 어둡다.
구름에 갇힌 해, 겨울비가 뿌리고
웅크려 잠든 누이여.
불빛에 비켜서 있는 어둠의 일부,
희망의 감옥 속을 빠져나오는 연기의 일부,
그 사이에 풍경으로 피어 있던
너는 어둡게 어둡게 미쳐가고
참혹해라, 어두운 날 네가 품었던 희망.
문득 녹슨 면도날로 동맥을 긋고
붉은 꽃피는 손목 들어 보였을 때, 나는
네가 키우는 괴로움은 보지 못하고

그걸 가린 환한 웃음만 보았지.
너는 아름다운 미혼이고
네 입가에서 조용히 지워지는 미소.
열리지 않는 자물쇠에서 발견하는
생의 침묵의 한 부분, 갑자기 침묵하는 이 세상
비가 뿌리고, 비 젖어 붉은 녹물
땀처럼 흘리고 서 있는 이 세상
가다가 돌아서서 바라봐도 아름답다.

3.

무너진 것은
무너지지 않은 것의 꿈인가?
어둠은 산비탈의 아파트 불빛들을
완벽하게 꺼안음으로 어둠다워진다.
살아 떠도는 내 몸 어느 구석인가
몇 번의 투약에도 불구하고
아직도 살아서 꿈틀거리는
희망이라는 이름의 몇 마리 기생충,
그것이 나를 더욱 나답게 하는 것인가?
효용가치를 상실하고 구석에 팽개쳐져
녹슬고 있는 기계, 이 세상에 꿈은 있는가?
녹물 흘러내린 좁은 땅바닥에
신기하게도 돋고 있는 초록의 풀을
폐기처분된 기계의 꿈이라고 할 수 있는가?
　　　　　　　　　　　　　　　－「폐허주의자의 꿈」 전문

　시인에게 이 세상은 술 취해 있는 무엇으로, 춘화처럼 보이는 추문의
무엇으로 나타난다. 물론 그렇게 나타나는 세상의 속성은 바로 시인의 내
면 상태에 따른 것이기도 하다. 시인은 술 취해 있으며 춘화를 보듯 자기

자신에 대해 킬킬거리고 있다. 세상에 대한 혐오와 자기혐오가 엉켜 있는 것이다. 세상과 시인이 접촉하는 감각 지대는 취한 듯 풀어져 있어서 착란을 낳는다. 세상은 "보이다가 때로 안 보이"고 "없는 벽, 혹은 있는 고통의 형상"처럼 존재에 대한 명석한 판단이 파괴된다. 다만 진실임이 확실한 것은 '나'의 "깨진 머리에서 물이 흐"른다는 것과 "나는 괴롭다"는 것이다. 그런데 이 시의 2장을 보면, 이러한 착란과 고통이 "녹슨 면도날로 동맥을 긋고" 자살을 시도한 '누이'와 깊이 연관되어 있다는 것을 짐작할 수 있다. 「가을병」에서도 볼 수 있었던 누이의 형상은 이 시에서는 더욱 구체적으로 '참혹'하게 그려지고 있다. "불빛에 비켜서 있는 어둠의 일부"가 되어 "어둡게 미쳐"간 누이. 그녀의 희망이란 결국 이 세상을 뜨는 것이었는지 모른다.

그런데 시인은 그녀의 "입가에서 조용히 지워지는 미소"에서 "생의 침묵의 한 부분, 갑자기 침묵하는 이 세상"을 발견한다. 이 발견은 시인에게 매우 중요한 전환의 계기가 되는 듯하다. 이전에 세상은 시인에게 "보이다가 때로 안 보이는" 것이었다. 그런데 적어도 여기선 세상이 "붉은 녹물"을 "땀처럼 흘리고 서 있"다는 것이 시인에게 '보이'고 있는 것이다. 시인에게 선명하게 형체를 드러낸 세상은 비록 참혹하지만 아름답다는 심미감을 시인에게 일으킨다. 그래서 저 도저한 '폐허주의자'는, 3장에서 희망에 대한 질문을 던져볼 수 있게 되지 않았겠는가. 어둠이 "불빛들을/완벽하게 껴안음으로 아름다워진다"는 깨달음은 절망으로 폐허가 된 자신의 삶 역시 아름다울 수 있다는 '희망'을 품도록 이끌리라. "녹물 흘러내린 좁은 땅바닥에"도 "초록의 풀"이 돋듯이, 녹슨 기계처럼 "효용가치를 상실"한 삶에도 "희망이라는 이름의 몇 마리 기생충"은 "아직도 살아서 꿈틀거"린다. 그렇게 꿈틀거리던 희망은 30대에 접어들기 시작한 시인에게 다음과 같이 새로운 삶의 비전에 대한 상상으로 전화되어 나타나기도 한다.

나는 눈을 다쳤다 눈의
흰자위에 구멍이 뚫려 붉은 피가
흐른다 다친 눈으로 바라본
세상은 왜 그렇게 다친 곳이 많은지
다친 눈으로 바라본 세상은
왜 이렇게 어두운지 나는
눈을 다치기 전까지는 몰랐다

나는 몰랐다 세상에
왜 그렇게 울음소리가 그치지 않는지를

내가 심은 감자의 눈에서
싹이 트고 제 살의 자양분으로
뿌리를 더욱 깊이 박고 푸른 줄기를 키워가는 동안
나는

감자꽃이 피길 기다리며
뿌리마다 감자알들이 둥글게 열리기를 기다리며
긍정하기로 한다, 내가 눈을 다치기 전까지는
몰랐던 사실들의 무게와 중요성을

병든 자에게 필요한 것은 의원이다
나는 눈을 다쳤다 하얗게 끓어오르는
여름 햇빛 속을 뚫고 병원으로 가면서
나는 생각한다 이 세상에 참으로 필요한 것은
무엇인가 흙 속에 뿌리를 내리고 자라는

감자가 갑자기 떠올랐던 것은 웬일일까
그것들 모두에 까닭이 있는 것이다
오늘 우는 자들이여, 감자를 상상하자
나는 눈을 다쳤다, 그러나 눈을 다치지 않았다면

몰랐을 사실들을 알게 되었다 그래서
나는 기쁘다, 내 상상력의 복판에 감자가 떠올랐다
　　　　　－「내 상상력의 한 복판에 감자가 떠올랐다」 전문

　세 번째 시집 『그리운 나라』(1984)에 실린 시다. 시인은 이제 자신을
폐허로 이끌었던 상처로부터 치유된 것일까? "눈을 다쳤다"는 사실을 인
식한다는 것에서, 즉 자신이 아프다는 것을 인식하면서부터 상처가 치유
될 가능성이 생기기 시작한다. 자신이 병들었다는 것을 인식하면서부터
비로소 그는 병원에 갈 의지를 갖게 될 테니까 말이다. 눈을 다치면서 시
인은 자신의 눈이 다쳐 있었다는 것을, 즉 자신이 다친 눈으로 세상을 바
라보면서 살아왔다는 것을 깨닫는다. 그리고 다친 눈으로 바라보아왔기
때문에 세상은 다친 곳이 많은 것으로 그에게 현상했음 역시 깨닫게 된
다. 하여, 다친 눈을 치유한다면 세상의 다른 면모가 눈에 띨 수 있게 될
것이다. 이때 그의 눈은 "감자의 눈"처럼 "제 삶의 자양분으로/뿌리를 더
욱 깊이 박고 푸른 줄기를 키워"갈 수 있을 것이다. 그래서 눈의 치유는,
"내가 심은 감자"에서 "감자꽃이 피길 기다리"는 일과 같이 삶에 생명력－
새로운 상상력－을 심고 그 생명력이 개화하기를, "무엇인가 흙 속에 뿌
리를 내리고 자라"기를 꾸준히 기다림으로써 가능하다.
　그런데 그러한 기다림은, 자신의 상처와 상처를 통해 드러난 세상의 '다
친 곳'을 부정하는 과정이 아니라 도리어 긍정하는 과정이다. 즉 그 상처
를 인식함으로써 드러난 "사실들의 무게의 중요성을" 긍정하면서부터 상
처를 다스릴 수 있는 가능성이 생기기 시작한다. 상처로부터 감자꽃이 피
어오른다. 이제 시인은 「폐허주의자의 꿈」에서 겨우 품을 수 있었던 희망－
녹물의 땅에서도 초록의 풀은 돋는다는－을 열렬히 긍정하고 확신한다.
그래서 "오늘 우는 자들이여, 감자를 상상하자"고 다른 이들에게도 권유할
수 있게 된 것일 테다. 감자의 상상력을 확보할 때, '다친 눈'을 통해 드러난
사실들을 긍정하고 다스리면서, 동시에 "감자알들이 둥글게 열리기를 기

다"릴 수 있다. 그 과정에서 '다친 곳'은 도리어 "제 살의 자양분"이 될 것이며, 결국 '다친 눈'은 치유될 수 있을 것이다. 그러나 이러한 희망은 현실화될 수 있을 것인가. 삶은 그렇게 삶에 호의적이지 않다. 삶은 시인에게 또 다른 고통을 안겨주게 될 것이니, 그 고통은 시인이 시간의 흐름과 자신의 소멸을 감지하면서 나타나기 시작해 서서히 그를 휘어잡을 것이다.

3

네 번째 시집인『새들은 황혼 속에 집을 짓는다』(1987)의 시편들은, 30대 초반의 장석주 시인이 시간과 소멸에 대해 예민하게 의식하고 있었음을 보여준다. 표제작을 읽어보자.

> 나는 안다, 내 깃발은 찢기고
> 더 이상 나는 청춘이 아니다.
> 내 방황 속에
> 시작보다 끝이 더 많아지기 시작한다.
>
> 한 번 흘러간 물에
> 두 번 다시 손을 씻을 수는 없다.
> 내 어찌 살아온 세월을 거슬러 올라
> 여길 다시 찾아 올 수 있으랴.
>
> ─쉽게 스러지는 석양 탓이다.
> ─잃어버린 지도 탓이다.
>
> 얼비치는 벗은 나무들의 그림자를 안고 흐르는
> 계곡의 물이여,
> 여긴 어딘가, 내 새로 발 디디는 곳

암암히 …… 황혼이 지는 곳.

서편 하늘에 풀씨처럼 흩어져 불타는 새들,
어둠에 먹살 잡혀 가는 나.
                              ─「새들은 황혼 속에 집을 짓는다」 전문

"감자알이 둥글게 열리"리라는 희망은 어디에 갔는가? 3년 만에 낸 시
집의 표제작에서 시인은 "내 깃발은 찢기고/더 이상 나는 청춘이 아니다"
라고 단언한다. 이 어조는 희망을 새로 품은 자의 그것이 아니다. 시인은
다시 단단한 절망 속에서 파도처럼 휘몰아치는 어둠의 정동에 빠진 것일
까? 그것도 아니다. 그러한 격정적인 정동은 불같은 청춘을 살아가는 자
의 것이다. 그러나 저 시의 시인에겐 청춘은 이제 돌아올 수 없는 무엇으
로, "세월을 거슬러" 오를 수는 없다는 것을 시인은 낮은 음성으로 읊조리
며 인정해버린다. 어느새 시인은 조로해버린 것일까. 그렇다면 왜 그렇게
된 것일까. 시인은 두 가지 이유를 댄다. "쉽게 스러지는 석양"과 "잃어버
린 지도" 때문이라고. 장석주 시인은 기본적으로 우울이 체질화된 사람일
지도 모른다. 어쩌면 이 시에서 시인은 자신의 바꾸기 힘든 체질을 인식
하게 된 것일 수도 있겠다. 우울을 벗겨내지 못한 그에게 태양은 오래 그
의 머리 위에 머무르지 못한다. 그에게 희망이라는 태양은, 시간의 흐름
속에서 어느새 보이지 않는 곳으로 사라진다.
    어쩌면 시인의 '다친 눈'은 치유되었을지도 모르지만, 상처의 흔적은
시인의 몸 깊숙한 곳에 새겨져 지워지지 않은 것 같다. 그래서 그가 세우
려고 했던 깃발은 찢기고 삶의 지도마저 잃어버리게 된 것 아닐까. 그 과
정에서 어느새 시간은 흘러갔고 청춘은 사라졌다. 지도를 잃어버렸으니
청춘 때 세운 삶이라는 여정의 길도 잃어버렸다. 하여, 길을 잃어버린 채
시간의 흐름에 이끌려 "새로 발 디디는 곳"은 "황혼이 지는 곳"임을 그는
홀연 깨달을 뿐이다. 현재 자신은 붉은 황혼 속에서 불타면서 "어둠에 먹

살 잠혀" 끌려가고 있는 새일 뿐이라는 사실을 말이다. 이러한 인식은 시인이 시간에 대해 숙고하기 시작했기에 가능했을 것이다. 그는 시간의 흐름에 비친 "벗은 나무들의 그림자"를 보기 시작한 것이다. 계곡의 물처럼 흐르는 시간은 주관적인 시간이다. 계곡 물의 흐름은 상황에 따라 얌전하기도 하고 난폭하기도 하기 때문이다. "벗은 나무들의 그림자"란 그러한 시간에 비쳐지는 시인 자신의 벌거벗은 이미지리라.

앞 절에서 보았듯이, 20대의 시인은 주로 세상과의 갈등과 이를 해결하고자 하는 태도를 보여주었다. 시인의 주관은 세상과의 접점에서 고통스러워하고 희망했다. 그런데 위의 시에서 시인은 자기 자신을 시간의 흐름이라는 계곡의 물에 비추고 있다. 이는 자신의 내면적 삶을 시적 대상으로 삼고 있다는 의미다. 여섯 번째 시집인 『어떤 길에 관한 기억』(1989)에 실려 있는 아래의 시 역시 세상을 괄호치고 내면화로 함입되고 있는 시인의 시적 태도를 보여준다.

> 잠시 들렀다 가는 길입니다.
> 외롭고 지친 발걸음 멈추고 바라보는
> 빈 벌판
>
> 빨리 지는 겨울 저녁 해거름
> 속에
> 말없이 서 있는
> 흠 없는 혼
> 하나
>
> 당분간 폐업합니다, 이 들끓는 영혼을.
> 잎사귀를 떼어 버릴 때
> 마음도 떼어버리고
> 문패도 내렸습니다.

그림자
하나
길게 끄을고
깡마른 체구로 서 있습니다.

—「겨울나무」 전문

시간의 흐름에 자신을 비추어보았을 때, 시인이 깨달은 것은 자신의 깃발이 찢어지고 지도는 잃어버렸으며 이제 청춘은 다시 오지 않을 것이라는 사실이었다. 황혼 속에서 삶이 흩어져 날아가고 있다는 비참이었다. 비참을 가져오는 이 무자비한 시간의 삶에서 벗어날 수는 없을 것인가? 위의 시에서 시인은, 이제 저 '겨울나무'처럼 "말없이 서 있는/흠 없는 혼/하나"가 되기를 바라면서, 시간의 흐름으로부터 떨어져 나오기를 원한다. 어떻게 시간으로부터 떨어질 수 있다는 말인가? 시인은 가능하다고 본다. 그 시간은 마음의 시간이기 때문에, "잎사귀를 떼어 버릴 때" "마음도 떼어버"린다면, 시간이라는 계곡의 물에 제 그림자를 흘려보내지 않을 수 있다. 그때에는 "그림자/하나/길게 끄을고" 서 있을 수 있다. 물론 현재의 시인이 그 경지에 이르지는 못했을 것이다. 시인은 "외롭고 지친 발걸음"으로 어딘가 계속 걸어가야 한다. 그 경지에 이른 것은 시인 자신이 아니라 "빈 벌판"에 서 있는 저 겨울나무인 것이다. 하지만 "잠시 들렀다 가는 길"에 멈추어 서서 그 겨울나무를 바라볼 때, 시인은 시적 동일화를 통해 "당분간 폐업"하는 겨울나무처럼 "들끓는 영혼을" 잠시 떼어버리고 시간의 흐름 바깥에 "깡마른 체구로" 존재할 수 있게 된다.

저 나무에 동화되고자 하는 희구는 삶을 내면으로 응축하고 은폐하고자 하는 열망에 다름 아니다. 흠이 없기 위해서는 세상과의 접촉을 끊어야 하지 않겠는가. 그래서 시인은 세상과의 접촉 매재인 말까지 떼어버리고 더 나아가 마음까지 떼어버리려고 하는 것일 테다. 시인은 그렇게 내면으로 함입되는 삶 쪽으로 시를 내몬다. 하지만 이러한 드라이브(drive)는 곧 시인을 죽음의 세계와 무에 접속하는 위험한 길로 인도하게 될 것이다.

한 시적 영혼의 궤적—장석주론 369

1.

시월의 바닷가에 찍히는 물새 떼의 어지러운 발자국,
얼마나 하염없는 것인가
유리창에 와 꺾어지는 저 한 자락 햇빛에도
죽음의 기미는 숨어 있다
시월의 식은 해가 지고
자꾸 죽음을 말하던 젊은 친구가 죽는다
제목 없는 한낮의 짧은 꿈 위로
몇 날은 또 덧없는 그림자를 던지고,
서역의 모래바람 속을 가는 낙타들의 짐이 무거워진다.
낙타들을 따르는 사람들의 후생이 무거워진다
길을 잃고, 또 길을 찾는 것은
산 자의 할 일
그들이 당도할 마을에서 먹는 국밥이 따뜻하기를,
그 마을에서 자는 잠이 편안하기를

2.

시월에 길은 있고, 또 길은 없다.
금생은 미혹이다, 미혹의 삶을 허물어
길을 만든다 길은 어둠 속에서 수천 갈래의 길이다
허공에서 우는 봉두난발의 한 넋이 있어
이천 년 후에나 올 애인을 기다리며
흙이 되어, 바람이 되어, 강물이 되어
길을 헤매리라.
낮게 웅크리는 법을 배우지 못한 그대가 남긴 것은
무르팍에 몇 개의 아문 흉터,
부디 다음 생에서는 만나지 말자
더 이상 덧날 상처는 만들지 말자
흐르는 물 위에 쓴 편지를

몇 겁 뒤에 읽을 애인이여,
나는 벌써 끊은 한 모금의 담배를 빨고,
남은 생을 주저 없이 어둠 속에 던진다.

－「後生」 전문

일곱 번째 시집인 『붕붕거리는 추억의 한때』(1991)에 실려 있는 이 「후생」은 「겨울나무」에서의 시인의 시적 태도와는 정 반대의 모습을 보여준다. 「겨울나무」에서 시인은 자신의 내면으로 함입되는 모습을 보여주지만, 위의 시에서 시인은 바깥세상에서 유랑하고자 하는 모습을 보여주는 것이다. 그는 "길을 잃고, 또 길을 찾"으려고 한다. 하지만 저 겨울나무의 적막이 죽음을 품고 있다는 것을 감지한 후이기에 그러한 태도를 시인이 가질 수 있게 되었다고도 할 수 있다. 시간의 흐름에서 완전히 벗어나는 방도는 죽음에 이르는 것이다. 그래서 죽음에의 욕망으로 시인은 이끌릴 것이고, 그 욕망으로 충전되고 있는 그는 "저 한 자락 햇빛에도/죽음의 기미는 숨어 있다"는 것을 감지할 정도로 죽음에 예민해진다. 허나 죽음으로 이끌리고 있는 이 앞에서 어떤 이가 먼저 죽어버린다면? 즉 "자꾸 죽음을 말하던 젊은 친구가 죽는다"면? 그는 그 젊은 친구의 죽음 뒤에 남은 '산 자'가 된다. 죽음을 품고 있으나 자신이 살고 있다는 것을 처절하게 느껴야만 하는 산 자.

시인이 "길을 잃고, 또 길을 찾"아야 한다는 태도를 갖게 된 것은, 바로 그 타인의 죽음 뒤에 남은 "산 자의 할 일"을 깨달았기 때문이다. 그에게는 죽은 자의 짐을 더 지고 가야 하는 삶의 의무가 부여되는 것이다.(그래서 「겨울나무」에서의 시인의 영혼과 「후생」에서의 그것은 상반된다기보다는 연결된다고 할 수 있는 것이다.) 죽은 자의 뒤에 남은 자의 후생은 죽음의 무게를 안고 사는 삶이다. 그렇기에 후생은 미혹이다. 죽음을 품은 길은 있다가도 없다. 그 길은 무에 침윤되는 길이기 때문이다. 그래서 그 길은 "어둠 속에서 수천 갈래의 길"에 다름 아니며, 그 길을 간다고 함은 스스로 "흙이 되어, 바람이 되어, 강물이 되어/길을 헤매"는 일이다. 그것은 타인의 죽음으로 "허공에서 우는 봉두난발의 한 넋"이 허물어진 삶을 다시 세우면서 스스로 길을 만들면서 가는 길이다.

하여, 시간의 흐름은 다시 긍정된다. 시간의 흐름은 삶의 지도를 망가뜨리고 청춘의 소멸을 가져오지만, 삶은 죽음을 받아 안음으로써 수천 갈래의 길 위에서 "남은 생을 주저 없이 어둠 속에 던"지면서 새로이 길을 만들 미래를 열기도 한다. 삶은 시간의 흐름에 용해되며, 시간은 삶의 지평이 된다. 또한 이 미래로 뚫린 시간의 흐름, 그 "흐르는 물"이 있기에 아마도 먼저 죽었을 애인이 "몇 겁 뒤에 읽을" 편지를 그 물 위에 써서 흘려보낼 수 있다. 시인의 시는 그렇게 미래의 애인에게 보내는 편지가 될 터, 그리하여 삶은 허무로부터 구출될 수 있으며 상실의 슬픔은 다시 긍정되어 삶의 저력으로 전환될 수 있다. 그래서 시인은 여덟 번째 시집 『크고 헐렁한 바지』(1996)에 실린 아래의 시에서, 슬픔에 대해 찬양(?)하고 고통 속에서도 삶의 의지를 다질 수 있게 된 것이리라.

> 얼음을 깨고 나아가는 쇄빙선같이
> 치욕보다 더 생생한 슬픔이
> 내게로 온다
>
> 슬픔이 없는 것은 부끄러운 일이다
> 모자가 얹히지 않은 머리처럼
> 그것은 인생이 천진스럽지 못하다는 징표
> 영양분 가득한 저 3월의 햇빛에서는
> 왜 비릿한 젖 냄새가 나는가
>
> 햇빛을 정신없이 빨아들인 산수유나무는
> 가지마다 온통 애기 젖꼭지만한 노란 꽃눈을 틔운다

3월의 햇빛 속에서
누군가 뼈만 앙상한 제 다리의 깊어진 궤양을 바라보며
살아봐야겠다고
마음을 고쳐먹는다

3월에 슬퍼할 겨를조차 없는 이들은
부끄러워하자
그 부끄러움을 뭉쳐
새 슬픔 하나라도 빚어낼 일이다.

—「3월」 전문

40대에 들어선 시인의 마음은 얼음처럼 굳어져 있다. 슬픔은 얼음을 부서트리며 "치욕보다 더 생생하게" 시인의 마음 안으로 밀어닥친다는 표현을 보니 말이다. 시인은 이 슬픔마저 없어졌다면 "부끄러운 일"이라고 말한다. 그것은 삶의 천진함을 상실했다는 징표이기 때문이다. 슬픔은 삶의 천진함이다. 그래서 슬픔은 삶에 "비릿한 젖 냄새"를 여전히 나게 한다. 젖 냄새는 "젖꼭지만한 노란 꽃눈"을 틔우는 냄새, 그래서 그 냄새는 삶이 3월에 놓여 있음을 드러낸다. 거꾸로 말하면, 슬픔은 삶에 3월을 가져오는 것이다. 3월이란 봄으로 들어가는 시절, 그래서 3월에는 "살아봐야겠다고/마음을 고쳐먹"게 되는 것. 그렇기에 슬픔은 삶의 의지를 다시 가질 수 있도록 이끈다. 하여, 생활에 밀려 슬퍼할 겨를조차 없는 이들에게 시인은 부끄러워할 것을 권한다. "그 부끄러움을 뭉쳐/새 슬픔 하나라도 빚어"내라고 말이다. 슬픔이야말로 삶의 고통을 이겨낼 수 있는 힘이 될 수 있기 때문이다.

시인은 이 시에서 감자알이 둥글게 열리리라는 희망을 가지지는 않는다. 고통과 슬픔이 극복되리라고 기대하지도 않는다. 그보다는 우리의 삶이 슬픔에서 벗어날 수 없다는 사실을 그대로 인정하고는, 슬픔이 역설적으로 고통을 견디는 삶의 힘이자 삶의 의지가 된다면서 슬픔을 긍정하고 더 나아가 주창하기까지 한다. 소멸과 죽음을 불러오는 시간의 파괴적인 흐름에도 불구하고, 시인의 내면은 이렇게 겨울나무로부터 꽃눈을 틔우는 봄나무에로 나아가게 되었다. 시간의 생성적인 국면이 시인의 내면을 따스하게 만들기 시작한 것이다.

4

3절에서 읽어본 바에 따르면, 장석주의 30대를 거쳐 간 시편들은 시간의 순환에 맞물린 내면의 변화를 보여주었다고 할 수 있겠다. 30대 초, 죽음과 소멸을 가져오는 시간의 흐름과 마주하면서 앙상한 겨울에로 이끌린 시인의 내면은 40대 초입에 이르러 꽃 냄새 나는 초봄에 이르게 되었다고나 할까. 그렇지만 죽음을 제거한 명랑성에 시인이 도달한 것은 아니다. 그것은 죽음을 품은 삶, 슬픔을 품은 삶이 역설적으로 봄에 이르게 된 것이니 말이다. 하여, 이제 시인에게서 죽음은 삶에서 뗄 수 없는 삶의 동반자가 될 것이다. 새로이 획득한 삶의 의지는 죽음에의 명상과 함께 할 것이다. 그런데 40대에 들어선 시인의 시작詩作은 30대 시절의 그것과는 다른 양상을 보이기 시작한다. 30대의 시편들이 시인 내면으로 함입되는 경향을 보여주고 있다면, 40대의 시편들에서 시인은 시인 바깥의 세계에 시적인 시선을 던진다. 물론 그 시선에 의해 드러난 세계는 시인의 주관에 의해 변형되겠지만, 적어도 시인은 세계에 시선을 던지면서 그로부터 무엇인가를 발견하고자 노력하는 것이다. 그러나 그 발견 역시 삶의 의지와 죽음의 아이러니컬한 관계 주변에서 이루어진다. 시인의 아홉 번째 시집 『다시 첫사랑의 시절로 돌아갈 수 있다면』(1998)에 실린 아래의 시는 죽음이 스며든 세계에서 죽음을 넘어서는 무엇인가를 발견하고자 하는 시인의 시선을 확인할 수 있다.

눈이 그친다 파랗게 달이 뜬다
바람이 대지의 갈기를 하얗게 세운다
폐활량이 큰 검푸른 하늘이
지상의 소리들을 한껏 빨아들인다
그래서 조용했나? 너희들이 잠자는 동안에도
죽음은 희디흰 뿌리를 내리며
소리 없이 자란다
하얀 대지의 속살 위에 드리운 나뭇가지의 검은 그림자들이
흔들렸다 저기 움직이는 것이 있다!
저기 살아 있는 것이 있다!
죽음이 번식하는 밤에
무언가 나뭇가지의 검은 그림자들 사이를
지나갔다 죽음보다 빠르게!
죽음의 손아귀를 빠져나가는 저 잽싸고 날렵한 몸짓!
몸통에 바람의 날개라도 달았던 것일까?
너무 빨랐다 눈밭에 점점이
발자국이 남는다
발자국은 움직이지 않는다
파아란 달빛이 그곳에 고인다

　　　　　　　　　　　　　　　　　　　－「늑대」 전문

　이 시는 색채 이미지의 정교한 배치를 통해 고도의 상징성을 확보하
는 데 성공하고 있다. 눈이 쌓인 "하얀 대지의 속살"과 "나뭇가지의 검은
그림자들", 그리고 "파아란 달빛"과 "검푸른 하늘"이 조응하면서 풍경은
교교하면서도 암울한 분위기를 뿜어낸다. "죽음은 희디흰 뿌리를 내리
며"라는 구절에서 알 수 있듯이, 대지를 덮은 눈은 죽음을 상기시킨다. 죽
음의 대지 위에 나뭇가지의 그림자는 더욱 검게 현현하면서, "죽음이 번
식하는 밤" 속에 존재하는 존재자들의 비극성을 짙게 드러낸다. 하지만
시인의 예민한 시야 안으로 "희디흰 뿌리를 내미며/소리 없이" 자라는 죽

음의 밤을 뚫으며 "죽음의 손아귀를 빠져나가는" "저기 살아 있는 것"이 "죽음보다 빠르게" 움직이고 있는 모습이 출현한다. "몸통에 바람의 날개라도" 단 듯이, 그 무엇은 "나뭇가지의 검은 그림자들 사이를" "저 잽싸고 날렵한 몸짓"으로 재빨리 지나가면서, 그 죽음의 바람에 포획되어 있는 존재자들을 뒤흔든다.

하지만 그 무엇이 무엇인지 시인은 볼 수 없었다. 그 무엇의 움직임은 너무 빨랐기 때문이다. 다만, "움직이지 않는" 발자국이 남아 있어서, 그 무엇이 늑대임을 시인은 짐작할 수 있을 뿐이다. 움직이는 것의 흔적인 발자국은 죽음의 포획에서 빠져나가면서 존재자들을 뒤흔든 '살아있는 것'의 능력을 보여주는 표징이다. 비록 이제 움직일 수 없는 표징이라고 할지라도 그것은 움직임이 있었던 과거를 현재에 기입하면서 죽음의 현 세계에 구멍을 뚫는다. 그 구멍에 "파아란 달빛이 고"인다. 이 파아란 달빛은 흰색과 검은색이 점령한 침묵의 세계를 가르며 재빨리 지나갔던 '살아 있는 것'의 잔상을 우울하게 보존한다. 달빛은 삶의 생기를 보존하면서도 그 삶이 사라졌다는 슬픔도 자아내는 것이다. 그래서 그 빛은 우울한 파란 색으로 현현하는 것 아니겠는가. 그런데, 이 발자국의 구멍에 빛이 '고여 있다'는 발견이 중요하다. 우리는 늑대와 같이 '살아있는 것'이 죽음으로부터 탈주하는 모습을 재현할 수는 없지만, 발자국에 고인 달빛을 통해 우울하게나마 그 모습을 환기하고 상상할 수 있다. 시가 바로 그러한 존재라고 생각할 수 있지 않겠는가? 열 번째 시집『간장 달이는 냄새가 진동하는 저녁』(2001)에 실린 아래의 시는 늑대의 발자국 속에 고인 달빛을 저수지에 비친 달빛으로 변주하여 다음과 같이 그 의미를 확장하고 있다.

　　　나무들은 날개가 없으니 우두커니 서서
　　　온몸으로 저녁을 맞는다.

　　　어두워지면 나무들은 검은 모자들을 가볍게 벗어 던지는데

공중으로 도약한 검은 모자들은
오래된 물가에 내려앉기도 한다.

침울한 저녁이면 금광저수지는
저를 굽어보고 선 나무들을
말없이 비춰내는 아득한 거울이 된다.

저 물의 어둡고 깊은 마음을 헤아리지 못한 것은
내가 아직 달의 이면을 갖지 못했기 때문이다.
가만히 들여다보면 거울 속에 옛날이 있다.
옛날은 내가 돌아갈 수 없는 시간이다.

이윽고 물가에 도열해 있는 나무의 어깨를 짚고
달이 뜬다
청과일보다 크고 싱싱하다

부엽토 깔린 축축한 땅에 뿌리를 내려
잎 달고 꽃 피우고 싶은 열망에
저 혼자 부쩍 몸이 단
저녁이다.

　　　　　　　　　－「저녁마다 거울이 되는 금광저수지」 전문

　　나무들이 "가볍게 벗어 던지는" "검은 모자들"이란 「늑대」에서의 "나뭇
가지의 검은 그림자들"과 상통할 것이다. 나뭇가지에 달려 있는 잎들의
그림자들이 "검은 모자들"과 닮아 있지 않는가. 그런데 이 시에서 나무의
'그림자들－모자들'은 「늑대」와는 달리 활달한 모습을 보여준다. 그 그림
자들은 "공중으로 도약"하기도 하고 "물가에 내려앉기도" 하는 주체적인
모습을 보여주고 있기 때문이다. 한편으로 늑대의 발자국에 고인 '파아란
달빛'은 이 시에서 좀 더 복합적인 이미지로 변주되고 있다. 이 시에서 저

수지의 지형이 그 '늑대'의 발자국과 상통한다면, '파아란 달빛'은 저수지에 고인 물과 그 물 속에 비치고 있는 달빛으로 중첩되어 나타난다. 여하튼 여기서 나무의 검은 그림자는, 늑대의 잽싼 행동으로 인해 흔들리는 수동성에서 벗어나 저수지 물가에 내려 앉아 자신을 저수지에 비추어보고 있다. 이에 대응하여 저수지는 "저를 굽어보고 선 나무들을/말없이 비춰내는 아득한 거울이" 되어준다. 자연의 존재자들이 이렇게 말없이 조응하고 있는 모습을 시인이 가만히 관찰하면서 발견하고 있는 장면은 20~30대의 장석주 시에서는 보기 힘든 것이다.

시인은 이제 나무들과 조응하여 아득한 거울이 되고 있는 저수지를 "가만히 들여다보면"서 "거울 속에 옛날이 있다./옛날은 내가 돌아갈 수 없는 시간"이라는 것을 새삼 발견한다. 이 발견은 자신이 "달의 이면을 갖지 못했"기 때문에 "물의 어둡고 깊은 마음을 헤아리지 못"했다는 반성을 이끈다. 이는 물의 표면에 비친 달의 뒷면, 즉 수심과 대면하고 있는 면을 헤아리지 못했다는 의미일 텐데, '달의 이면'이 비추고 있을 그 수심 깊은 곳은 아득한 '옛날'을 의미한다고 시인은 생각하는 듯하다. 이렇게 자연 현상에 대해 관찰하고, 인식하며 자신을 반성하는 모습은 장석주 시인이 동양의 시학을 바탕으로 삼아 시작詩作에 임하고 있음을 보여주는데, 그 반성은 새로이 세계에 대한 재인식을 가져오고 삶에 대한 열망을 다시 갖게 하도록 이끌 것이다. 달은 "청과일보다 크고 싱싱하"다는 시인의 달에 대한 재인식은 나무의 "잎 달고 꽃 피우고 싶은 열망"을 환기시킬 것인데, 이는 곧 나무와 동일시 되어가는 시인의 열망에 다름 아닌 것이다. 시인은 돌아갈 수 없는 옛날로 돌아가고 싶은 열망을 저수지에 "크고 싱싱한" 달빛을 받아 비추이는 나무의 밤 그림자를 통해 조용하게 드러낸다.

자연을 통해 삶의 이면을 통찰하면서 살아갈 힘을 얻고자 하는 시인의 시작 태도는 열한 번째 시집인 『물은 천개의 눈동자를 가졌다』(2002)에 실린 아래의 시에서도 볼 수 있다.

누옥 뒤편으로
경사진 밤나무 숲 속 길을 오르면
옻나무 군락지는 갑자기 모습을 드러낸다
왼쪽 어깨 쪽을 물 빠진 저수지에 고스란히 내어주는
옻나무 군락지의 샘물을
사람들은 약수라고 한다

오래 입은 옷을 양잿물에 삶아 빨아
볕 좋은 곳에 널어놓은 뒤
그늘 아래 한참을 앉아 있다

그늘이 누군가 내게 내어주는
제 속마음인 걸 나는 안다
저 샘물도 누군가 입 틀어막고 참아내다가
마침내 터져 나오는 속울음이 아닌가

새 날은 저문 뒤에 오고
나무도 저물어야 새 잎을 피운다
당신과 오래 떨어져 있었으니
서로가 마음 환하게 밝히는 기쁨인 것을
옻샘 약수로 오르며
새삼 깨닫는다
딱 한 번만 그립다고 말하고 싶었다
그리고 덧문을 걸어 잠그면
검정 우산을 쓰고 걸어가던 사람이 우산을 접고
어 추워, 하며 내 몸으로 불쑥 들어와
함께 저물 것이다

옻샘 약수 몇 방울에 내 몸은 진정된다
몸이 저물어서 어두워질 때
비로소 마음은 지금 여기 없는 것들로
환해진다

—「옻샘 약수」 전문

이 시에서 '옻샘 약수'와 '그늘'은 대위법적인 관계를 맺고 있다. "왼쪽 어깨 쪽을 물 빠진 저수지에 고스란히 내어주는" 샘물인 '옻샘 약수'는 '나'에게 자신을 내어주는 그늘과 닮았다. 그늘이 "내게 내어주는" 것이 속마음이라면, 약수는 "마침내 터져 나오는 속울음"을 저수지에 내준다. '나'를 포함한 자연물은 서로 조응하면서 아날로지의 관계에 있다. 그 관계 속에서 자연물들은 속 깊은 곳에 있는 마음과 감정을 서로 전달한다. 이러한 자연에 대한 시적 재인식은 잎이 피고 지는 자연 현상 역시 어떤 아날로지적인 이치에 따르는 것이라는 생각을 이끌게 될 것이다. "나무도 저물어야 새 잎을 피운다"는 이치 말이다. 그렇기에 저수지에 속울음을 내어주는 "옻샘 약수로 오르며" 시인은 "당신과 오래 떨어져 있었으니/서로가 마음 환하게 밝히는 기쁨인 것을" "새삼 깨닫는" 것이리라. 이별로 인한 속울음은 곧 아날로지의 회복이며, 그래서 그 울음은 "서로가 마음 환하게 밝히"게 되면서 저물음이 가져올 새 잎처럼 기쁨을 가져올 것이다. 그래서 시인은 "옻샘 약수 몇 방울에 내 몸은 진정된다"고 말하는 것이리라.

하여, 속울음을 울고 있는 시인은 상상하고 기대한다. '검은 모자'를 쓴 고독한 나무처럼 "검은 우산을 쓰고 걸어가던 사람이" "내 몸으로 불쑥 들어와/함께 저물 것"이라는 것을. 저수지 물가에서 "잎 달고 꽃피우고 싶은 열망"을 품었던 나무는 곧 시인의 모습 아니었던가. 시인은 그러한 나무와 같은 이와 함께 저물어가길 원한다. 물론 그이는 실제의 사람으로서 존재한다기보다는 시인의 시적 상상 속에 존재한다. "덧문을 걸어 잠그면" 그이가 "내 몸으로 불쑥 들어"온다니 말이다. 이렇게 타자와 함께 그리움의 슬픔을 같이 견디어나가면서 기쁨을 기대하며 같이 저물어간다는 시인의 상상은, 시인이 도달했던 삶에 대한 긍정적인 재인식을 타자와의 관계로 확장시킨다. 몸은 "저물어서 어두워"지지만, 저 나무와 같은 타자들과 함께 저물어가면서, 옻샘이 내어주는 속울음 몇 방울을 마시면서, "비로소 마음은 지금 여기 없는 것들로/환해"질 수 있다. 그대에 대한 그리움으로 저물어가면서, 그는 곧 도래하리라고 기대되는 새 잎들—이 역시 타자다—로 마음을 채운다.

이제 시인은 세계의 만물은 고독해 보이지만 고독하지 않다는 것을 배웠다. 속마음과 속울음을 서로 내어주면서 세상은 존재한다. 그래서 사무치는 그리움 속에서 외로이 살아나가는 중에도, 시인의 마음은 "지금 여기 없는" 타자들로 환할 수 있다. 하여, 마음은 시로 충만하다. 이렇게 시인은 속울음을 진정시키면서 자연의 이치와 타자와의 관계를 재인식하고 삶의 열망과 기대를 회복코자 한다. 그리하여 그 다음 시집에서 시인은, 다음과 같이 성애에 대해 말하기까지 한다. 장석주 시에서 성애에 대한 직접적인 발언은 드물었는데 말이다.

> 옻샘 약수를 품은 저 산엔
> 고라니가 내려오는 골짜기가 있단다.
> 내 허리 아래에는 끝내 해탈하지 못한
> 신神이 살고 있다.
> 암사마귀가 수컷의 머리를
> 콱 물고 으스러뜨린다.
>
> 오, 봄은 숫자미상의 외로움을 거냥해
> 탕, 탕, 탕
> 소총을 쏘며 온다.
> 죽음 아닌 절정은 없다.
> 사랑이란 서로를 물어뜯으며 장전한 총알들을
> 남김없이 격발하는 것.
>
> 땅이 젖고 싹이 돋는 동안
> 우리가 사랑을 못할 까닭이 없다.
> 샅을 열고 달아오른 눈 먼 두 몸이
> 풀무질하는 동안
> 우주의 질량이 팽팽하게 부풀어오른다.
>
> ―「사랑」 전문

장석주 시인의 열두 번째 시집『붉디 붉은 호랑이』(2005)에 실린 시다. 나이 쉰 근처에서 쓴 시일 텐데, 시인은 죽음의 절정에 이르는 격렬한 "사랑을 못할 까닭이 없다"고 당당히 말하고 있다. 이 사랑은 물론 성애이다. 그런데 성애는 시인에게 신적인 것이다. 이 신은 스피노자적인 신이겠다. 우주 그 자체인 신, 우리 육체에도 깃들어 있는 신 말이다. 그래서 신이라고 해탈하거나 정신적인 무엇만 있는 것은 아니다. 해탈하지 못해 욕정에 애달아하는 신도 있는 것이다. 그 신은 시인의 허리 아래에 존재한다. 그 신은 "고라니가 내려오는 골짜기"의 "옻샘 약수"에 닿고 싶어 한다.(여기서 '골짜기'나 '옻샘'은 성적인 의미를 품고 있겠다.) 그런데 그 신이 열망하는 열애는 단순한 섹스가 아닌, "암사마귀가 수컷의 머리를/콱 물고 으스러뜨린" 양 "서로를 물어뜯으며" 죽음의 절정으로 이끄는 무엇이다. 허나 죽음의 절정에로 이끌 사랑은 "땅이 젖고 싹이 돋"는 봄이 "소총을 쏘며" 오는 과정이기도 하다. 죽음의 절정을 통해 삶은 재생되는 것이다. 그렇기에 "살을 열고 달아오른 눈 먼 두 몸이/풀무질하는" 격렬한 죽음의 성애는 세계를 또 다른 탄생으로 끌어올린다.

이 시는 매혹적인 성애의 찬가다. 몸의 자연은 서로 격렬하게 관계 맺는 성애를 통해 우주적인 의미를 갖게 된다. 우리의 몸 역시 우주를 구성하는 일부라고 할 때 죽음에 이르기까지의 열정적인 섹스는 시인의 아주 적확한 표현대로 "우주의 질량"을 "팽팽하게 부풀어오"르게 하리라……. 이렇게 이 시는 '눈 먼' 욕정에 대한 숨김없는 찬가이고 '허리 아래'의 '살'에 대한 열렬한 긍정이다. 자연을 응시하면서 시인은 타자를 발견할 수 있었다. 그리고 자연의 아날로지를 발견하면서 마음에 타자를 영접할 수 있었다. 이 시에서는 타자와의 조응을 넘어 격렬한 성애를 통해 타자와 용해되고자 하는 욕망과 그에 따른 비전에로까지 나아간다. 이러한 비전은 우주적인 시야에까지 확장되어, 시인은 우주적인 비전을 통해 격정적인 성애를 긍정하고 욕망한다.

40대와 작별하면서 장석주 시인은 그의 시력에서 찾아보기 힘든 시를 이렇게 남겨놓았다. "장전한 총알들을/남김없이 격발"하려는 시인에게서 예전의 우울한 모습은 볼 수 없다. 장석주 시인이 『붉디 붉은 호랑이』를 상재하고는 더 이상 시를 쓰지 않겠다고 마음먹었다고 한 글을 어디선가 읽은 일이 있는데, 이는 그가 이 시집이 자신의 시력이 다다를 수 있는 절정이라고 생각했다는 것을 의미할 테다. 위의 시를 보면 그러한 생각이 이해된다. 하지만 장석주는 시에서 벗어날 수 없는 천성적인 시인이어서, 곧 그의 마음에 시의 자리가 새로이 생겨날 것이었다. 하지만 그 자리는, 세계의 육체성에 대한 격렬한 찬가가 죽음으로 천천히 나아가는 육체의 스러짐에 대한 성찰로 전환되면서 마련될 것이었다.

5

열세 번째 시집 『절벽』(2007)에서 장석주 시인은 삶과 죽음 사이에 놓인 삶, 죽음으로 느리게 나아가는 삶에 대해 깊이 성찰하면서 진중하고 짙은 서정을 창출하고 있다. 아래의 시를 읽어본다.

강 중심을 향해 돌을 던진다.
장마가 끝나고
단풍 된서리 눈보라가 차례로 지나갔다.
다시 백로와 상강 사이
그 돌은
하강 중이다.

방금 자리 뜬 새와 흔들리는 나뭇가지
사이
生과 沒
사이

밥과 술에 기대 사는 자가
담벽에 오줌을 눈다.
작약과 비비추, 호미자루와 죽은 쥐,
구접스러운 것들 다 황홀하다.
구융젖 빨고 구핏한 길 돌아
예까지 왔으니,
더러는 이문이 남지 않았던가.

돌은 제 운명의 높은 자리와 낮은 자리
사이
그 고요의 깊이를 측량하며
하강 중이다.

—「사이」 전문

시인이 던진 삶, 그 돌은 이제 "백로와 상강 사이"에서 겨울에로 하강하고 있다. 곧 그의 삶에 겨울이 닥칠 것이라는 것을 시인은 알고 있다. 시인은 "生과 沒" 사이를 지나가며 강물 속으로 하강하는 삶을 살고 있는 것이다. 나뭇가지 위에 앉아 있던 새는 방금 자리를 떴으니, 이제 삶에 상승은 없다. 이제 남은 삶의 궤적은 '沒'을 향한 하강뿐이다. 그것은 우주의 이치를 벗어날 수 없는 삶의 운명이다. 그러나 시의 자리는 아직 남아 있다. 죽음으로 가는 제 삶을 바라보는 시인에게, 시의 자리는 "제 운명의 높은 자리와 낮은 자리/사이/그 고요의 깊이를 측량"하는 데에 놓여 있다. 위에서 아래로 고요하게 하강하는 삶의 궤적을 살펴보면서, "구융젖 빨고 구핏한 길 돌아/예까지" 온 삶의 "구접스러운 것들"을 하나하나 따져보는 데에 시의 자리가 마련되는 것이다.

죽음 속으로 떨어지고 있는 자는 자신의 삶이 별 것이 아니었으며 "밥과 술에 기대" 살았을 뿐이라는 것을 깨닫게 된다. 하지만 아이러니컬하게도, 컴컴한 죽음과의 대면은 그 별 것 아닌 삶에서 만난 "구접스러운 것들"이 정말 황홀하게 빛나는 것이었음을 새삼 깨닫게도 하는 것이다. 그렇기에 시인은 밥과 술만 축낸 비루한 삶이지만 그래도 "더러는 이문이 남지 않았던가"라고, 그 삶에도 의미가 남아 있을 것이라는 기대를 가진다. 그러나 시인은 점점 가까워지는 죽음을 바라보면서 마음이 저리게 아파오는 것을 막지 못하는 듯싶다. 이 시집에 실린 다른 시 「하루살이」에서 시인은 "살아서 움직이는 것들은 아프다./뼛속에 정지의 운명을 안고/움직이는 것들은 다 슬프다."라고 말하고 있는 것이다. 시인은 자신이 포함된 죽을 운명에 놓인 생명체들은 아프고 슬픈 존재라고 직접적으로 토로한다. "춤을 멈추고 공중에서 떨어져 내릴 때/비로소 아픔은 끝난다./더 이상 아플 수 없다는 것조차 슬프다."라는 이 시의 아이러니컬한 마지막 구절은 죽어야 하는 생명체의 슬픈 운명을 절절하게 드러낸다. 이 슬픈 운명을 어떻게 감내하며 살아갈 것인가? 『몽해항로』(2010)의 몇몇 시편들, 특히 '몽해항로' 연작시가 그 살아갈 길을 보여주고 있다고 생각된다. 그 연작시 중 한편을 읽어본다.

> 작약꽃 피었다 지고 네가 떠난 뒤
> 물 만 밥을 오이지에 한술 뜨고
> 종일 흰 빨래가 펄럭이는 길 바라본다.
> 바람은 창가에 매단 편종을 흔들고
> 제 몸을 쇠로 쳐서 노래하는 추들,
> 나도 몸을 쳐서 노래했다면
> 지금보다 훨씬 덜 불행했으리라.
> 노래가 아니라면 구업을 짓는
> 입은 닫는 게 낫다.
> 어제는 문상을 다녀오고,
> 오늘은 돌잔치에 다녀왔다.
> 내가 어디에서 와서 어디로 가는지
> 더 이상 묻지 않기로 했다.
> 작약꽃과 눈(雪) 사이에 다림질 잘하는 여자가
> 잠시 살다 갔음을 기억할 일이다.

떠도는 몇 마디 적막한 말과
여래와 같이 빛나는 네 허리를 생각하며
오체투지하는 일만 남았다.
땀 밴 옷이 마르면
마른 소금이 우수수 떨어진다.
해저보다 깊고 어두운 밤이 오면
매리설산(梅利雪山)을 넘는 야크 무리들과
양쯔강 너머 금닭이 우는 마을들을 떠올린다.
누런 해가 뜨고 흰 달이 뜨지만
왜 한번 흘러간 것들은 다시 돌아오지 않는가.
바람 불면 바람과 함께 엎드리고
비가 오면 비와 함께 젖으며
곡밥 먹은 지가 쉰 해를 넘었으니,
동쪽으로 난 오솔길을 따라가는 일만
남았다. 저 설산 너머 고원에
금빛 절이 있다 하니
곧 바람이 와서 나를 데려가리라.

－「몽해항로 5」

"내가 어디에서 와서 어디로 가는지/더 이상 묻지 않기로" 하는 삶이 운명을 감내하면서 사는 길 아니겠는가. 이제 시인은 하강하는 삶의 '고요의 깊이'를 측량하고자 하지 않는다. 현상들은 현상들인 것, 이면이나 깊이를 들여다보지 않고 그 자체로 보려고 한다. "종일 흰 빨래가 펄럭이는 길"을 바라보기. 이와 마찬가지로 "작약꽃은 피었다 지"는 것이며, 그렇게 너는 왔다 가는 것, 다른 의미는 없다. "어제는 문상을 다녀오고/오늘은 돌잔치에 다녀"오듯이 우리는 탄생과 죽음을 일상적으로 맞이한다. 그 일상이 자연의 이치다. 자연이 제 생의 운명을 따라가듯이, 시인도 "물 만 밥을 오이지에 한술 뜨"며 제 생의 운명을 따라간다. 그러니 이 뭇 존재자들의 있음에 대해 무슨 말이 필요할 것인가. 그래서 시인은 "구업을 짓는/입은 닫는 게 낫다"고 말하는 것일 게다. 하지만 노래는 예외다. 시인이 시를 계속 쓰는 것은, '노래－시'가 구차한 '구업'과는 다른 영역에 있기 때문이다. 왜일까? 시인에게 노래는 저 자연의 영역에 있기 때문일 테다. 추들이 "제 몸을 쇠로 쳐서 노래하는" 것을 보면 말이다. 세계의 존재자들은 저 추들처럼 제 몸을 쳐서 노래한다. 그렇게 "몸을 쳐서 노래"한다면, 사람의 노래도 존재할 가치가 있다. 그렇게 노래하지 못했다는 것이 시인에겐 삶에서 유일한 후회다.

탄생과 죽음에 대해 묻지 않고 오체투지하며 죽음으로 향한 '오솔길'을 따라 살아가기. 시인은 자신에게 남은 길이 이 길뿐이라고 말하는 듯싶다. 살아온 삶에서 기억할 만한 것은 "작약꽃과 눈 사이에 다림질 잘하는 여자가/잠시 살다 갔음" 뿐이다. 오체투지로 땀 밴 옷이 마르면서 "마른 소금이 우수수 떨어"질 뿐, 삶이 남겨놓는 것은 없다. 허나 그럼에도 불구하고 시인은 "오솔길을 따라" 오체투지 하면서도 "해저보다 깊고 어두운 밤이 오면" 무엇인가를 꿈꾸며 "여래와 같이 빛나는 네 허리를 생각하"고, "양쯔강 너머 금닭이 우는 마을들을 떠올"리며, "저 설산 너머 고원에" 있는 "금빛 절"을 상상한다. 그 절은 저 세상의 사찰일 터, 시인은 저 세상에서 "바람이 와서 나를 데려가리라"고 꿈꾼다. 저승의 평온함이 어서 자신에게 오기를 꿈꾸면서 시인은 오체투지의 나날을 감내하며 살아가는 것이다. 그런데 삶이 한갓 꿈이라면, 저 금빛 절이 있는 세계가 실상이라고 할 수도 있지 않을까? 그렇다면 '몽해항로'란, 죽음에의 욕망에 이끌리면서 삶이라는 꿈의 바다를 항해하는 길을 의미한다고 말할 수 있겠다.

이제 '한 시적 영혼의 궤적'을 따라 흘러온 우리의 제법 긴 항로도 막바지에 이르렀다. 시인이 최근에 상재한 시집 『오랫동안』(2012)의 첫 머리에 실린 시를 인용하여, 장석주 시인이 현재 어디에 다다르고 있는지 확인하면서 이 글을 마치기로 하자.

　　돌아서면, 거기 네가 서 있다.
　　아침엔 다리가 넷이다가 낮엔 둘,

저녁엔 셋이 되는 하루여.
마치 태어나서 미안하다는 얼굴이구나.
밥과 젊음 없는 젊음은 우리를 자주 속여
하루를 지루함 속에 주저앉힌다.
후회하지 마라, 더는 선량해지지 않으마.
더는 고약해지지도 않으마.
수요일에는 동물원엘 가고
금요일 저녁엔 사람 붐비는 술집들을 순례하마.
여전히 희망은 단순하고 인생은 복잡하겠지만,
소란과 안달은 하루와 함께 끝난다.
우기 뒤에 곧바로 가을이
하루라는 병정들을 이끌고 쳐들어온다.
가을의 달은 높고 풀벌레 소리들은
낮은 음역대에서 번성한다.
물푸레나무 잎들이 우수수 떨어지면
하루는 우연과 서리들을 데려오겠지.
어제는 누가 죽거나 태어나고
몇 건의 차량 접촉사고가 일어나고
그러고는 별일이 없었고
하루는 버거워해도 한 해는 너끈하게 견뎌내는
노모에게도 별 일이 없었다.
삶은 한 점의 눈물도 요구하지 않고
세월은 나를 더 멀리 데려가지 않았다.
나는 횡격막 아래의 침묵에 귀를 기울이는 독자다.
분노는 침묵의 슬하에서 자라는데,
일요일에는 더 이상 자라지 않는다.
어제보다 하루 더 늙은 여자가
난독증 소년을 데리고 횡단보도 앞에 서 있다.
　　　　　　　　　　　　　　　－「하루－주역시편 202」

결국 그가 다다른 곳은 어디인가? "난독증 소년"이 되어 "횡단보도 앞에 서 있"는 자기 자신이다. 침묵을 읽어내려고 했으나 읽어내지 못하는, 그래서 세계를 더욱 알지 못하게 된 소년으로의 퇴행. 50대 중반을 넘기며 살아가고 있는 시인의 이러한 퇴행은, 하루에 일생이 압축되어 있다는 프랙탈적인 시간 의식에 그가 도달했기 때문에 가능했다. "소란과 안달"로 번잡했던 하루는 결국 별 일 없이 끝난다. 그리고 하루는 내일이 오면 다시 시작된다. 하루는 그렇게 별 일 없이 흘러가면서 결국 가을을 맞이할 것이다. 삶 역시 그러한 것, 그렇게 "삶은 한 점의 눈물도 요구하지 않고/세월은 나를 더 멀리 데려가지 않았"던 것이다. 하여, 다시 하루를 시작하듯이, 시인은 난독증 소년이 되어 저기 횡단보도 앞에 다시 서 있다.

(2013)

모더니티에 대항하는 역린

초판 1쇄 인쇄일	2015년 9월 17일
초판 1쇄 발행일	2015년 9월 18일

지은이	이성혁
펴낸이	정진이
편집장	김효은
편집/디자인	김진솔 우정민 박재원
마케팅	정찬용 정구형
영업관리	한선희 이선건 최재영
책임편집	김진솔
인쇄처	월드문화사
펴낸곳	국학자료원 새미(주)
	등록일 2005 03 15 제25100-2005-000008호
	서울특별시 강동구 성안로 13 (성내동, 현영빌딩 2층)
	Tel 442-4623 Fax 6499-3082
	www.kookhak.co.kr
	kookhak2001@hanmail.net

ISBN	979-11-86478-43-1 *03810
가격	22,000원